O MINISTÉRIO DA FELICIDADE ABSOLUTA

ARUNDHATI ROY

O ministério da felicidade absoluta

Tradução
José Rubens Siqueira

Copyright © 2017 by Arundhati Roy

*Grafia atualizada segundo o Acordo Ortográfico da Língua Portuguesa de 1990,
que entrou em vigor no Brasil em 2009.*

Título original
The Ministry of Utmost Happiness

Capa
Two Associates

Foto de capa
Mayank Austen Soofi

Preparação
Alexandre Boide

Revisão
Márcia Moura
Renata Lopes Del Nero

Dados Internacionais de Catalogação na Publicação (CIP)
(Câmara Brasileira do Livro, SP, Brasil)

Roy, Arundhati
    O ministério da felicidade absoluta / Arundhati Roy ; tradução
José Rubens Siqueira. — 1ª ed. — São Paulo : Companhia das Letras,
2017.

    Título original: The Ministry of Utmost Happiness
    ISBN 978-85-359-2932-4

    1. Ficção indiana (inglês) 2. Título.

17-04201   CDD-823

Índice para catálogo sistemático:
1. Ficção indiana em inglês: 823

[2017]
Todos os direitos desta edição reservados à
EDITORA SCHWARCZ S.A.
Rua Bandeira Paulista, 702, cj. 32
04532-002 — São Paulo — SP
Telefone: (11) 3707-3500
www.companhiadasletras.com.br
www.blogdacompanhia.com.br
facebook.com/companhiadasletras
instagram.com/companhiadasletras
twitter.com/cialetras

Para,
Os inconsoláveis

Quer dizer, é tudo uma questão do seu coração…
Nâzim Hikmet

Sumário

1. Aonde vão as aves velhas para morrer? 13
2. Khwabgah 17
3. A natividade 113
4. Dr. Azad Bhartiya 146
5. A lenta busca inútil 156
6. Algumas perguntas para depois 160
7. O locador 163
8. A locatária 241
9. A morte prematura de Miss Jebin Primeira 341
10. O ministério da felicidade absoluta 435
11. O locador 466
12. Ghih Kyom 474

Agradecimentos 479

Na hora mágica, quando o sol se foi mas a luz não, exércitos de raposas-voadoras se soltam das figueiras do velho cemitério e pairam sobre a cidade como fumaça. Quando os morcegos vão embora, os corvos voltam. Nem toda a agitação de sua volta para casa preenche o silêncio deixado pelos pardais que se perderam e pelos velhos abutres de dorso branco, zeladores dos mortos há mais de cem milhões de anos, que foram exterminados. Os abutres morreram de envenenamento por diclofenaco. O diclofenaco, aspirina de vaca, dado ao gado como relaxante muscular, para diminuir dor e aumentar a produção de leite, funciona — funcionou — como gás mostarda para os abutres de dorso branco. Cada vaca ou búfala leiteira que morria quimicamente relaxada tornava-se isca venenosa de abutre. Com o gado se transformando em máquinas leiteiras melhores, a cidade passou a consumir mais sorvete, caramelos crocantes, pés de moleque e chips de chocolate, a beber mais milk-shakes de manga, e então o pescoço dos abutres começou a pender como se estivessem cansados ou simplesmente não conse-

guissem ficar acordados. Barbas prateadas de saliva pendiam de seus bicos e um a um eles caíram dos galhos, mortos.

Pouca gente notou o fim das velhas aves mansas. Havia muito mais coisas a desejar.

1. Aonde vão as aves velhas para morrer?

Ela morava no cemitério como uma árvore. Ao amanhecer, despedia-se dos corvos e dava as boas-vindas aos morcegos. Ao anoitecer fazia o contrário. Entre um turno e outro, conferencia-va com os fantasmas dos abutres que assomavam em seus galhos altos. Sentia o suave aperto de suas garras como uma dor em um membro amputado. Acreditava que não estavam totalmente infe-lizes por terem pedido licença e saído da história.

Quando se instalou ali, suportou meses de ocasionais cruel-dades como é de esperar de uma árvore, sem reclamar. Não se voltava para ver qual menino havia atirado uma pedra nela, não inclinava o pescoço para ler os insultos rabiscados em sua casca. Quando as pessoas a xingavam — palhaça sem circo, rainha sem palácio —, ela deixava a mágoa se esvair entre os galhos como uma brisa e usava a música do farfalhar das folhas como bálsamo para abrandar a dor.

Foi só quando Ziauddin, o imame cego que um dia condu-zira as preces na Fatehpuri Masjid, ficou seu amigo e começou a visitá-la que a vizinhança resolveu que estava na hora de deixá-la em paz.

Há muito tempo, um homem que sabia inglês lhe dissera que seu nome escrito de trás para a frente (em inglês) era Majnu. Na versão inglesa da história de Laila e Majnu, Majnu se chamava Romeu e Laila era Julieta. Ela achou muito engraçado. "Quer dizer que eu fiz um *khichdi* da história deles?", perguntou. "O que vão fazer quando descobrirem que Laila pode na verdade ser Majnu e Romi era na realidade Juli?" Quando a viu de novo, o Homem Que Sabia Inglês disse que tinha se enganado. O nome dela soletrado ao contrário seria Mujna, que não era um nome e não queria dizer nada. A isso ela respondeu: "Não importa, eu sou Romi e Juli, sou Laila e Majnu. E Mujna, por que não? Quem disse que meu nome é Anjum? Não sou Anjum, sou Anjuman. Sou *mehfil*, sou uma reunião. De todos e de ninguém, de tudo e nada. Tem mais alguém que queira convidar? Todo mundo está convidado".

O Homem Que Sabia Inglês falou que ela era esperta por ter se saído com essa. Disse que nunca tinha pensado nisso. Ela disse: "Como poderia, com o seu nível de urdu? Está pensando o quê? Que o inglês deixa você automaticamente inteligente?".

Ele riu. Ela riu do riso dele. Compartilharam um cigarro com filtro. Ele reclamou que os cigarros Wills Navy Cut eram curtos e grossos e simplesmente não valiam o que custavam. Ela disse que sempre preferia esses aos Four Square ou aos muito masculinos Red & White.

Agora, ela não se lembrava do nome dele. Talvez nunca tivesse sabido. Ele fora embora fazia tempo, o Homem Que Sabia Inglês, para onde quer que tivesse de ir. E ela estava morando no cemitério, atrás do hospital do governo. Como companhia, tinha seu armário de aço da Godrej, no qual guardava sua música — discos riscados e fitas —, um velho harmônio, suas roupas, joias, os livros de poesia do avô, os álbuns de fotos e uns poucos recortes de jornal que tinham sobrevivido ao incêndio da Khwabgah. Levava a chave pendurada no pescoço por um fio preto junto com o palito de dentes de prata entortado. Dormia em um tapete persa surrado que mantinha trancado durante o dia e desenrolava entre dois túmulos à noite (como brincadeira secreta, nunca os mesmos em noites consecutivas). Ainda fumava. Ainda os Navy Cuts.

Uma manhã, enquanto lia o jornal em voz alta para o velho imame, que evidentemente não estava ouvindo, ele perguntou — fingindo um ar casual: "É verdade que até os hindus da sua gente são enterrados, não cremados?".

Pressentindo problemas, ela se esquivou. "Verdade? O que é verdade? O que é a Verdade?"

Evitando desviar de sua linha de interrogatório, o imame resmungou uma resposta mecânica. *"Sach Khuda hai. Khuda hi Sach hai."* A Verdade é Deus. Deus é a Verdade. O tipo de sabedoria encontrado nos para-choques de caminhões rugindo pela estrada. Em seguida, apertou os olhos verdecegos e perguntou num verdissimulado sussurro: "Me conte, a sua gente, quando morre, onde é enterrada? Quem lava os corpos? Quem faz as orações?".

Anjum não disse nada durante um longo tempo. Depois se inclinou para a frente e sussurrou de volta, nada árvore: "Sahib imame, quando as pessoas falam de cor — vermelho, azul, laranja, para descrever o céu do anoitecer, ou o nascer da lua durante o *Ramzaan* —, o que passa pela sua cabeça?".

Tendo se ferido assim, profundamente, quase mortalmente, os dois ficaram sentados em silêncio lado a lado no túmulo ensolarado de alguém, sangrando. Por fim, foi Anjum quem quebrou o silêncio.

"Me diga o senhor", disse ela, "o senhor é que é o sahib

imame, não eu. Aonde vão as aves velhas para morrer? Elas caem do céu em cima da gente feito pedras? A gente tropeça no corpo delas pelas ruas? Não acha que o que Tudo Vê, o Todo-Poderoso que pôs a gente nesta terra, tomou as devidas providências para nos levar embora?"

Nesse dia, a visita do imame terminou mais cedo que o normal. Anjum ficou olhando quando ele foi embora, tap-tap-tap por entre os túmulos, a bengala-olho fazendo música ao encontrar as garrafas de bebida vazias e as seringas descartadas que pontuavam seu caminho. Ela não o deteve. Sabia que ele ia voltar. Por mais elaborado que fosse o disfarce, ela reconhecia a solidão quando a encontrava. Sentiu que por alguma estranha via torta ele precisava da sombra dela assim como ela da dele. E aprendera por experiência que a Necessidade era um depósito capaz de abrigar uma quantia considerável de crueldade.

Mesmo que a saída de Anjum da Khwabgah tivesse sido nada cordial, ela sabia que os sonhos e segredos de lá não seriam traídos só por ela.

2. Khwabgah

Ela era a quarta de cinco filhos, nascida numa noite fria de janeiro, à luz de lampião (energia cortada), em Shahjahanabad, a cidade murada de Delhi. Ahlam Baji, a parteira que a trouxera ao mundo e a colocara nos braços da mãe enrolada em dois xales, disse: "É um menino". Dadas as circunstâncias, seu erro era compreensível.

Com um mês da primeira gravidez, Jahanara Begum e seu marido resolveram que se o bebê fosse menino o chamariam de Aftab. Os três primeiros foram meninas. Estavam esperando seu Aftab havia seis anos. A noite do parto dele foi a mais feliz da vida de Jahanara Begum.

Na manhã seguinte, quando o sol estava alto e o quarto, gostoso e quente, ela desenrolou o pequeno Aftab. Explorou seu corpinho miúdo — olhos nariz cabeça pescoço axilas dedos das mãos dedos dos pés — com prazer saciado, sem pressa. Foi quando descobriu, aninhada debaixo de suas partes de menino, uma pequena, informe, mas inquestionável parte de menina.

É possível uma mãe ficar aterrorizada com o próprio bebê?

Jahanara Begum ficou. Sua primeira reação foi sentir o coração apertar e os ossos virarem cinzas. A segunda reação foi dar mais uma olhada para ter certeza de que não se enganara. A terceira reação foi rechaçar aquilo que havia criado enquanto suas entranhas entravam em convulsão e um fino fio de merda escorria por suas pernas. A quarta reação foi considerar a possibilidade de matar a si mesma e à criança. A quinta reação foi pegar o bebê e apertá-lo contra si enquanto caía numa fenda entre o mundo que conhecia e mundos cuja existência ignorava. Ali, no abismo, girando na escuridão, tudo o que tinha por certo até então, cada coisa, da menor à maior, cessou de fazer sentido para ela. Em urdu, a única língua que conhecia, todas as coisas, não apenas as coisas vivas, mas *todas* as coisas — tapetes, roupas, livros, canetas, instrumentos musicais — tinham gênero. Tudo era ou masculino ou feminino, homem ou mulher. Tudo, menos seu bebê. Sim, claro, ela sabia que havia uma palavra para os iguais a ele — *Hijra*. Duas palavras, na verdade, *Hijra* e *Kinnar*. Mas duas palavras não fazem uma língua.

Era possível viver fora da língua? Naturalmente essa pergunta não se formou dentro dela em palavras, ou como uma única frase, lúcida. Formou-se para ela como um uivo sem som, embrionário.

A sexta reação foi se lavar e decidir não contar a ninguém por enquanto. Nem ao marido. A sétima reação foi se deitar ao lado de Aftab e descansar. Como o Deus dos cristãos fez depois de criar o Céu e a Terra. Só que, no caso dele, o descanso viera depois de dar sentido ao mundo que criara, enquanto Jahanara Begum descansou depois de aquilo que criara revirar seu sentido do mundo.

Afinal, não era uma vagina de fato, disse a si mesma. Suas passagens não estavam abertas (ela conferiu). Era só um apêndice, uma coisa de bebê. Talvez viesse a fechar, ou sarar, ou sumir de alguma forma. Ela ia rezar em todos os santuários que conhecia e pedir ao Todo-Poderoso que fosse misericordioso com ela. Ele atenderia. Ela sabia que sim. E talvez o fizesse de um jeito que ela não compreenderia totalmente.

No primeiro dia em que se sentiu capaz de sair de casa, Jahanara Begum levou o bebê Aftab com ela ao dargah de Hazrat Sarmad Shahid, uma caminhada fácil, a dez minutos de sua casa. Não sabia ainda a história de Hazrat Sarmad Shahid e não fazia ideia do que levava seus passos com tanta certeza na direção de seu santuário. Talvez ele a tivesse chamado para si. Ou talvez ela se sentisse atraída pelas pessoas estranhas que via acampadas por lá quando passava a caminho do bazar Mina, o tipo de gente que em sua vida anterior ela não se dignaria nem a olhar, a menos que cruzassem seu caminho. De repente, aquelas pessoas pareciam ser as mais importantes do mundo.

Nem todos os visitantes do dargah de Hazrat Sarmad Shahid sabiam sua história. Alguns conheciam partes, alguns não sabiam nada e alguns inventavam suas próprias versões. A maioria sabia que ele era um comerciante judeu armênio que viera da Pérsia para Delhi em busca do amor de sua vida. Poucos sabiam que o amor de sua vida era Abhay Chand, um rapazinho hindu que conhecera em Sindh. Quase todos sabiam que ele renunciara ao judaísmo e se convertera ao islã. Poucos sabiam que sua busca espiritual acabaria por levá-lo a renunciar também ao islamismo. Quase todos sabiam que ele vivera nas ruas de Shahjahanabad como um faquir nu antes de ser executado em praça pública. Poucos sabiam que a razão da execução não era a sua nudez pública, mas a ofensa causada por sua apostasia. Aurangzeb, imperador na época, convocou Sarmad a sua corte e pediu que ele provasse que era um verdadeiro muçulmano recitando o Kalima: *la ilaha illallah, Muhammad-ur rasul Allah* — Não existe nenhum Deus além de Alá e Maomé é seu Profeta. Sarmad estava nu diante da corte real no Forte Vermelho, diante de um júri de qazis e maulanas. As nuvens pararam no ar, as aves se imobilizaram no meio do voo e o ar do forte ficou pesado, impenetrável, quando ele começou a recitar o Kalima. Mas assim que começou ele se deteve. Tudo o que disse foi a primeira frase: *la ilaha*. Não existe nenhum Deus. Ele insistiu que não conseguia ir adiante enquanto não completasse sua busca espiritual e pudesse abraçar Alá de todo coração. Até então, disse, recitar o Kalima seria apenas um simulacro de oração. Aurangzeb, com o apoio de seus qazis, ordenou que Sarmad fosse executado.

Seria um erro concluir, a partir disso, que aqueles que iam prestar respeito a Hazrat Sarmad Shahid sem saber da história o faziam por ignorância, sem pensar muito em fatos e história. Porque dentro do dargah, o espírito de Sarmad, insubordinado, intenso, palpável e mais verdadeiro que qualquer acúmulo de fatos históricos poderia ser, aparecia aos que buscavam suas bênçãos. Ele celebrava (mas nunca pregava) a virtude da espiritualidade acima do sacramento, da simplicidade acima da opulência e do amor persistente, extático, mesmo diante da perspectiva de aniquilação. O espírito de Sarmad permitia que aqueles que vinham a ele se apropriassem de sua história e a transformassem no que precisassem que ela fosse.

Quando Jahanara Begum passou a ser uma figura conhecida no dargah, ouviu (e depois espalhou) a história que contava que Sarmad havia sido decapitado na escadaria da Jama Masjid diante de um verdadeiro oceano de gente que o amava e se reunira para lhe dar adeus. Que sua cabeça continuara a recitar seus poemas de amor, mesmo depois de separada do corpo, e que ele pegara sua cabeça falante, tão casualmente como um motociclista de hoje pegaria o capacete, e subira a escadaria para dentro da Jama Masjid e, depois, ainda casualmente, fora direto para o céu.

Por isso, dizia Jahanara Begum (a quem quisesse ouvir), no minúsculo dargah de Hazrat Sarmad (cravado como uma lapa na base da escada leste da Jama Masjid, no ponto exato onde o sangue dele escorreu e formou uma poça), o piso é vermelho, as paredes são vermelhas, o teto é vermelho. Mais de trezentos anos se passaram, ela insistia, mas não se conseguia lavar o sangue de Hazrat Sarmad. Podiam pintar seu dargah da cor que quisessem, insistia ela, com o tempo ficava tudo vermelho por conta própria.

Na primeira vez em que atravessou a multidão — vendedores de perfumes *ittars* e amuletos, zeladores dos sapatos dos peregrinos, aleijados, mendigos, sem-teto, carneiros engordados para o abate em Eid e o grupo de eunucos velhos e calados que tinha passado a morar debaixo de uma lona diante do santuário — e entrou na minúscula câmara vermelha, Jahanara Begum se acalmou. Os ruídos da rua ficaram distantes e pareciam vir de muito longe. Ela se sentou num canto com o bebê dormindo no colo, observou as pessoas, muçulmanos e hindus também, que entravam sozinhas ou em duplas para amarrar fitas vermelhas, pulseiras vermelhas e bilhetes de papel em uma grade em torno da tumba, implorando que Sarmad as abençoasse. Foi só depois de notar um velho translúcido com pele seca como papel e uns tufos de barba de luz coada sentado num canto, oscilando para a frente e para trás, chorando em silêncio como se estivesse com o coração partido, que Jahanara Begum permitiu que suas próprias lágrimas rolassem. *Este é meu filho, Aftab*, ela sussurrou a Hazrat Sarmad. *Trouxe ele aqui para você. Cuide dele. E me ensine como amar essa criança.*

Hazrat Sarmad ensinou.

*

Durante os primeiros anos da vida de Aftab, o segredo de Jahanara Begum se manteve. Enquanto ela esperava a parte de menina dele cicatrizar, mantinha-o sempre perto e era ferozmente protetora. Mesmo depois que nasceu seu filho mais novo, Saqib, ela não permitia que Aftab se afastasse muito dela sozinho. Não era um comportamento fora do comum para uma mulher que havia esperado tanto e tão ansiosamente um filho homem.

Quando Aftab tinha cinco anos, começou a frequentar o madraçal para meninos em Churiwali Gali (a alameda das lojas de pulseiras). Em um ano, era capaz de recitar uma boa parte do Alcorão em árabe, embora não ficasse claro o quanto ele entendia daquilo — isso também valia para todas as outras crianças. Aftab era um aluno acima da média, mas desde muito pequeno ficou claro que seu dom verdadeiro era para a música. Tinha uma voz doce, realmente musical, e era capaz de pegar uma melodia depois de ouvir apenas uma vez. Os pais resolveram mandá-lo para Ustad Hamid Khan, um excepcional músico jovem que ensinava música hindustâni clássica a grupos de crianças em suas apertadas acomodações em Chandni Mahal. O pequeno Aftab nunca perdeu uma aula. Aos nove anos, era capaz de cantar uns bons vinte minutos de *bada khayal* nas ragas Yaman, Durga e Bhairav e fazer a voz flutuar timidamente para escapar do *rekhab* bemol na raga Puriya Dhanashri como uma pedra que resvala pela superfície de um lago. Sabia cantar Chaiti e Thumri com a maestria e a postura de uma cortesã de Lucknow. No começo as pessoas achavam interessante e até estimulavam, mas logo a gozação e provocação das outras crianças começou: *Ele é uma Ela. Ele não é um Ele ou uma Ela. Ele é Ele e Ela. Ela-Ele, Ele-Ela. Hi! Hi! Hi!*

Quando a gozação se tornou insuportável, Aftab parou de ir às aulas de música. Mas Ustad Hamid, que o adorava, se ofereceu para ensiná-lo separadamente, sozinho. Então as aulas de música continuaram, mas Aftab se recusou a continuar indo à escola. A essa altura, as esperanças de Jahanara Begum haviam praticamente se esvaído. Não havia sinal de cicatrização à vista. Ela conseguiu protelar a circuncisão durante alguns anos, com uma série de desculpas criativas. Mas o pequeno Saqib estava na fila, esperando a dele, e ela sabia que não dava mais para protelar. Acabou fazendo o que tinha de fazer. Reuniu coragem e contou ao marido, rompendo em pranto de tristeza e ao mesmo tempo de alívio por ter finalmente alguém com quem repartir seu pesadelo.

O marido, Mulaqat Ali, era um hakim, praticante de medicina tradicional fitoterápica e admirador da poesia urdu e persa. Durante toda a vida, trabalhou para a família de outro hakim — Hakim Adbul Majid, que criara uma popular marca de refresco chamada Ruh Afza ("Elixir para a alma" em persa). Ruh Afza, feito com sementes de khurfa (beldroega), uva, laranja, melancia, menta, cenoura, um toque de espinafre, sementes de papoula, dois tipos de lírios e um destilado de rosas adamascadas, era supostamente um tônico. Mas as pessoas descobriram que duas colheres de sopa do cintilante xarope cor de rubi e um copo de leite frio ou mesmo de água não só era uma delícia, como também era uma defesa eficiente contra os verões escaldantes de Delhi e as estranhas febres que sopravam com o vento do deserto. Ruh Afza tornou-se uma empresa próspera e um nome familiar. Durante quarenta anos, dominou o mercado, mandando seu produto da sede na cidade velha até Hyderabad e até o oeste do Afeganistão. Então veio a Partição. A carótida de Deus explodiu na nova fronteira entre Índia e Paquistão e um milhão de pessoas morreu de ódio. Vizinhos se voltaram uns contra os outros como se não se conhecessem, nunca tivessem ido aos casamentos uns dos outros, nunca cantado as canções uns dos outros. A cidade murada se abriu. Velhas famílias fugiram (muçulmanas). Novas família chegaram (hindus) e se instalaram em torno das muralhas da cidade. Ruh Afza teve um sério abalo, mas logo se recuperou e abriu uma filial no Paquistão. Um quarto de século mais tarde, depois do holocausto no Paquistão Leste, abriu outra filial no país recém-fundado, Bangladesh. Mas, por fim, o Elixir da Alma que sobrevivera a guerras e a sangrentos nascimentos de três novos países foi, como tudo no mundo, atropelado pela Coca-Cola.

Embora Mulaqat Ali fosse um funcionário confiável e valorizado de Hakim Abdul Majid, o salário que ganhava não era suficiente para cobrir as despesas. Então, fora das horas de trabalho, ele atendia pacientes em sua casa. Jahanara Begum suplementava as rendas da família com o que ganhava fazendo gorros de algodão branco que fornecia no atacado para os comerciantes hindus do Chandni Chowk.

A linhagem da família de Mulaqat Ali vinha em linha direta do imperador mongol Gengis Khan, por via do segundo filho do imperador, Chagatai. Ele tinha uma complexa árvore genealógica desenhada num pergaminho rachado e um bauzinho de lata cheio de papéis amarelados e ressecados que acreditava confirmarem sua pretensão e explicar como os descendentes dos xamãs do deserto de Gobi, adoradores do Eterno Céu Azul, outrora considerado inimigos do islã, vieram a ser os ancestrais da dinastia mughal que dominou a Índia durante séculos e como a própria família de Mulaqat Ali, descendente dos Mughal, que eram sunitas, se tornaram xiitas. De vez em quando, talvez a cada poucos anos, ele abria o baú e mostrava seus papéis a jornalistas visitantes que, quase sempre, nem davam muita atenção nem o levavam a sério. No máximo, essas longas entrevistas acabavam merecendo uma menção ocasional e jocosa em algum especial de fim de semana sobre a Velha Delhi. Se era uma página dupla, podia até aparecer uma foto de Mulaqat Ali ao lado de um close de alguma comida mughal, planos abertos de mulheres vestindo burcas em ciclo-riquixás que circulavam pelas imundas alamedas e, evidentemente, a imagem aérea obrigatória de milhares de homens muçulmanos com gorros brancos, em perfeita formação, curvados em oração na Jama Masjid. Alguns leitores viam fotos assim como prova do sucesso do compromisso indiano com o secularismo e a tolerância entre crenças. Outros com um toque de alívio, porque a população muçulmana de Delhi parecia satisfeita em seu gueto efervescente. Ainda outros as viam como prova de que os muçulmanos não queriam se "integrar" e estavam ocupados se acasalando e se organizando, e logo se tornariam uma ameaça à Índia hindu. Os que pensavam assim estavam ganhando influência numa velocidade alarmante.

Apesar do que aparecia ou não nos jornais, imerso em seu desvario, Mulaqat Ali sempre recebia bem os visitantes em seus cômodos minúsculos, com a elegância fanada de um nobre. Falava do passado com dignidade, mas nunca nostalgia. Relatava que, no século XIII, seus ancestrais haviam governado um império que se estendia de países agora chamados Vietnã e Coreia até a Hungria e os Bálcãs, do norte da Sibéria até o platô Deccan na Índia, o maior império que o mundo conheceu. Geralmente terminava a entrevista recitando uma parelha de versos de seu poeta favorito, Mir Taqi Mir:

Jis sar ko ghurur aaj hai yaan taj-vari ka
Kal us pe yahin shor hai phir nauhagari ka

A cabeça que hoje, orgulhosa, uma coroa ostenta
Amanhã, aqui mesmo, se afoga e lamenta

A maioria dos visitantes, atrevidos emissários da nova classe dominante, mal conscientes de sua própria húbris juvenil, não captava totalmente as camadas de significados dos versos com que eram brindados, como um petisco a ser consumido com uma xícara do tamanho de um dedal de chá grosso e doce. Entendiam, claro, que eram um lamento por um império caído cujas fronteiras internacionais haviam encolhido a um gueto encardido circundado pelas muralhas corroídas de uma velha cidade. E, sim, entendiam que eram também um tristonho comentário às condições restritas de Mulaqat Ali. O que lhes escapava era que a parelha de versos era um petisco malicioso, uma pérfida samosa, um alerta envolto em lamento, oferecido com a falsa humildade de um erudito que tinha fé absoluta na ignorância do urdu por parte de seus ouvintes, uma língua que, como a maioria dos que a falavam, gradualmente ia ficando restrita ao gueto.

A paixão de Mulaqat Ali por poesia não era apenas um hobby separado de seu trabalho como hakim. Ele acreditava que a poesia podia curar, ou ao menos avançar muito na direção da cura de quase toda doença. Receitava poemas aos pacientes da mesma forma que outros hakims receitavam medicamentos. Era capaz de evocar uma parelha de versos de seu formidável repertório, impressionantemente adequado a qualquer doença, qualquer ocasião, qualquer estado de espírito e qualquer delicada alteração no clima político. Esse seu hábito fazia a vida à sua volta parecer mais profunda e ao mesmo tempo menos nítida do que realmente era. Impregnava tudo com uma sutil sensação de estagnação, uma sensação de que tudo o que acontecia já acontecera antes. De que já fora escrito, cantado, comentando e entrado para o inventário da história. De que não era possível nada novo. Por isso é que a gente jovem em torno dele sempre fugia, dando risadinhas, quando sentia que um verso estava a caminho.

Quando Jahanara Begum contou a ele sobre Aftab, provavelmente pela primeira vez na vida Mulaqat Ali não tinha uma parelha de versos adequada à ocasião. Ele levou algum tempo para superar o choque inicial. Quando o fez, censurou a esposa por não lhe ter contado antes. Os tempos mudaram, disse ele.

Esta é a Era Moderna. Ele tinha certeza de que havia uma solução médica simples para o problema de seu filho. Iam encontrar um médico em Nova Delhi, longe dos sussurros e da fofoca que corriam pelas mohallas da cidade velha. O Todo-Poderoso ajuda aqueles que ajudam a si mesmos, ele disse à esposa, um tanto severo.

Uma semana depois, vestidos com suas melhores roupas, com um infeliz Aftab metido em um terno masculino pathan cinza aço, com colete preto bordado, gorro e jutis com a ponta virada para cima como gôndolas, partiram para Nizamuddin Basti numa *tanga* puxada a cavalo. O propósito aparente do passeio era inspecionar uma possível noiva para seu sobrinho Aijaz — filho mais novo de Qasim, o irmão mais velho de Mulaqat Ali, que mudara para o Paquistão depois da Partição e trabalhava para a filial da Ruh Afza em Karachi. A razão verdadeira era que tinham uma consulta com um dr. Ghulam Nabi, que se intitulava "sexologista".

O dr. Nabi se orgulhava de ser um homem de fala direta, de temperamento preciso e científico. Depois de examinar Aftab, disse que ele não era, em termos médicos, uma hijra — uma mulher presa num corpo de homem —, embora em termos práticos se pudesse usar essa palavra. Aftab, segundo ele, era um raro exemplo de hermafrodita, com características tanto masculinas como femininas, embora externamente as características masculinas parecessem predominantes. Disse que podia recomendar um cirurgião que fecharia a parte feminina com uma costura. Receitaria também uns comprimidos. Mas o problema, disse ele, não era meramente superficial. O tratamento poderia ajudar, decerto, mas as "tendências hijra" dificilmente desapareceriam. (*Fitrat* era a palavra que ele usava para "tendências".) Ele não podia garantir sucesso completo. Mulaqat Ali, disposto a se agarrar às menores possibilidades, estava exultante. "Tendências", disse. "Tendências não são problema nenhum. Todo mundo tem uma tendência ou outra... sempre se dá um jeito em tendências."

Mesmo que a visita ao dr. Nabi não tenha fornecido uma solução imediata ao que Mulaqat Ali via como a afecção de Aftab, foi muito benéfica para Mulaqat Ali. Deu-lhe coordenadas para se posicionar, para endireitar seu navio, que estava adernando perigosamente num oceano de incompreensão sem versos. Ele agora era capaz de converter sua angústia num problema prático e voltar sua atenção e suas energias para algo que entendia bem: como levantar dinheiro para a cirurgia?

Cortou despesas domésticas e fez uma lista de pessoas e parentes de quem podia pedir dinheiro emprestado. Ao mesmo tempo, embarcou em um projeto cultural de inculcar virilidade em Aftab. Passou a ele seu amor pela poesia e desencorajou o canto de Thumri e Chaiti. Ficava acordado até tarde da noite, contando a Aftab histórias sobre seus ancestrais guerreiros e sua valentia em batalha. Aftab reagia com indiferença. Mas, quando ouviu a história de como Temujin — Gengis Khan — conquistou a mão de sua bela esposa, Borte Khatun, que foi sequestrada por uma tribo rival, e como Temujin lutou contra todo um exército praticamente sozinho para consegui-la de volta, Aftab a adorou tanto que se viu desejando ser ela.

Enquanto seus irmão e irmãs iam para a escola, Aftab passava horas na minúscula sacada de sua casa olhando o Chitli Qabar — o minúsculo altar do bode malhado que diziam possuir poderes sobrenaturais — e a rua movimentada que passava lá embaixo e encontrava com o Matia Mahal Chowk. Ele logo aprendeu a cadência e o ritmo da vizinhança, que era essencialmente um fluxo de invectivas em urdu — *vou foder sua mãe, vá foder sua irmã, juro pela piroca da sua mãe* — interrompido cinco vezes por dia pelo chamado à oração da Jama Masjid, assim como de várias outras mesquitas menores da cidade velha. Enquanto Aftab mantinha estrita vigilância, dia após dia, sobre nada em particular, Guddu Bhai, o ácido vendedor de peixe matinal que estacionava sua carroça de peixe fresco brilhando no centro do mercado, tão certo como o sol nasce no leste e se põe no oeste, se adelgaçava em Wasim, o alto e afável vendedor da naan khatai do período da tarde que então se encolhia em Yunus, o pequeno e magro vendedor de frutas vespertino que, tarde da noite, se expandia e inflava em Hassan Mian, o atarracado vendedor do melhor biryani de carneiro do Matia Mahal, que servia em uma imensa panela de latão. Numa manhã de primavera, Aftab viu uma mulher alta, de quadril estreito, usando batom de cor viva, saltos altos dourados e uma salwar kamiz de cetim verde brilhante, comprando pulseiras de Mir, o vendedor de pulseiras que era também zelador do Chitli Qabar. Ele guardava seu estoque de pulseiras dentro do túmulo toda noite quando fechava o altar e a loja. (Conseguira fazer coincidirem os horários de funcionamento.) Aftab nunca tinha visto ninguém como aquela mulher alta de batom. Ele desceu correndo a escada íngreme para a rua e a seguiu discretamente enquanto ela comprava pés de carneiro, grampos de cabelo, goiabas e mandava arrumar a tira da sandália.

Ele queria ser ela.

Foi atrás dela pela rua até o Portão Turcomano e ficou um longo tempo na frente da porta azul onde ela desapareceu. Nenhuma mulher comum teria permissão para rebolar nas ruas de Shahjahanabad vestida daquele jeito. Mulheres comuns em Shahjahanabad usavam burcas ou pelo menos cobriam a cabeça e todas as partes do corpo, menos as mãos e os pés. A mulher que Aftab seguiu podia se vestir como se vestia e andar como andava só porque não era uma mulher. Fosse o que fosse, Aftab queria ser ela. Queria ser ela ainda mais do que queria ser Borte Khatun.

Como ela, ele queria tremeluzir diante dos açougues onde carcaças peladas de carneiros inteiros ficavam penduradas como
grandes muralhas de carne; queria sorrir ao passar pelo Salão de
Cabeleireiro Masculino Novo Estilo de Vida, onde Iliyaas, o barbeiro, cortava o cabelo de Liaqat, o jovem e esguio açougueiro,
e dava brilho com Brylcreem. Queria estender uma mão de
unhas pintadas e um pulso cheio de pulseiras para delicadamente erguer a guelra de um peixe e ver se estava fresco antes de
barganhar o preço. Ele queria levantar só um pouquinho a salwar
ao pular uma poça — apenas o suficiente para mostrar as tornozeleiras de prata.

Não era só a parte de menina de Aftab que era um apêndice.

Ele passou a dividir o tempo entre as aulas de música e ficar
na frente da porta azul da casa da Gali Dakotan onde morava a
mulher alta. Aprendeu que o nome dela era Bombay Silk e que
havia outras sete como ela, Bulbul, Razia, Hira, Baby, Nimmo,
Mary e Gudiya, que moravam juntas no haveli de porta azul e
que tinham uma Ustad, uma guru, chamada Kulsum Bi, mais
velha que todas elas, chefe da casa. Aftab descobriu que o haveli
delas se chamava Khwabgah — a Casa dos Sonhos.

De início, ele era enxotado porque todo mundo, inclusive
as moradoras da Khwabgah, conhecia Mulaqat Ali e não queria
encrenca com ele. Mas, sem se preocupar com a reprimenda e
o castigo que estivessem à sua espera, Aftab voltava teimosamente a seu posto, dia após dia. Era o único lugar no mundo onde
sentia que o ar se abria para ele. Quando chegava, sentia o ar
mudar, deslizar, como um colega de escola que abre espaço no
banco da classe. Ao longo de um período de meses, aceitando
tarefas, carregando sacolas e instrumentos musicais quando as
residentes saíam para a cidade, massageando os pés delas ao fim
de um dia de trabalho, Aftab acabou conseguindo se insinuar na
Khwabgah. Por fim chegou o dia em que foi admitido. Entrou

naquela casa comum, semidestruída, como se estivesse atravessando os portões do Paraíso.

A porta azul dava para um pátio pavimentado, de muros altos, com uma bomba de água num canto e um pé de romã no outro. Havia duas salas atrás de uma varanda ampla com colunas frisadas. O teto de uma das salas havia caído, e as paredes desmoronaram num monte de entulho, onde uma família de gatos se instalara. A sala que não despencara era grande, e estava em condições bastante boas. Nas paredes verde pálido, descascadas, havia quatro *almirah* de madeira e dois da Godrej cobertos com fotos de estrelas de cinema — Madhubala, Wahida Rehman, Nargis, Dilip Kumar (cujo nome verdadeiro era Muhammad Yusuf Khan), Guru Dutt e o rapaz local Johnny Walker (Badruddin Jamaluddin Kazi), o comediante que fazia sorrir até a pessoa mais triste do mundo. Um dos armários tinha na porta um espelho de corpo inteiro, embaçado. Em outro canto, havia uma velha penteadeira desgastada. Pendurados do teto alto, um lustre lascado e quebrado com apenas uma lâmpada funcionando e um ventilador marrom-escuro de haste comprida. O ventilador tinha características humanas — era ardiloso, temperamental e imprevisível. Tinha nome também, Usha. Usha não era mais jovem e muitas vezes precisava ser bajulada e cutucada com uma vassoura de cabo comprido para funcionar, girando como uma lenta bailarina de pole dance. Ustad Kulsum Bi dormia na única cama do haveli com seu periquito, Birbal, na gaiola pendurada acima de sua cabeça. Birbal gritava como se estivesse sendo esganado se Kulsum Bi não estivesse por perto à noite. Durante as horas de vigília, Birbal era capaz de algumas invectivas pesadas, sempre precedidas por um meio malicioso, meio insinuante *Ai Hai!* que havia aprendido com suas colegas de casa. O insulto predileto de Birbal era o que se ouvia mais comumente na Khwabgah: *Saali Randi Hijra* (vá foder sua irmã, puta hijra). Birbal sabia todas as variações. Sabia sussurrar, dizer com faceirice, de brincadeira, afetado e com genuína raiva e amargura.

As demais dormiam na varanda, os colchões enrolados durante o dia como almofadas gigantes. No inverno, quando o pátio ficava frio e enevoado, todas se amontoavam no quarto de Kulsum Bi. A entrada para o banheiro era pelas ruínas do quarto que desmoronara. Todas se alternavam para se lavar na bomba de água. Uma escada absurdamente estreita e íngreme levava à cozinha no andar de cima. A janela da cozinha dava para a cúpula da igreja da Santíssima Trindade.

Mary era a única cristã entre as residentes da Khwabgah. Ela não ia à igreja, mas usava um pequeno crucifixo no pescoço. Gudiya e Bulbul eram ambas hindus e de vez em quando visitavam os templos que as deixavam entrar. As outras eram muçulmanas. Visitavam a Jama Masjid e os dargah que permitiam que fossem às salas internas (porque, ao contrário das mulheres biológicas, as hijras não eram consideradas impuras porque não menstruavam). A pessoa mais masculina da Khwabgah, no entanto, menstruava. Bismillah dormia no andar de cima, no terraço da cozinha. Era uma mulher pequena, escura, magra, com a voz de uma buzina de ônibus. Havia se convertido ao islamismo e mudara para a Khwabgah poucos anos antes (as duas coisas não tinham ligação) depois que o marido, um motorista de ônibus da Delhi Transportes, a jogara para fora de casa por não lhe dar um filho. Claro que nunca ocorreu ao marido que ele podia ser responsável pela ausência de bebês. Bismillah (antes Bimla) cuidava da cozinha e protegia a Khwabgah contra intrusos indesejados com a ferocidade e dureza de um mafioso profissional de Chicago. Jovens estavam terminantemente proibidos de entrar na Khwabgah sem a permissão expressa dela. Mesmo os clientes regulares, como o futuro cliente de Anjum — o Homem Que Falava Inglês — eram mantidos à distância e tinham de fazer seus próprios arranjos para seus compromissos. A companheira de Bismillah no terraço era Razia, que tinha perdido o juízo e a memória e não sabia mais quem era nem de onde vinha. Razia não era hijra. Era um homem que gostava de se vestir de mulher. Porém, não queria ser considerada mulher, mas um homem que queria ser mulher. Havia muito tempo tinha parado de tentar explicar a diferença para as pessoas (inclusive as hijras). Razia passava os dias alimentando os pombos no telhado e desviando todas as conversas para um plano governamental secreto, não utilizado (*dao-pech*, ela o chamava) que descobrira para hijras e pessoas como ela. Segundo o plano, todas viveriam juntas em uma colônia habitacional e receberiam pensão do governo para não precisar mais ganhar a vida fazendo o que ela descrevia como *badtamizi* — mau comportamento. O outro tema de Razia era a pensão do governo para os gatos de rua. Por alguma razão, sua mente sem memória, sem lastro, se voltava indefectivelmente para planos governamentais.

A primeira amiga de verdade de Aftab na Khwabgah foi Nimmo Gorakhpuri, a mais nova de todas e a única que havia completado o ensino médio. Nimmo fugira de casa em Gorakhpur onde seu pai trabalhava como chefe de seção no Correio Central. Embora se portasse como se tivesse bem mais idade, Nimmo na verdade era apenas seis ou sete anos mais velha que Aftab. Era baixa e rechonchuda com cabelo crespo e cheio, incríveis sobrancelhas curvas como um par de cimitarras e cílios excepcionalmente fartos. Teria sido bonita, não fosse a barba que crescia depressa e deixava a pele de suas faces azuladas por baixo da maquiagem, mesmo quando havia se barbeado. Nimmo era obcecada pela moda para mulheres ocidentais e ferozmente possessiva com sua coleção de revistas de moda adquirida no bazar de livros de segunda mão dos domingos na calçada de Daryaganj, a cinco minutos de caminhada da Khwabgah. Um dos vendedores de livros,

Naushad, que comprava seu suprimento de revistas dos lixeiros que atendiam as embaixadas estrangeiras em Shantipath, as separava e vendia a Nimmo com um bom desconto.

"Sabe por que Deus criou as hijras?", ela perguntou a Aftab uma tarde, enquanto folheava um número gasto da *Vogue* de 1967, detendo-se nas mulheres loiras de pernas nuas que tanto a fascinavam.

"Não, por quê?"

"Foi uma experiência. Ele resolveu criar alguma coisa, uma criatura viva incapaz de felicidade. E criou a gente."

As palavras dela atingiram Aftab com a força de um murro. "Como pode dizer isso? Vocês são todas felizes aqui! Isto aqui é a Khwabgah!", ele disse, com o pânico crescendo.

"Quem é feliz aqui? É tudo engano e falsidade", Nimmo disse, lacônica, sem se dar ao trabalho de erguer os olhos da revista. "Ninguém é feliz aqui. Não é possível. *Arre yaar*, pense um pouco, o que é que deixa vocês, pessoas normais, bem infelizes? Não digo *você*, mas adultos como você — ficam infelizes com o quê? O aumento de preços, a admissão dos filhos na escola, a surra do marido, a traição da esposa, os conflitos hindus-muçulmanos, a guerra indo-paqui — coisas *externas* que acabam assentando. Mas para nós o aumento de preços, a admissão na escola, a surra do marido, a traição da esposa, está tudo *dentro* de nós. O conflito está *dentro* de nós. A guerra *dentro* de nós. Indo-paqui *dentro* de nós. Não vai assentar nunca. Não *tem como*."

Aftab queria desesperadamente contradizê-la, dizer que estava completamente errada, porque *ele* era feliz, mais feliz do que nunca. Ele era a prova viva de que Nimmo Gorakhpuri estava errada, não era? Mas não disse nada, porque implicaria revelar-se ele próprio não ser "gente normal", coisa para a qual ainda não estava preparado.

Foi só ao completar catorze anos, momento em que Nimmo

fugiu da Khwabgah com um motorista de ônibus da Transporte Estadual (que logo a abandonou e voltou para a família), que Aftab entendeu plenamente o que ela quisera dizer. Seu corpo tinha começado a entrar em guerra com ele. Ficou alto e musculoso. E peludo. Em pânico, tentou remover os pelos do rosto e do corpo com Burnol — unguento para queimaduras que deixou marcas escuras na pele. Depois tentou o removedor de pelos Anne French crème que surripiou de suas irmãs (ele logo foi descoberto porque aquilo cheirava como um esgoto). Com uma pinça feita em casa que mais parecia um alicate, depilou as fartas sobrancelhas em forma de meias-luas assimétricas. Desenvolveu um pomo de adão que subia e descia. Queria arrancar aquilo do pescoço. Em seguida, veio a traição mais dura de todas — uma coisa contra a qual nada podia fazer. Sua voz mudou. Uma voz masculina e grave, poderosa, apareceu no lugar do tom agudo e doce. Ele sentia repulsa por aquilo e se apavorava cada vez que abria a boca. Ficou calado e só falava como último recurso, depois de esgotar outras opções. Parou de cantar. Quando ouvia música, quem prestasse atenção ouviria um zunido quase inaudível, como um inseto, que parecia emergir de um buraco de agulha no alto de sua cabeça. Nenhuma persuasão, nem mesmo do próprio Ustad Hamid, conseguia arrancar uma canção de Aftab. Ele nunca mais cantou, a não ser para caricaturar na caçoada as músicas de filmes hindi nas farras das hijras ou quando (em sua função profissional) baixavam nas comemorações de pessoas comuns — casamentos, nascimentos, inauguração de casas — dançando e cantando com suas loucas vozes roucas, oferecendo suas bênçãos e ameaçando envergonhar os anfitriões (expondo suas partes privadas mutiladas) e acabar com a festa com xingamentos e uma demonstração de impensável obscenidade a menos que recebessem uma taxa. (Isso era o que Razia queria dizer com *badtamizi* e a que Nimmo Gorakhpuri se referia quando dissera: "Nós somos chacais que se alimentam da felicidade dos outros, somos Caçadoras de Felicidade". *Khushi-khor* foi a expressão que ela usou.)

Uma vez abandonada a música, Aftab não tinha mais por que continuar vivendo no que a maior parte das pessoas comuns considerava o mundo real — e que as hijras chamavam de *Duniya*, o Mundo. Uma noite, ele roubou um pouco de dinheiro e algumas das melhores roupas de suas irmãs e mudou-se para a Khwabgah. Jahanara Begum, que nunca se notabilizou pela timidez, invadiu o local para levá-lo de volta. Ele se recusou a sair. Ela acabou indo embora depois de fazer Ustad Kulsum Bi prometer que ao menos nos fins de semana Aftab seria forçado a usar roupa de rapaz comum e ser mandado para casa. Ustad Kulsum Bi tentou cumprir a promessa, mas o arranjo durou apenas alguns meses.

E assim, aos quinze anos, a apenas alguns metros da casa onde sua família morava havia séculos, Aftab entrou por uma porta comum para um outro universo. Em sua primeira noite como residente permanente da Khwabgah, ele dançou no pátio a música favorita do filme favorito de todas — "Pyar Kiya To Darna Kya", de *Mughal-e-Azam*. Na noite seguinte, em uma pequena cerimônia, recebeu um dupatta verde da Khwabgah e foi iniciado nas normas e rituais que o tornavam formalmente membro da comunidade hijra. Aftab passou a ser Anjum, discípula de Ustad Kulsum Bi da gharana Delhi, uma das sete gharanas hijra regionais no país, cada uma chefiada por uma *nayak*, uma chefa, todas lideradas por uma Chefa Suprema.

Embora nunca mais o visitasse lá, durante anos Jahanara Begum continuou mandando uma refeição quente para a Khwabgah todos os dias. O único lugar onde ela e Anjum se encontravam era no dargah de Hazrat Sarmad Shahid. Ali sentavam-se juntos por um momento, Anjum com quase um metro e oitenta de estatura, a cabeça coberta recatadamente com um dupatta com lantejoulas e a miúda Jahanara Begum, cujo cabelo começara a ficar branco debaixo da burca preta. Às vezes, ficavam de mãos dadas sub-repticiamente. Mulaqat Ali, por sua vez, era menos capaz de aceitar a situação. Seu coração partido nunca se curou. Continuava a dar suas entrevistas, mas nunca falou nem em particular nem em público do infortúnio que se abatera sobre a dinastia de Gengis Khan. Decidiu romper todos os laços com o filho. Nunca se encontrou com Anjum nem pronunciou o nome dela. De vez em quando, os dois se cruzavam na rua e trocavam olhares, mas nunca uma saudação. Nunca.

Ao longo dos anos, Anjum veio a se tornar a hijra mais famosa de Delhi. Cineastas brigavam por ela, ONGs a cercavam, correspondentes estrangeiros davam seu número de telefone uns para os outros como um favor profissional, ao lado dos números do Hospital Bird, de Phulan Devi, a dacoit conhecida como "Rainha dos Bandidos" e um contato com uma mulher que insistia ser a begum de Oudh e morava numa velha ruína na floresta Ridge com seus criados e seus candelabros, pleiteando direitos a um reino não existente. Em entrevistas, Anjum era estimulada a falar sobre o abuso e a crueldade que seus interlocutores supunham ter ela sofrido da parte de seus pais, irmãos e vizinhos muçulmanos convencionais antes de sair de casa. Invariavelmente se decepcionavam quando ela contava o quanto a mãe e o pai a tinham amado e como *ela* havia sido cruel. "Outras têm histórias terríveis, do tipo que vocês gostam de pôr no jornal", ela dizia, "por que não conversam com *elas*?" Mas claro que os jornais não funcionavam assim. Ela era a escolhida. Tinha de ser ela, mesmo que sua história fosse ligeiramente alterada para atender aos apetites e às expectativas dos leitores.

Quando se tornou residente permanente da Khwabgah, Anjum pôde finalmente usar as roupas que desejava — as kurtas de tecido leve com lantejoulas e salwars patiala pregueadas, shararas, ghararas, tornozeleiras de prata, pulseiras de vidro e brincos de pingente. Mandou furar o nariz e usava um complexo brinco nasal com pedraria, contornava os olhos com kohl e sombra azul e brindava a si mesma com uma boca sexy, em forma de arco madhubala com batom vermelho brilhante. Seu cabelo não crescia muito, mas era comprido o suficiente para prender atrás e aplicar uma trança de cabelo artificial. Seu rosto era forte, marcante, e o nariz notável, adunco como o de seu pai. Não era linda como Bombay Silk, porém era mais sexy, mais intrigante, bonita de um jeito que algumas mulheres conseguem ser. Esses aspectos, combinados a seu firme compromisso com um estilo exagerado, descarado de feminilidade, faziam as mulheres biológicas, reais, do bairro — mesmo as que não usavam burcas completas — parecerem nebulosas e dispersas. Ela aprendeu a exagerar o movimento dos quadris ao andar e a se comunicar com a assinatura hijra de bater palma com os dedos estendidos, como um tiro, e que podia significar qualquer coisa — sim, não, talvez, *Wah! Behen ka Lauda* (a piroca da sua irmã), *Bhonsadi ka* (você que nasceu pelo cu). Só outra hijra era capaz de decodificar o que significava especificamente o estalo específico naquele momento específico.

No aniversário de dezoito anos de Anjum, Kulsum Bi deu uma festa na Khwabgah. Vieram hijras da cidade inteira, algumas de outras cidades. Pela primeira vez na vida, Anjum usou um sari, um sari "disco" vermelho com choli de costas nuas. Nessa noite, sonhou que era uma noiva na sua noite de núpcias. Acordou incomodada por descobrir que seu prazer sexual se expressara em sua linda roupa nova como prazer de homem. Não foi a primeira vez que isso aconteceu, mas por alguma razão, talvez por causa do sari, a humilhação que sentiu nunca havia sido tão intensa. Ela se sentou no pátio e uivou como um lobo, se batendo na cabeça e entre as pernas, gritando com a dor autoproduzida. Ustad Kulsum Bi, que não estranhava esses histrionismos, deu-lhe um tranquilizante e a levou para seu quarto.

Quando Anjum se acalmou, Ustad Kulsum Bi conversou com ela com calma, de um jeito que nunca havia feito antes. Não havia razão para se envergonhar de nada, disse Ustad Kulsum Bi, porque as hijras eram pessoas escolhidas, amadas pelo Todo-Poderoso. A palavra "Hijra", segundo ela, significava Corpo no qual vive uma Alma Sagrada. Na hora que se seguiu, Anjum aprendeu que as Almas Sagradas eram um grupo à parte e que o mundo da Khwabgah era tão complicado, se não mais, do que o Duniya. As hindus, Bulbul e Gudiya, tinham ambas se submetido à (extremamente dolorosa) cerimônia formal de castração religiosa em Bombaim antes de irem para a Khwabgah. Bombaim Silk e Hira gostariam de fazer a mesma coisa, mas eram muçulmanas e acreditavam que o islã proibia alterar o gênero dado por Deus, de forma que conseguiam, de algum jeito, se virar com essas limitações. Baby, assim como Razia, era um homem que queria continuar homem, mas ser mulher sob todos os outros aspectos. Quanto a Ustad Kulsum Bi, ela disse que discordava da interpretação islâmica de Bombay Silk e Hira. Ela e Nimmo Gorakhpuri — que eram de gerações diferentes — tinham feito a cirurgia. Ela contou que conhecia um dr. Mukhtar que era confiável e discreto, não espalhava fofocas sobre seus pacientes por todas as gali e *kucha* da Velha Delhi. Ela disse a Anjum que devia pensar a respeito e decidir o que fazer. Anjum precisou de três minutos inteiros para se decidir.

O dr. Mukhtar foi mais tranquilizador que o dr. Nabi tinha sido. Disse que podia remover suas partes masculinas e tentar aprimorar a vagina existente. Sugeriu também comprimidos que tirariam o tom grave de sua voz e ajudariam a desenvolver seios. Com desconto, Kulsum Bi insistiu. Com desconto, concordou o dr. Mukhtar. Kulsum Bi pagou pela cirurgia e pelos hormônios; ao longo dos anos, Anjum pagou de volta, muitas vezes mais.

A cirurgia foi difícil, a recuperação ainda mais, porém no fim veio como um alívio. Anjum sentia como se uma névoa tivesse desaparecido de seu sangue e fosse capaz de finalmente pensar com clareza. A vagina do dr. Mukhtar, contudo, revelou-se uma fraude. Funcionava, mas não do jeito que ele havia dito, nem mesmo depois de duas cirurgias corretivas. Ele não se ofereceu para devolver o dinheiro porém, nem todo nem em parte. Ao contrário, continuou ganhando a vida com conforto, vendendo partes do corpo espúrias e abaixo do padrão para pessoas desesperadas. Morreu como homem de posses, com duas casas em Laxmi Nagar, uma para cada filho, e sua filha se casou com um rico empreiteiro imobiliário de Rampur.

Embora Anjum tenha se tornado uma amante muito procurada, uma hábil fornecedora de prazer, o orgasmo que teve quando usava seu sari disco vermelho foi o último de sua vida. E, embora as "tendências" de que o dr. Nabi alertara seu pai permanecessem, os comprimidos do dr. Mukhtar efetivamente tiraram o tom grave de sua voz. Mas restringiram sua ressonância, tornaram áspero o timbre e deram-lhe uma característica peculiar, rouca, que às vezes soava como duas vozes brigando uma com a outra em vez de uma só voz. Isso assustava os outros, mas não assustava sua dona da forma que a voz dada por Deus assustava. Nem a agradava.

Anjum viveu na Khwabgah com seu corpo remendado e seus sonhos parcialmente realizados durante mais de trinta anos.

Tinha quarenta e seis anos quando anunciou que queria ir embora. Mulaqat Ali tinha morrido. Jahanara Begum estava praticamente presa ao leito e morava com Saqib e sua família em uma ala da velha casa de Chitli Qabar (a outra metade foi alugada a um jovem estranho e acanhado que vivia em meio a torres de livros ingleses de segunda mão empilhados no chão, em sua cama e em toda e qualquer superfície horizontal). Anjum era bem recebida em visitas ocasionais, mas não para ficar. A Khwabgah era lar de uma nova geração de residentes; das antigas restavam apenas Ustad Kulsum Bi, Bombay Silk, Razia, Bismillah e Mary.

Anjum não tinha para onde ir.

*

Talvez por isso, ninguém a levou a sério.

Anúncios dramáticos de despedida ou de suicídio iminente eram reações bastante rotineiras a ciúmes ferozes, infindáveis intrigas e lealdades sempre cambiantes, parte da vida cotidiana da Khwabgah. Mais uma vez, todo mundo sugeriu médicos e comprimidos. Os comprimidos do dr. Bhagat curam tudo, diziam. Todo mundo toma. "Eu não sou todo mundo", Anjum respondeu, e isso deu início a uma nova onda de rumores (contra e a favor) sobre os abismos do orgulho e quem ela pensa que é?

O que ela *realmente* pensava que era? Não muita coisa, ou bastante, dependendo de como se olhasse. Tinha ambições, sim. E elas tinham fechado o círculo. Agora, queria voltar ao Duniya e viver como uma pessoa comum. Queria ser mãe, acordar em sua própria casa, vestir o uniforme em Zainab e mandá-la para a escola com seus livros e marmita. A questão era a seguinte: ambições como essas, da parte de alguém como ela, eram razoáveis ou fora de propósito?

Zainab era o único amor de Anjum. Anjum a encontrara três anos antes numa daquelas tardes ventosas em que os gorros dos fiéis saíam voando de suas cabeças e os balões dos vendedores de balões ficavam todos inclinados para um lado. Ela estava sozinha e urrando na escadaria da Jama Masjid, uma ratinha dolorosamente magra, com grandes olhos assustados. Anjum calculou que devia ter três anos de idade. Estava com uma *salwar kamiz* verde pardo e hijab branco sujo. Quando Anjum se curvou sobre ela e ofereceu um dedo, ela olhou para cima depressa, agarrou o dedo e continuou a chorar alto sem pausa. A Ratinha vestida com hijab não fazia ideia da tempestade que esse gesto casual provocara nas entranhas da dona do dedo que ela agarrara. Ser ignorada e não repelida pela miúda criatura aplacou (no momento pelo menos) o que Nimmo Gorakhpuri havia tão astutamente, fazia tanto tempo, chamado de indo-paqui. As facções em guerra dentro de Anjum silenciaram. Seu corpo dava a sensação de um anfitrião generoso em vez de um campo de batalha. Era como morrer ou como nascer? Anjum não conseguia resolver. Em sua imaginação tinha a plenitude, a sensação de inteireza, de uma das duas coisas. Ela se abaixou, carregou a Ratinha e aninhou-a no colo, murmurando o tempo todo para ela com ambas as suas vozes conflitantes. Nem isso assustou ou distraiu a criança de seu projeto de berrar. Durante algum tempo, Anjum simplesmente ficou ali parada, sorrindo alegre, enquanto a criatura em seus braços chorava. Então a pôs nos degraus, trouxe para ela um algodão-doce cor-de-rosa e tentou distraí-la falando soltamente sobre coisas de adultos, esperando o tempo passar até que o dono da criança viesse buscá-la. Acabou sendo uma conversa unilateral, porque a Ratinha não sabia muita coisa a respeito de si própria, nem mesmo seu nome, e parecia não querer falar. Quando acabou de comer o algodão (ou o algodão acabou com ela), tinha uma viva barba rosada e dedos melados. Os berros se transformaram em soluços e por fim silenciaram. Anjum ficou horas com ela na escadaria, esperando que alguém viesse buscá-la, perguntou aos transeuntes se alguém sabia quem era a criança perdida. Quando anoiteceu e as grandes portas de madeira da Jama Masjid se fecharam, Anjum ergueu a Ratinha sobre os ombros e a levou para a Khwabgah. Lá foi repreendida e lhe disseram que o certo nesse caso teria sido informar à gerência da Masjid que havia encontrado uma criança perdida. Ela fez isso na manhã seguinte (relutante, diga-se de passagem, arrastando os pés, esperando sem esperança, porque Anjum já estava perdidamente apaixonada).

Ao longo da semana seguinte, foram feitos anúncios em várias mesquitas, várias vezes por dia. Ninguém apareceu para recolher a Ratinha. Passaram-se as semanas, e ninguém apareceu procurando. E assim, por inércia, Zainab — nome que Anjum escolheu para ela — foi ficando na Khwabgah, onde era brindada com mais amor de muitas mães (e, por assim dizer, pais) do que qualquer criança poderia esperar. Ela não demorou muito para se instalar na nova vida, o que sugeria que não era muito apegada à anterior. Anjum passou a acreditar que ela havia sido abandonada, não perdida.

Dentro de poucas semanas, começou a chamar Anjum de "mamãe" (porque Anjum passara a se chamar assim). As outras residentes (sob a tutela de Anjum) eram todas chamadas de "apa" (tia, em urdu) e Mary, como era cristã, era tia Mary. Ustad Kulsum Bi e Bismillah eram "nani Badi" e "nani Chhoti". Vovó Sênior e Júnior. A Ratinha absorvia amor como a areia absorve o mar. Muito depressa, se metamorfoseou em uma mocinha insolente com tendências desordeiras, nitidamente semelhantes a uma Bandicota (que mal se conseguia controlar).

Nesse meio-tempo, a mamãe ficava cada vez mais aturdida. Foi pega completamente desprevenida pelo fato de ser *possível* um ser humano amar outro tanto e tão completamente. De início, ainda nova na disciplina, só conseguia expressar seus sentimentos de um jeito ocupado, apressado, como uma criança com seu primeiro bicho de estimação. Comprou para Zainab uma quantidade desnecessária de brinquedos e roupas (vestidos frívolos, de mangas bufantes, made-in-China, sapatos que rangiam com luzes que piscavam nos calcanhares), ela dava banho, vestia e desvestia a menina um número desnecessário de vezes, passava óleo, trançava e destrançava o cabelo dela, amarrava e desamarrava com fitas que combinavam ou contrastavam, que guardava enroladas numa lata velha. Superalimentava a menina, a levava para passeios no bairro e, quando viu que Zainab tinha atração natural por animais, comprou um coelho para ela — que foi morto por um gato na primeira noite na Khwabgah — e um carneiro com uma barba estilo maulana que morava no pátio e de vez em quando, com uma expressão impassível na cara, soltava pílulas caprinas brilhantes em todas as direções.

A Khwabgah estava em melhores condições do que estivera em anos. A sala desmoronada fora reformada e um novo quarto construído em cima dela no primeiro andar, onde moravam Anjum e Mary. Anjum dormia com Zainab num colchão no chão, o corpo comprido enrolado protetoramente em torno da menininha como a muralha de uma cidade. À noite, ela cantava baixinho para a menina dormir, de um jeito que era mais um sussurro que uma canção. Quando Zainab tinha idade suficiente para entender, Anjum começou a contar histórias. No início, as histórias eram completamente inadequadas para uma menina pequena. Eram a tentativa um tanto desajeitada de Anjum compensar o tempo perdido, numa transfusão de si mesma para a memória e consciência de Zainab, para se revelar sem artifício, de forma que pudessem ser uma da outra por completo. O resultado era que ela usava Zainab como uma espécie de porto onde depositava sua carga — suas alegrias e tragédias, os pontos de mudança catártica de sua vida. Longe de fazer Zainab dormir, muitas histórias lhe davam pesadelos e a deixavam acordada durante horas, temerosa e irritada. Às vezes, a própria Anjum chorava ao narrar. Zainab começou a detestar a hora de dormir e fechava os olhos com força, simulando o sono a fim de não ter de ouvir outra história. Com o tempo, porém, Anjum (com a colaboração de algumas apas mais novas) elaborou uma linha editorial. As histórias foram testadas com sucesso e por fim Zainab até começou a gostar do ritual da hora de dormir.

Sua favorita era a História do Viaduto — a narrativa de como Anjum e suas amigas um dia voltavam a pé para casa tarde da noite da Colônia Defence, em Delhi Sul, até o Portão Turcomano. Eram cinco ou seis delas, bem vestidas, lindas depois de uma noite de celebração na casa de um comerciante rico no Bloco D. Depois da festa, elas resolveram andar um pouco e tomar o ar fresco. Naquela época, havia algo como ar fresco na cidade, Anjum disse a Zainab. Quando estavam no meio do viaduto da Colônia Defence — o único da cidade na época — começou a chover. E o que se pode fazer no meio de um viaduto quando chove?

"Continuar andando", Zainab dizia, com um tom adulto e razoável.

"Exatamente. Então nós continuamos andando", Anjum falava. "E aí o que aconteceu?"

"Aí você queria fazer xixi!"

"Aí eu queria fazer xixi!"

"Mas não podia parar!"

"Não podia parar."

"Tinha de continuar andando!"

"Tinha de continuar andando."

"Então nós fizemos xixi nas nossas saias!" Zainab gritava, porque estava naquela idade em que qualquer coisa referente a cagar, mijar e peidar eram o ponto alto, ou talvez o *foco* de qualquer história.

"Isso mesmo, e foi a melhor sensação do mundo", Anjum continuava, "encharcadas de chuva naquele imenso viaduto vazio, andando debaixo de um imenso anúncio de uma mulher molhada se enxugando com uma toalha Bombay Dyeing."

"E a toalha era do tamanho de um tapete!"

"Do tamanho de um tapete, sim."

"E aí você perguntou pra mulher se podia emprestar a toalha pra você se enxugar."

"E o que a mulher respondeu?"

"Ela disse, *Nahin! Nahin! Nahin!*"

"Disse *Nahin! Nahin! Nahin!* E a gente ficou encharcada e continuou andando…"

"Com xixi *garam-garam* (quente) escorrendo pelas pernas *thanda-thanda* (frias)!"

Inevitavelmente, nessa altura Zainab adormecia, sorrindo. Todo indício de adversidade ou infelicidade tinha de ser eliminado das histórias de Anjum. Ela adorava quando Anjum se transformava em uma jovem sereia do sexo que levava uma vida cintilante de música e dança, vestida com roupas deslumbrantes com unhas esmaltadas e um bando de admiradores.

E assim, dessa forma, a fim de agradar Zainab, Anjum começou a reescrever uma vida mais simples e mais feliz para si mesma. Em troca, a reescritura transformou Anjum em uma pessoa mais simples e mais feliz.

Eliminado da História do Viaduto, por exemplo, estava o fato de o incidente ter ocorrido em 1976, no ápice da Emergência declarada por Indira Gandhi e que durou vinte e um meses. O mimado filho mais novo dela, Sanjay Gandhi, era líder do Congresso Jovem (a ala jovem do partido do poder), e de certa forma conduzia o país, tratando-o como se fosse um brinquedo seu. Suspenderam os Direitos Civis, jornais eram censurados e, em nome do controle populacional, milhares de homens (sobretudo muçulmanos) foram recolhidos a campos e esterilizados à força. Uma nova lei — o Ato de Manutenção da Segurança Interna — permitia que o governo prendesse a seu bel-prazer. As prisões estavam cheias, e um pequeno grupo de acólitos de Sanjay Gandhi foi açulado sobre a população em geral para pôr em prática suas ordens.

Na noite da História do Viaduto, a reunião — uma festa de casamento — de onde Anjum e suas colegas tinham saído foi interrompida pela polícia. O anfitrião e três convidados foram presos e levados embora em camburões da polícia. Ninguém sabia por quê. Arif, o motorista da van que tinha trazido Anjum e companhia para a festa, tentou empilhar seus passageiros na van e fugir. Por sua impertinência teve os dedos da mão esquerda e a patela direita esmigalhados. Suas passageiras foram arrastadas para fora do Matador, com chutes no traseiro como se fossem palhaços de circo, com ordens para se mandar, voltar correndo para casa se não quisessem ser presas por prostituição e obscenidade. Elas saíram correndo em terror cego, como demônios pela escuridão e chuva forte, a maquiagem escorrendo bem mais depressa que as pernas, as roupas diáfanas encharcadas limitando os passos e impedindo a velocidade. Na verdade, era apenas a humilhação rotineira para as hijra, nada fora do comum, e nada em comparação com as tribulações que outros sofreram nesses meses horrendos.

Não era nada, mas ao mesmo tempo era alguma coisa.

Apesar das adaptações de Anjum, a História do Viaduto conservava alguns elementos de verdade. Por exemplo, realmente chovia naquela noite. E Anjum realmente mijou enquanto corria. Havia de fato um anúncio de toalhas Bombay Dyeing no viaduto da Colônia Defence. E a mulher do anúncio realmente se recusou terminantemente a emprestar a toalha.

*

Um ano antes de Zainab ter idade para ir à escola, Mamãe resolveu preparar o acontecimento. Ela visitou sua antiga casa e com a permissão do irmão Saqib trouxe a coleção de livros de Mulaqat Ali para a Khwabgah. Era vista muitas vezes sentada de pernas cruzadas diante de um livro aberto (não o Alcorão Sagrado), movendo os lábios enquanto o dedo acompanhava a linha pela página, ou balançando para a frente e para trás com os olhos fechados, pensando no que acabara de ler, ou talvez dragando o pântano de sua memória para recuperar algo que um dia soubera.

Quando Zainab fez cinco anos, Anjum a levou a Ustad Hamid para começar lições de canto. Desde o começo, ficou claro que a música não era o seu dom. Ela ficava inquieta e infeliz durante as aulas, entoando notas desafinadas com tanta precisão que era quase uma habilidade em si. Paciente, bondoso, Ustad Hamid sacudia a cabeça como se uma mosca o incomodasse e enchia as bochechas com chá morno enquanto apertava as teclas do harmônico, o que queria dizer que queria que a aluna tentasse de novo. Nas raras ocasiões em que Zainab conseguia chegar em algum ponto próximo de uma nota afinada, ele assentia alegremente com a cabeça e dizia: "Esse é o meu menino!" — frase que tirara do desenho *Tom e Jerry* do Cartoon Network que ele adorava e assistia com os netos (que estavam estudando numa escola inglesa). Era seu maior elogio, apesar do gênero da estudante. Ele o aplicava a Zainab não porque ela merecesse, mas em consideração a Anjum e à lembrança de como ela (ou ele) — quando era Aftab — cantava lindamente. Anjum assistia a todas as aulas. Seu agudo zunido de inseto no buraco do alto da cabeça reapareceu, dessa vez como um discreto estímulo para disciplinar a voz transviada de Zainab e mantê-la real. Era inútil. A Bandicota não sabia cantar.

A verdadeira paixão de Zainab, afinal, eram os animais. Ela era um terror nas ruas da cidade velha. Queria libertar todas as galinhas brancas meio carecas, meio mortas, enfiadas em gaiolas imundas e empilhadas umas sobre as outras diante dos açougues, conversar com cada gato que passava na frente dela e levar para casa toda ninhada de cachorrinhos que encontrava chafurdando no sangue e nas entranhas que escorriam pelos ralos abertos. Ela não dava ouvidos quando diziam que os cachorros era impuros — *najis* — para muçulmanos e não deviam ser tocados. Não recuava diante de grandes ratos peludos que corriam pela rua que precisava percorrer todos os dias; parecia nunca se acostumar com a visão de montes de patas amarelas de galinha, patas de carneiros serradas, pirâmides de cabeças de carneiro com seus olhos azuis cegos e fixos e os miolos de carneiro brancos perolados que tremulavam como gelatina nas bandejas de aço.

Além de seu carneiro de estimação, que graças a Zainab sobrevivera a um recorde de três Bakr-Eids sem ser sacrificado, Anjum conseguiu para ela um lindo galo, que respondeu ao abraço de boas-vindas de sua nova dona com uma bicada feia. Zainab chorou alto, mais de tristeza que de dor. O bico a castigava, mas seu afeto pela ave continuava intocado. Sempre que o Galo Amor vinha para cima dela, Zainab abraçava as pernas de Anjum e estalava beijos nos joelhos da mamãe, virando a cabeça para, amorosa, amorosa, olhar o galo entre um beijo e outro de forma que o objeto de seu afeto e a destinatária dos beijos não tivessem nenhuma dúvida do que estava acontecendo e a quem os beijos eram realmente destinados. De certa forma, o apego de Anjum por Zainab se refletia proporcionalmente no apego de Zainab por animais. Porém sua ternura por criaturas vivas em nada interferia com a voracidade com que comia carne. Ao menos duas vezes por ano, Anjum a levava ao zoológico que fica dentro de Purana Qila, o Forte Velho, para visitar os rinocerontes, os hipopótamos e seu personagem predileto, o filhote de gibão de Bornéu.

Poucos meses antes de entrar para o KGB (Kindergarten —

Setor B) em uma Pré-Escola Brotos Novos em Daryaganj — Saqib e a esposa assinaram como pais oficiais da menina —, a Bandicota geralmente robusta passou por um momento de saúde frágil. Não foi nada sério, mas era persistente, e a esgotou, cada doença a deixava mais vulnerável que a seguinte. A malária veio depois da gripe, que veio depois de duas crises diferentes de febre viral, uma branda, a segunda preocupante. Anjum se afligia por ela de um jeito que não ajudava nada e, indiferente aos rosnados por seu abandono dos deveres com a Khwabgah (que eram agora sobretudo administrativos e gerenciais), cuidava da Bandicota dia e noite com furtiva e crescente paranoia. Convenceu-se de que alguém que tinha inveja dela (Anjum) colocara olho gordo em Zainab. O ponteiro de sua desconfiança ia sempre na direção de Saida, membro relativamente recente da Khwabgah. Saida era muito mais nova que Anjum e segunda na linhagem dos afetos de Zainab. Era formada e sabia inglês. Mais importante, sabia falar a nova língua do momento — era capaz de usar os termos *cis-homem* e *MparaH* e *HparaM* e em entrevistas referia-se a si mesma como uma "pessoa trans". Anjum, por outro lado, caçoava do que chamava de questão "trans-france", e teimosamente insistia em referir-se a si mesma como hijra.

Assim como muitas outras da geração mais jovem, Saida mudava com facilidade da salwar kamiz tradicional para roupas ocidentais — jeans, saias, frente única que realçava suas costas longas, lindamente musculosas. O que lhe faltava em sabor local e encanto do velho mundo era mais que compensado por seu entendimento moderno, seu conhecimento das leis e seu envolvimento com grupo de Direitos de Gênero (ela havia até se pronunciado em duas conferências). Tudo isso a colocava em um grupo diferente de Anjum. Além disso, Saida deslocou Anjum do posto de Número Um na mídia. Os jornais estrangeiros tinham descartado as antigas exóticas em favor da geração mais jovem. O exotismo não combinava com a imagem da Nova Índia — o poderio nuclear e o destino emergente nas finanças internacionais. Ustad Kulsum Bi, astuta loba velha, estava alerta a esses ventos de mudança e cuidou de beneficiar a Khwabgah. Então Saida, embora não tivesse a superioridade da idade, estava em competição direta com Anjum para assumir como Ustad da Khwabgah quando Ustad Kulsum Bi resolvesse abandonar o cargo, coisa que, igual à rainha da Inglaterra, ela não tinha nenhuma pressa em fazer.

Ustad Kulsum Bi ainda era quem tomava as decisões na Khwabgah, mas não estava envolvida ativamente nos negócios do dia a dia. Nas manhãs em que a artrite a incomodava, ela era colocada deitada em seu charpai no pátio, para tomar sol, com os potes de picles de limão e manga e farinha de trigo espalhada em cima de um jornal para tirar os carunchos. Quando o sol ficava muito quente, levavam-na para dentro para massagear seus pés e passar óleo de mostarda nas rugas. Ela agora se vestia como homem, com uma kurta amarela comprida — amarela porque discípula de Hazrat Nizamuddin Auliya — e um sarongue xadrez. Ela prendia o cabelo branco e fino que mal cobria o couro cabeludo em um minúsculo coque na nuca. Alguns dias, seu velho amigo Haji Mian, que vendia cigarros e *paan* na rua, chegava com o áudio cassete do filme predileto de todos os tempos, *Mughal-e-Azam*. Os dois sabiam de cor todas as músicas e frases de diálogos. Então cantavam e falavam junto com a fita. Achavam que nunca mais alguém escreveria urdu daquele jeito e que nenhum ator jamais seria capaz de igualar a dicção e entonação de Dilip Kumar. Às vezes, Ustad Kulsum Bi fazia o papel do imperador Akbar e também de seu filho, o príncipe Salim, herói do filme, e Haji Mian fazia Anarkali (Madhubala), a escrava que o príncipe Salim amava. Às vezes, trocavam os papéis. A performance conjunta dos dois era, na realidade, mais que qualquer outra coisa, um velório pela glória perdida e por uma língua moribunda.

Uma noite, Anjum estava em seu quarto no andar de cima, aplicando uma compressa na testa quente da Bandicota quando ouviu uma comoção no pátio — vozes alteradas, passos apressados, gente gritando. Seu primeiro instinto foi concluir que um incêndio começara. Acontecia muitas vezes — a imensa trama emaranhada de fios elétricos expostos pendurada acima das ruas tinha o costume de espontaneamente irromper em chamas. Ela pegou Zainab no colo e desceu correndo. Estava todo mundo reunido diante da TV no quarto de Ustad Kulsum Bi, os rostos iluminados pelo tremeluzir da tela. Um avião comercial tinha se chocado com um alto edifício. Metade da aeronave ainda estava espetada para fora, pendurada no ar como um precário brinquedo quebrado. Momentos depois, um segundo avião bateu num segundo edifício e se transformou em uma bola de fogo. As moradoras geralmente tagarelas da Khwabgah assistiram em mortal silêncio quando os dois prédios se deformavam como colunas de areia. Havia fumaça e cinza branca por toda parte. Até a poeira parecia diferente — limpa e estrangeira. Pessoas minúsculas saltavam dos altos prédios e flutuavam como flocos de cinzas.

Não era um filme, dizia o pessoal da televisão. Está acontecendo de verdade. Nos Estados Unidos. Numa cidade chamada Nova York.

O silêncio mais longo da história da Khwabgah finalmente foi rompido por uma pergunta profunda.

"Eles falam urdu lá?", Bismillah queria saber.

Ninguém respondeu.

O choque da sala penetrou em Zainab e, agitada, ela saiu do sonho febril apenas para cair diretamente em outro. Não estava familiarizada com os replays da televisão, de forma que contou dez aviões caindo em cima de dez edifícios.

"Dez ao todo", anunciou sobriamente, com seu inglês recente da Brotos Novos e em seguida voltou a encaixar o rosto gordinho e febril em seu espaço no pescoço de Anjum.

O olho gordo que puseram em Zainab deixara o mundo inteiro doente. Era um poderoso *sifli jaadu*. Anjum deu uma olhada de soslaio em Saida para ver se ela estava ousadamente comemorando seu sucesso ou fingindo inocência. A vaca ardilosa fingia estar tão chocada quanto todo mundo.

Em dezembro, a Velha Delhi foi inundada por famílias afegãs fugindo dos aviões de guerra que cantavam em seu céu como mosquitos fora de época e das bombas que caíam como chuva de aço. Claro que os grandes políticos (dentre os quais, na velha cidade, se encontravam todos os comerciantes e Maulana) tinham suas teorias. Quanto ao restante, ninguém entendia exatamente o que aquela pobre gente tinha a ver com os prédios altos dos Estados Unidos. Como poderiam entender? Quem senão Anjum sabia que o Grande Planejador desse holocausto não era nem Osama bin Laden, nem George Bush, presidente dos Estados Unidos da América, mas uma força muito mais poderosa, muito mais clandestina: Saida (*née* Gul Mohammed), residente da Khwabgah, Gali Dakotan, Delhi — 110 006, Índia.

Para melhor entender a política do Duniya em que a Bandicota estava crescendo, assim como neutralizar ou pelo menos antecipar o sifli jaadu da bem informada Saida, Mamãe começou a ler os jornais com cuidado e a acompanhar o noticiário da televisão (sempre que as outras deixavam que ela mudasse do canal de novelas).

Os aviões que se chocaram com os prédios altos nos Estados Unidos vieram como um bônus para muita gente na Índia. O primeiro-ministro poeta do país e diversos de seus ministros principais eram membros de uma antiga organização que acreditava que a Índia era essencialmente uma nação hindu e que, assim como o Paquistão havia se declarado uma república islâmica, a Índia devia se declarar uma república hindu. Alguns de seus apoiadores e ideólogos admiravam abertamente Hitler e comparavam os muçulmanos da Índia aos judeus da Alemanha. Agora, de repente, como as hostilidades contra os muçulmanos tinham aumentado, começou a parecer para a Organização que o mundo inteiro a apoiava. O primeiro-ministro poeta fez um discurso ceceado, eloquente, a não ser por longas pausas exasperantes quando perdia o fio de sua argumentação, o que acontecia bastante. Ele era velho, mas tinha um jeito jovem de jogar a cabeça quando falava, como os astros de cinema de Bombaim dos anos 1960. "O Muçulmano, ele não gosta do Outro", disse poeticamente em hindi, e fez uma pausa longa até para seu próprio padrão. "Sua Fé ele quer espalhar através do Terror." Ele compôs essa parelha na hora, e ficou extremamente satisfeito consigo mesmo. Cada vez que dizia *Muslim* ou *Mussalman*, seu ceceio soava tão enternecedor como o de uma criança pequena. Na nova configuração, ele era tido como moderado. Alertou que aquilo que acontecera nos Estados Unidos podia facilmente acontecer na Índia e que estava na hora de o governo aprovar uma nova lei antiterrorismo como medida de segurança.

Todos os dias, Anjum, novata nas notícias, assistia a reportagens da televisão sobre explosões de bombas e ataques terroristas que de repente proliferavam como malária. Os jornais urdus traziam matérias sobre rapazes muçulmanos sendo mortos no que a polícia chamava de "encontros", ou sendo pegos e presos no flagrante a planejar greves terroristas. Foi aprovada uma nova lei que permitia que suspeitos ficassem meses detidos sem julgamento. Em pouquíssimo tempo, as prisões estavam cheias de jovens muçulmanos. Anjum agradeceu ao Todo-Poderoso por Zainab ser menina. Era tão mais seguro.

Com a chegada do inverno, a Bandicota desenvolveu uma tosse de peito, profunda. Anjum dava-lhe colheradas de leite quente com cúrcuma e ficava acordada à noite ouvindo seu chiado asmático, sentindo-se absolutamente impotente. Visitou o dargah de Hazrat Nizamuddin Auliya, falou sobre a doença de Zainab com um dos khadims menos mercenários que conhecia bem e perguntou como neutralizar o *sifli jaadu* de Saida. As coisas escaparam ao controle, explicou, e agora que se tratava de muito mais que o destino de uma menina pequena, ela, Anjum, única que sabia qual era o problema, tinha uma responsabilidade. Estava disposta a tudo para fazer o que fosse preciso. Estava disposta a pagar qualquer preço, disse, mesmo que isso significasse ir para a forca. Saida tinha de ser contida. Ela precisava da bênção do khadim. Ficou dramática, emotiva, as pessoas começaram a olhar, e o khadim teve de acalmá-la. Perguntou se ela havia visitado o dargah de Hazrat Gharib Nawaz em Ajmer desde que Zainab entrara em sua vida. Quando disse que por uma razão ou outra não tinha conseguido ir, ele disse que *esse* era o problema, não o *sifli jaadu* de ninguém. Ele foi um tanto severo com ela por acreditar em bruxaria e vodu quando Hazrat Gharib Nawaz estava lá para protegê-la. Anjum não ficou totalmente convencida, mas concordou que não visitar Ajmer Sharif por três anos tinha sido um sério lapso de sua parte.

Era final de fevereiro quando Zainab se recuperou o suficiente para Anjum sentir que podia deixá-la por alguns dias. Zakir Mian, proprietário e diretor-gerente da A-1 Flor, concordou em viajar com Anjum. Zakir Mian era amigo de Mulaqat Ali e conhecia Anjum desde que nascera. Estava agora nos seus setenta anos, velho demais para se envergonhar de ser visto com uma hijra. Sua loja, A-1 Flor, era basicamente uma plataforma de cimento à altura do quadril, com um metro quadrado, localizada debaixo da sacada da antiga casa da Anjum, na esquina em que Chitli Qabar se abria para o Matia Mahal Chowk. Zakir Mian a alugara de Mulaqat Ali — e agora de Saqib — e ali conduzia a A-1 Flor há mais de cinquenta anos. Ficava sentado em cima de um pedaço de estopa o dia inteiro, fazendo guirlandas de rosas vermelhas e (separadamente) de notas de dinheiro novinhas que dobrava em minúsculos leques ou pequenos pássaros, para noivas usarem no dia de seu nikah. Seu maior desafio era, e tinha sido sempre, manter as rosas frescas e úmidas e as notas de dinheiro lisas e secas dentro do pequeno espaço da loja. Zakir Mian disse que precisava ir a Ajmer e depois seguir até Ahmedabad, em Gujarat, onde tinha algum negócio com a família de sua esposa. Anjum estava disposta a viajar com ele até Ahmedabad em vez de arriscar o assédio e a humilhação (de ser vista, assim como de *não* ser vista) que teria de suportar se voltasse sozinha de Ajmer. Zakiar Mian, por sua vez, estava frágil e ficou contente de ter alguém que o ajudasse com a bagagem. Ele sugeriu que, enquanto estivessem em Ahmedabad, fossem visitar o santuário de Wali Dakhani, o poeta urdu do século XVII conhecido como Poeta do Amor, que Mulaqat Ali apreciara imensamente, para buscar também a bênção dele. Selaram seus planos de viagem recitando a rir uma parelha do poeta — uma das favoritas de Mulaqat Ali:

Jisey ishq ka tiir kaari lage
Usey zindagi kyuun na bhari lage

A vida é um fardo a quem é atingido
pelo arco e flecha de Cupido.

Poucos dias depois, partiram de trem. Passaram dois dias em Ajmer Sharif. Anjum abriu caminho pela multidão de devotos e comprou um chadar verde e dourado de mil rupias como oferenda a Hazrat Gharib Nawaz em nome de Zainab. Ligou de telefones públicos para a Khwabgah em ambos os dias. No terceiro dia, preocupada com Zainab, ligou de novo da plataforma da estação de Ajmer pouco antes de embarcar no expresso Gharib Nawaz para Ahmedabad. Depois disso não houve mais notícias nem dela nem de Zakir Mian. O filho dele telefonou para a casa da família da mãe em Ahmedabad. O telefone estava mudo.

*

Não tinham notícias de Anjum, mas as notícias de Gujarat eram horrendas. Um vagão de trem havia sido incendiado por aqueles que os jornais primeiro chamaram de "desordeiros". Sessenta peregrinos hindus foram queimados vivos. Estavam voltando para casa depois de uma viagem a Ayodhya, onde haviam carregado tijolos cerimoniais para montar o alicerce de um grande templo que queriam construir no local onde ficava uma antiga mesquita. A mesquita, Babri Masjid, fora demolida dez anos antes por uma turba furiosa. Um importante ministro de gabinete (que era da Oposição na época e se limitara a assistir enquanto uma turba furiosa punha abaixo a mesquita) disse que queimar o trem parecia definitivamente obra de terroristas paquistaneses. A polícia prendeu centenas de muçulmanos — todos a mando dos paquistaneses, do ponto de vista deles — numa área em torno da estação de trens de acordo com a nova lei do terrorismo e jogou-os na prisão. O ministro-chefe de Gujarat, membro leal da Organização (assim como o ministro do Interior e o primeiro-ministro), era, na época, candidato à reeleição. Apareceu na televisão com uma kurta cor de açafrão com um traço de vermelhão na testa, e com olhos frios, mortos, ordenou que os corpos queimados dos peregrinos hindus fossem trazidos a Ahmedabad, a capital do estado, onde seriam expostos para o público prestar seus respeitos. Um evasivo "porta-voz não oficial" anunciou extraoficialmente que toda ação seria enfrentada com uma reação igual e oposta. Ele não conhecia Newton, claro, porque, no clima dominante, a posição sancionada oficialmente era que os antigos hindus tinham inventado toda ciência.

A "reação", se de fato disso se tratava, não foi nem igual nem oposta. A matança continuou durante semanas e não confinada apenas às cidades. As multidões estavam armadas com espadas, tridentes e usavam bandanas cor de açafrão. Tinham listas cadastrais de residências, empresas e lojas. Tinham estoques de botijões de gás (o que parecia explicar a escassez de gás das semanas anteriores). Quando as pessoas feridas foram levadas a hospitais, as multidões atacaram os hospitais. A polícia não registrava casos de assassinato. O argumento, muito razoável, era que precisavam ver os corpos. A questão é que a polícia muitas vezes fazia parte das multidões, e quando a turba terminava sua ação os corpos não pareciam mais corpos.

Ninguém discordou quando Saida (que amava Anjum e não desconfiava em nada das suspeitas dela a seu respeito) sugeriu que mudassem das novelas para as notícias e deixassem a televisão ligada para o caso de, por algum acaso, terem uma pista do que poderia ter acontecido com Anjum e Zakir Mian. Quando âncoras de televisão gritaram suas reportagens dos campos de refugiados onde viviam agora dezenas de milhares de muçulmanos de Gujarat, na Khwabgah elas tiraram o som e observaram o que acontecia em segundo plano, na esperança de vislumbrar Anjum e Zakir Mian na fila da comida ou dos cobertores, ou encolhidos numa barraca. De passagem, ficaram sabendo que o santuário de Wali Dakhani tinha sido arrasado e por cima dele construíram uma estrada de asfalto, apagando todos os traços de que existira um dia. (Nem a polícia, nem a multidão, nem o ministro-chefe puderam fazer nada quando as pessoas continuaram a deixar flores no meio da nova estrada asfaltada, onde antes ficava o santuário. Quando as flores eram esmagadas até virar pasta pelas rodas dos carros velozes, novas apareciam. E o que se pode fazer sobre a ligação entre pasta de flor e poesia?) Saida telefonou para todos os jornalistas e funcionários de ONGs que conhecia e implorou ajuda. Ninguém informou nada. Passaram-se semanas sem notícia nenhuma. Zainab se recuperou de sua crise de doença e voltou para a escola, mas fora do horário escolar ficava manhosa, pendurada em Saida dia e noite.

*

Dois meses depois, quando os assassinatos ficaram esporádicos e estavam mais ou menos encerrados, Mansur, o filho mais velho de Zakir Mian, fez sua terceira viagem a Ahmedabad à procura do pai. Como precaução, raspou a barba e usou fios *puja* vermelhos no pulso, esperando passar por hindu. Nunca encontrou o pai, embora tenha descoberto o que acontecera com ele. Sua investigação o levou a um pequeno campo de refugiados dentro de uma mesquita nos arredores de Ahmedabad, onde encontrou Anjum no setor masculino e a trouxe de volta para a Khwabgah.

Tinham cortado seu cabelo. O que restara ficava agora em sua cabeça como um capacete com protetores de ouvido. Estava vestida como um aspirante a burocrata, com calça masculina de algodão marrom-escuro e uma camisa safári xadrez de meia manga. Perdera bastante peso.

Zainab, embora momentaneamente um pouco assustada com a nova aparência masculina de Anjum, superou o medo e lançou-se nos braços dela gritando de alegria. Anjum apertou-a ao peito, mas reagiu às lágrimas, perguntas e aos abraços de boas--vindas das outras com impassibilidade, como se a saudação delas fosse um sacrifício que ela não tinha escolha senão aceitar. Ficaram todas magoadas e um pouco assustadas com essa frieza, mas de forma incomum mantiveram a elegância em sua empatia e preocupação.

Assim que possível, Anjum subiu a seu quarto. Emergiu horas depois, com roupas normais, batom, maquiagem e alguns prendedores de cabelo bonitos. Logo ficou evidente que não queria falar sobre o que acontecera. Não respondia às perguntas sobre Zakir Mian. "Foi vontade de Deus", era tudo o que dizia.

Durante a ausência de Anjum, Zainab começara a dormir com Saida no andar de baixo. Ela voltou a dormir com Anjum, mas Anjum notou que tinha começado a chamar Saida de "mamãe" também.

"Se ela é mamãe, quem sou eu?", Anjum perguntou a Zainab uns dias depois. "Ninguém tem duas mamães."

"Mamãe *badi*", disse Zainab. Mamãe grande.

Ustad Kulsum Bi deu instruções para que Anjum fosse deixada em paz para fazer o que bem entendesse por quanto tempo quisesse.

O que Anjum queria era ficar em paz.

Estava calada, desconcertantemente calada, e passava a maior parte do tempo com seus livros. Em uma semana, ensinou Zainab a cantar alguma coisa que ninguém na Khwabgah conseguia entender. Anjum disse que era um cântico em sânscrito, o mantra Gayatri. Ela o aprendera enquanto estava no campo em Gujarat. As pessoas disseram que era bom saber porque em situações de aglomeração podiam recitá-lo e tentar passar por hindus. Embora nem Zainab, nem Anjum fizessem a menor ideia do significado, a menina pegou o cântico depressa e o entoava ale-

60

gremente ao menos vinte vezes por dia, enquanto se vestia para a escola, enquanto arrumava seus livros, enquanto alimentava o carneiro:

om bhur bhuvah svaha
tat savitur varenyam
bhargo devasya dhi mahi
dhiyo yo nah pracodayat

Uma manhã, Anjum saiu da casa levando Zainab. Voltou com uma Bandicota completamente transformada. Com o cabelo cortado curto e vestida com roupa de menino; um pequeno terno pathan, com paletó bordado, jutis com a ponta curvada para cima como gôndolas.

"É mais seguro assim", Anjum disse à guisa de explicação. "Gujarat pode chegar a Delhi qualquer dia. O nome dele vai ser Mahdi."

O choro de Zainab podia ser ouvido por toda a rua — pelas galinhas em suas gaiolas e os cachorrinhos em suas valas.

Foi convocada uma reunião de emergência. Ficou marcada para as duas horas de corte habitual de energia para que não houvesse reclamação de ninguém por perder o seriado da televisão. Zainab foi mandada para passar a noite com os netos de Hassan Mian. O galo dela estava em seu dormitório de sempre, numa prateleira ao lado da TV. Ustad Kulsum Bi dirigiu-se ao grupo acomodada em sua cama, as costas apoiadas em uma razai enrolada. As outras todas se sentaram no chão. Anjum, esquiva, ficou na porta. No chiado da luz azul do lampião de Petromax, o rosto de Kulsum Bi parecia um leito de rio seco, o cabelo branco ralo um glaciar de onde o rio um dia brotara. Estava usando o incômodo par de dentaduras para a ocasião. Falou com autoridade e grande senso cênico. Suas palavras pareciam destinadas às novas iniciadas que tinham acabado de chegar à Khwabgah, mas o tom era dirigido a Anjum.

"Esta casa, suas moradoras, tem uma história contínua tão velha como esta cidade arrebentada", disse. "Estas paredes descascadas, este teto que pinga, este pátio ensolarado — tudo isto um dia foi bonito. Este piso era coberto com tapetes vindos diretamente de Isfahan, o teto decorado com espelhos. Quando Shahenshah Shah Jahan construiu o Forte Vermelho e a Jama Masjid, quando construiu esta cidade murada, ele construiu também nosso pequeno haveli. Lembrem sempre — nós não somos hijras *quaisquer* de *qualquer* lugar. Nós somos as hijras de Shahjahanabad. Nossos governantes confiavam em nós a ponto de colocar suas esposas e mães sob nossos cuidados. Nós um dia circulamos livremente pela área privada do Forte Vermelho, a zenana. Acabaram-se todos agora, os imperadores poderosos e suas rainhas. Mas nós ainda estamos aqui. Pensem nisso e perguntem a si mesmas por que assim é."

O Forte Vermelho sempre havia desempenhado um papel principal no relato que Ustad Kulsum Bi fazia da história da Khwabgah. Antigamente, quando ela ainda era capaz, uma viagem ao forte para assistir o show de Luz e Música era parte obrigatória dos ritos de iniciação das recém-chegadas. Iam em grupo, vestidas com as melhores roupas, com flores no cabelo, de mãos dadas, arriscando vida e membros ao atravessar o trânsito da Chandni Chowk — uma confusão de carros, ônibus, riquixás e tangas conduzidas por pessoas que de alguma forma conseguiam ser descuidadas mesmo a uma velocidade torturantemente baixa.

O forte pairava sobre a cidade velha, um platô maciço de arenito, parte tão marcante do horizonte que os nativos não o notavam mais. Se Ustad Kulsum Bi não insistisse, talvez ninguém na Khwabgah teria criado coragem de entrar, nem mesmo Anjum, que nascera e crescera à sombra dele. Uma vez que elas atravessavam o fosso — cheio de lixo e mosquitos — e passavam pelo grande portal, a cidade deixava de existir. Macacos com olhos pequenos e enlouquecidos passeavam para cima e para baixo das muralhas de arenito construídas numa escala e com uma elegância que o pensamento moderno não podia nem conceber. Dentro do forte era um mundo diferente, um tempo diferente, um ar diferente (com um nítido cheiro de maconha) e um céu diferente — não a tira estreita, da largura da rua, que se via através do emaranhado de fios elétricos, mas um céu ilimitado nos qual giravam gaviões, no alto, calados, nas correntes termais.

O show de Luz e Música era uma versão aprovada pelo antigo governo (o novo não tinha posto a mão sobre isso ainda) da história do Forte Vermelho e dos imperadores que governaram a partir dali durante mais de duzentos anos — do Shah Jahan, que o construiu, até Bahadur Shah Zafar, o último mughal, que foi exilado pelos britânicos depois do levante fracassado de 1857. Era a única história formal que Ustad Kulsum Bi conhecia, embora a leitura que fizera dela fosse menos ortodoxa do que os autores pretendiam. Durante sua visita, ela e seu pequeno grupo podiam sentar junto com o restante da plateia, sobretudo turistas e escolares, nas filas de bancos de madeira debaixo dos quais viviam densas nuvens de mosquitos. Para evitar as picadas, a plateia tinha de assumir uma postura de relaxamento forçado, balançando as pernas durante toda coroação, guerra, massacre, vitória e derrota.

A área de interesse especial de Ustad Kulsum Bi era meados do século XVIII, o reinado do imperador Mohammed Shah Rangila, lendário amante do prazer, da música e da pintura — o mais alegre de todos os mughal. Ela alertou suas acólitas para prestar especial atenção ao ano 1739. Começou com o troar de cascos de cavalos que vinham de trás da plateia e se deslocavam pelo forte, tênues de início, depois mais fortesMaisFortesMAISFORTES. Era a cavalaria de Nadir Shah, que vinha da Pérsia, atravessando Ghazni, Cabul, Kandahar, Peshawar, Sindh e Lahore, saqueando cidade após cidade em galope para Delhi. Os generais do imperador Mohammad Shah o alertaram do cataclismo que se aproximava. Impávido, ele ordenou que continuassem tocando música. Nessa altura do show de luzes no Diwan-e-Khas, o Salão de Audiências Especiais, ficava lúgubre. Roxo, vermelho, verde. A zenana acendia cor-de-rosa (claro) e ecoava com o som de risos de mulheres, farfalhar de seda, o *chhann-chhann-chhann* de tornozeleiras. Então, de repente, em meio a esses sons macios, felizes, de damas, vinha a risada claramente audível, grave, nítida, rouca, coquete, do eunuco da corte.

"*Aí!*" Ustad Kulsum Bi dizia, como um triunfante entomologista que acabou de pegar uma mariposa rara. "Ouviram isso? Somos *nós*. Essa é a nossa ancestralidade, nossa história, nossas histórias. Nunca fomos comuns, entendem?, fomos membros da comitiva do Palácio Real."

O momento passou num átimo. Mas não importava. O que importava era que *existia*. Estar presente na história, mesmo que como nada mais que um riso, estava a um universo de distância de estar ausente, de ter sido eliminada totalmente. Um riso, afinal, podia ser um esteio para a escarpada muralha do futuro.

Ustad Kulsum Bi ficava furiosa se alguém não percebia a risada depois de todo o esforço que fizera para apontá-la. Tão furiosa, na verdade, que a fim de evitar o que podia se tornar um escândalo em público as novatas eram aconselhadas pelas mais velhas a fingir que tinham ouvido, mesmo que não tivessem.

Uma vez, Gudiya tentou contar a ela que as hijras tinham um lugar especial de amor e respeito na mitologia hindu. Ela narrou para Kulsum Bi a história de como, quando o senhor

Rama e sua esposa Sita, com o irmão mais novo dele, Laxman, foram banidos por catorze anos de seu reino, os cidadãos, que amavam o rei, foram atrás deles, jurando ir aonde fosse o seu rei. Quando chegaram aos arredores de Ayodhya, onde começava a floresta, Rama virou para seu povo e disse: "Eu quero que vocês todos, homens e mulheres, voltem para suas casas e esperem por mim até eu voltar". Não podendo desobedecer ao rei, os homens e as mulheres voltaram para casa. Só as hijras ficaram fielmente a seu lado na extremidade da floresta, porque ele esquecera de mencioná-las.

"Então nós somos lembradas como as esquecidas?", Ustad Kulsum Bi perguntou. "Ah! Ha!"

Anjum se lembrava vividamente de sua primeira visita ao Forte Vermelho por razões pessoais. Foi sua primeira saída depois de se recuperar da operação do dr. Mukhtar. Enquanto estavam na fila dos ingressos, a maioria das pessoas olhava de boca aberta os turistas, que tinham uma fila separada e ingressos mais caros. Os turistas estrangeiros, por sua vez, ficavam boquiabertos com as hijras — com Anjum especialmente. Um rapaz, um hippie de olhar penetrante e barba de Jesus, olhou para ela com admiração. Ela retribuiu o olhar e em sua imaginação ele se tornou Hazrat Sarmad Shaid. Ela o imaginou em pé, orgulhoso e nu, uma figura esguia, magra, diante do júri de malevolentes qazis barbudos, sem tremer nem quando o sentenciaram à morte. Ela ficou um pouco perplexa quando o turista foi em sua direção.

"Você é muito bonita", ele disse. "Uma foto? Posso?"

Foi a primeira vez que alguém quis tirar uma foto dela. Lisonjeada, ela jogou graciosamente a trança de fita vermelha sobre o ombro e olhou para Ustad Kulsum Bi, pedindo permissão. Que foi concedida. Então ela posou para a fotografia, apoiada sem

jeito na muralha de arenito, os ombros para trás e o queixo erguido, ao mesmo tempo insolente e temerosa.

"Sankyou", o rapaz disse. "Sankyou very much."

Ela nunca viu essa fotografia, mas foi o começo de alguma
coisa.

Onde estaria agora? Só Deus sabia.

A mente dispersa de Anjum voltou para a reunião no quarto
de Ustad Kulsum Bi.

Foi a decadência e indisciplina de nossos governantes que
provocaram a ruína do império mughal, Ustad Kulsum Bi estava
dizendo. Príncipes farreando com escravas, imperadores correndo pelados por aí, vivendo vidas de opulência enquanto o povo
passava fome — como podia um império daqueles esperar sobreviver? Por que *teria* sobrevivido? (Ninguém que a ouvisse fazendo o papel do príncipe Salim em *Mughal-e-Azam* poderia adivinhar que ela o censurava tão severamente. Nem poderia
suspeitar que, apesar de seu orgulho pelos tempos áureos da
Khwabgah e sua proximidade com a realeza, ela aninhava uma
raiva socialista pelo desregramento dos governantes mughal e a
penúria do povo deles.) Então prosseguiu, na defesa de uma vida
com princípio e férrea disciplina, duas coisas que, segundo ela,
eram os marcos da Khwabgah — sua força e a razão de ter sobrevivido através das eras, enquanto coisas mais fortes, mais grandiosas, pereceram.

As pessoas comuns do Duniya — que sabiam elas das exigências de viver a vida de uma hijra? O que sabiam das regras,
da disciplina, dos sacrifícios? Quem sabia hoje que houve
momentos em que todas, inclusive ela, Ustad Kulsum Bi, tinham
sido levadas a mendigar esmolas nos faróis de trânsito? Que a
partir disso elas haviam se reconstruído, passo a passo, humilha-

ção por humilhação? A Khwabgah se chamava Khwabgah, disse Ustad Kulsum Bi, porque era onde pessoas especiais, pessoas *abençoadas*, vinham com seus sonhos impossíveis de realizar no Duniya. Na Khwabgah, Almas Sagradas presas em corpos errados se libertavam. (A questão de o que aconteceria se a Alma Sagrada fosse um homem preso num corpo de mulher não foi abordada.)

No entanto, disse Ustad Kulsum Bi, *no entanto* — e a pausa que se seguiu foi digna do ceceante primeiro-ministro poeta —, o decreto central da Khwabgah era *manzuri*. Consentimento. As pessoas no Duniya espalhavam rumores maldosos de que as hijras sequestravam meninos pequenos e os castravam. Ela não sabia e não podia dizer se essas coisas aconteciam em outras partes, mas na Khwabgah, com o Todo-Poderoso como testemunha, nada acontecia sem *manzuri*.

Ela então voltou ao assunto específico à baila. O Todo-Poderoso tinha enviado Anjum de volta para nós, disse. Anjum não quer contar o que aconteceu com ela e Zakir Mian em Gujarat e não podemos forçar que conte. Tudo o que podemos é conjeturar. E nos compadecer. Mas em nossa compaixão não podemos permitir que sejam comprometidos nossos princípios. Forçar uma menina pequena a viver como menino contra a vontade dela, mesmo que para sua segurança, é encarcerar a criança, não libertar. Está fora de questão acontecer uma coisa dessas em nossa Khwabgah. Absolutamente fora de questão.

"Ela é *minha* filha", Anjum falou. "*Eu* decido. Posso sair deste lugar e ir embora com ela se eu quiser."

Longe de ficarem preocupadas com essa declaração, todas se mostraram na verdade aliviadas ao ver um sinal de que a velha rainha do drama em Anjum estava viva e ativa. Não tinham razão para se preocupar porque ela não tinha para onde ir.

"Pode fazer o que quiser, mas a criança fica aqui", disse Ustad Kulsum Bi.

"O tempo todo você estava falando de *manzuri*, agora *você* quer decidir por ela?", Anjum questionou. "Vamos perguntar para ela. Zainab vai querer ir comigo."

Retrucar Ustad Kulsum Bi dessa forma era considerado inaceitável. Mesmo para alguém que sobrevivera a um massacre. Todo mundo esperou a reação.

Ustad Kulsum Bi fechou os olhos e pediu que tirassem a razai enrolada de trás dela. Subitamente cansada, voltou-se para a parede e se encolheu, usando o braço dobrado como travesseiro. Com os olhos ainda fechados e a voz soando como se viesse de muito longe, ela orientou Anjum a consultar o dr. Bhagat para ter certeza de que tomara os remédios que ele receitara.

A reunião terminou. As participantes se dispersaram. O lampião de Petromax foi levado para fora, chiando como um gato irritado.

*

Anjum não tivera a intenção de dizer o que dissera, mas, uma vez tendo dito, a ideia ganhou corpo e se enrolou nela como uma píton.

Ela se recusou a ir ao dr. Bhagat, então uma pequena delegação, liderada por Saida, foi em seu lugar. O dr. Bhagat era um homem pequeno com um bigode militar aparado, que tinha um cheiro sufocante de talco Pond's Dreamflower. Tinha maneiras agitadas como as de passarinho e um jeito de interromper os pacientes e a si mesmo a cada poucos minutos com um fungar nervoso e seco acompanhado de três batidas em staccato da caneta na mesa. Os antebraços eram cobertos por cerrados pelos pretos, mas a cabeça era mais ou menos careca. Ele raspava uma larga faixa de pelos no pulso esquerdo, sobre a qual usava uma munhequeira atoalhada de tenista, sobre a qual usava um pesado relógio de ouro para ter uma visão clara e desobstruída do tempo. Nessa manhã, estava vestido como se vestia todos os dias — com um terno safári branco de algodão impecável e sandálias brancas brilhantes. No encosto da cadeira, uma toalha branca, limpa. Sua clínica ficava num lugar de merda, mas ele era um homem muito limpo. E bondoso também.

A delegação entrou e sentou nas cadeiras disponíveis, algumas empoleiradas nos braços das cadeiras das outras. O dr. Bhagat costumava atender suas pacientes da Khwabgah em duplas e trios (elas nunca vinham sozinhas). Ficou um pouco perplexo com a multidão que se abateu sobre ele essa manhã.

"Qual é a paciente?"

"Nenhuma daqui, sahib doutor."

Com ocasionais esclarecimentos e elucidações das outras, Saida, a porta-voz, descreveu o comportamento alterado de Anjum com todo cuidado de que foi capaz — o ensimesmamento, a rudeza, a *leitura* e, o mais sério de tudo, a insubordinação. Contou ao doutor sobre as doenças de Zainab e a ansiedade de Anjum. (Claro que não tinha como saber da teoria do *sifli jaadu* que Anjum alimentava, nem de sua participação nela.) Depois de detalhadas consultas internas, a delegação decidira deixar Gujarat de fora porquê:

(a) não sabiam o que acontecera com Anjum por lá, se é que acontecera

e

(b) o dr. Bhagat tinha uma estátua grandota de prata (ou apenas folhada a prata) do deus Ganesh em cima de sua mesa e havia sempre fumaça de um bastão de incenso novo circulando em torno dele.

Decerto não havia nenhuma conclusão concreta a ser tirada deste último fato, mas isso as deixou inseguras quanto à posição dele sobre o ocorrido em Gujarat. Então decidiram pender para o lado da abundância de cautela.

O dr. Bhagat (que, como milhões de outros crentes hindus, estava de fato horrorizado com os acontecimentos de Gujarat) ouviu atentamente, fungando e batendo na mesa com a caneta, os olhinhos de contas brilhantes ampliados pelas lentes grossas dos óculos de armação dourada. Ele franziu a testa e pensou um minuto a respeito do que ouvira e depois perguntou se o desejo de Anjum ir embora da Khwabgah tinha levado à leitura ou se a leitura a tinha levado ao desejo de sair. A delegação ficou dividida a respeito. Uma das integrantes mais novas, Meher, contou que Anjum havia lhe dito que queria voltar para o Duniya e ajudar os pobres. Isso provocou uma onda de risos. O dr. Bhagat, sem sorrir, perguntou por que achavam aquilo tão engraçado.

"*Arre*, sahib doutor, qual pobre ia querer a *nossa* ajuda?", Meher retrucou, e todas riram com a ideia de intimidar os pobres oferecendo ajuda.

Em seu bloco de receituário, o dr. Bhagat escreveu com caligrafia miúda, límpida. *Paciente antes de natureza aberta, obediente, alegre, agora exibe personalidade desobediente do tipo revoltado.*

Ele disse a elas para não se preocuparem. Escreveu uma receita. Os comprimidos (os mesmos que receitava para todo mundo) iam acalmá-la, garantiu, e lhe dar algumas boas noites de sono depois das quais ele precisaria vê-la pessoalmente.

Anjum se recusou terminantemente a tomar os comprimidos.

Com o passar dos dias, seu silêncio deu lugar a uma outra coisa, algo inquieto e irritado. Corria por suas veias, como uma revolta insidiosa, uma louca insurreição contra uma vida inteira de felicidade espúria à qual se sentia condenada.

Acrescentou a receita do dr. Bhagat às coisas que tinha empilhado no pátio, coisas que um dia valorizara, e acendeu um fósforo. Entre as coisas incineradas estavam:

Três filmes documentários (sobre ela)

Dois livros de fotografias (dela) em papel brilhante para mesa de centro

Sete reportagens (sobre ela) em revistas estrangeiras

Um álbum de recortes de jornais estrangeiros em mais de treze línguas, inclusive o *New York Times*, o *London Times*, o *Guardian*, o *Boston Globe*, o *Globe and Mail*, *Le Monde*, o *Corriere della Sera*, *La Stampa* e *Die Zeit* (sobre ela).

A fumaça do fogo subiu e fez todo mundo tossir, inclusive o carneiro. Quando a cinza esfriou, ela a esfregou no rosto e no cabelo. Nessa noite, Zainab mudou suas roupas, sapatos, mala de escola e estojo de lápis em forma de foguete para o armário de Saida. Ela se recusou a continuar dormindo com Anjum.

"Mamãe nunca está contente", foi a razão precisa e impiedosa que deu.

De coração partido, Anjum esvaziou o almirah Godrej e embalou suas melhores coisas em baús de lata — as ghararas de cetim e os saris de lantejoulas, os jhumkas, as tornozeleiras e as pulseiras de vidro. Ela mandara fazer dois conjuntos pathan, um cinza-pombo, outro marrom-terra; comprara um anoraque plástico de segunda mão e um par de sapatos masculinos que usava sem meias. Um velho caminhão Tempo chegou e carregou o almirah e os baús de lata. Ela saiu sem dizer para onde ia.

Mesmo então, ninguém a levou a sério. Tinham certeza de que ela ia voltar.

*

Depois de uma corrida de apenas dez minutos no Tempo a partir da Khwabgah, mais uma vez Anjum entrou em outro mundo.

Era um cemitério despretensioso, mal conservado, não muito grande e usado apenas de vez em quando. Ao norte, limitava-se com um hospital e necrotério do governo, onde os corpos dos andarilhos e indigentes da cidade eram armazenados até a polícia resolver como se desfazer deles. A maioria era levada para o crematório municipal. Caso fossem visivelmente muçulmanos, eram enterrados em túmulos sem identificação que desapareciam com o tempo e contribuíam para a riqueza do solo e o viço excepcional das velhas árvores.

Os túmulos de construção formal eram menos de duzentos. Os túmulos mais velhos eram mais elaborados, com lápides de mármore esculpidas, e os mais recentes, mais rudimentares. Diversas gerações da família de Anjum estavam enterradas ali — Mulaqat Ali, seus pais, seus avós. A irmã mais velha de Mulaqat Ali, begum Zinat Kauser (tia de Anjum) estava enterrada ao lado dele. Ela se mudara para Lahore depois da Partição. Viveu lá por dez anos, deixou o marido e os filhos e voltou a Delhi, dizendo que não conseguia viver em nenhum lugar a não ser na proximidade imediata da Jama Masjid de Delhi. (Por alguma razão, a mesquita Badshahi de Lahore não servia como substituta.) Tendo sobrevivido a três tentativas de deportação pela polícia como espiã paquistanesa, begum Zinat Kauser instalou-se em Shahjahanabad num quartinho minúsculo com uma cozinha e vista para sua adorada mesquita. Ela repartia o quarto com uma viúva praticamente de sua idade. Ganhava a vida fornecendo korma de carneiro a um restaurante da cidade velha onde grupos de turistas estrangeiros iam saborear a comida local. Ela mexeu a mesma panela todos os dias durante trinta anos e cheirava a *korma* como outras mulheres cheiram a ittar e perfume. Mesmo quando a vida a deixou, foi enterrada em seu túmulo cheirando ao delicioso prato da Velha Delhi. Ao lado dos restos mortais de begum Zinat Krauser estavam os de Bibi Ayesha, a irmã mais velha de Anjum, que morrera de tuberculose. Não muito longe, o túmulo de Ahlam Baji, a parteira que trouxe Anjum ao mundo. Nos anos que precederam sua morte, Ahlam Baji ficara desorientada e obesa. Flutuava majestosa pelas ruas da cidade velha como uma rainha imunda, o cabelo manchado retorcido numa toalha suja como se tivesse acabado de sair de um banho de leite de jumenta. Levava sempre um saco esfarrapado de fertilizante Ureia Kisan, que enchia com garrafas vazias de água mineral, pipas rasgadas, pôsteres cuidadosamente dobrados e faixas deixadas pelos grandes comícios políticos no campo Ramlila, ali perto. Em seus dias mais sombrios, Ahlam Baji abordava os seres que ajudara a trazer ao mundo, a maioria homens e mulheres adultos com seus próprios filhos, e os ofendia na linguagem mais imunda, praguejando contra o dia em que nasceram. Seus insultos nunca ofenderam; as pessoas geralmente reagiam com os grandes sorrisos embaraçados daqueles que são chamados ao palco para servir de cobaia em shows de mágica. Ahlam Baji era sempre alimentada, sempre recebia oferta de abrigo. Ela aceitava a comida — rancorosamente — como se estivesse fazendo um grande favor à pessoa que a oferecia, mas recusava a oferta de abrigo. Insistia em permanecer ao ar livre no mais quente verão e no mais gelado inverno. Foi encontrada morta uma manhã, sentada muito ereta na frente da Papelaria e Fotocopiadora Alif Zed, com os braços em torno de seu saco de Ureia Kisan. Jahanara Begum insistiu que fosse enterrada no cemitério da família. Ela providenciou que o corpo fosse banhado, vestido, e que um imame fizesse a oração final. Ahlam Baji havia, afinal das contas, feito o parto de seus cinco filhos.

Junto ao túmulo de Ahlam Baji ficava o de outra mulher

cuja lápide dizia (em inglês), Begum Renata Mumtaz Madame. Begum Renata era uma bailarina de dança do ventre da Romênia que crescera em Bucareste sonhando com a Índia e suas danças clássicas. Quando tinha apenas dezenove anos, atravessou o continente de carona e chegou a Delhi, onde encontrou um medíocre guru kathak que a explorou sexualmente e lhe ensinou muito pouco de dança. Para dar conta das despesas, ela começou a se apresentar como artista de cabaré no Rosebud Rest-O-Bar, localizado no jardim de rosas — conhecido pelos nativos como Jardim Sem Rosas — nas ruínas de Feroz Shah Kotla, a quinta das sete cidades antigas de Delhi. O *nom de cabaret* de Renata era Mumtaz. Ela morreu depois de uma frustração amorosa causada por um estelionatário que desapareceu com todas as suas economias. Renata continuou a desejá-lo mesmo sabendo que a tinha enganado. Ficou perturbada, tentava lançar encantamentos e invocar espíritos. Começou a entrar em longos transes, durante os quais irrompiam bolhas em sua pele e sua voz ficava profunda e grave como a de um homem. As circunstâncias de sua morte não foram esclarecidas, embora todo mundo achasse que foi suicídio. Foi Roshan Lal, o taciturno garçom-chefe do Rosebud Rest-O-Bar, brusco moralizador, tormento de todas as dançarinas (e alvo de todas as piadas delas), que surpreendeu até a si mesmo ao organizar seu funeral e visitar seu túmulo com flores, uma vez, duas e depois, sem perceber, toda quinta-feira (seu dia de folga). Foi ele quem providenciou a lápide com o nome dela e que mantinha a "conservação", como dizia. Foi ele quem acrescentou "begum" e "madame", prefixo e sufixo póstumos a seu nome na lápide. Dezessete anos haviam se passado desde que Renata Mumtaz morrera. Roshan Lal tinha grossas varizes riscando suas canelas finas e perdera uma orelha, mas ainda vinha, ressoando pelo cemitério com sua velha bicicleta preta, levando flores frescas — gazânias, rosas com desconto quando estava com pouco dinheiro, uns ramos de jasmim que comprava de crianças nos faróis de trânsito.

Além dos túmulos principais, havia alguns cuja proveniência era contestada. Por exemplo, um que dizia simplesmente "Badshah". Alguns insistiam que Badshah era um príncipe mughal menor que havia sido enforcado pelos britânicos depois da rebelião de 1857, enquanto outros acreditavam ser um poeta sufi do Afeganistão. Outro túmulo trazia apenas o nome "Islahi". Alguns diziam que era um general do exército do imperador Shah Alam ii, outros garantiam que era um cáften local esfaqueado até a morte nos anos 1960 por uma prostituta que enganara. Como sempre, todo mundo acreditava no que queria.

Em sua primeira noite no cemitério, depois de um rápido reconhecimento, Anjum colocou seu armário Godrej e seus poucos pertences perto do túmulo de Mulaqat Ali e desenrolou seu tapete e suas cobertas entre os túmulos de Ahlam Baji e Begum Renata Mumtaz Madame. Não é de surpreender que não tenha dormido. Não que alguém a incomodasse no cemitério — não apareceu nenhum djinn para conhecê-la, nem fantasmas ameaçaram assombrar. Os viciados em heroína do lado norte do cemitério — sombras só um tom mais escuro que a noite — amontoados em pilhas de lixo hospitalar num mar de velhos curativos e seringas usadas pareciam nem notar sua presença. No lado sul, grupos de sem-teto se reuniam em torno de fogueiras cozinhando suas magras refeições fumarentas. Cachorros de rua, com melhor saúde que os humanos, sentavam a uma distância discreta, esperando educadamente pelas sobras.

Nesse ambiente, Anjum normalmente estaria correndo algum perigo. Mas sua desolação a protegia. Liberada finalmente do protocolo social, se erguia em torno dela de maneira majestática um forte, com ameias, torres, calabouços escondidos e muralhas que zuniam como uma multidão a se aproximar. Ela vagava por suas câmaras douradas como uma fugitiva que se escondia de si mesma. Tentou dispensar o cortejo de homens com sorriso de açafrão que a perseguiam com crianças empaladas em seus tridentes cor de açafrão, mas eles não dispersavam. Tentou fechar a porta a Zakir Mian, deitado bem dobrado no meio da rua, como um de seus impecáveis passarinhos de dinheiro. Mas ele a seguia, dobrado, através de portas fechadas com seu tapete voador. Ela tentou esquecer o aspecto dele logo antes de a luz se apagar em seus olhos. Mas ele não permitia.

Ela tentou dizer a ele que tinha lutado bravamente quando a arrancaram do lado de seu corpo sem vida.

Mas ela sabia muito bem que não tinha.

Ela tentou des-saber o que tinham feito com todos os outros — como tinham dobrado os homens e desdobrado as mulheres. E como acabaram por esquartejá-los membro a membro e tocado fogo.

Mas ela sabia muito bem que sabia.

Eles.

Eles, quem?

O Exército de Newton, mobilizado para efetuar uma Reação Igual e Oposta. Trinta mil periquitos cor de açafrão com garras de aço e bicos ensanguentados, todos tartareando juntos.

Mussalman ka ek hi stan! Qabristan ya Pakistan!

Só um lugar para os mussalman! O cemitério do Paquistan!

Anjum, fingindo de morta, ficara deitada em cima de Zakir Mian. Simulação de cadáver de uma simulação de mulher. Mas os periquitos, mesmo sendo — ou fingindo ser — puramente vegetarianos (essa era a qualificação mínima para o recrutamento), farejavam o ar com a minúcia e eficiências de sabujos. E claro que a encontraram. Trinta mil vozes soaram juntas, imitando o Birbal de Ustad Kulsum Bi:

Ai Hai! Saali Randi Hijra! Hijra Puta vá foder sua irmã! Hijra Puta muçulmana vai foder sua irmã!

Uma outra voz se elevou, aguda e ansiosa, outra vez:

Nahi yaar, mat maro, Hijron ka maarna apshagun hota hai.

Não mate ela, meu irmão, matar hijra dá azar.

Azar!

Nada assustava mais aqueles assassinos do que a perspectiva de azar. Afinal de contas, era para afastar o azar que os dedos a segurar espadas cortantes e adagas cintilantes estavam cobertos de pedras da sorte engastadas em grossos anéis de ouro. Era para afastar o azar que os pulsos brandindo cassetetes de ferro que espancavam pessoas até a morte estavam adornados com fios puja vermelhos amorosamente amarrados por mães zelosas. Tendo tomado essas precauções, que sentido faria deliberadamente atrair o azar?

Então ficaram de pé ao lado dela e a fizeram entoar seus lemas.

Bharat Mata Ki Jai! Vande Mataram!

Ela obedeceu. Chorando, tremendo, mais humilhada que em seus piores sonhos.

Vitória à Mãe Índia! Viva a Mãe!

Deixaram-na viva. Não morta. Não ferida. Nem dobrada, nem desdobrada. Ela sozinha. Para que *eles* pudessem ter a bênção da boa sorte.

Sorte de carniceiros.

Ela se resumia a isso. E, quanto mais vivia, mais sorte trazia a eles.

Ela tentava des-saber esse pequeno detalhe ao se deslocar por seu forte particular. Mas não conseguia. Sabia muito bem que sabia muito bem que sabia muito bem.

O ministro-chefe de olhos frios e vermelhão na testa continuaria até vencer a próxima eleição. Mesmo depois que caiu o governo do primeiro-ministro poeta no Centro, ele venceu eleição após eleição em Gujarat. Alguns acreditavam que ele devia ser responsabilizado pelo assassinato em massa, mas seus eleitores o chamavam de Gujarat ka Lalla. O Bem Amado de Gujarat.

*

Durante meses Anjum viveu no cemitério, um espectro devastado, selvagem, afastando todos os djinns e espíritos residentes, emboscando com dor tão desvairada, tão desatada, as famílias enlutadas que vinham enterrar seus mortos que superava a dor delas. Parou de cuidar de si, parou de tingir o cabelo. Ficou todo branco nas raízes e, de repente, no meio da cabeça, ficou preto de azeviche, fazendo com que parecesse, bem... *listrada*. A barba, que um dia ela abominara mais que qualquer outra coisa, apareceu no queixo e nas faces como um brilho de geada (felizmente toda uma vida de injeções baratas de hormônios impediu que crescesse como uma barba completa). Um dos dentes da frente, manchado de vermelho escuro por mascar paan, ficou mole na gengiva. Quando ela falava ou sorria, o que raramente fazia, o dente mexia para cima e para baixo, apavorante, como uma tecla de harmônico tocando sozinha. O pavor, porém, tinha suas vantagens — assustava as pessoas e mantinha afastados os meninos maldosos que xingavam e atiravam pedras.

O sr. D. D. Gupta, um antigo cliente de Anjum, cujo afeto por ela havia muito transcendera o desejo mundano, a localizou e a visitava no cemitério. Era um empreiteiro de Karol Bagh que comprava e fornecia material de construção — aço, cimento, pedra, tijolos. Ele desviou uma pequena encomenda de tijolos e algumas telhas de amianto da construção de um cliente rico e ajudou Anjum a construir um pequeno barracão temporário — nada elaborado, apenas um depósito onde ela pudesse trancar suas coisas se precisasse. O sr. Gupta a visitava de quando em quando para garantir que estava abastecida e não fizera nenhum dano a si mesma. Quando ele se mudou para Bagdá, depois da invasão americana no Iraque (para aproveitar a demanda cada vez maior por muros de concreto à prova de bombas), pediu à esposa que mandasse o motorista levar uma refeição quente a Anjum pelo menos três vezes por semana. A sra. Gupta, que se considerava uma gopi, uma adoradora do Senhor Krishna, estava, segundo sua quiromante, vivendo seu sétimo e último ciclo de reencarnação. Isso lhe dava licença para se comportar como quisesse, sem ter de se preocupar com pagar pecados na próxima vida. Tinha seus próprios envolvimentos amorosos, embora afirmasse que, quando obtinha o clímax sexual, o êxtase que sentia era por um ser divino e não por seu amante humano. Era extremamente afeiçoada ao marido, mas ficou aliviada quando os apetites sexuais dele foram removidos de sua mesa, e portanto mais do que feliz em fazer esse favor a ele.

Antes de partir, o sr. Gupta deu para Anjum um celular barato e ensinou-a a atender (receber chamadas era grátis) e como fazer o que descreveu como "chamada perdida" se precisasse falar com ele. Anjum perdeu o celular uma semana depois e, quando o sr. Gupta ligou de Bagdá, quem atendeu foi um bêbado que chorou e pediu para falar com a mãe.

Além dessa gentileza, Anjum recebia também outros visitantes. Saida trouxe a aparentemente desalmada, mas na verdade traumatizada Zainab algumas vezes. (Quando ficou claro para Saida que as visitas eram muito dolorosas para Anjum e para Zainab, parou de trazer a menina.) O irmão de Anjum, Saqib, vinha uma vez por semana. A própria Ustad Kulsum Bi, acompanhada por seu amigo Haji Mian e às vezes por Bismillah, aparecia de riquixá. Cuidou para que Anjum recebesse uma pequena pensão da Khwabgah, que lhe era entregue em dinheiro dentro de um envelope, todo dia primeiro do mês.

O visitante mais regular era Ustad Hamid. Ele chegava todos os dias, exceto quartas-feiras e domingos, ou ao amanhecer ou ao anoitecer, sentava-se no túmulo de alguém com o harmônico de Anjum e começava seu hipnótico *riaz*, Raga Lalit de manhã, Raga Shuddh Kalyan à noitinha — *Tum bin kaun khabar mori lait…* Quem além de você vai querer saber notícias minhas? Deliberadamente ignorava os aviltantes pedidos da plateia pelos últimos sucessos de Bollywood ou qawwalis populares (nove em dez vezes era *Dum-a-Dum Mast Qalandar*) gritados pelos andarilhos e ociosos que se reuniam fora dos limites invisíveis do que havia sido, por consenso, delimitado como território de Anjum. Às vezes, as sombras trágicas da beira do cemitério se punham de pé numa névoa sonhadora, induzida por álcool ou heroína, e dançavam em câmera lenta com um ritmo próprio. Enquanto a luz ia morrendo (ou nascendo) e a voz suave de Ustad Hamid ressoava sobre a paisagem em ruínas e seus habitantes em ruínas, Anjum se sentava de pernas cruzadas, as costas apoiadas nas de Ustad Hamid em cima do túmulo da Begum Renata Mumtaz Madame. Não falava com ele, nem olhava para ele. Ele não se importava. Pela imobilidade dos ombros dela, sabia que estava ouvindo. Ele a acompanhara ao longo de tanta coisa; acreditava que, se não ele, certamente a música a faria superar aquilo também.

Mas nem a gentileza nem a crueldade eram capazes de convencer Anjum a voltar para sua antiga vida na Khwabgah. Levou anos para a onda de dor e medo ceder. As visitas diárias do imame Ziauddin, as miúdas (e às vezes profundas) discussões e o pedido para que Anjum lesse os jornais para ele todas as manhãs ajudaram a levá-la de volta para o Duniya. Aos poucos, o Forte da Desolação se reduziu a uma morada de proporções suportáveis. Virou lar; um lugar de tristeza previsível, tranquilizadora — horrível, mas confiável. Os homens de açafrão embainharam suas espadas, baixaram seus tridentes e voltaram mansamente a suas vidas de trabalho, respondiam a sirenes, obedeciam ordens, batiam em suas esposas e esperavam até a próxima escalada sangrenta. Os periquitos de açafrão recolheram as garras e voltaram ao verde, se camuflaram nos galhos das árvores pipal de onde os abutres de dorso branco e os pardais haviam desaparecido. Os homens dobrados e as mulheres desdobradas a visitavam com menor frequência. Só Zakir Mian, bem dobradinho, não ia embora. Mas com o tempo, em vez de segui-la, ele foi morar com ela e se tornou um constante, mas não exigente, companheiro.

Anjum começou a se cuidar de novo. Passou hena no cabelo, que ficou incendiado de cor de laranja. Removeu a barba, extraiu o dente mole e o substituiu por uma prótese. Um dente branco perfeito brilhava agora como uma presa entre os tocos de um vermelho escuro que faziam as vezes de dentes. No geral, era apenas ligeiramente menos alarmante que o arranjo anterior. Ela ficou com os conjuntos pathan, mas mandou fazer novos em cores mais suaves, azul-claro e rosa antigo, que combinava com suas velhas dupattas estampadas e com lantejoulas. Ganhou um pouco de peso e usava as roupas novas de um jeito atraente e confortável.

Mas Anjum nunca esqueceu que era apenas Sorte de Carniceiro. Pelo resto da vida, mesmo quando parecia diferente, seu relacionamento com o resto-de-sua-vida continuou precário e negligente.

À medida que o Forte da Desolação diminuía, o barracão de zinco de Anjum aumentava. Primeiro, cresceu a ponto de ser uma cabana capaz de acomodar uma cama, depois uma pequena casa com uma pequena cozinha. Para não chamar atenção demais, ela manteve as paredes externas rústicas e inacabadas. O interior ela rebocou e pintou com uma cor excepcional de fúcsia.

Pôs um teto de arenito sustentado por vigas de ferro, o que lhe deu um terraço no qual, no inverno, podia colocar uma cadeira de plástico e secar o cabelo e tomar sol nas canelas irritadas e escamosas enquanto observava o domínio dos mortos. Para as portas e janelas escolheu um verde pistache pálido. A Bandicota, agora bem encaminhada para se tornar uma mocinha, começou a visitá-la de novo. Vinha sempre com Saida e nunca passava a noite ali. Anjum nunca pediu nem insistiu, nem mesmo manifestou seu sentimento. Mas a dor por essa ferida nunca abrandou nem diminuiu. Sobre esse assunto, seu coração simplesmente se recusava a cicatrizar.

A cada poucos meses, as autoridades municipais pregavam um aviso na porta de Anjum dizendo que era estritamente proibido ocupar e viver no cemitério, e que qualquer construção não autorizada seria demolida dentro de uma semana. Ela respondia que não estava vivendo no cemitério, mas morrendo ali — e para isso não precisava de licença da municipalidade porque tinha sido autorizada pelo Todo-Poderoso em pessoa.

Nenhum dos funcionários que a visitava foi homem o bastante para levar a questão adiante e correr o risco de se ver embaraçado por suas legendárias habilidades. Além disso, como todo mundo, tinham medo de serem amaldiçoados por uma hijra. Então escolheram o caminho da conciliação e da extorsão miúda. Estabeleceram uma soma de dinheiro não exatamente insignificante a lhes ser paga, junto com uma refeição não vegetariana, nas celebrações de Diwali e Eid. E concordaram que, se a casa aumentasse, o valor aumentaria na mesma proporção.

Com o tempo, Anjum começou a incorporar os túmulos dos parentes e a construir cômodos em torno deles. Cada cômodo continha um túmulo (ou dois) e uma cama. Ou duas. Ela construiu um banheiro separado e uma privada com sua própria fossa séptica. Usava a água da bomba pública. O imame Ziauddin, que vinha sendo maltratado pelo filho e pela nora, logo passou a ser um hóspede permanente. Ele raramente ia para casa. Anjum começou a alugar dois quartos para viajantes (a publicidade era estritamente boca a boca). Não havia muitos interessados porque evidentemente a localização e a paisagem, para não falar da própria locadora, não eram do gosto de todo mundo. Além disso, é preciso dizer, nem todos os interessados eram do gosto da locadora. Anjum era caprichosa e irracional sobre quem admitir e quem recusar — muitas vezes com uma incontrolável grosseria inteiramente despropositada que beirava o abuso (*Quem mandou você aqui? Vá tomar no cu*) e às vezes com um extraterreno e selvagem urro.

A vantagem de uma hospedaria no cemitério era que, ao contrário de todos os outros bairros da cidade, inclusive os mais caros, não havia cortes de energia. Nem mesmo no verão. Isso porque Anjum roubava sua eletricidade do necrotério, onde os corpos exigiam refrigeração vinte e quatro horas. (Os mendigos da cidade que lá jaziam em esplendoroso ar-condicionado nunca haviam experimentado nada parecido em vida.) Anjum chamava sua hospedaria de Jannat. Paraíso. Mantinha a TV ligada dia e noite. Dizia que precisava do som para serenar sua mente. Assistia aos noticiários aplicadamente e se tornou uma astuta analista política. Também via novelas hindi e os canais de filmes em inglês. Gostava especialmente dos filmes B de vampiro de Hollywood e assistia sempre aos mesmos. Claro que não conseguia entender os diálogos, mas entendia os vampiros bastante bem.

Aos poucos, a Hospedaria Jannat passou a ser abrigo das hijras que, por uma razão ou outra, tinham deixado ou sido expulsas da rede rigidamente administrada de gharanas hijra. Quando se espalhou a notícia da nova hospedaria no cemitério, amigos do passado reapareceram, e a mais inacreditável de todas foi Nimmo Gorakhpuri. Quando se encontraram pela primeira vez, Anjum e ela se abraçaram e choraram como namorados reunidos depois de longa separação. Nimmo passou a ser uma visita regular e muitas vezes passava dois ou três dias seguidos com Anjum. Tinha se tornado uma figura esplendorosa, grande, cheia de joias, perfumada e imaculadamente arrumada. Vinha em seu pequeno Maruti 800 branco desde Mewat, a duas horas de Delhi, onde era dona de dois apartamentos e um pequeno sítio. Tornara-se uma magnata dos carneiros que comerciava caprinos exóticos a preços altíssimos para muçulmanos ricos de Delhi e Bombaim, a serem abatidos nas celebrações de Bakr-Eid. Ela ria ao contar a velhas amigas os truques dos negócios e descrever as técnicas espúrias de engordar os carneiros do dia para a noite e a política de preços do mercado no pré-Eid. Contou que a partir do ano seguinte seu negócio se expandiria para a internet. Anjum e ela concordaram que em honra dos velhos tempos iam comemorar juntas o próximo Bakr-Eid no cemitério com o melhor espécime do rebanho de Nimmo. Ela mostrou a Anjum retratos de carneiros em seu ostensivo celular novo. Era obcecada por carneiros como tinha sido anteriormente pela moda feminina ocidental. Mostrou a Anjum como distinguir um jamnapari de um barbari, um etawa de um sojat. Depois exibiu um vídeo de um galo que parecia dizer "Ya Allah!" cada vez que batia as asas. Anjum ficou pasmada. *Até um simples galo sabia!* Desse dia em diante, sua fé se tornou mais profunda.

Fiel a sua palavra, Nimmo Gorakhpuri deu de presente a Anjum um carneiro preto jovem com bíblicos chifres recurvos — do mesmo modelo, disse Nimmo, daquele que Hazrat Ibrahim sacrificou na montanha em lugar de seu filho, Ishaq, só que o deles era branco. Anjum pôs o carneiro em um quarto só dele (com um túmulo só dele) e cuidou do animal com todo amor. Tentou amá-lo tanto quanto Ibrahim tinha amado Ishaq. Amor, afinal, é o ingrediente que distingue um sacrifício de uma matança comum e cotidiana. Trançou para ele uma coleira de ouropel, pôs guizos nas patas. (Ela tomava o cuidado de tirar os guizos e escondê-lo de Zainab quando vinha visitar, porque sabia aonde isso iria dar.) Quando chegou o Eid daquele ano, a cidade velha estava fervilhando de camelos aposentados com tatuagens desbotadas, búfalos e carneiros grandes como potros, esperando o abate. O carneiro de Anjum estava adulto, com quase um metro e vinte de altura, todo carne magra e músculos, com olhos amarelos amendoados. As pessoas iam ao cemitério só para vê-lo.

Anjum contratou Imran Qureishi, a estrela ascendente entre a nova geração de jovens açougueiros da Shahjahanabad, para realizar o sacrifício. Ele tinha diversos compromissos anteriores e disse que só poderia chegar no fim da tarde. Quando amanheceu o dia de Bakr-Eid, Anjum entendeu que, a menos que fosse até a cidade velha e o trouxesse pessoalmente, atravessadores iriam passar na sua frente. Vestida como homem, com um terno pathan limpo e bem passado, ela passou a manhã inteira acompanhando Imran de casa em casa de esquina em esquina enquanto ele trabalhava. O último compromisso foi com um político, antigo membro da Assembleia Legislativa que perdera a última eleição por uma margem de votos embaraçosa. Para minimizar a derrota e mostrar a seus eleitores que já estava se preparando para a próxima eleição, ele resolveu encenar uma opulenta demonstração de fé. Uma pequena e macia fêmea de búfalo aquático, com a pele untada e reluzente, foi levada pelas ruas estreitas um pouco mais largas que o corpo dela, até um cruzamento onde havia algum espaço para manobra. Colocada diagonalmente, amarrada a um poste de luz com as patas da frente imobilizadas, mal cabia no local que passava por um cruzamento de ruas. Pessoas excitadas, vestindo roupas novas, lotavam portas, janelas, pequenos balcões e terraços para ver Imran realizar o sacrifício. Ele chegou, abrindo caminho pela multidão, esguio, calado, despretensioso. O murmúrio da multidão ficou mais alto, e a pele da búfala estremeceu, com os olhos se revirando. A cabeça imensa com chifres que se curvavam para trás num arco alongado começou a balançar para a frente e para trás, como se ela estivesse num transe em um concerto de música clássica. Com um hábil movimento de judô, Imran e seu ajudante a rolaram de lado. Em um instante, ele já havia aberto a jugular e saiu da frente da fonte de sangue que jorrou no ar, no ritmo que acompanhava as batidas do coração que ia parando. O sangue espirrou nas portas das lojas e no rosto dos políticos sorridentes dos velhos cartazes rasgados das paredes. O sangue correu pela rua, passou por motocicletas, motonetas, riquixás, bicicletas estacionadas. Meninas pequenas de sapatinhos enfeitados com joias gritaram e evitaram o sangue. Meninos pequenos fingiram não ligar e os mais moleques pisaram devagar nas poças vermelhas e admiraram suas pegadas sangrentas. Levou algum tempo para a búfala sangrar até morrer. Quando morreu, Imran a abriu e depositou seus órgãos na rua — coração, baço, estômago, fígado, entranhas. Como a rua era em declive, começaram a escorregar como barcos de forma estranha num rio de sangue. O ajudante de Imran os resgatou e colocou em chão mais nivelado. A remoção da pele e o corte em pedaços seriam feitos pelos coadjuvantes. O superstar limpou o cutelo num pedaço de pano, passou os olhos pela multidão, encontrou o olhar de Anjum e fez um gesto imperceptível com a cabeça. Deslizou pelo meio do povo e foi embora. Anjum o alcançou no chowk seguinte. As ruas estavam cheias. Peles de carneiro, chifres de carneiro, crânios de carneiro, miolos de carneiro, miúdos de carneiro eram recolhidos, separados e empilhados. Escorria merda dos intestinos que seriam depois devidamente limpos e fervidos para fazer sabão e cola. Gatos fugiam com deliciosas presas. Nada se perdia.

Imran e Anjum foram a pé até o Portão Turcomano, de onde pegaram um autorriquixá para o cemitério.

Anjum, o homem da casa naquele momento, ergueu uma faca sobre seu belo carneiro e fez uma oração. Imran cortou a jugular e o segurou enquanto ele estremecia e o sangue jorrava para fora. Em vinte minutos, o carneiro estava esfolado e cortado em pedaços, e Imran tinha ido embora. Anjum fez pequenos pacotes da carne para distribuir o sacrifício conforme estava escrito: um terço para a família, um terço para os próximos e queridos, um terço para os pobres. Ela deu a Roshan Lal, que chegara naquela manhã para cumprimentá-la pelo Eid, um saco plástico contendo a língua e parte de um pernil. Guardou os melhores pedaços para Zainab, que tinha acabado de completar doze anos, e para Ustad Hamid.

Os viciados comeram bem nessa noite. Anjum, Nimmo Gorakhpuri e o imame Ziauddin sentaram no terraço e se banquetearam com três pratos diferentes de carneiro e montanhas de biryani. Nimmo deu de presente para Anjum um celular com o vídeo do galo já instalado. Anjum a abraçou e disse que sentia ter agora uma linha direta com Deus. Assistiram ao vídeo mais algumas vezes. Descreveram o vídeo em detalhes para o imame Ziauddin, que ouviu com os olhos, mas não tão entusiasmado como elas sobre seu valor comprobatório. Então Anjum guardou o celular novo em segurança no peito. Esse ela não perdeu. Dentro de poucas semanas, através dos bons serviços do motorista que ainda trazia mensagens de seu patrão para Anjum, D. D. Gupta tinha o número novo dela e voltou a entrar em contato do Iraque, onde aparentemente resolvera morar.

Na manhã seguinte ao Bakr-Eid, a Hospedaria Jannat recebeu seu segundo hóspede permanente — um jovem chamado

Saddam Hussain. Anjum o conhecia pouco e gostava dele muito, de forma que lhe ofereceu um quarto a preço irrisório — menos do que teria custado a ele alugar um na cidade velha.

Quando Anjum conheceu Saddam, ele trabalhava no necrotério. Era um de cerca de dez rapazes cujo trabalho era manejar os cadáveres. Os médicos hindus solicitados a fazer autópsias consideravam-se de casta superior e não tocavam em corpos mortos com medo de ficarem impuros. Os homens que efetivamente manipulavam os cadáveres e realizavam as autópsias eram empregados como faxineiros e pertenciam à casta dos varredores e coureiros que costumavam ser chamados de chamars. Os médicos, como a maioria dos hindus, olhavam para eles com desprezo e os consideravam intocáveis. Os médicos mantinham a distância, com lenços cobrindo o rosto, e gritavam instruções aos funcionários sobre onde deviam ser feitas incisões e o que fazer com as vísceras e os órgãos. Saddam era o único muçulmano entre os faxineiros que trabalhavam no necrotério. Como eles, também havia se tornado algo como um cirurgião amador.

Saddam tinha um sorriso fácil e cílios tão grossos que pareciam ter sido desenvolvidos numa academia. Ele sempre cumprimentava Anjum com afeto e muitas vezes cumpria alguma tarefa em seu lugar — ia comprar ovos e cigarros (ela não confiava em ninguém para comprar seus legumes e verduras) ou buscar um balde de água na bomba quando ela estava com dor nas costas. De vez em quando, quando a carga de trabalho no necrotério era menos pesada (geralmente de setembro a novembro, quando as pessoas nas ruas não morriam como moscas por causa do calor, do frio ou da dengue), Saddam aparecia, Anjum fazia um chá para ele e fumavam um cigarro juntos. Um dia, ele desapareceu sem uma palavra. Quando ela perguntou, os colegas disseram que ele se desentendera com um dos médicos e tinha sido despedido. Quando reapareceu naquela manhã depois do Eid, um ano mais tarde, parecia um pouco magro, um pouco abatido e veio acompanhado por uma égua branca igualmente magra e abatida cujo nome disse ser Payal. Estava bem vestido, de jeans e camiseta vermelha com os dizeres *Na sua casa ou na minha?* Usava óculos escuros mesmo quando estava dentro de casa. Sorriu quando Anjum brincou com ele, mas disse que os óculos não tinham nada a ver com estilo. Contou uma estranha história de que seus olhos tinham sido queimados por uma árvore.

Ao ser despedido do necrotério, Saddam contou, passou de um emprego para outro — como ajudante numa loja, motorista de ônibus, vendedor de jornais na estação de trens de Nova Delhi e por fim, em desespero, como pedreiro numa construção. Um dos guardas de segurança ali ficou seu amigo e levou Saddam para encontrar com a chefa, Madame Sangita, na esperança de que ela pudesse lhe dar um emprego. Madame Sangita era uma viúva gorda e alegre que, apesar da personalidade animada e sua paixão por músicas de Bollywood, era uma patroa dura, cuja empresa de segurança, Serviço de Guardas Safe n' Sound (SGSS), controlava uma cadeia de quinhentos guardas patrimoniais. Seu escritório, no porão de uma fábrica de garrafas, ficava no novo cinturão industrial que se espalhara nos arredores de Delhi. Os homens de sua equipe faziam turnos de doze horas de trabalho seis dias por semana. A comissão de Madame Sangita era de sessenta por cento do salário deles, o que os deixava com apenas o suficiente para comida e um teto. Mesmo assim, a procuravam aos milhares — soldados aposentados, trabalhadores despedidos, trens inteiros de desesperados interioranos recém-chegados à cidade, homens educados, homens iletrados, homens bem alimentados, homens famintos. "Eram muitas empresas de segurança com escritórios um do lado do outro", Saddam contou a Anjum. "Era uma cena incrível todo primeiro dia do mês, quando a gente ia receber o pagamento... milhares de homens...

Dava a impressão de que a cidade tinha três tipos de pessoas — seguranças, pessoas que precisavam de seguranças e ladrões."

Madame Sangita estava entre as melhores pagadoras. Então podia escolher seus homens. Recrutava os que pareciam relativamente menos subnutridos e lhes dava um treinamento de meio dia — basicamente, ensinava-os a ficar eretos, a cumprimentar, a dizer "Sim, senhor", "Não, senhor", "Bom dia, senhor", "Boa noite, senhor". Ela os equipava com um quepe, uma gravata de nó pronto que vinha com um elástico e dois uniformes com SGSS bordado nas dragonas. (Eles tinham de pagar um depósito maior do que o preço dos uniformes para o caso de irem embora sem devolvê-los.) Ela espalhava seu pequeno exército particular pela cidade. Eles guardavam residências, escolas, fazendas, bancos, caixas eletrônicos, lojas, shopping centers, saguões de cinema, condomínios fechados, hotéis, restaurantes e as embaixadas e altos comissariados de países mais pobres. Saddam disse a Madame Sangita que seu nome era Dayachand (porque qualquer idiota sabia que no clima dominante um segurança com nome muçulmano seria considerado uma contradição em termos). Sendo um homem alfabetizado, de aparência agradável e boa saúde, conseguiu o emprego com facilidade. "Vou ficar de olho em você", Madame Sangita falou no primeiro dia, medindo-o de alto abaixo. Ela o mandou como parte de um grupo de doze homens à Galeria Nacional de Arte Moderna, onde um dos mais famosos artistas contemporâneos da Índia, um homem de uma cidade pequena que atingira o estrelato internacional, estava realizando uma exposição individual. A segurança do evento havia sido terceirizada para a Safe n' Sound.

As peças exibidas, artefatos cotidianos feitos de aço inoxidável — cisternas de aço, motocicletas de aço, balanças de aço, uma mesa de jantar de aço com pratos de aço e comida de aço, um táxi de aço com bagagem de aço no bagageiro de aço —, excepcionais em sua verossimilhança, eram lindamente iluminadas e expostas nas muitas salas da galeria, cada uma vigiada por dois guardas da Safe n' Sound. Saddam contou que até o objeto mais barato custava o preço de um apartamento de dois quartos GBS (Grupo do Baixo Salário). De forma que, tudo junto, pelos cálculos dele, custavam a mesma coisa que toda uma colônia habitacional. *Art First*, uma importante revista de arte contemporânea pertencente a um grande magnata do aço, era a principal patrocinadora da exposição.

Saddam (Dayachand) tinha como único encargo o objeto símbolo da exposição — uma figueira banyan de aço inoxidável, excepcionalmente bem-feita, metade do tamanho natural, mas absolutamente fiel à natureza, com raízes aéreas de aço inoxidável que desciam até o chão, formando um bosque de aço inoxidável. A árvore veio em uma gigantesca caixa de madeira, enviada de uma galeria de Nova York. Ele vigiou enquanto era tirada da embalagem e colocada no gramado da Galeria Nacional, presa com ganchos abaixo do solo. Tinha baldes de aço inoxidável, marmitas de aço inoxidável, panelas e caçarolas de aço inoxidável pendurados dos galhos. (Quase como se operários de aço inoxidável tivessem pendurado seus almoços de aço inoxidável enquanto aravam campos de aço inoxidável e plantavam sementes de aço inoxidável.)

"Essa parte eu simplesmente não entendi", Saddam disse a Anjum.

"E o resto, você entendeu?", Anjum perguntou, rindo.

O artista, que morava em Berlim, mandara instruções rigorosas informando que não queria nenhum tipo de cordão ou cerca protetora em torno da árvore. Desejava que os observadores se comunicassem com sua obra diretamente, sem nenhuma barreira. Podiam tocá-la e passear pelo bosque de raízes se quisessem. A maioria das pessoas fez isso mesmo, disse Saddam, a não ser quando o sol estava alto e o aço queimava ao toque. O trabalho de Saddam era garantir que ninguém riscasse o nome na árvore de aço ou a danificasse de alguma forma. Era também sua responsabilidade manter a árvore limpa e garantir que as marcas das centenas de mãos que a tocavam fossem removidas. Para essa tarefa lhe deram uma escada de desenho especial, um suprimento de óleo Johnson para bebê e pedaços de velhos saris macios. Parecia um método improvável, mas de fato funcionava. Limpar a árvore não era problema, ele disse. O problema era ficar de olho quando o sol se refletia nela. Era como ter de ficar de olho no sol. Depois dos primeiros dois dias, Saddam pediu a Madame Sangita permissão para usar óculos escuros. Ela recusou seu pedido, dizendo que seria inadequado e que a gerência do museu ficaria ofendida. Então Saddam desenvolveu a técnica de olhar a árvore durante alguns minutos e desviar os olhos em seguida. Mesmo assim, depois de sete dias, a árvore reembalada e despachada para Amsterdã para a exposição seguinte do artista, Saddam ainda sentia os olhos queimados. Ardiam e lacrimejavam continuamente. Era impossível ficar de olhos abertos com a luz do dia, a menos que usasse óculos escuros. Foi dispensado da Serviço de Guarda Safe n' Sound porque ninguém tinha lugar para um segurança comum que se vestia como se fosse um guarda-costas de filme. Madame Sangita disse que estava muito decepcionada com ele e que havia frustrado suas expectativas. A reação dele foi chamá-la por alguns nomes terríveis. Foi fisicamente ejetado do escritório dela.

Anjum gargalhou sua apreciação quando Saddam lhe contou os nomes. Deu a ele o quarto que havia construído em torno do túmulo de sua irmã Bibi Ayesha.

Saddam construiu para Payal um estábulo temporário contíguo ao banheiro. Ela ficava ali a noite inteira, bufando e fungando, uma pálida égua noturna no cemitério. Durante o dia, era a parceira de negócios de Saddam. Os dois faziam a ronda dos grandes hospitais da cidade. Ele parava diante do portão do hospital e se ocupava com um dos cascos dela, batendo preocupado com um martelinho, fingindo que estava trocando a ferradura. Payal aceitava a encenação. Quando os parentes ansiosos de pacientes seriamente doentes se aproximavam, Saddam concordava com relutância em ceder a ferradura velha para lhes trazer boa sorte. Por um preço. Ele também tinha um suprimento de remédios — alguns antibióticos receitados com frequência, analgésico Crocin, xarope para tosse e uma variedade de remédios fitoterápicos —, que vendia às pessoas que procuravam os grandes hospitais do governo, vindas das aldeias em torno de Delhi. A maioria acampava no espaço do hospital ou nas ruas porque eram pobres demais para alugar algum tipo de acomodação na cidade. À noite, Saddam voltava para casa montado em Payal como um príncipe pelas ruas vazias. Em seu quarto, ele tinha um saco de ferraduras. Uma foi dada a Anjum, que a pendurou na parede ao lado de sua velha catapulta. Saddam tinha outros interesses empresariais também. Vendia comida para pombos em alguns pontos da cidade onde os motoristas paravam para buscar uma bênção rápida alimentando as criaturas de Deus. Nos dias não hospitalares, Saddam lá estaria com pacotinhos de grãos e troco miúdo. Quando o motorista ia embora, muitas vezes, para desgosto dos pombos, ele recolhia os grãos e punha de volta nos pacotes, prontos para o próximo cliente. Tudo isso — enganar os pombos e explorar parentes de doentes — era trabalho cansativo, principalmente no verão, e o rendimento era incerto. Mas nada disso implicava ter um patrão, e isso era o principal.

Logo depois que Saddam se mudou, Anjum e ele, associados ao imame Ziauddin, deram início a outra ação. O negócio começou por acaso e evoluiu sozinho. Uma tarde, Anwar Bhai, que tinha um bordel perto da rua GB, chegou ao cemitério com o corpo de Rubina, uma de suas meninas, que tinha morrido de repente de apendicite supurada. Ele veio com oito moças vestidas com burcas, seguidas por um menino de três anos, filho de Anwar Bhai com uma delas. Estavam todos tristes e agitados, não só por causa da morte de Rubina, mas porque o hospital devolveu o corpo dela sem os olhos. No hospital disseram que os ratos tinham comido no necrotério. Mas Anwar Bhai e as colegas de Rubina achavam que os olhos de Rubina tinham sido roubados por alguém que sabia que um bando de putas e seu cáften provavelmente não dariam parte à polícia. Como se isso não bastasse, por causa do endereço constante da certidão de óbito (rua GB), Anwar Bhai não conseguiu encontrar uma casa de banhos para lavar o corpo de Rubina, nem um cemitério onde enterrá-la, nem um imame para fazer as orações.

Saddam disse que tinham vindo ao lugar certo. Pediu que sentassem e lhes trouxe algo frio para beber enquanto criava um reservado atrás da hospedaria com umas dupattas velhas de Anjum penduradas em quatro bambus. Dentro do reservado, pôs uma placa de compensado elevada sobre alguns tijolos, cobriu com um plástico e pediu para as mulheres colocarem ali o corpo de Rubina. Ele e Anwar Bhai foram buscar água na bomba com baldes e duas latas velhas de tinta e levaram-nas para a casa de banhos improvisada. O corpo já estava tão rígido que a roupa de Rubina teve de ser cortada fora. (Saddam emprestou uma gilete.) Amorosas, adejando sobre o corpo dela como um bando de corvos, as mulheres a banharam, ensaboando o pescoço, as orelhas, os dedos dos pés. Igualmente amorosas, ficaram atentas para que nenhuma dentre elas fosse tentada a pegar e embolsar uma pulseira, um anel de pé ou um pingente bonito. (Todas as joias — falsas ou verdadeiras — tinham de ser entregues a Anwar Bhai.) Mehrunissa preocupou-se porque a água estava muito fria.

Sulekha insistiu que Rubina tinha aberto os olhos e fechado de novo (e que raios de luz divina brilharam do lugar onde ficavam seus olhos). Zinat saiu para comprar uma mortalha. Enquanto Rubina era preparada para a jornada final, o filhinho de Anwar Bhai, vestido com um macacão de jeans e um gorro de oração, andava de um lado para outro, com passo de ganso como um guarda do Kremlin, a fim de exibir seu novo Croc roxo (falsificado) com flores estampadas. Ele fez um grande estardalhaço ao esmagar ruidosamente salgadinhos Kurkure de um pacote que Anjum lhe dera. De vez em quando, tentava espiar dentro do abrigo para ver o que estavam fazendo sua mãe e tias (que ele nunca, em sua curta vida, tinha visto usarem burcas).

Quando o corpo estava lavado, enxuto, perfumado e envolto numa mortalha, Saddam, com a ajuda de dois viciados, tinha cavado uma cova respeitavelmente profunda. O imame Ziauddin fez as orações, e o corpo de Rubina foi enterrado. Anwar Bhai, aliviado e agradecido, enfiou quinhentas rupias na mão de Anjum. Ela recusou. Saddam também recusou. Mas não era homem de deixar passar uma oportunidade de negócios.

Uma semana depois, a Hospedaria Jannat começou a funcionar como funerária. Tinha uma casa de banhos adequada com teto de amianto e uma plataforma de cimento para depositar os corpos. Havia um fornecimento regular de lápides, mortalhas, barro perfumado de Multani (que a maioria das pessoas preferia em vez de sabonete) e água de balde. Havia um imame residente, disponível dia e noite. As regras para os mortos (as mesmas que para os vivos da hospedaria) eram esotéricas — sorrisos cálidos de boas-vindas ou irracionais rugidos de rejeição, dependendo ninguém sabia do quê. O único critério claro era que o Serviço Funerário Jannat só enterraria aqueles a quem o Duniya rejeitara túmulos e imames. Às vezes, passavam dias sem funerais, às vezes havia um acúmulo. O recorde foi cinco num dia. Às vezes os próprios policiais — cujas regras eram tão irracionais como as de Anjum — traziam corpos para eles.

Quando Ustad Kulsum Bi faleceu durante o sono, foi enterrada em grande estilo no Hijron Ka Khanqah em Mehrauli. Mas Bombay Silk foi enterrada no cemitério de Anjum. E muitas outras hijras de toda Delhi.

(Dessa forma, o imame Ziauddin recebeu finalmente a resposta a sua pergunta de tanto tempo: "Me digam, quando morrem onde enterram vocês? Quem lava os corpos? Quem faz as orações?")

Aos poucos, a Hospedaria e o Serviço Funerário Jannat passaram a fazer parte tão integrante da paisagem que ninguém questionava sua origem nem seu direito de existir. Existia. E pronto. Quando Jahanara Begum morreu, aos oitenta e sete anos, o imame Ziauddin fez as orações. Ela foi enterrada ao lado de Mulaqat Ali. Bismillah, quando morreu, foi enterrada no cemitério de Anjum também. Assim como o carneiro de Zainab, que podia ter ido para o *Livro de Recordes Guinness* pelo feito inusitado (para um carneiro): ter morrido de causas naturais (cólica) depois de sobreviver a um recorde de dezesseis Bakr-Eids em Shahjahanabad. O crédito por isso pertencia, claro, não a ele, mas a sua feroz proprietária. Claro que o *Livro Guinness* não tem essa categoria.

Embora Anjum e Saddam morassem na mesma casa (e cemitério), raramente passavam algum tempo juntos. Anjum gostava de ficar preguiçando, mas Saddam, dividido entre seus muitos empreendimentos (ele vendera o negócio de comida para pombos, porque era o menos rentável), não tinha tempo para perder e detestava televisão. Numa manhã excepcional de lazer forçado, Anjum e ele ficaram sentados num velho banco vermelho de táxi que usavam como sofá, tomando chá e assistindo televisão. Era 15 de agosto, Dia da Independência. O tímido primeiro-ministrozinho que havia substituído o ceceante primeiro-ministro poeta (o partido a que ele pertencia não acreditava que a Índia fosse uma nação hindu) estava se dirigindo ao país das muralhas do Forte Vermelho. Era um daqueles dias em que a insularidade da cidade murada era invadida pelo restante de Delhi. Multidões maciças organizadas pelo partido da situação preenchiam os espaços de Ramlila. Cinco mil escolares vestidos com as cores da bandeira nacional fizeram uma coreografia. Mesquinhos mercadores de influência e anônimos que queriam aparecer na televisão sentaram-se nas primeiras filas para poderem converter sua visível proximidade com o poder em troca de acordos de negócios. Poucos anos antes, quando o ceceante primeiro-ministro poeta e seu partido de preconceituosos foram derrotados na eleição, Anjum rejubilou-se e demonstrou algo próximo de adoração pelo tímido economista sique de turbante azul que o substituiu. O fato de ele ter o carisma de um coelho encurralado apenas enfatizava os elogios dela. Mas ultimamente ela havia resolvido que era verdade o que as pessoas diziam — ele realmente era um fantoche, e alguma outra pessoa controlava os cordões. Sua ineficiência estava alimentando as forças das trevas que começaram a se juntar no horizonte e se arrastar pelas ruas outra vez. Gujarat ka Lalla ainda era ministro-chefe de Gujarat. Estava ainda mais bravateiro e começara a falar muito de vingar os séculos de dominação muçulmana. Em todo discurso público, sempre encontrava um jeito de mencionar a medida de seu peito (um metro e quarenta e dois centímetros). Por alguma estranha razão, isso parecia *efetivamente* impressionar as pessoas. Havia rumores de que ele estava se preparando para sua "Marcha para Delhi". A respeito de Gujarat ka Lalla, Saddam e Anjum estavam perfeitamente de acordo.

Anjum viu o Coelho Encurralado — que mal tinha um peito — de pé em sua cabine à prova de balas com o Forte Vermelho imponente atrás, desfiando densas estatísticas a respeito de importações e exportações a uma multidão inquieta que não fazia ideia do que ele estava falando. Ele se expressava como uma marionete. Só o queixo se mexia. Nada mais. As fartas sobrancelhas brancas pareciam pregadas aos óculos, não ao rosto. Sua expressão não mudava nunca. Ao final do discurso, ele ergueu a mão numa flácida saudação e encerrou com um alto e esganiçado *Jai Hind!* (Vitória para a Índia!). Um soldado, de mais de dois metros de altura, com um bigode espetado tão vasto como a envergadura de um filhote de albatroz, desembainhou a espada e gritou uma saudação ao primeiro-ministro, que pareceu se encolher de susto. Quando se afastou, só suas pernas se mexiam, nada mais. Anjum desligou a televisão, desgostosa.

"Vamos subir pro teto", Saddam disse depressa, sentindo que se aproximava um dos acessos de mau humor da parte dela, o que geralmente significava problemas para todo mundo no raio de um quilômetro.

Ele foi na frente e estendeu um velho tapete com algumas almofadas duras de capa florida que cheiravam a óleo de cabelo rançoso. Havia uma leve brisa, e os empinadores de pipa do Dia da Independência já estavam a postos. Havia alguns empinadores de pipa no cemitério também, que não iam muito mal. Anjum chegou com uma panela de chá fresco e quente e um transístor. Saddam e ela se acomodaram e ficaram olhando (Saddam de óculos escuros) o céu sujo pontilhado por pipas de papel. Deitado ao lado deles, como se também tivesse resolvido tirar um dia de folga numa semana de trabalho duro, estava Biru (às vezes chamado de Rubi), um cachorro que Saddam encontrara vagando pela calçada de uma rua movimentada, com olhos assustados e desorientado, com um emaranhado de tubos transparentes pendurado. Biru era um beagle que tinha escapado ou sobrevivido além de sua utilidade em testes farmacêuticos. Parecia cansado e abatido, como um desenho que alguém tivesse tentado apagar. As cores geralmente ricas de preto, branco e marrom dos beagles estavam atenuadas por uma pátina enfumaçada, cinzenta, que podia, claro, não ter nada a ver com as drogas que testavam nele. Quando Biru foi viver na Hospedaria Jannat, no começo era sacudido por frequentes ataques epilépticos e espirros reversos roncados e debilitantes. Cada vez que se recuperava da exaustão de um ataque, emergia com um caráter diferente — às vezes amigável, às vezes tesudo, às vezes sonolento, às vezes rosnante ou preguiçoso —, tão pouco razoável e imprevisível quanto sua dona adotiva. Com o tempo, os ataques ficaram menos frequentes, e ele se estabilizou no que se tornou seu avatar mais ou menos permanente de Cachorro Preguiçoso. Os espirros reversos continuaram.

Anjum serviu um pouco de chá num pires e soprou para esfriar para ele. O cachorro lambeu tudo, ruidosamente. Bebia tudo o que Anjum bebesse, comia tudo que ela comesse — biryani, korma, samosas, halwa, faluda, phirni, zamzam, mangas no verão, laranjas no inverno. Era terrível para seu corpo, mas excelente para sua alma.

Em pouco tempo, a brisa ficou mais forte, as pipas subiram, e o chuvisco obrigatório do Dia da Independência começou a cair. Anjum rugiu para a garoa como se fosse um convidado indesejado — *Ai Hai!* Chuvinha filha da puta! Saddam riu, mas nenhum dos dois se mexeu, esperando para ver se era grande ou pequena. Era pequena e logo parou. Distraída, Anjum começou a acariciar o pelo de Biru, removendo a delicada camada de pingos de chuva. Ficar molhada na chuva a fazia lembrar de Zainab, e ela sorriu para si mesma. Excepcionalmente, começou a contar a Saddam a História do Viaduto (a versão editada) e o quanto a

Bandicota a havia adorado quando era pequena. Continuou, ensolarada, e descreveu as travessuras de Zainab, seu amor pelos animais e como ela aprendia inglês depressa na escola. De repente, quando sua reminiscência estava no auge da alegria, a voz de Anjum tremeu e seus olhos se encheram de lágrimas.

"Eu nasci para ser mãe", soluçou. "Veja só. Um dia, Allah Mian vai me dar uma filha minha mesmo. Disso eu sei."

"Como é possível?" Saddam perguntou, com razão, inteiramente inadvertido de que estava entrando em território traiçoeiro. "*Haqiqat bhi koi chiz hoti hai.*" Existe, afinal, algo que se chama Realidade.

"Por que não? Por que não, droga?" Anjum endireitou o corpo e olhou nos olhos dele.

"Só estou dizendo quê... Quer dizer, sendo realista..."

"Se você pode ser Saddam Hussain, eu posso ser mãe." Anjum não disse isso maldosamente, disse sorrindo, coquete, sugando a presa branca e os dentes vermelhos. Mas havia uma alfinetada aguda por trás da coqueteria.

Alerta, mas não preocupado, Saddam olhou para Anjum, se perguntando o que ela sabia.

"Quando você caiu da beira do abismo como nós caímos, inclusive o nosso Biru", Anjum disse, "nunca para de cair. E enquanto cai você se agarra em outras pessoas que estão caindo. Quanto mais depressa entender melhor. Este lugar onde a gente mora, onde a gente construiu nosso lar, é lugar de gente caindo. Aqui *não* tem *haqiqat*. *Arre*, nem *nós* somos reais. Na verdade, a gente não existe."

Saddam não disse nada. Tinha passado a amar Anjum mais do que amara qualquer outra pessoa no mundo. Amava o jeito de falar dela, as palavras que escolhia, o jeito de mexer a boca, o jeito como os lábios vermelhos e manchados de paan se moviam sobre os dentes cariados. Amava seu ridículo dente da frente e o jeito como declamava estrofes inteiras de poesia urdu, a maioria das quais — ou todas — ele não entendia. Saddam não sabia poesia nenhuma e muito pouco urdu. Mas sabia outras coisas. Sabia o jeito mais rápido de tirar a pele de uma vaca ou búfalo sem danificar o couro. Sabia como molhar a pele e curtir com limão e tanino até começar a esticar e endurecer como couro. Sabia calibrar o líquido, provando se estava ácido, manipular o couro e remover todos os pelos e a gordura, ensaboar, branquear, amaciar, engraxar e encerar até ficar brilhando. Sabia também que o corpo humano médio contém entre quatro e cinco litros de sangue. Tinha visto o sangue derramar e se espalhar lentamente pela rua diante da delegacia de polícia de Dulina, perto da estrada Delhi-Gurgaon. Estranhamente, a coisa que lembrava com mais clareza sobre aquilo tudo era a longa fila de carros de luxo e os insetos voando à luz dos faróis. E o fato de ninguém sair para ajudar.

Ele sabia que não era plano nem coincidência o que o levara ao Lugar de Gente Caindo. Era a maré.

"Quem você está tentando enganar?", Anjum perguntou.

"Só Deus." Anjum sorriu. "Você não."

"Recite o Kalima...", Anjum mandou, imperiosa, como se fosse o próprio imperador Aurangzeb.

"La ilaha...", Saddam disse. E então, igual a Hazrat Sarmad, parou. "Não sei o resto. Ainda estou aprendendo."

"Você é um chamar como aqueles outros rapazes com quem trabalhava no necrotério. Você não mentiu seu nome para a vaca *haramzaadi* da Madame Sangita, você está mentindo para *mim* e não sei por quê, porque não me interessa o que você é... Muçulmano, hindu, homem, mulher, desta casta, daquela casta ou um cu de camelo. Mas por que se chamar de Saddam Hussain? Ele era um filho da puta, você sabe."

Anjum usou a palavra *chamar* e não *dalit*, termo mais

moderno e aceito para aqueles que os hindus consideravam "intocáveis", no mesmo espírito em que se recusava a falar de si mesma como qualquer outra coisa que não hijra. Ela não via nenhum problema nem com hijras, nem com chamars.

Durante algum tempo, ficaram deitados lado a lado, em silêncio. E então Saddam resolveu confiar a Anjum a história que nunca havia contado antes a ninguém — a história sobre periquitos de açafrão e uma vaca morta. A dele também era uma história sobre sorte, não sorte de carniceiro, talvez, mas na mesma linha. Ele disse a Anjum que ela estava certa. Ele *tinha* mentido para ela e falado a verdade para a vaca *haramzaadi* da Madame Sangita. Saddam Hussain era o nome escolhido por ele, não seu nome verdadeiro. Seu nome verdadeiro era Dayachand. Nascera numa família de chamars — peladores — numa aldeia chamada Badshahpur, no estado de Haryana, a apenas duas horas de ônibus de Delhi.

Um dia, respondendo a uma chamada telefônica, ele e seu pai, junto com três outros homens, alugaram um Tempo e rodaram até uma aldeia próxima para recolher a carcaça de uma vaca que tinha morrido na fazenda de alguém.

"Era isso que nossa gente fazia", contou Saddam. "Quando morriam vacas, os fazendeiros de classes superiores chamavam a gente pra pegar a carcaça — porque não podiam se poluir tocando nelas."

"É, é, eu sei", Anjum disse, num tom que soava suspeitamente como admiração. "Alguns são muito limpos e direitos. Não comem cebola, alho, carne..."

Saddam ignorou a intervenção.

"Então a gente ia e pegava as carcaças, pelava e fazia couro com as peles... Estou falando do ano de 2002. Eu ainda estava na escola. Você sabe melhor do que eu o que estava acontecendo nessa época... como era... Com você foi em fevereiro, comigo em novembro. Era o dia da Dussehra. No caminho pra pegar a vaca, a gente passou por uma Ramlila Maidan onde tinham construído imagens imensas dos demônios... Ravan, Meghnath e Kumbhakaran, da altura de um prédio de três andares — todas prontas pra explodir de noite."

Nenhum muçulmano da Velha Delhi precisava de uma lição sobre o festival hindu de Dussehra. Era celebrado todo ano no campo de Ramlila, logo à frente do Portão Turcomano. A cada ano, as efígies de Ravan, o "demônio" rei de Lanka de dez cabeças, seu irmão Kumbhakaran e o filho Meghnath ficavam maiores e recheados com mais e mais explosivos. Todo ano, em Ramlila, a história de como o Senhor Rama, rei de Ayodhya, venceu Ravan na batalha de Lanka, que os hindus acreditavam ser a história do triunfo do Bem contra o Mal, era encenada com mais agressividade e patrocínio cada vez mais generoso. Alguns estudiosos audazes tinham começado a sugerir que Ramlila era na realidade história transformada em mitologia e que os demônios do mal eram de fato dravidianos de pele escura — governantes nativos — e os deuses hindus que os venceram (e os transformaram em intocáveis e outras castas oprimidas que passariam suas vidas servindo os novos governantes) eram invasores arianos. Isso apontava para rituais de aldeia nos quais as pessoas cultuavam divindades, inclusive Ravan, que no hinduísmo eram consideradas demônios. No novo regime, porém, as pessoas comuns não precisavam ser estudiosas para saber, mesmo não podendo dizer isso abertamente, que na ascensão e queda do Reich Periquito, apesar do que diziam ou não as escrituras, em fala de periquito de açafrão, os demônios do mal haviam passado a ser não apenas nativos, mas todo mundo que não era hindu. O que, evidentemente, incluía os cidadãos de Shahjahanabad.

Quando as efígies gigantescas explodiam, o som repercutia pelas alamedas estreitas da cidade velha. E poucos ficavam em dúvida sobre o que isso podia significar.

Todo ano, na manhã seguinte à vitória do Bem sobre o Mal, Ahlam Baji, a parteira transformada em rainha andarilha com cabelo imundo, ia até o campo de Ramlila remexer o entulho e voltava com arcos e flechas, às vezes um bigode de guidão inteiro, ou um olho arregalado, um braço, uma espada espetada para fora de seu saco de fertilizante.

Então quando Saddam falou de Dussehra, Anjum entendeu todo seu vasto e variado significado.

"A gente encontrou fácil a vaca morta", Saddam disse, "é sempre fácil, só tem de saber a arte de ir direto pro fedor. Pusemos a carcaça no Tempo e começamos a voltar pra casa. No caminho, paramos na delegacia de Dulina pra pagar a parte do delegado — o nome dele era Sehrawat. Era uma quantia estabelecida, uma taxa por vaca. Mas nesse dia ele pediu mais. Não só mais, pediu *três vezes* mais. O que queria dizer que a gente ia acabar perdendo dinheiro pra pelar aquela vaca. Ele era bem conhecido nosso, aquele Sehrawat, não sei o que deu nele nesse dia — vai ver queria dinheiro para comprar bebida de noite, comemorar a Dussehra, ou quem sabe tinha uma conta pra pagar, não sei. Talvez só estivesse querendo tirar vantagem do clima político da época. Meu pai e os amigos tentaram negociar com ele, mas ele não quis ouvir. Ficou bravo quando disseram que nem tinham com eles aquele dinheiro todo. Ele prendeu todo mundo, acusados de 'matar vaca' e pôs na cela da polícia. Ele me deixou de fora. Meu pai não parecia preocupado quando entrou, então eu também não fiquei. Esperei, achando que eles estavam só fazendo uma negociação mais dura e logo iam chegar num acordo. Passaram-se duas horas. Uma porção de gente indo ver os fogos. Alguns vestidos de deuses, Rama, Laxman, Hanuman — meninos com arco e flecha, alguns com rabo de macaco e a cara pintada de vermelho, alguns eram demônios com a cara preta, todo mundo indo participar da Ramlila. Quando passaram pelo nosso caminhão, apertaram o nariz por causa do fedor. No pôr do sol, ouvi as explosões das figuras e os vivas das pessoas que estavam assistindo. Fiquei chateado, estava perdendo a diversão. Logo depois, as pessoas começaram a voltar pra casa. Nem sinal do meu pai e dos amigos. E então, não sei como foi que aconteceu — talvez a polícia tenha espalhado a história ou dado uns telefonemas —, mas começou a juntar uma multidão na frente da delegacia, pedindo pra entregar pra eles os 'matadores de vaca'. A vaca morta no Tempo, empesteando tudo em volta, era a prova que bastava pra eles. O povo começou a parar o trânsito. Eu não sabia o que fazer, onde me esconder, então me enfiei no meio da multidão. Alguns começaram a gritar *Jai Shri Ram!* e *Vande Mataram!* Juntava mais e mais gente e virou uma loucura. Uns homens entraram na delegacia e trouxeram meu pai e os cinco amigos dele pra fora. Começaram a bater neles, primeiro com socos, depois com chutes. Mas aí alguém trouxe um pé de cabra, alguém trouxe um macaco de carro. Eu não conseguia ver muita coisa, mas quando começaram a bater ouvi os gritos deles…"

Saddam voltou-se para Anjum.

"Nunca ouvi um som como aquele… era estranho, agudo, não era humano. Mas aí o urro da multidão encobriu os gritos. Nem preciso dizer. Você sabe…" A voz de Saddam baixou para um sussurro. "Todo mundo olhando. Ninguém fez nada."

Ele descreveu como, assim que a multidão dispersou, os carros acenderam os faróis, todos juntos como um comboio de exército. Como pisaram nas poças do sangue de seu pai como se fosse de chuva, como a estrada parecia uma rua da cidade velha no dia de Bakr-Eid.

"Eu fazia parte da multidão que matou meu pai", Saddam disse.

O forte desolado de Anjum, com suas paredes murmurantes e calabouços secretos ameaçou se erguer em torno dela outra vez.

Saddam e ela podiam quase ouvir as batidas do coração um do outro. Ela não conseguia dizer nada, nem pronunciar uma palavra de consolação. Mas Saddam sabia que ela estava ouvindo. Passou um bom momento antes de falar de novo.

"Uns meses depois disso tudo, minha mãe, que já não estava boa, morreu. Eu fiquei aos cuidados do meu tio e da minha avó. Larguei a escola, roubei um dinheiro do meu tio e vim pra Delhi. Cheguei a Delhi só com um pouco de dinheiro e a roupa do corpo. Só tinha uma ambição — matar o filho da puta do Sehrawat. Um dia ainda mato. Dormi nas ruas, trabalhei como limpador de caminhão, durante uns meses até como operário do esgoto. E aí meu amigo Niraj, que é da minha aldeia e agora trabalha na Corporação Municipal, você conheceu..."

"É", Anjum falou, "aquele rapaz alto e bonito..."

"É, ele. Tentou ser modelo, mas não conseguiu... até pra isso tem de pagar cafetão. Agora é motorista de caminhão pra Corporação... Então, o Niraj me ajudou a arrumar emprego aqui, no necrotério, onde a gente se conheceu... Uns anos depois que eu cheguei a Delhi, estava passando num showroom de aparelhos de TV e uma das televisões da vitrine estava exibindo o noticiário da noite. Foi quando eu vi o vídeo do enforcamento do Saddam Hussein. Eu não sabia nada sobre ele, mas fiquei impressionado com a coragem e a dignidade daquele homem diante da morte. Quando consegui meu primeiro celular, pedi pro cara da loja encontrar o vídeo e baixar pra mim. Vi uma porção de vezes. Queria ser como ele. Resolvi virar muçulmano e adotar o nome dele. Senti que ia me dar coragem pra fazer o que eu tinha de fazer e encarar as consequências, como ele."

"Saddam Hussein era um filho da puta", Anjum disse. "Matou muita gente."

"Pode ser. Mas era valente... Veja... Olhe aqui."

Saddam pegou seu smartphone novo e chique com a tela

grande e abriu o vídeo. Fez sombra com a mão em torno da tela para diminuir a luz. Era um clipe de televisão que começava com um anúncio de Creme Hidrante Intensivo Vaseline, no qual uma moça bonita passava creme nos cotovelos e canelas e parecia extremamente satisfeita com o resultado. Em seguida, vinha um anúncio do Departamento de Turismo de Jammu & Caxemira — paisagens nevadas e gente alegre com roupas de inverno, sentadas em trenós de neve. A locução dizia: "Jammu e Caxemira. Tão Brancos. Tão Lindos. Tão Animados". Depois o locutor da televisão dizia alguma coisa em inglês e Saddam Hussein, ex-presidente do Iraque, aparecia, elegante, com barba grisalha, sobretudo preto e camisa branca. Pairava acima de um grupo de homens murmurantes usando capuzes pretos pontudos de carrascos que o cercaram olhando através dos buracos dos olhos. As mãos dele foram amarradas nas costas. Ele imóvel enquanto um dos homens amarrava um lenço preto em seu pescoço, com gestos que pareciam sugerir que o lenço ia impedir que a pele do pescoço fosse ferida pela corda do carrasco. Uma vez amarrado, o lenço deixou Saddam Hussein ainda mais elegante. Cercado pelos homens encapuzados e murmurantes, ele caminhou até a forca. Passaram o laço por cima de sua cabeça e apertaram no pescoço. Ele fez suas orações. A última expressão de seu rosto, antes de cair pelo alçapão, era de absoluto desprezo por seus carrascos.

"Eu quero ser esse tipo de filho da puta", Saddam disse. "Quero fazer o que eu tenho de fazer e depois, se precisar pagar o preço, pagar desse jeito."

"Eu tenho um amigo que mora no Iraque", Anjum disse, parecendo mais impressionada com o celular de Saddam do que com o vídeo da execução. "Guptaji. Ele me manda fotos do Iraque." Pegou seu celular e mostrou a Saddam as fotos que D. D. Gupta mandava regularmente — Guptaji em seu apartamento em Bagdá, Guptaji e sua amante iraquiana num piquenique, e uma série de fotos de paredes bombardeadas que Guptaji reconstruiu por todo o Iraque para o exército dos Estados Unidos. Algumas eram novas, algumas já marcadas com buracos de bala, cobertas de pichações. Em uma delas, alguém tinha rabiscado as palavras famosas de um general do exército americano: *Seja profissional, seja educado e tenha um plano para matar todos que encontrar.*

Anjum não sabia ler inglês. Saddam sabia, se prestasse muita atenção. Nessa ocasião, não.

Anjum terminou seu chá e deitou com os antebraços cruzados sobre os olhos. Ela pareceu cochilar, mas não cochilou. Estava preocupada.

"E caso você não saiba", disse depois de um momento, como se continuasse uma conversa — na verdade estava, só que era uma conversa que estava tendo consigo mesma em sua cabeça. "Me permita dizer que nós, muçulmanos, também somos filhos da puta como todo mundo. Mas acho que mais um assassino não vai fazer mal para a reputação do nosso *badnaam qoam*, nosso nome já está na lama. Seja como for, vá com calma, não faça nada precipitado."

"Não vou. Mas o Sehrawat tem de morrer."

Saddam tirou os óculos e fechou os olhos, apertando-os contra a luz. Tocou a canção de um velho filme hindi no celular e começou a cantar junto, desafinado, mas confiante. Biru lambeu o resto de chá da panela e saiu trotando com folhas de chá no focinho.

Quando o sol esquentou, voltaram para dentro e continuaram a flutuar em suas vidas como uma dupla de astronautas, desafiando a gravidade, limitados apenas pelas paredes externas de sua nave fúcsia com porta cor de pistache pálido.

Não que não tivessem planos.

Anjum esperava para morrer.

Saddam esperava para matar.

E a quilômetros dali, numa floresta perturbada, um bebê esperava para nascer...

Em que língua a chuva cai sobre cidades atormentadas?
Pablo Neruda

3. A natividade

Era tempo de paz. Pelo menos diziam.

A manhã toda um vento quente açoitara as ruas da cidade, levando cortinas de fuligem, tampas de garrafa de refrigerante e tocos de *bidi*, arremessando-os contra para-brisas de carros e olhos de ciclistas. Quando o vento parou, o sol, já alto no céu, queimava através da névoa e mais uma vez o calor aumentou e tremulou nas ruas como uma bailarina de dança do ventre. As pessoas esperavam a chuvarada que sempre vinha depois de uma tempestade de areia, mas que não veio nunca. Um incêndio irrompeu numa faixa de cabanas apinhadas na beira do rio, engolindo mais de dois mil em um instante.

Mesmo assim as acácias amalta floresciam, um amarelo brilhante, desafiador. A cada verão escaldante elas se erguiam e sussurravam no céu marrom e quente, *foda-se.*

Ela apareceu bem de repente, um pouco depois da meia-noite. Nenhum anjo cantou, nenhum rei mago trouxe presentes. Mas um milhão de estrelas se ergueu no leste para saudar sua chegada. Num momento, ela não estava ali, no momento seguinte — lá estava ela na calçada de concreto, num ninho de lixo: embalagem prateada de cigarro, uns sacos plásticos e pacotes vazios de Uncle Chipps. Deitada numa poça de luz, debaixo de uma coluna de mosquitos enxameados, iluminados a néon. Sua pele era preto-azulado, lisa como a de um filhote de foca. Estava bem acordada, mas perfeitamente calada, algo desusado para alguém tão pequeno. Talvez, naqueles primeiros curtos meses de vida, já tivesse aprendido que lágrimas, *suas* lágrimas pelo menos, eram inúteis.

Um cavalo branco magro amarrado ao parapeito, um cachorrinho com sarna, um lagarto de jardim cor de concreto, dois esquilos rajados que deviam estar dormindo e, de seu poleiro escondido, uma aranha fêmea com um saco de ovos inchado, zelavam por ela. Fora isso, parecia estar absolutamente sozinha.

Em volta dela, a cidade se estendia por quilômetros. Feiticeira de mil anos, cochilando, mas não dormindo, mesmo a essa hora. Viadutos cinzentos serpenteando de sua cabeça de Medusa, se emaranhando e desemaranhando debaixo da luminosidade amarela de sódio. Corpos adormecidos de gente sem-teto enfileirados em suas altas calçadas estreitas, cabeça e pés, cabeça e pés, cabeça e pés, num elo à distância. Velhos segredos se desdobravam nas rugas de sua pele solta de pergaminho. Cada vinco era uma rua, cada rua um carnaval. Cada junta artrítica um anfiteatro desmoronado onde histórias de amor e loucura, burrice, prazer e indizível crueldade se desenrolavam havia séculos. Mas agora seria o alvorecer de sua ressurreição. Seus novos senhores queriam esconder as nodosas varizes debaixo de meias arrastão importadas, apertar seus peitos murchos em sensuais sutiãs com bojo e enfiar seus pés em sapatos de salto alto e bico fino. Queriam que ela rebolasse os velhos quadris rígidos e reposicionasse os cantos de seu esgar para cima num sorriso congelado e vazio. Foi o verão em que Vovó virou uma puta.

Ela viria a ser a supercapital da nova superpotência favorita do mundo. *Índia! Índia!* O canto se erguera — em programas de televisão, em vídeos de música, em jornais e revistas estrangeiros, em conferências de negócios e feiras de armas, em conclaves econômicos e reuniões de cúpula ambientais, em feiras de livros e em concurso de beleza. *Índia! Índia! Índia!*

Por toda a cidade, imensos cartazes patrocinados em conjunto por um jornal inglês e pela marca mais recente de creme clareador para a pele (que vendia às toneladas) diziam: *Nosso Tempo É Agora.* O Kmart estava chegando, Walmart e Starbucks estavam chegando, e nos anúncios da British Airways na televisão, os Povos do Mundo (brancos, marrons, negros, amarelos) todos entoavam o mantra Gayatri:

om bhur bhuvah svaha
tat savitur varenyam
bhargo devasya dhimahi
dhiyo yo nah pracodayat

Ó Deus, tu que dás a vida,
removes a dor e a tristeza,
concedes a felicidade,
ó Criador do Universo,
que possamos receber tua suprema luz que destrói o pecado,
possas guiar nosso intelecto na direção certa.

(E que todos viajem de British Airlines.)

Quando terminavam de cantar, os Povos do Mundo se curvavam até embaixo e juntavam as mãos em saudação. *Namastê,* diziam com sotaques exóticos, e sorriam como os porteiros de turbante e bigodes de marajá que saudavam os hóspedes estrangeiros nos hotéis cinco estrelas. E com isso, no anúncio pelo menos, a história virava de cabeça para baixo. (Quem se curvava agora? E quem estava sorrindo? Quem é que pedia? Quem é que concedia?) Adormecidos, os cidadãos favoritos da Índia retribuíam o sorriso. *Índia! Índia!*, entoavam em seu sonhos, como as multidões dos jogos de críquete. O major bate um ritmo no tambor... *Índia! Índia!* O mundo se põe de pé, rugindo seu apreço. Arranha-céus e fábricas de aço brotavam como as florestas brotavam antes, rios eram engarrafados e vendidos em supermercados, peixes eram enlatados, montanhas mineradas e transformadas em mísseis brilhantes. Represas maciças iluminavam as cidades como árvores de Natal. Todo mundo era feliz.

Longe das luzes dos anúncios, aldeias se esvaziavam. Cidades também. Milhões de pessoas eram removidas, mas ninguém sabia para onde.

"As pessoas que não têm condições de se manter nas cidades não devem vir para cá", disse um juiz da Suprema Corte, e ordenou a imediata remoção dos pobres da cidade. "Paris era um lodaçal antes de 1870, quando todas as favelas foram removidas", disse o tenente governador da cidade, ajeitando os últimos fiapos de cabelo na cabeça, da direita para a esquerda. (À noite, quando ia nadar, o cabelo nadava ao lado dele na água clorada da piscina do Clube Chelmsford.) "E olhe Paris agora."

Então o excedente de gente foi banido.

Além da polícia regular, vários batalhões da Força de Ação Rápida, com estranhas fardas de camuflagem azul-céu (para confundir os pássaros, talvez) eram deslocados para os bairros mais pobres.

Nas favelas e nos assentamentos, em colônias de reassentamento e colônias "não autorizadas", as pessoas reagiam. Cavavam as ruas que conduziam a suas casas e as bloqueavam com pedras e coisas quebradas. Jovens, velhos, crianças, mães e avós armados com paus e pedras patrulhavam as entradas de seus assentamentos. Em uma rua, onde a polícia e escavadeiras se alinharam para o ataque final, um lema rabiscado a giz dizia: *Sarkar ki Maa ki Chut*. A buceta da mãe do governo. "Para onde a gente vai?", perguntava o povo excedente. "Pode nos matar, mas não vamos sair daqui", diziam. Eles eram muitos para serem mortos simplesmente.

Em vez disso, suas casas, suas portas e janelas, telhados improvisados, panelas e tigelas, pratos, colheres, diplomas escolares, cartões de racionamento, certidões de casamento, escolas dos filhos, trabalho de vida inteira, a expressão de seus olhos, eram arrasados com escavadeiras amarelas importadas da Austrália. (Bruxas de Vala, era como chamavam as escavadeiras.) Eram máquinas de última geração. Capazes de aplastar a história e empilhar como material de construção.

Dessa forma, no verão de sua renovação, a Vovó explodiu.

Canais de televisão ferozmente competitivos cobriram a história dos últimos acontecimentos como "Última notícias". Ninguém notou a ironia. Soltaram seus jovens repórteres inexperientes, mas de ótima aparência, por toda a cidade como uma onda, fazendo perguntas urgentes e vazias; perguntavam aos pobres como era ser pobre, aos famintos como era ser faminto, aos desabrigados como era ser desabrigado. *"Bhai Sahib, yeh battaiye, aap ko kaisa lag raha hai...?"* Diga, meu irmão, como é ser...? Nunca se esgotava o patrocínio para os noticiários de desespero dos canais de televisão. Nunca se esgotava o desespero.

Peritos davam suas opiniões de perito em troca de pagamento: *alguém* tem de pagar o preço do Progresso, diziam, peritos.

Mendigar foi proibido. Milhares de mendigos foram reunidos e mantidos em cercados até serem despachados às bateladas para fora da cidade. Seus contratantes tiveram de pagar um bom dinheiro para despachá-los de volta.

Padre João-dos-Fracos mandou uma carta dizendo que, segundo relatos policiais, três mil corpos não identificados (humanos) tinham sido encontrados nas ruas da cidade no último ano. Ninguém respondeu. Mas as lojas de comida explodiam de comida. As livrarias explodiam de livros. As lojas de sapatos explodiam de sapatos. E as pessoas (que contavam como pessoas) diziam umas às outras: "Não precisa mais ir ao exterior para fazer compras. Agora temos coisas importadas aqui. Veja, Bombaim é nossa Nova York, Delhi é nossa Washington, a Caxemira, a nossa Suíça. É tipo assim *saala* fantástico *yaar*."

O dia inteiro as ruas ingurgitadas de tráfego. Os desabrigados recentes, que viviam nas rachaduras e fissuras da cidade, emergiam e enxameavam em torno de carros brilhosos, com ar-condicionado, vendendo panos de pó, carregadores de celular, miniaturas de jatos jumbo, revistas de negócios, livros empresariais pirateados (*Como ganhar seu primeiro milhão, O que a jovem Índia quer de fato*), guias gourmet, revistas de decoração com fotografias de casas de campo na Provence e manuais de reparos espirituais rápidos (*Você é responsável por sua felicidade...* ou *Como ser o melhor amigo de si mesmo...*) No Dia da Independência vendiam metralhadoras de brinquedo e bandeirinhas nacionais montadas em suportes que diziam *Mera Bharat Mahan*, Minha Índia É Grande. Os passageiros olhavam pelas janelas dos carros e viam apenas os novos apartamentos que planejavam comprar, as Jacuzzi que tinham acabado de instalar e a tinta que ainda estava úmida do acordo que tinham acabado de fechar. Estavam calmos por causa das aulas de meditação e brilhando pela prática de ioga.

Nos arredores industriais da cidade, nos quilômetros de pântanos brilhantes compactamente cobertos de lixo e sacos plásticos coloridos, onde os removidos tinham sido "reinstalados", o ar era químico e a água, venenosa. Nuvens de mosquitos subiam das poças verdes pastosas. Mães excedentes se empoleiravam como pardais no entulho do que tinha sido suas casas e cantavam para fazer dormir seus filhos excedentes.

Suti rahu baua, bhakol abaiya
Naani gaam se angaa, siyait abaiya
Maama sange maami, nachait abaiya
Kara sange chara, labait abaiya

Dorme, meu bem, dorme, antes que o demônio chegue
sua camisa novinha da aldeia de sua mãe chegue
seu tio e tia dançando eles cheguem
suas pulseiras e tornozeleiras trazendo eles cheguem

As crianças excedentes dormiam, sonhando com escavadeiras amarelas.

Em meio ao smog e zunido mecânico da cidade, a noite era vasta e bela. O céu, uma floresta de estrelas. Aviões a jato passavam como lentos cometas gementes. Alguns circulavam empilhados às dezenas sobre o Aeroporto Internacional Indira Gandhi, esperando para pousar.

*

Lá embaixo, no calçamento, à beira do Jantar Mantar, o velho observatório onde nossa bebê apareceu estava bem movimentado mesmo àquela hora da manhã. Por ali marchavam comunistas, sediciosos, secessionistas, revolucionários, sonhadores, vagabundos, craqueiros, malucos, todo tipo de biscateiro, e sábios como os reis magos que não tinham dinheiro para dar a recém-nascidos. Ao longo dos últimos dez dias, tinham sido todos desviados e afastados do que um dia fora *seu* território — o único lugar da cidade onde tinham permissão para se reunir — pelo mais novo espetáculo da cidade. Mais de vinte equipes de televisão, as câmeras montadas em gruas amarelas, mantinham vigília dia e noite por sua nova estrela brilhante: um atarracado velho gandhiano, antigo soldado convertido em assistente social de aldeia que anunciara uma greve de fome para realizar seu sonho de uma Índia livre de corrupção. Estava deitado de costas com um ar de santo mortificado, sobre um pano de fundo com um retrato da Mãe Índia — uma deusa de muitos braços com o corpo em forma do mapa da Índia. (A Índia Britânica não dividida, claro, que compreendia o Paquistão e Bangladesh.) Cada suspiro, cada instrução sussurrada ao povo à sua volta eram transmitidos ao vivo noite adentro.

O velho estava aprontando alguma coisa. O verão da ressurreição da cidade tinha sido também o verão das fraudes — fraudes do carvão, fraudes do minério de ferro, fraudes da habitação, fraudes dos seguros, fraudes do selo, fraudes da licença telefônica, fraudes de terras, fraudes de represas, fraudes de armas e munições, fraudes das bombas de gasolina, fraudes da vacina antipólio, fraudes das contas de energia, fraudes dos livros escolares, fraudes dos gurus, fraudes de ajuda à seca, fraudes do número das placas dos carros, fraudes das listas de eleitores, fraudes da carteira de identidade —, nas quais políticos, empresários, políticos-empresários e empresários-políticos se apossaram de quantias inimagináveis de dinheiro público.

Como um bom prospector, o velho havia encontrado um rico filão, um reservatório de raiva pública e, para sua grande surpresa, tornou-se uma figura cult da noite para o dia. Seu sonho de uma sociedade livre de corrupção era um pasto feliz onde todo mundo, inclusive os mais corruptos, iria se alimentar durante algum tempo. Pessoas que normalmente não teriam nada a ver umas com as outras (os de esquerda, os de direita, os de lugar nenhum), todos se reuniram em torno dele. Sua súbita aparição, como se do nada, inspirou e deu propósito a uma impaciente nova geração de jovens que até então fora inocente em termos de história e política. Vinham de jeans e camiseta, com guitarras e canções contra a corrupção, compostas por eles mesmos. Traziam suas próprias faixas e cartazes com lemas como *Já basta!* e *Fim da Corrupção Já!* Uma equipe de jovens profissionais — advogados, contadores e programadores de computação — formou um comitê para dirigir o evento. Levantaram dinheiro, armaram o toldo gigantesco, os objetos (o retrato da Mãe Índia, um carregamento de bandeiras nacionais, gorros de Ghandi, faixas) e uma campanha de mídia de era digital. A rústica retórica e os aforismos práticos do velho arrasaram no Twitter e inundaram o Facebook. Não havia câmeras de TV que bastassem para ele. Burocratas aposentados, policiais e oficiais do exército juntaram-se a ele. A multidão aumentava.

O estrelato instantâneo excitou o velho. Tornou-o expansivo e menos agressivo. Ele começou a sentir que ficar colado ao assunto corrupção apenas comprometia seu estilo e limitava sua atração. Achou que o mínimo que podia fazer era compartilhar com seus seguidores algo de sua essência, seu verdadeiro eu, sua sabedoria bucólica, inata. E então o circo começou. Ele anunciou que estava liderando a Segunda Luta pela Libertação da Índia. Fez discursos inspiradores com sua voz de bebê velho, que, embora soasse como dois balões esfregados um contra o outro, pareceram tocar a própria alma da nação. Como um mágico numa festa de aniversário de criança, ele realizava truques e fazia surgir presentes do nada. Tinha algo para cada um. Eletrizou os chauvinistas hindus (que já estavam excitados com o mapa da Mãe Índia) com um velho e controvertido grito de guerra, *Vande Mataram!* Viva a Mãe! Quando alguns muçulmanos ficaram incomodados, o comitê arranjou a visita de um astro de cinema muçulmano de Bombaim, que sentou no palco ao lado do velho durante mais de uma hora, usando um gorro de oração muçulmano (coisa que nunca usava normalmente) para enfatizar a mensagem de Unidade na Diversidade. Para os tradicionalistas, o velho citava Gandhi. Dizia que o sistema de castas era a salvação da Índia. "Cada casta deve fazer o trabalho que nasceu para fazer, mas todo trabalho tem de ser respeitado." Quando os dalits irromperam em fúria, a filhinha de um varredor municipal ganhou um vestido novo e sentou-se ao lado dele com uma garrafa de água que ele bebia de quando em quando. Para os moralistas militantes o lema do velho era: *É preciso cortar a mão dos ladrões! Terroristas devem ser enforcados!* Para os nacionalistas de todo tipo ele rugia: *"Dudh maango to khir dengey! Kashmir maango to chir dengey!"*. Peçam leite, nós lhes damos a nata! Peçam a Caxemira, vejam como se mata!

Nas entrevistas, dava seu sorriso de gengivas bebê Farex e descrevia as alegrias da vida simples e celibatária em seu quarto anexo ao templo da aldeia, e explicava como a prática gandhiana de *rati sadhana* — retenção do sêmen — o havia ajudado a conservar as forças durante seu jejum. Para demonstrar isso, no terceiro dia da greve de fome, ele saiu da cama, correu em torno do palco com sua kurta e dhoti brancos e flexionou os bíceps flácidos. As pessoas riram, choraram e trouxeram os filhos para serem abençoados.

A audiência da televisão subiu às alturas. Anunciantes apareceram. Ninguém nunca tinha visto frenesi igual, pelo menos não nos últimos vinte anos, quando, no Dia do Milagre Concomitante, noticiou-se que ídolos do Senhor Ganesha nos templos de todo o mundo começaram a beber leite simultaneamente.

Mas agora era o nono dia da greve de fome do velho e, apesar da reserva de sêmen não derramado, ele estava visivelmente mais fraco. Rumores sobre o aumento de seus níveis de creatinina e deterioração dos rins voaram pela cidade nessa tarde. Acenderam luminárias ao lado de sua cama e se fizeram fotografar com ele segurando sua mão e (embora ninguém acreditasse seriamente que chegaria a tanto) insistindo que não morresse. Industriais que tinham sido expostos nas fraudes doaram dinheiro para o Movimento e aplaudiram o compromisso inquebrantável do velho com a não violência. (Seus conselhos para cortar mãos, enforcar e estripar eram aceitos como advertências razoáveis.)

Os relativamente abastados entre os fãs do velho, que tinham sido abençoados com as necessidades materiais da vida, mas nunca experimentaram a adrenalina, o gosto da raiva justa que vem da participação em um protesto de massa, chegavam em carros e motocicletas, agitando bandeiras nacionais e cantando canções patrióticas. O governo do Coelho Encurralado, um dia messias do milagre econômico da Índia, estava paralisado.

Na distante Gujarat, Gujarat ka Lalla identificou a aparição do velho-bebê como sinal dos deuses. Com um infalível instinto de predador, acelerou sua Marcha para Delhi. No quinto dia da greve de fome do velho, Lalla estava (metaforicamente) acampado às portas da cidade. Seu exército de janízaros inundou o Jantar Mantar. Sufocaram o velho com ruidosas declarações de apoio. Suas bandeiras eram maiores, suas canções, mais ruidosas que as de quaisquer outros. Ergueram barracas e distribuíram comida grátis para os pobres. (Estavam bem supridos de fundos dos Gurus milionários que apoiavam Lalla.) Tinham instruções estritas para não usar a icônica bandana cor de açafrão, nem levar bandeiras açafrão e nunca mencionar o Bem Amado de Gujarat pelo nome, nem de passagem. Funcionou. Dentro de poucos dias, deram um golpe palaciano. Os jovens profissionais que tinham trabalhado tanto para tornar famoso o velho foram depostos antes que qualquer um entendesse o que tinha acontecido.

123

O Pasto Feliz caiu. E ninguém se deu conta. O Coelho Encurralado estava morto. Logo o Bem Amado ia marchar para Delhi. Seu povo, usando máscaras de papel com seu rosto, o carregaria nos ombros entoando seu nome — *Lalla! Lalla! Lalla!* — e colocá-lo no trono. Para onde quer que olhasse, ele veria apenas a si mesmo. O novo Imperador do Hindustão. Ele era um oceano. Ele era o infinito. Ele era a humanidade em si. Mas ainda faltava um ano para isso.

Por ora, no Jantar Mantar, seus apoiadores gritavam até ficar roucos contra a corrupção do governo. (*Murdabad! Murdabad! Fora! Fora!*) À noite, corriam para casa para se ver na televisão. Até voltarem de manhã, o velho e seu "grupo central" de poucos apoiadores pareciam um pouco desolados debaixo do ondulante toldo branco, imenso a ponto de acomodar uma multidão de milhares.

Bem próximo do dossel anticorrupção, num espaço demarcado com clareza debaixo dos longos galhos de uma velha árvore de tamarindo, outra bem conhecida ativista gandhiana se comprometera a uma greve de fome em prol dos milhares de agricultores e tribais nativos que haviam sido notificados pelo governo que suas terras seriam dadas a uma corporação petroquímica para uma mina cativa de carvão e energia térmica em Bengala. Era a décima nona greve de fome indefinida da carreira dela. Embora fosse uma mulher bonita com cabelo comprido espetacular, era bem menos popular que o velho com as câmeras de TV. A razão para isso não tinha nada de misteriosa. A companhia petroquímica era dona da maior parte dos canais de televisão e anunciava muito nos outros. Então, comentaristas enfurecidos faziam aparições nos estúdios de TV para denunciá-la e insinuar que era financiada por uma "potência estrangeira". Um bom número de comentaristas, assim como de jornalistas, estava na folha de pagamentos da companhia e fazia o melhor por seus patrões. Mas, na rua, o povo em volta dela a adorava. Agricultores grisalhos abanavam mosquitos de seu rosto. Camponesas robustas massageavam seus pés e olhavam para ela com adoração. Ativistas aprendizes, alguns deles jovens estudantes da Europa e dos Estados Unidos, vestindo roupas folgadas de hippie, compunham para ela tortuosos press releases em seus laptops. Vários intelectuais e cidadãos preocupados se acocoravam na rua, explicando direitos do agricultor aos agricultores que lutavam por seus direitos havia anos. Doutorandos de universidades estrangeiras com trabalhos sobre os movimentos sociais (tema extremamente procurado) faziam longas entrevistas com os agricultores, agradecidos por sua área de trabalho ter migrado para a cidade, em vez de eles terem que marchar até o campo onde não havia banheiros e era difícil encontrar água filtrada.

Uma dúzia de homens fortes com roupas civis, mas cortes de cabelo pouco civis (curto atrás e dos lados) e meias e sapatos poucos civis (meias cáqui, botas marrons) se espalharam pela multidão ouvindo ostensivamente as conversas. Alguns fingiam ser jornalistas e filmavam as conversas com pequenas câmeras portáteis. Prestavam atenção especial nos jovens estrangeiros (muitos dos quais logo teriam seus vistos suspensos).

As luzes da TV esquentavam o ar da noite. Mariposas suicidas bombardeavam os refletores, e a noite cheirava a inseto torrado. Quinze pessoas severamente inválidas, abatidas e cansadas do longo dia quente de mendicância, vagavam no escuro, à margem do círculo de luzes, apoiando as costas deformadas e os membros extenuados em ciclo-riquixás manuais, propriedade do governo. Os agricultores sem-terra e seu famoso líder os afastaram do trecho mais sombreado e fresco da calçada onde viviam normalmente. Portanto, sua simpatia estava inteiramente do lado da indústria petroquímica. Eles queriam que a agitação dos agricultores terminasse o mais depressa possível para terem seu canto de volta.

Um pouco afastado, um homem de tronco nu, com limões amarelos colados por todo o corpo com supercola, chupava ruidosamente um grosso suco de manga de uma embalagem de papel pequena. Ele se recusou a dizer por que havia colado limões na pele ou por que estava bebendo suco de manga mesmo parecendo que anunciava limões, e ficava agressivo quando alguém fazia perguntas. Outro avulso na multidão, que se intitulava "performer", andava sem rumo pela multidão, usando terno, gravata e um chapéu-coco inglês. De longe, seu terno parecia ser todo estampado com sikh kebabs, mas de perto via-se que eram formas perfeitas de troços de merda. A rosa vermelha murcha presa na lapela tinha ficado preta. Um triângulo de lenço branco espiava pelo bolso do peito. Quando perguntaram qual sua mensagem, em animador contraste com a grosseria do Homem Limão, explicava pacientemente que seu corpo era seu instrumento e ele queria que o mundo chamado de "civilizado" perdesse sua aversão à merda e aceitasse a merda apenas como comida processada. E vice-versa. Ele explicou também que queria tirar a Arte dos museus e levá-la para "O Povo".

Sentados ao lado do Homem Limão (que os ignorava completamente) estavam Anjum, Saddam Hussain e Ustad Hamid. Junto com eles, uma jovem hijra de aparência notável, Ishrat, que também estava na Hospedaria Jannat, que estava em visita de Indore. Claro que tinha sido ideia de Anjum — seu já antigo desejo de "ajudar os pobres" — sugerir que fossem ao Jantar Mantar para ver de perto o que era a "Segunda Luta Pela Libertação" que os canais de televisão transmitiam. Saddam se esquivou: "Não precisa ir até lá pra descobrir. Eu posso explicar agora — é a fraude mais filha da puta de todas". Mas Anjum insistiu, e é claro que Saddam não deixaria que ela fosse sozinha. Então formaram um pequeno grupo, Anjum, Saddam (ainda de óculos escuros) e Nimmo Gorakhpuri. Ustad Hamid, que tinha passado para ver Anjum, foi arrastado para a expedição, assim como a jovem Ishrat. Resolveram ir à noite, quando a multidão era relativamente menor. Anjum foi discreta, com um de seus conjuntos pathan mais apagados, embora não resistisse a usar uma presilha no cabelo, um dupatta e um toque de batom. Ishrat estava vestida como se fosse ao próprio casamento — uma kurta rosa lívido com lantejoulas e salwar patiala verde. Ignorou todos os conselhos contrários e passou um batom rosa vivo, com joias suficientes para iluminar a noite. Nimmo levou Anjum, Ishrat e Ustad Hamid em seu carro. Saddam combinou de encontrar com eles lá. Foi montado em Payal até o Jantar Mantar e deixou-a amarrada a um parapeito a certa distância (e prometeu a um descarado engraxatezinho duas barras de chocolate e dez rupias para ficar de olho nela). Sentindo a inquietação de Nimmo Gorakhpuri, Saddam tentou distraí-la com os vídeos de animais que tinha no celular — alguns que ele mesmo fizera, de cachorros, gatos e vacas de rua com que cruzava em suas atividades diárias pela cidade, e outros que recebera de amigos no WhatsApp: *Veja, este cara se chama Chaddha* Sahib. *Nunca late. Todo dia quatro da tarde ele vem neste parque brincar com a minha namorada. Esta vaca adora tomate. Levo uns pra ela todo dia. Este aqui está com um caso sério de coceira. Já viu esse leão que empina em duas patas e beija a mulher...? É, é uma mulher. Dá pra ver quando ela vira...* Como nenhum deles tinha carneiros ou moda feminina ocidental, não aliviaram em nada o tédio de Nimmo Gorakhpuri, e ela logo pediu licença e foi embora. Anjum, por outro lado, estava fascinada com a agitação, as faixas e trechos de conversas que escutava. Insistiu em ficar e "aprender alguma coisa". Então, como todo mundo na rua, fizeram seu assentamento.

Encastelada ali, ela mandou seu enviado — Sua Excelência Plenipotenciária Saddam Hussain — de grupo em grupo para ter uma rápida visão de onde eram, quais eram seus protestos e suas exigências. Saddam foi obedientemente de barraca em barraca como um comprador num mercado das pulgas político e voltava de vez em quando para informar Anjum sobre o que havia recolhido. Ela, sentada de pernas cruzadas no chão, inclinava-se e ouvia com atenção, balançando a cabeça, com um meio sorriso, mas sem olhar para Saddam enquanto ele falava, porque estava com a cabeça virada e os olhos brilhantes fixando com firmeza cada grupo sobre o qual ele falava. Ustad Hamid não estava nem remotamente interessado na informação que Saddam trazia. Mas a expedição foi bem recebida como uma distração da rotina diária, de forma que ficou contente de participar e cantarolava para si mesmo, olhando em volta, alheio. Ishrat, com sua roupa inadequada e absurdamente vaidosa, passou o tempo todo fazendo selfies de vários ângulos, com diferentes cenários. Embora ninguém prestasse muita atenção nela (não havia como competir com o velho-bebê), ela tomou cuidado de não se afastar muito da base. A certa altura, ela e Ustad Hamid se desmancharam num espasmo de risadas juvenis. Quando Anjum perguntou o que era tão engraçado, Ustad Hamid contou que seus netos tinham ensinado a avó a chamar a ele (marido dela) de *"bloody fucking bitch"* [vagabunda desgraçada do caralho], que fizeram que ela pensasse ser um termo carinhoso em inglês.

"Ela não fazia ideia do que estava dizendo, olhou pra mim tão carinhosa quando disse isso", Ustad Hamid contou, rindo. *"Bloody fucking bitch!* Foi assim que a minha begum me chamou…"

"O que quer dizer?", Anjum perguntou. (Ela sabia o que a palavra "bitch" significava em inglês, mas não "bloody", nem "fucking".) Antes que Ustad Hamid conseguisse começar a explicação (embora ele mesmo não estivesse muito seguro, só sabia que era ruim), foram interrompidos por um rapaz de barba e cabelo comprido com roupas folgadas e surradas e uma moça igualmente malvestida com maravilhoso cabelo armado, que usava solto. Estavam fazendo um documentário sobre Protesto e Resistência, explicara, e um dos temas recorrentes do filme era fazer os manifestantes dizerem "Um mundo diferente é possível", na língua deles. Por exemplo, se a língua-mãe deles fosse hindi ou urdu, deviam dizer *"Dusri duniya mumkin hai..."* Montaram a câmera enquanto falavam e pediram para Anjum olhar diretamente para a lente ao falar. Não faziam ideia do que "Duniya" significava no léxico de Anjum. Ela, por sua vez, sem entender nada, olhou para a câmera. *"Hum dusri Duniya se aaye hain"*, explicou, atenciosa, o que queria dizer: Nós viemos de lá... do outro mundo.

Os jovens cineastas, que tinham uma longa noite de trabalho pela frente, trocaram olhares e resolveram seguir adiante em vez de tentar explicar o que pretendiam, porque ia demorar muito. Agradeceram a Anjum e atravessaram a rua para a calçada oposta, onde diversos grupos tinham seus próprios toldos.

No primeiro, sete homens de cabeça raspada, vestidos com dhotis brancos, haviam feito voto de silêncio, dizendo que não falariam nada enquanto o hindi não fosse declarado a língua nacional da Índia — sua língua-mãe oficial —, à frente das outras vinte e duas outras línguas oficiais e centenas de não oficiais. Três dos carecas estavam dormindo e os outros quatro tinham tirado suas máscaras brancas de hospital (objeto de cena do "voto de silêncio") para tomar o chá da noite. Como não podiam falar, os cineastas pediram a eles que erguessem um pequeno cartaz que dizia *Um Mundo Melhor É Possível.* Tomaram todo cuidado para deixar fora do enquadramento o cartaz com a exigência de que o hindi fosse declarado língua nacional, porque os dois cineastas concordavam que era uma exigência um tanto retrógrada. Mas sentiam que os carecas com máscaras davam uma boa textura visual ao filme e não deviam ser ignorados.

Ocupando boa parte da calçada, bem perto dos homens carecas, havia cinquenta representantes de milhares de pessoas mutiladas no vazamento de gás da Union Carbide em 1984. Estavam na calçada havia duas semanas. Sete deles em greve de fome indefinida, com seu estado se deteriorando constantemente. Tinham vindo de Bhopal a Delhi a pé, centenas de quilômetros sob sol escaldante, para exigir indenização: água potável e cuidados médicos para si mesmos e para as gerações de bebês deformados nascidos depois do vazamento de gás. O Coelho Encurralado se recusou a encontrar com os bhopalianos. As equipes de TV não estavam interessadas neles; sua luta era velha demais para render boas matérias. Fotografias de bebês deformados, fetos malformados abortados em frascos de formol e os milhares que tinham sido mortos, mutilados e cegos pelo vazamento de gás eram considerados bandeiras macabras na grade de programação. Num pequeno monitor de televisão (eles tinham conseguido uma ligação elétrica com uma igreja próxima), um velho documentário granulado passava sem parar: um viçoso e jovem Warren Anderson, executivo americano da Union Carbide Corporation, chegando ao aeroporto de Delhi dias depois da desgraça. "Acabei de chegar", ele diz aos jornalistas inquietos. "Ainda não sei os detalhes. Então, ei!, o que vocês querem que eu diga?" Ele então olha diretamente para as câmeras e acena: "Oi, mãe!".

A noite inteira, aquilo continuou: "Oi, mãe! Oi, mãe! Oi, mãe! Oi, mãe! Oi, mãe!...".

Um velho cartaz, desbotado por décadas de uso, dizia: *Warren Anderson é um criminoso de guerra.* Outro mais novo dizia: *Warren Anderson matou mais gente que Osama bin Laden.*

Ao lado dos bhopalianos, estava a Associação dos Kabaadi-Wallahs (Recicladores de Lixo) e a União dos Trabalhadores da Rede de Esgoto, protestando contra a privatização e incorporação do lixo e do esgoto da cidade. A empresa que se inscreveu na licitação e ganhou o contrato era a mesma que recebera a terra dos agricultores para a usina de força. Ela já controlava a distribuição de eletricidade e água da cidade. Agora era dona dos sistemas de merda e do destino do lixo também.

Ao lado dos recicladores e operários dos esgotos ficava a parte mais chique da rua, a cintilante privada pública com espelhos de vidro *float* e piso de granito brilhante. A luz da privada ficava acesa dia e noite. Custava uma rupia para mijar, duas para cagar e três para tomar uma ducha. Nem todos ali na rua podiam arcar com as três despesas. Muitos mijavam fora da privada, contra a parede. Então, embora por dentro a privada fosse imaculadamente limpa, por fora exsudava o cheiro acre e enfumaçado de urina velha. A gerência não se importava muito; as rendas da privada vinham de outra fonte. A parede externa servia de outdoor que anunciava algo novo toda semana.

Naquela semana, era o mais recente carro de luxo da Honda. Esse outdoor tinha seu próprio guarda. Gulabiya Vechania morava debaixo de uma pequena placa de plástico azul bem junto ao outdoor. Essas acomodações eram um passo à frente de onde ele começara. Um ano antes, quando chegara à cidade, por abjeto terror assim como por necessidade, Gulabiya tinha morado numa árvore. Agora tinha um emprego e uma espécie de abrigo. O nome da agência de segurança para a qual trabalhava estava bordado nas dragonas de sua camisa azul, manchada: Segurança TSGS (uma preocupante concorrente para a SGSS da Vaca *Haramzaadi* Madame Sangita). O trabalho dele era impedir o vandalismo, principalmente proibir insistentes tentativas feitas por alguns desordeiros de urinar diretamente em cima do outdoor. Ele trabalhava sete dias por semana, doze horas por dia. Nessa noite, Gulabiya estava bêbado e tinha se recolhido para dormir quando alguém escreveu com spray *Inqilab Zindabad!* Viva a Revolução! por cima do Honda City prateado. Abaixo, outra pessoa rabiscara um poema:

Chhin li tumne garib ki rozi roti
Aur laga diye hain fis karne peshab aur tatti

Você roubou o ganha-pão deste coitado
e agora pra cagar ele vai ser cobrado.

Gulabiya viria a perder o emprego de manhã. Milhares como ele formariam fila esperando substituí-lo. (Podia até ser o próprio poeta de rua.) Mas por enquanto Gulabiya estava dormindo profundamente, mergulhado em sonho. Em seu sonho, sua aldeia ainda existia. Não estava no fundo de uma represa. Não passavam peixes nadando pelas janelas. Crocodilos não se esgueiravam por entre os altos ramos dos pés de algodão-de-seda. Turistas não passeavam de barco por cima de seus campos, deixando nuvens irisadas de diesel no céu. No sonho, seu irmão Luariya não era guia turístico na represa com a função de exibir os milagres que a represa produzira. Sua mãe não trabalhava como varredora na casa de máquinas da represa construída na terra que um dia lhe pertencera. Não tinha de roubar mangas de suas próprias árvores. Não vivia numa colônia de reassentamento num barraco de zinco com paredes de zinco e teto de zinco, tão quente que dava para fritar cebolas nele. No sonho de Gulabiya seu rio ainda corria, ainda vivo. Crianças nuas ainda sentavam nas pedras, tocando flauta, mergulhando na água para nadar entre os búfalos quando o sol ficava quente demais. Havia leopardos, veados sambar e preguiças na floresta de Sal que cobria os morros em torno da aldeia, onde, nas festas, seu povo se reunia com tambores para beber e dançar dias seguidos.

Tudo o que lhe restava agora da antiga vida eram as lembranças, sua flauta, seus brincos (que ele não podia usar no trabalho).

Ao contrário do irresponsável Gulabiya Vechania, que deixara de cumprir seu dever de proteger o Honda City prateado, Janak Lal Sharma, o "encarregado" da privada, estava bem acordado e trabalhando pesado. Seu livro-caixa amarfanhado estava em dia. O dinheiro na carteira organizado cuidadosamente, por ordem de valor. Ele tinha uma bolsa separada para moedas. Complementava o salário permitindo que ativistas, jornalistas e operadores de câmera de televisão recarregassem seus celulares, laptops e baterias de câmera na tomada da privada pelo preço de seis banhos e uma cagada (i.e., vinte rupias). Às vezes, permitia que as pessoas cagassem pelo preço de uma mijada e não registrava no livro-caixa. No começo, tomava certo cuidado com os ativistas anticorrupção. (Não era difícil identificá-los — eram menos pobres e mais agressivos que os outros. Embora se vestissem bem, com jeans e camisetas, a maioria usava gorros de Gandhi brancos estampados com uma imagem solarizada do velho-bebê sorrindo seu sorriso Farex-bebê.) Janak Lal Sharma tomava o cuidado de cobrar deles as taxas certas e anotá-las correta e cuidadosamente segundo a natureza das abluções. Mas alguns deles, principalmente a segunda leva de recém-chegados, que era ainda mais agressiva que a primeira, se ressentiram de serem cobrados mais do que os outros. Logo, com eles também, os negócios seguiram o rumo de sempre. Com seu ganho extra, ele terceirizava o dever de limpar a privada, o que era impensável para um homem de sua casta e formação (ele era um brâmane), para Suresh Balmiki, que, como seu nome esclarece, pertencia ao que os hindus abertamente, e o governo encobertamente, consideravam a casta limpa-bosta. Com a crescente intranquilidade do país, o fluxo infindável de manifestantes chegando na rua, e toda a cobertura da TV, mesmo separando o que ele pagava a Suresh Balmiki, Janak Lal ganhara o suficiente para dar a entrada em um apartamento do GBS.

Em frente à privada, de volta ao lado da rua da TV (mas a uma distância ideológica séria), ficavam aqueles que o pessoal da rua chamava de Limítrofes: nacionalistas manipuranos pedindo a revogação do Ato de Poderes Especiais das Forças Armadas, que tornava legal para o exército indiano matar por "suspeita"; refugiados tibetanos pedindo um Tibete livre; e, mais excepcional (e mais perigoso para elas), a Associação de Mães dos Desaparecidos, cujos filhos tinham sumido, aos milhares, na guerra pela libertação da Caxemira. (Assustador, portanto, ter uma trilha sonora que cantava "Oi, mãe! Oi, mãe! Oi, mãe!". Porém as Mães dos Desaparecidos não registravam a estranheza porque pensavam em si mesmas como *moj* — "mãe" no idioma da Caxemira — e não como "*mom*".)

Era a primeira visita da Associação à Supercapital. Não eram todas mães; as esposas, irmãs e algumas filhas pequenas dos Desaparecidos foram também. Cada uma levando uma foto do filho, irmão ou marido desaparecido. A faixa delas dizia:

A História da Caxemira
MORTOS = 68 000
DESAPARECIDOS = 10 000
Isso é democracia ou *Loucura do Demônio*?

Nenhuma câmera de TV mostrava essa faixa, nem mesmo por engano. A maior parte dos engajados na Segunda Luta Pela Libertação da Índia sentia nada menos que indignação diante da ideia de liberdade para a Caxemira e pela audácia das mulheres caxemíris.

Algumas mães, assim como algumas vítimas bhopalianas do vazamento de gás, estavam um pouco exaustas. Tinham contado suas histórias em infindáveis reuniões e tribunais no supermercado internacional da dor, ao lado de outras vítimas de outras guerras em outros países. Choravam em público muitas vezes, e não acontecia nada. O horror que viviam se transformara em uma casca dura, amarga.

A viagem a Delhi acabou sendo uma experiência infeliz para a Associação. As mulheres foram vaiadas e ameaçadas na entrevista coletiva improvisada à tarde, e a polícia teve de intervir e fazer um cordão em torno das mães. "Terroristas muçulmanos não merecem Direitos Humanos!", gritaram os janízaros de Gujarat ka Lalla à paisana. "Nós vimos o seu genocídio! Nós enfrentamos a sua limpeza étnica! Nosso povo vive em campos de refugiados há vinte anos!" Alguns jovens cuspiram nas fotos dos homens caxemíris mortos e desaparecidos. O "genocídio" e a "limpeza étnica" a que se referiam era o êxodo em massa do Vale da Caxemira de pandits da Caxemira, quando a luta pela liberdade tornou-se militante nos anos 1990 e alguns militantes muçulmanos se voltaram contra a minúscula população hindi. Várias centenas de hindus tinham sido massacrados de maneiras macabras e, quando o governo anunciou que não podia garantir sua segurança, quase toda a população hindu da Caxemira, cerca de duzentas mil pessoas, fugiu do Vale e mudou-se para campos de refugiados nas planícies de Jammu, onde muitos ainda viviam. Nesse dia, uns raros janízaros de Lalla ali na rua eram hindus da Caxemira que tinham perdido suas casas e famílias e tudo o que conheciam.

Para as Mães, talvez ainda mais dolorido que as cusparadas, foram três colegiais lindamente vestidas, magras como espetos, que passaram a caminho das compras em Connaught Place. "Ah, nossa! Caxemira! Que *delícia*! Parece que está completamente normal agora, *ya*, seguro para turismo. Vamos? Dizem que é incrível."

A Associação de Mães resolveu suportar a noite de alguma forma e nunca mais voltar a Delhi. Dormir na rua era uma experiência nova para elas. Em sua terra, todas tinham lindas casas e quintais. Nessa noite, comeram uma refeição frugal (também uma experiência nova), se enrolaram na faixa e tentaram dormir, à espera do raiar do dia, ansiosas para começar a viagem de volta a seu lindo vale dilacerado pela guerra.

Foi ali, bem junto das Mães dos Desaparecidos, que nossa bebê calada apareceu. As Mães levaram algum tempo para notá--la, porque era da cor da noite. Uma ausência de contornos definidos nas sombras debaixo da luz do poste. Mais de vinte anos vivendo com sanções, operações de cerco e busca, e a batida na porta à meia-noite (Operação Tigre, Operação Destruir a Serpente, Operação Pegar e Matar), tinham ensinado as Mães a ler o escuro. Mas, quando se tratava de bebês, os únicos que estavam acostumadas a ver eram como flores de amêndoa com bochechas de maçã. As Mães dos Desaparecidos não sabiam o que fazer com um bebê que tinha Aparecido.

Sobretudo um bebê *preto*.

Kruhun kaal.

Sobretudo uma *menina* preta.

Kruhun kaal hish.

Sobretudo uma que estava embrulhada em lixo.

Shikas ladh.

Pela multidão na rua, o sussurro passou como um pacote. A pergunta virou uma anunciação: *"Bhai baccha kiska hai?"*. De quem é essa bebê?

Silêncio.

Então alguém disse que tinha visto a mãe vomitando no parque naquela tarde. Outro alguém disse: "Ah, não, não era ela".

Alguém disse que era uma mendiga. Alguém disse que era uma vítimadestupro (que era uma palavra em todas as línguas).

Alguém disse que teria vindo com o grupo que estivera ali mais cedo, organizando uma campanha de assinaturas para a libertação de prisioneiros políticos. Diziam que era uma organização testa de ferro para o Partido Maoísta clandestino que travava uma luta de guerrilha nas florestas do centro da Índia. Alguém mais disse: "Ah, não, não era ela. Ela estava sozinha. Ficou aqui alguns dias".

Alguém disse que era a ex-amante de um político que a tinha dispensado ao engravidá-la.

Todo mundo concordou que os políticos eram todos filhos da puta. Isso não ajudava a enfrentar o problema:

O que fazer com a bebê?

Talvez consciente de ter se tornado o centro das atenções, ou talvez por estar assustada, a bebê calada finalmente chorou. Uma mulher a carregou. (Mais tarde, sobre ela se disse que era alta, que era baixa, que era preta, que era branca, que era linda, que não era, que era velha, que era nova, que era estrangeira, que era sempre vista no Jantar Mantar.) Havia um pedaço de papel dobrado muitas vezes, um volumezinho quadrado, preso com fita num lado, amarrado no grosso barbante preto em torno da cintura da bebê. A mulher (que era linda, que não era, que era alta, que era baixa) soltou a fita e entregou para alguém ler. A mensagem estava escrita em inglês e era inequívoca: *Não posso cuidar desta criança. Então a deixo aqui.*

Por fim, depois de muita discussão murmurada, hesitante, triste, bastante relutante, o povo decidiu que a bebê era assunto para a polícia.

Antes que Saddam pudesse detê-la, Anjum se levantou e começou a caminhar na direção do que parecia ter se tornado um Comitê de Bem-Estar Infantil constituído espontaneamente. Ela era uma cabeça mais alta que a maioria, então não era difícil acompanhá-la. Caminhando pela multidão, os guizos nas tornozeleiras, não visíveis debaixo do salwar folgado, faziam *chhann--chhann-chhann.* Para Saddam, de repente apavorado, cada *chhann-chhann* soava como um tiro. A luz azul da rua iluminou a tênue sombra de barba branca a crescer na pele escura e marcada de Anjum, agora brilhante de suor. O brinco de nariz cintilava em seu nariz magnífico, curvado para baixo como o bico de uma ave de rapina. Havia nela algo liberado, algo não calibrado e no entanto absolutamente certo — uma sensação de destino, talvez.

"Polícia? Nós vamos entregar a menina para a *polícia?*", Anjum falou com ambas as suas vozes, separadas, porém unidas, uma rouca, uma profunda, nítida. A presa branca rebrilhou entre os tocos vermelhos de bétel.

A solidariedade desse "nós" era um abraço. Como era de esperar, recebido com um insulto imediato.

Um esperto na multidão disse: "Por quê? O que *você* faria com ela? Não pode fazer ela ser uma de vocês, pode? A tecnologia moderna fez grandes avanços, mas ainda não chegou a esse ponto...". Ele estava se referindo à crença generalizada de que as hijras sequestravam bebês do sexo masculino e os castravam. Sua piada lhe valeu uma onda de risos frouxos.

Anjum não se deixou deter pela vulgaridade do comentário. Falou com uma intensidade que era tão clara e tão urgente como a fome.

"Ela é um presente de Deus. Deixem comigo. Eu posso dar o amor de que ela precisa. A polícia só vai jogar a bebê num orfanato do governo. Ela vai morrer lá."

Às vezes, a clareza de uma única pessoa pode enervar uma multidão confusa. Nessa ocasião, foi isso que Anjum fez. Os que conseguiam entender o que ela dizia ficaram um pouco intimidados pelo refinamento de seu urdu. Estava em desacordo com a classe a que supunham que pertencia.

"A mãe deve ter deixado a bebê aqui pensando, como eu, que este lugar é a Karbala dos dias de hoje, onde está sendo travada a batalha pela justiça, a batalha do bem contra o mal. Ela deve ter pensado 'essa gente é lutadora, os melhores do mundo, um deles vai cuidar da minha filha como eu não posso' — e vocês querem chamar a *polícia*?" Embora estivesse zangada, embora medisse um metro e oitenta e tivesse ombros largos, poderosos, suas maneiras tinham uma inflexão de exagerada coqueteria e os gestos de mão esvoaçantes de uma cortesã de Lucknow dos anos 1930.

Saddam Hussain se preparou para uma briga. Ishrat e Ustad Hamid chegaram para fazer o que pudessem.

"Quem deixou essas hijras sentarem aqui? Elas fazem parte de qual luta?"

O sr. Aggarwal, um homem de meia-idade, magro, com bigode aparado, usando camisa safári, calça de algodão felpudo e um gorro de Gandhi que dizia *Eu sou contra a corrupção. E você?* tinha o ar seco e autoritário de um burocrata, que era de fato o que tinha sido até recentemente. Passara a maior parte de sua vida de trabalho no Departamento da Receita, até que um dia, por capricho, cansado de perspectiva da podridão do sistema que via de camarote, pediu demissão do emprego no governo para "servir a nação". Vinha agindo na periferia de boas obras e serviço social havia alguns anos, mas agora, como o rechonchudo tenente-chefe gandhiano, fora alçado à notoriedade e seu retrato aparecia nos jornais todos os dias. Muitos acreditavam (corretamente) que o poder real estava nas mãos dele e que o velho era apenas uma mascote carismática, um mercenário cujo perfil servia à função e que agora começara a passar dos limites. Os adeptos de teorias da conspiração que se juntam à margem de todo movimento político sussurravam que o velho estava sendo deliberadamente estimulado a se promover, para acabar encurralado, de forma que sua própria húbris não permitisse um recuo. Se o velho morresse de fome publicamente, ao vivo na TV, diziam os rumores, o Movimento teria um mártir e isso impulsionaria a carreira política do sr. Aggarwal de um jeito que nada mais conseguiria. Os rumores eram grosseiros e falsos. O sr. Aggarwal *era* de fato o homem por trás do Movimento, mas até ele tinha ficado perplexo com o frenesi que o velho Gandhiano despertara e estava agora seguindo a onda, não planejando um suicídio em cena. Dentro de poucos meses, ele iria se desfazer de sua mascote e prosseguir como político convencional — um verdadeiro tesouro das muitas qualidades que um dia denunciara —, um formidável oponente para Gujarat ka Lalla.

140

* * *

A vantagem singular do sr. Aggarwal como político emergente era seu aspecto nada singular. Ele parecia com muita gente. Tudo nele, o modo de se vestir, o modo de falar, o modo de pensar, era correto e ordenado, aparado e penteado. Tinha a voz aguda e uma conduta discreta e direta, a não ser quando estava diante de um microfone. Então ele se transformava num tornado furioso e quase incontrolável de apavorante correção. Ao intervir na questão da bebê, esperava impedir uma outra cusparada pública (como a que ocorrera entre as Mães da Caxemira e a Brigada do Cuspe) que poderia distrair a atenção da mídia daquilo que considerava as Questões de Fato. "Esta é a nossa Segunda Luta Pela Libertação. Nosso país está à beira de uma revolução", ele disse, portentoso, para a plateia que crescia depressa. "Milhares de pessoas se reuniram aqui porque políticos corruptos tornaram nossa vida insuportável. Se resolvermos o problema da corrupção, podemos levar nosso país a novos picos, ao topo do mundo. Este aqui é um espaço para política séria, não um picadeiro de circo." Ele se dirigiu a Anjum sem olhar para ela. "Você tem permissão da polícia para estar aqui? Todo mundo tem de ter permissão para estar aqui." Ela era muito mais alta que ele. A recusa em olhar nos olhos dela significava que ele se dirigia diretamente a seus seios.

O sr. Aggarwal tinha se equivocado com sua estimativa da temperatura da situação, errado completamente em sua avaliação. As pessoas ali reunidas não eram inteiramente simpatizantes suas. Muitos se ressentiam da maneira como sua "Luta Pela Libertação" monopolizara toda a atenção da mídia e comprometera todos os outros. Anjum, por seu lado, não se importava com a multidão. Não lhe interessava para que lado iam as simpatias.

Alguma coisa se acendera dentro dela e a enchera de resoluta coragem.

"Permissão da polícia?" Nunca essas palavras foram pronunciadas com maior desdém. "Trata-se de uma *criança*, não de alguma invasão ilegal na propriedade do seu pai. O *senhor* recorre à polícia, sahib. O resto de nós aqui pega o caminho mais curto e recorre direto ao Todo-Poderoso." Saddam teve tempo de sussurrar uma pequena prece de gratidão por ela ter usado para Todo-Poderoso o genérico *Khuda* e não o específico *Allah mian* antes que se definissem as linhas de combate.

Os adversários se posicionaram.

Anjum contra o Contador.

Que confronto, aquele.

Ironicamente, ambos estavam na rua aquela noite para escapar de seus passados e tudo o que havia circunscrito suas vidas até então. E, no entanto, a fim de se armarem para a batalha, recuaram exatamente para aquilo de que tentavam escapar, para aquilo que costumavam fazer, aquilo que realmente *eram*.

Ele, um revolucionário preso numa mente de contador. Ela, uma mulher presa num corpo de homem. Ele, enfurecido com um mundo em que as planilhas de balanço não batiam. Ela, enfurecida com suas glândulas, seus órgãos, sua pele, a textura do cabelo, a largura dos ombros, o timbre da voz. Ele, lutando por um jeito de impor integridade fiscal num sistema decadente. Ela, querendo arrancar as estrelas do céu e moê-las numa poção que lhe desse seios e quadris de verdade e longo e farto cabelo, que balançaria de um lado para outro quando andasse e, sim, a coisa que ela desejava mais que tudo, aquele mais abundante de todo o abundante estoque de invectivas de Delhi, aquele insulto de todos os insultos, uma *Maa ki Chut*, uma buceta de mãe. Ele, que passara seus dias à caça de evasões de taxas, propinas e favorecimentos ilícitos. Ela, que tinha vivido anos como uma árvore em um velho cemitério onde, em manhãs preguiçosas e tarde da noite, os espíritos dos velhos poetas que ela adorava, Ghalib, Mir e Zauq, vinham recitar seus versos, beber, discutir e jogar. Ele, que preenchia formulários e marcava boxes. Ela, que nunca soube qual box marcar, em qual fila esperar, em que banheiro público entrar (Reis ou Rainhas? Lordes ou Ladies? Ele ou Ela?). Ele, que acreditava que estava sempre certo. Ela, que sabia que estava toda errada, sempre errada. Ele, reduzido a suas certezas. Ela, ampliada em sua ambiguidade. Ele, que queria a lei. Ela, que queria um bebê.

Formou-se um círculo em torno deles: furioso, curioso, avaliando os adversários, tomando partido. Não importava. Qual contador gandhiano cu de ferro podia ter alguma chance num embate cara a cara com uma velha hijra da Velha Delhi?

Anjum se abaixou e posicionou o rosto à altura de um beijo do sr. Aggarwal.

"*Ai, Hai!* Por que tão bravo, *jaan?* Por que não olha na minha cara?"

Saddam Hussain fechou os punhos. Ishrat o conteve. Ela respirou fundo e entrou no campo de batalha, intervindo com o jeito prático que só as hijras conheciam quando se tratava de proteger uma à outra — fazendo uma declaração de guerra e paz ao mesmo tempo. A roupa dela, que parecera absurda poucas horas antes, não podia ser mais apropriada para o que precisava fazer agora. Ela começou o bater das palmas de dedos separados das hijra e a dançar, movimentando os quadris de um jeito obsceno, rodando o xale, a agressiva e abusiva sexualidade focada em humilhar o sr. Aggarwal, que nunca em toda sua vida tinha se envolvido em uma briga de rua. Apareceram manchas de umidade nas axilas de sua camisa branca.

Ishrat começou com uma canção que ela sabia que a multidão conheceria — de um filme chamado *Umrao Jaan*, imortalizado pela linda atriz Rekha.

Dil chiz kya hai, aap meri jaan lijiye
Por que só o meu coração, leve também toda a minha vida

Alguém tentou empurrá-la para fora da calçada. Ela foi para o meio da rua larga e vazia, se divertindo agora ao girar sobre o cruzamento zebrado debaixo da luz dos postes. Do outro lado da rua, alguém começou a bater o ritmo em um pandeiro dafli. As pessoas cantaram junto. Ela estava certa. Todo mundo conhecia a música:

Bas ek baar mera kaha maan lijiye
Mas só desta vez, meu amor, atenda meu pedido.

Essa canção de cortesã, ou pelo menos esse verso, podia ser o hino de quase todo mundo ali no Jantar Mantar aquele dia. Todos estavam ali porque acreditavam que alguém se importava, que alguém estava ouvindo. Que alguém lhes daria ouvidos.

Irrompeu uma briga. Talvez alguém tenha dito algo lascivo. Talvez Saddam Hussain tenha batido nele. Não ficou bem claro o que aconteceu.

Os policiais de plantão na calçada acordaram em um pulo de seu sono e brandiram seus cassetetes em qualquer um que estivesse ao alcance. Jipes da patrulha policial (*Com Você, Para Você, Sempre*) chegaram com as luzes piscando, e a Polícia Especial de Delhi — *maader chod behen chod maa ki chut behen ka lauda.**

As câmeras de TV correram. A ativista em sua décima nona greve de fome viu sua chance. Enfiou-se na multidão, virou para as câmeras com sua marca registrada, o gesto de punho fechado e, com infalível agudeza política, se apropriou do ataque a cassetetes para a sua turma.

Lathi goli khaayenge!
Cassetetes e balas suportamos!

E a turma dela respondeu:

Andolan chalaayenge!
Em nossa luta resistimos!

Não demorou muito para a polícia restaurar a ordem. Entre os presos e levados embora nas vans da polícia estavam o sr. Aggarwal, Anjum, um trêmulo Ustad Hamid e a instalação artística viva com seu terno escatológico. (O Homem Limão tinha escapulido.) Foram soltos na manhã seguinte, sem acusação.

Quando alguém lembrou como tudo tinha começado, a bebê havia sumido.

---

* Filho da puta irmão da puta e o pau da sua irmã.

4. Dr. Azad Bhartiya

A última pessoa a ver a bebê foi o dr. Azad Bhartiya, que, segundo seus cálculos, estava em greve de fome havia onze anos, três meses e dezessete dias. O dr. Bhartiya era tão magro que chegava a ser quase bidimensional. Tinha as têmporas fundas, a pele escura, cozida pelo sol, colada aos ossos da face e à cartilagem do pescoço comprido e fino e das clavículas. Olhos interrogativos, febris, viam o mundo de dentro de órbitas escuras. Um dos braços estava engessado do ombro ao pulso, o gesso branco e imundo sustentado por uma tipoia em torno do pescoço. A manga vazia da camisa listrada e suja batia ao lado do corpo como a bandeira desolada de um país derrotado. Ele estava sentado atrás de um velho cartaz de papelão coberto com um plástico fino, arranhado, que dizia assim:

Meu nome completo:
    dr. Azad Bhartiya (Tradução: O Indiano Livre)
Meu endereço residencial:
    dr. Azad Bhartiya

Perto da Estação de Trens Lucky Sarai
Lucky Sarai Basti
Kokar
Bihar
Meu endereço atual:
dr. Azad Bhartiya
Jantar Mantar
Nova Delhi

Minhas qualificações: MA Hindi, MA Urdu (Primeiro Primeira Classe), BA História, Curso Básico elementar em Punjabi, MA Punjabi CMR (Compareceu Mas Reprovado), ph.D. (pendente), Universidade de Delhi (Religiões Comparadas e Estudos Budistas), Palestrante, Inter Faculdades, Ghaziabad, Pesquisador Associado, Universidade Jawaharlal Nehru, Nova Delhi, Membro Fundador do *Vishwa Samajwadi Sthapana* (Fórum dos Povos do Mundo) e Partido Democrático Socialista Indiano (Contra o Aumento de Preços).

Estou em greve de fome pelas seguintes questões: sou contra o Capitalismo Imperialista, contra o Capitalismo dos EUA, Terrorismo de Estado Indiano e Americano/ Todos os Tipos de Armas e Crimes Nucleares, contra o Mau Sistema Educacional/ Corrupção/ Violência/ Degradação Ambiental e Outros Males. Também sou contra o Desemprego. Estou em greve de fome também pela obliteração completa de toda a classe burguesa. Todos os dias me lembro dos pobres do mundo, Trabalhadores/ Camponeses/ Tribais/ Dalits/ Damas e Cavalheiros Abandonados/ inclusive Crianças e Deficientes.

A sacola plástica amarela do *Jaycis Sari Palace* que estava em pé ao lado dele, como uma pessoinha amarela, continha papéis, tanto digitados como manuscritos, em inglês e hindi. Espalhados na calçada, com pedras para segurar, havia diversos exemplares de um documento — um boletim informativo ou uma transcrição de algum tipo. O dr. Azad Bhartiya disse que estavam à venda a preço de custo para pessoas comuns e com desconto para estudantes.

MINHAS NOTÍCIAS & POSIÇÕES (ATUALIZAÇÃO)

Meu nome original, dado por meus pais, é Inder Y. Kumar. Dr. Azad Bhartiya é o nome que eu mesmo me dei. Foi registrado em cartório em 13 de outubro de 1997, junto com sua tradução para inglês i.e.: Indiano Livre/ Libertado. O atestado está anexo. Não é o original; é uma cópia autenticada por um magistrado do Fórum Patiala.

Se aceitar esse nome para mim, então tem o direito de pensar que este não é lugar para um Azad Bhartiya estar, aqui nesta prisão pública no passeio público — veja, tem até barras. Pode pensar que um Azad Bhartiya de verdade deveria ser uma pessoa moderna, morando numa casa moderna, com carro e computador, ou talvez esse edifício alto ali, o hotel cinco estrelas. Esse se chama Hotel Meridian. Se olhar para o décimo segundo andar lá em cima vai ver o quarto com ar-condicionado, café da manhã e banheiro privativo onde os cinco cães do presidente dos EUA ficaram quando ele veio à Índia. Na verdade, não devem ser chamados de cães, porque são oficiais do exército norte-americano, com patente de cabo. Dizem que esses cães são capazes de farejar bombas escondidas e que sabem comer com garfo e faca sentados à mesa. Dizem que o gerente do hotel tem de bater continência para eles quando saem do elevador. Não sei se essa informação é falsa ou verdadeira, não tive oportunidade de conferir. Vocês devem ter ouvido dizer que os cães foram visitar o memorial a Gandhi em

Rajghat. Isso é confirmado, está no jornal. Mas não me importa. Eu não admiro Gandhi. Ele era um reacionário. Deve ter ficado feliz com os cães. São melhores do que aqueles Assassinos Mundiais que regularmente colocam flores no memorial dele.

Mas por que este dr. Azad Bhartiya está aqui na rua quando os cães norte-americanos estão no hotel cinco estrelas? Essa deve ser a questão principal em sua cabeça.

A resposta para ela é que estou aqui porque sou um revolucionário. Estou em greve de fome há mais de onze anos. É o meu décimo segundo ano seguido. Como pode um homem sobreviver a doze anos de greve de fome? A resposta é que desenvolvi uma técnica científica para jejuar. Como uma refeição (leve, vegetariana) a cada quarenta e oito ou cinquenta e oito horas. É mais do que suficiente para mim. Você pode perguntar como um Azar Bhartiya sem emprego e sem salário consegue uma refeição a cada quarenta e oito ou cinquenta e oito horas. Permita que eu diga, aqui na rua, não passa um dia sem que alguém que não tem nada se ofereça para repartir comigo. Se eu quisesse, só de ficar sentado aqui podia ser tão gordo como o marajá de Mysore. Por Deus. Seria fácil. Mas meu peso é quarenta e dois quilos. Como apenas para viver e vivo apenas para lutar.

Faço o melhor que posso para dizer a verdade, então gostaria de esclarecer que a porção Doutor do meu nome está na verdade pendente, como o meu ph.D. Uso o título com um pouco de antecedência só para fazer as pessoas me ouvirem e acreditarem no que eu digo. Se não houvesse urgência em nossa situação política, eu não faria isso porque, em termos práticos, seria desonesto. Mas às vezes, em política, é preciso combater veneno com veneno.

Estou acampado aqui no Jantar Mantar há onze anos. Só saio deste lugar às vezes para participar de seminários ou reuniões sobre assuntos do meu interesse no Clube Constitution ou na Fundação Para a Paz Gandhi. Quando não, estou aqui permanentemente. Toda essa gente de todos os cantos da Índia vem aqui com seus sonhos e pedidos. Não há ninguém para ouvir. Ninguém ouve. A polícia bate, o governo ignora. Não podem ficar aqui, são pessoas pobres, a maioria de aldeias e favelas e têm de ganhar a vida. Precisam voltar para sua terra, para seus patrões, para seus barracos jhuggi. Mas eu fico aqui em nome dessa gente. Faço greve de fome pelo progresso deles, pela aceitação de seus pedidos, pela realização de seus sonhos e pela esperança de algum dia terem seu próprio governo.

De que casta eu sou? É essa a sua pergunta? Com um programa político imenso como o meu, me diga, de que casta eu devo ser? De que casta era Jesus ou Gautama Buda? De que casta era Marx? De que casta era o profeta Maomé? Só hindus têm casta, essa desigualdade que é parte de suas escrituras. Eu sou tudo, menos hindu. Como um Azad Bhartiya, posso lhe dizer abertamente que renunciei à fé da maioria do povo deste país só por essa razão. Por isso minha família não fala mais comigo. Mas, mesmo que eu fosse presidente dos Estados Unidos, essa classe brâmane do mundo, estaria aqui em greve de fome pelos pobres. Não quero dólares. O capitalismo é como mel envenenado. As pessoas se enxameiam em torno dele como abelhas. Não é para mim. Por essa razão estou sob vigilância vinte e quatro horas. Estou sob vigilância por controle remoto do governo americano durante vinte e quatro horas por dia. Olhe para trás. Está vendo essa luz vermelha piscando? É a luz da bateria da câmera deles. Instalaram uma câmera naquele farol de trânsito também. A sala de controle deles para essas câmeras é no Hotel Meridian, na sala dos cães. Os cães ainda estão lá. Eles nunca voltaram para os Estados Unidos. O visto deles tem duração indefinida. Agora, como o presidente americano vem tanto para a Índia, eles mantêm os cães aqui, instalados permanentemente. De noite, quando as luzes se acendem, eles sentam

150

no peitoril da janela. Vejo a sombra deles, a silhueta. Minha visão de longe é muito boa e está melhorando. Todo dia consigo enxergar mais e mais longe. Bush, Hitler, Stálin, Mao e Ceausescu são sócios de um clube dos cem líderes que planejam destruir todos os bons governos do mundo. Todos os presidentes americanos são sócios, até esse novo.

Semana passada, fui atropelado por um carro branco, Maruti Zen DL 2CP 4362, que pertence a um canal de televisão indiano mantido pelos americanos. O carro bateu na cerca de ferro e veio para cima de mim. Pode ver que essa parte da cerca ainda está quebrada. Eu estava dormindo, mas alerta. Rolei para o lado como um guerrilheiro, então escapei desse atentado contra a minha vida, só o meu braço foi esmagado. Está se curando agora. O restante de mim se salvou. O motorista tentou escapar. O pessoal não deixou, e ele foi forçado a me levar para o Hospital Ram Manohar Lohia. Duas pessoas entraram no carro e foram dando bofetadas nele até o hospital. Os médicos do governo me trataram muito bem. De manhã, quando eu voltei, todos os revolucionários que estavam aqui essa noite trouxeram samosas e um copo de lassi doce. Todo mundo assinou ou pôs uma impressão digital no meu gesso. Está vendo, aqui tem tribais santali de Hazaribagh, deslocados pelas minas de carvão de Parej Leste, aqui as vítimas da Union Carbide Gás que vieram a pé desde Bhopal. Levaram três semanas. Essa companhia do vazamento de gás agora tem outro nome, Dow Chemicals. Mas essa pobre gente que foi destruída por eles, dá para comprar pulmão novo, olho novo? Eles têm de se virar com os mesmos órgãos velhos, que foram envenenados há tantos anos. Mas ninguém liga. Esses cães só ficam sentados naquela janela do Hotel Meridian, olhando a gente morrer. Esta é a assinatura de Devi Singh Suryavanshi; ele é como eu, não alinhado. Ele me deu o número do telefone dele também. Está lutando contra a corrupção e a fraude contra a nação da parte dos políticos. Não sei qual é a outra reivindicação dele; você pode ligar para ele diretamente e perguntar. Ele foi visitar a filha em Nashik, mas volta na semana que vem. É um velho de oitenta e sete anos, mas, para ele, a nação ainda vem em primeiro lugar. Este é do sindicato dos riquixás Rashtravadi Janata Tipahiya Chalak Sangh. Essa impressão digital é da Phulbatti de Batul, Madhya Pradesh. Ela é uma senhora muito boa. Estava trabalhando num campo como diarista quando o poste telefônico da BSNL — Bharat Sanchar Nigam Limitada — caiu em cima dela. Teve de amputar a perna esquerda. A Nigam deu dinheiro para a amputação, cinquenta mil rupias, mas como ela vai trabalhar agora, com uma perna só? Ela é viúva, o que ela vai comer, quem vai dar comida para ela? O filho dela não quer ficar com ela então a mandou para cá fazer uma satyagraha para pedir um emprego sedentário. Está aqui faz quatro meses. Ninguém falou com ela. Ninguém vai falar. Ela vai morrer aqui.

Está vendo esta assinatura em inglês? Essa é S. Tilottama. É uma senhora que vem e vai. A gente se vê faz muitos anos. Às vezes ela vem de dia. Às vezes vem tarde da noite ou de manhã cedinho. Está sempre sozinha. Não tem horário. Tem essa caligrafia muito boa. Ela também é uma senhora muito boa.

Estes aqui são as vítimas do terremoto de Latur, que viram o dinheiro da indenização deles ser comido pelos coletores e funcionários tehsildar corruptos. De três crore [30 milhões] de rupias só três lakhs de rupias [300 mil] chegaram ao povo, três por cento. O resto foi comido pelos ratos no caminho. Estão acampados aqui desde 1999. Você lê hindi? Pode ver que aqui está escrito *Bharat mein gadhey, giddh aur suar raj kartein hain*. Quer dizer: a Índia é governada por macacos, abutres e porcos.

É a segunda vez que tentam me matar. Ano passado, em 8 de abril, um Honda City DL 8C 4850 veio para cima de mim. O mesmo carro que está naquele anúncio ali na privada, só que o meu era marrom, não prata. Dirigido por um agente americano. Em 17 de julho, saiu na coluna *HT City* do *Hindustan Times*. Tive três fraturas na perna direita. Até agora tenho dificuldade para andar. Eu manco. As pessoas brincam, falam que eu devia casar com a Phulbatti, assim a gente teria uma perna esquerda boa e uma perna direita boa para compartilhar. Eu dou risada com eles, só que não acho engraçado. Mas é importante dar risada às vezes. Sou contra a instituição do casamento. Ela foi inventada para subjugar as mulheres. Eu fui casado uma vez. Minha esposa fugiu com meu irmão. Chamam meu filho de filho deles agora. Ele me chama de Tio. Nunca vejo nenhum deles. Depois que fugiram eu vim para cá.

Às vezes, atravesso a rua e faço a greve do lado de lá, com os bhopalianos. Mas lá é muito mais quente.

Sabe o que é este lugar aqui, este Jantar Mantar? Antigamente, era um relógio de sol. Foi construído por algum marajá, esqueci o nome, no ano de 1724. Ainda vem estrangeiro com guia de turismo aqui para ver. Passam pela gente, mas não enxergam a gente, sentados aqui do lado da rua, lutando por um mundo melhor neste Zoológico de Democracia. Estrangeiros só enxergam o que querem enxergar. Antes eram os encantadores de serpentes e os sadhus, agora são essas coisas de superpotência, o Bazaar Raj. Ficamos aqui como bichos na jaula, e o governo nos alimenta com pequenas esperanças inúteis pelas grades dessa cerca de ferro. Não o suficiente para sobreviver, mas o suficiente para impedir que a gente morra. Mandam os jornalistas para nós. A gente conta nossa história. Por algum tempo alivia o nosso fardo. É assim que controlam a gente. Todo o resto da cidade lá é Setor 144 do Código de Procedimento.

Está vendo essa privada nova que construíram? Eles dizem que é para nós. Separadas para damas e cavalheiros. A gente tem de pagar para entrar. Quando a gente se vê naqueles grandes espelhos, fica com medo.

Declaração

Por meio desta declaro que todas as informações fornecidas acima são verdadeiras no meu entender e nenhum material foi obliterado.

*

De seu lugar privilegiado na calçada, o dr. Azad Bhartiya tinha visto, que longe de ficar sozinho, a bebê desaparecida tinha três mães na calçada naquela noite, as três costuradas umas nas outras por fios de luz.

A polícia, que sabia que ele sabia tudo o que acontecia no Jantar Mantar, caiu em cima para interrogá-lo. Bateram nele um pouco — não muito, só por força do hábito. Mas tudo o que ele disse foi:

Mar gayi bulbul qafas mein
Keh gayi sayyaad se
Apni sunebri gaand mein
Tu thuns le fasl-e-bahaar

Ela morreu em sua gaiola, a bulbul,
Estas palavras deixou a quem a prendeu —
Por favor, pegue sua colheita de primavera
E enfie toda em seu cu dourado

A polícia o chutou (parte da rotina) e confiscou todos os exemplares de seu *Notícias & Posições*, assim como sua sacola do *Jaycis Sari Palace* com todos os papéis dentro.

Quando foram embora, o dr. Azad Bhartiya não perdeu tempo. Começou imediatamente a trabalhar, dando início ao laborioso processo de documentação a partir do zero.

Embora não tivessem um suspeito (o nome e endereço de S. Tilottama, editora do *Notícias & Posições* do dr. Azad Bhartiya, saltou aos olhos num estágio posterior), a polícia registrou o caso como Seção 361 (Sequestro de Guarda Legal), Seção 362 (Abduzir, Compelir, Forçar ou Enganosamente Induzir uma Pessoa de um Lugar), Seção 365 (Confinamento Indevido), Seção 366A (Crime Cometido Contra Menina Menor que Ainda Não Completou Dezoito Anos), Seção 367 (Sequestro com Finalidade de Causar Sofrimento Sério, Colocar em Escravidão ou Sujeitar a Pessoa Sequestrada a Lascívia Antinatural), Seção 369 (Sequestro de uma Criança de Menos de Dez Anos a Fim de Roubá-la).

Os crimes eram reconhecidos, afiançáveis e julgáveis por Magistrado de Primeira Classe. A pena era prisão por não menos de sete anos.

Já haviam registrado mil cento e quarenta e seis casos semelhantes na cidade naquele ano. E ainda estavam apenas em maio.

5. A lenta busca inútil

Os cascos de um cavalo ecoaram numa rua vazia.

Payal, a magra égua de pesadelo, foi fazer clop-clop por uma parte da cidade onde não devia estar.

No lombo, numa sela de pano vermelho com borlas douradas, dois cavaleiros: Saddam Hussain e Ishrat-a-Bela. Numa parte da cidade onde não deviam estar. Nenhuma placa dizia isso, porque tudo era uma placa que qualquer idiota podia ler: o silêncio, a largura das ruas, a altura das árvores, as calçadas sem gente, as cercas vivas podadas, os bangalôs baixos e brancos em que viviam os Governantes. Até a luz amarelada que vertia dos altos postes parecia ter valor inestimável — colunas de ouro líquido.

Saddam Hussain pôs os óculos escuros. Ishrat disse que era uma bobagem usar aquilo de noite.

"Chama isto de noite?", Saddam perguntou. Explicou que não usava os óculos para ficar bonito. Disse que o brilho das luzes machucava seus olhos e que mais tarde contava para ela a história.

Payal punha as orelhas para trás e tremia a pele mesmo não havendo moscas por perto. Ela sentia sua transgressão. Mas gostava daquela parte da cidade. Havia ar para respirar. Ela podia galopar, se deixassem. Mas não deixavam.

Estavam numa lenta busca inútil, ela e seus cavaleiros. Sua missão era seguir um autorriquixá e seus passageiros.

Mantinham distância dele enquanto estralejava como uma criança perdida por vastas rotatórias com esculturas, fontes e canteiros de flores, e por avenidas que saíam delas, cada uma ladeada por diferentes tipos de árvores — tamarindo, jamelão, nim, pakad, arjun.

"Olhe, eles têm até jardim para os carros", Ishrat disse quando circundavam uma rotatória.

Saddam riu na noite, deliciado.

"Eles têm carros pros cachorros e jardins pros carros", disse.

Uma cavalgada de Mercedes preto com janelas escuras à prova de bala apareceu do nada e passou ventando por eles como uma serpente.

Depois da Cidade Jardim, perseguidos e perseguidores se aproximaram de um viaduto esburacado. (Esburacado para veículos, não para cavalos.) A fileira de luzes correndo pelo meio parecia asas de um querubim mecânico montado em dois longos paus. O riquixá subiu, depois desceu e sumiu de vista. Para acompanhar, Payal começou um trote suave, alegre. Um unicórnio magro inspecionava a brigada querubim.

Além do viaduto a cidade ficava menos segura de si.

A lenta busca passou por dois hospitais tão cheios de doença que pacientes e suas famílias transbordavam e acampavam na rua. Alguns em leitos improvisados e cadeiras de rodas. Alguns, com camisolas hospitalares, tinham curativos e gotejamento de soro. Crianças, carecas por causa da quimioterapia, usavam máscaras hospitalares e se penduravam em seus pais de olhos vazios. As pessoas se aglomeravam nos balcões das farmácias vinte e quatro horas, jogando roleta indiana. (Havia uma chance de sessenta para quarenta de que os remédios que compravam fossem legítimos e não falsificados.) Famílias cozinhavam na rua, cortavam cebolas, ferviam batatas arenosas de poeira sobre pequenos fogareiros de querosene. Penduravam as roupas em cercas de árvores e parapeitos. (Saddam Hussain notou isso tudo — por razões profissionais.) Havia um grupo de aldeões magros com coxas finas como gravetos vestindo dhotis, agachados num círculo. No centro, empoleirada como uma ave ferida, uma velha encarquilhada com sari estampado e enormes óculos escuros fechados dos lados com algodão. Em sua boca, um termômetro inclinado, como um cigarro. Não prestaram nenhuma atenção ao cavalo branco e seus cavaleiros quando eles passaram.

Outro viaduto.

Dessa vez, a busca inútil passou por baixo dele. Lotado de pessoas dormindo apertadas. Um homem de corpo nu, careca, com uma crosta de talco púrpura ressecado na cabeça e uma longa barba grisalha e eriçada, batia um ritmo num tambor imaginário, girando a cabeça como Ustad Zakir Hussain.

"Dha Dha Dhim Ti-ra-ki-ta Dhim!", Ishrat gritou para ele ao passarem. Ele sorriu e a recompensou com um complexo floreado de percussão.

Um mercado fechado, uma barraca de meia-noite de pão de ovo paratha. Um templo gurdwara sique. Outro mercado. Uma fileira de oficinas mecânicas de automóvel. Os homens e cachorros que dormiam do lado de fora cobertos de graxa.

O riquixá virou para uma colônia habitacional. E então esquerdadireitaesquerdadireitaesquerda. Uma alameda. Material de construção empilhado ao longo do trajeto. As casas todas de três ou quatro andares.

O riquixá parou na frente de um portão de barras de ferro pintado com tom pardo de lilás. Payal parou na sombra, muitos portões antes. Um espectro bufando. Uma pálida égua fantasma. O fio dourado de sua sela cintilando na noite.

Uma mulher desceu, pagou e entrou na casa. Depois que o riquixá foi embora, Saddam Hussain e Ishrat-a-Bela se aproximaram do portão lilás. Dois touros pretos com corcovas sacolejantes parados do lado de fora.

Uma luz se acendeu numa janela do andar de cima.

Ishrat disse: "Anote o número da casa". Saddam disse que não precisava porque nunca esquecia os lugares onde tinha estado. Era capaz de encontrar aquele até dormindo.

Ela se enrolou nele. "*Wah!* Que homem!"

Ele apertou o seio dela. Ela afastou a mão dele com um tapa. "Não. Custou um dinheirão. Ainda estou pagando as prestações."

A mulher silhuetada contra o retângulo de luz do segundo andar olhou para baixo e viu duas pessoas num cavalo branco. Eles olharam para cima e a viram.

Como que para admitir o olhar trocado entre eles, a mulher (que era linda, que não era, que era alta, que era baixa) inclinou a cabeça e beijou o produto roubado que tinha nos braços. Acenou para eles, que acenaram de volta. Claro que ela os reconheceu como o grupo da escaramuça no Jantar Mantar. Saddam desmontou e ergueu um pequeno retângulo branco — seu cartão de visita com o endereço da Hospedaria e Serviços Funerários Jannat. Deixou-o na caixa de correio metálica que dizia S. *Tilottama. Segundo andar.*

A bebê tinha chorado a maior parte do caminho, mas finalmente adormecera. Miúdos batimentos cardíacos e um rosto negro de veludo contra o ombro ossudo. A mulher a ninou enquanto olhava o cavalo e seus cavaleiros saírem da entrada.

Não conseguia lembrar a última vez que se sentira tão feliz. Não porque a bebê fosse dela, mas porque não era.

6. Algumas perguntas para depois

Quando a Bebê Foca crescer, quando estiver (digamos) no meio de uma turma em torno de um carrinho de sorvete numa tarde escaldante, no meio de um bando de meninas gritando por um picolé de laranja, será que sentirá um repentino aroma da essência pesada de abiú que impregnava a floresta no dia em que nascera? Seu corpo iria lembrar a sensação das folhas secas do chão da floresta, ou o toque de metal quente do cano da arma de sua mãe que tinha sido encostado à sua testa sem a trava de segurança?

Ou seu passado teria sido apagado para sempre?

A morte vem voando, magra burocrata, das planícies
Agha Shahid Ali

7. O locador

Está frio. Um daqueles dias escuros, sujos, de inverno. A cidade ainda está perplexa com as explosões simultâneas que arrebentaram um ponto de ônibus, um café e o estacionamento no subsolo de um pequeno shopping center há dois dias, deixando cinco mortos e muitos mais feridos graves. Para nossos novos âncoras da televisão, recuperar-se do choque vai levar um pouco mais do que para gente comum. Quanto a mim, as explosões evocam uma gama de emoções, mas, lamentavelmente, choque não é mais uma delas.

Estou no andar de cima, neste barsati, este pequeno apartamento de segundo andar na cobertura. As árvores de nim perderam as folhas; os periquitos tingidos de rosado parecem ter mudado para um lugar mais quente (mais seguro?). O nevoeiro se ergueu contra as vidraças. Um bando de pombos azuis das rochas se junta nas *chhajja* coberta de merda. Embora seja meio do dia, quase hora do almoço, tive de acender a luz. Noto que a experiência com o piso de cimento vermelho não deu certo. Quero um piso com uma cor profunda, macia, como aquelas graciosas casas antigas do sul. Mas aqui, ao longo dos anos, o calor do verão lavou a cor do cimento e o frio do inverno fez a superfície se contrair e se partir num padrão de finas rachaduras. O apartamento é empoeirado e gasto. Alguma coisa na calma deste espaço abandonado às pressas faz com que pareça a moldura imobilizada de um quadro em movimento. Parece conter a geometria do movimento, a forma de tudo o que aconteceu e tudo o que ainda está por vir. A ausência da pessoa que morava aqui é tão real, tão palpável, que é quase uma presença.

O ruído da rua chega abafado. As pás do ventilador de teto parado têm bordas de sujeira, um tributo ao famoso ar imundo de Delhi. Felizmente para meus pulmões, estou apenas visitando. Ou pelo menos é o que eu espero. Fui mandado para casa de licença. Embora não me sinta mal, quando me olho no espelho vejo que minha pele está sem cor e meu cabelo bem mais ralo. O couro cabeludo brilha entre os fios (é, brilha). Não resta quase nada das minhas sobrancelhas. Me disseram que é sinal de ansiedade. A bebida, admito, é preocupante. Abusei da paciência tanto de minha mulher como de meu patrão de uma forma inaceitável e estou decidido a me redimir. Tenho reserva num centro de reabilitação onde ficarei seis semanas, sem telefone, sem internet e sem nenhum contato com o mundo. Devia ter me apresentado hoje, mas vou na segunda-feira.

O que eu quero é voltar para Cabul, a cidade onde provavelmente vou morrer, de algum jeito vulgar, nada heroico, talvez entregando um arquivo ao meu embaixador. BUM. Acabou-se eu. Duas vezes eles quase nos pegaram; das duas vezes a sorte estava do nosso lado. Depois do segundo ataque, recebemos uma carta anônima em Pashtu (que eu li assim como falei): *Nun zamong bad qismati wa. Kho yaad lara che mong sirf yaw waar pa qismat gatta kawo. Ta ba da hamesha dapara khush qismata ve.* Que se traduz (mais ou menos) assim: Hoje não tivemos sorte. Mas lembre-se que nós só precisamos ter sorte uma vez. Vocês vão precisar ter sorte o tempo todo.

Alguma coisa nessas palavras me soou familiar. Dei um Google (é assim que se diz hoje, não?). Era uma tradução quase palavra por palavra do que o IRA disse quando Margaret Thatcher escapou do ataque à bomba que fizeram ao Grand Hotel em Brighton em 1984. Acho que se trata de um outro tipo de globalização, essa língua universal do terror.

Cada dia em Cabul é uma batalha mental, e eu estou viciado.

Enquanto esperava para sair a certidão afirmando que estava apto para o serviço, resolvi visitar meus inquilinos e ver como a casa estava aguentando — a casa que eu havia comprado quinze anos antes e mais ou menos reconstruído. Pelo menos foi isso que eu disse a mim mesmo. Quando cheguei aqui, me vi evitando a entrada principal e fui até o fim da rua, dei a volta para pegar o portão que abre para a entrada de serviço que corre por trás de uma fileira de casas geminadas.

Um dia, essa alameda foi tranquila, bonita. Agora parece um canteiro de obra. Material de construção — barras de ferro reforçado, lajes de pedra e montes de areia — ocupa o pouco espaço que os carros estacionados deixam livre. Dois bueiros abertos exalam um fedor que não combina com o preço elevado das propriedades aqui. A maior parte das casas mais velhas foi demolida, e apartamentos de luxo de novas construtoras estão se erguendo em seu lugar. Alguns sobre pilotis, o andar térreo dedicado a estacionamento. É uma boa ideia nesta cidade de carros enlouquecidos, mas de certa forma me entristece. Não sei bem por quê. Saudade de um tempo mais antigo, mais sossegado, talvez.

Um bando de crianças empoeiradas, algumas carregando

bebês montados nos quadris, se diverte tocando campainhas e fugindo a soluçar de prazer. Seus pais emaciados, manobrando cimento e tijolos em torno de valas profundas cavadas para os novos alicerces, não ficariam deslocados em um canteiro de obras do Egito antigo, carregando pedras para a pirâmide de um faraó. Um burrico de olhos bondosos passa por mim carregando tijolos nos sacos laterais da sela. Os anúncios pós-bombardeiro feitos em inglês e hindi nos alto-falantes da cabine da polícia no mercado são mais tênues aqui: "Por favor, a presença de qualquer pacote não identificado ou pessoa suspeita deve ser informada à delegacia mais próxima…".

Mesmo depois dos poucos meses em que estive aqui pela última vez, o número de carros estacionados na alameda dos fundos cresceu — e a maioria é maior, mais sussurrante. O novo motorista de minha vizinha, a sra. Mehra, com a cabeça toda envolta em um cachecol marrom com uma fenda para os olhos, está esguichando água em um Toyota Corolla novo como se o carro fosse um búfalo. Ele tem um pequeno OM cor de açafrão pintado no boné. Há um ano apenas, a sra. Mehra atirava o lixo diretamente de sua sacada do primeiro andar para a rua. Eu me pergunto se ser proprietária de um Toyota melhorou seu senso de higiene comunitária.

Vejo que a maioria dos apartamentos dos segundo e terceiro andares foi melhorada, fechada com vidro.

Os touros pretos que viviam em torno do poste de concreto em frente ao meu portão de trás durante anos, alimentados e mimados pela sra. Mehra e sua coorte de adoradores de vacas, não estão mais lá. Talvez tenham ido fazer uma caminhada.

Duas moças de casacos de inverno elegantes e batendo os saltos altos passam, ambas fumando cigarros. Parecem prostitutas russas ou ucranianas, do tipo que se chama por telefone para festas em sítios. Havia algumas delas na festa só para homens de meu velho amigo Bobby Singh em Mehrauli, semana passada. Uma delas, que circulava com uma bandeja de tacos, era de fato um prato — mais ou menos de topless —, com homus sobre o peito todo. Achei que era um pouco demais, porém os outros convidados pareceram gostar. A garota dava essa impressão também — embora isso talvez fizesse parte das obrigações do trabalho. Difícil dizer.

Empregados vestidos com as roupas caras descartadas por seus empregadores são levados por cachorros ainda mais bem vestidos — labradores, pastores alemães, dobermans, beagles, dachshunds, cocker spaniels, com agasalhos de lã que dizem coisas como *Superman* e *Woof!* Até alguns dos vira-latas têm agasalhos e exibem traços de linhagem com pedigree. Teoria do trickledown. Ha! Ha!

Dois homens — um branco, um indiano — passam de mãos dadas. O gordo labrador preto deles veste um suéter vermelho e azul que traz escrito *No. 7 Manchester United*. Como um sadhu genial a distribuir suas bênçãos, brinda com um jato de mijo os pneus dos carros pelos quais passa.

É novo o portão de placa metálica da Escola Primária Municipal, vizinha ao parque de veados. Foi pintada com uma horrenda figura de um bebê feliz nos braços de sua mãe feliz a receber a vacina contra pólio de uma enfermeira feliz com roupa e meias brancas. A seringa é mais ou menos do tamanho de um bastão de críquete. Dá para ouvir a voz das crianças nas salas de aula, gritando *Baa baa black sheep*, subindo a um guincho no *Wool!* e *Full!**

Comparada a Cabul, ou a qualquer outro lugar no Afega-

---

* Canção infantil tradicional dos países de língua inglesa: "Bé, bé, ovelha negra, tem alguma lã? Tenho, sim, três sacos de lã. Um pro senhor, um pra senhora também, outro pro menino que vive mais além". (N. T.)

nistão ou no Paquistão, ou mesmo qualquer outro país em nossa vizinhança (Sri Lanka, Bangladesh, Birmânia, Irã, Iraque, Síria — Meu Deus do Céu!), esta pequena alameda enevoada, com sua monotonia cotidiana, sua vulgaridade, suas infelizes mas toleráveis injustiças, seus burros e suas pequenas crueldades, é como um cantinho do Paraíso. As lojas no mercado vendem comida, flores, roupas, celulares, não granadas nem metralhadoras. As crianças brincam de apertar a campainha, não de ser homens-bomba suicidas. Temos nossos problemas, nossos momentos terríveis, sim, mas são apenas aberrações.

Sinto uma onda de raiva contra esses intelectuais resmungões e dissidentes profissionais que estão constantemente criticando este grande país. Francamente, só podem fazer isso porque permitem. E permitem porque, apesar de todas as nossas imperfeições, somos uma democracia genuína. Eu não seria idiota o suficiente para dizer isso em público muitas vezes, mas a verdade é que sinto muito orgulho de ser funcionário do Governo da Índia.

O portão dos fundos estava aberto, conforme eu esperava. (Os moradores do térreo o pintaram de lilás.) Subi direto para o segundo andar. A porta estava trancada. O tamanho de minha decepção me inquietou. O andar parecia deserto. Havia correspondência e jornais velhos empilhados contra a porta. Notei pegadas de cachorro na poeira.

Quando desci, a esposa gordinha e bonita de meu inquilino do térreo, que tem algum tipo de empresa produtora de vídeos, saiu da cozinha e me abordou na escada. Me convidou para tomar uma xícara de chá (no que costumava ser minha casa quando minha esposa e eu estávamos ambos ocupando postos em Delhi).

"Meu nome é Ankita", ela disse, virando a cabeça ao me fazer entrar. O cabelo comprido, alisado com química, tinha luzes louras, estava molhado e dava para sentir o cheiro forte do xampu. Usava solitários nas orelhas e um suéter de lã branca e felpuda. Os bolsos de trás da calça jeans justa — minha filha me disse que se chama "jegging" — se esticavam sobre o traseiro generoso, bordados com coloridos dragões chineses de língua bífida. Minha mãe teria aprovado, senão as roupas, com toda certeza as formas roliças. *Dekhte besh Rolypoly*, ela teria dito. Minha pobre mãe, que passou toda a vida de casada em Delhi, sonhando com sua infância em Calcutá.

A expressão se instalou como um zumbido incômodo em minha cabeça. Rolypolyrolypolyrolypoly.

Três das quatro paredes da sala estavam pintadas de rosa melancia. Toda a mobília, inclusive a mesa de jantar, era uma espécie de verde-melancia pintalgado — *patinado* acho que é a palavra. A porta e os caixilhos das janelas eram pretos (cor das sementes, talvez). Comecei a lamentar ter lhes dado liberdade com a decoração. Ankita e eu nos sentamos frente a frente, separados pelo tamanho do sofá (meu velho sofá, com estofamento novo). A certa altura, tivemos de abraçar os joelhos e erguer os pés do chão para a empregada passar embaixo de nós, mexendo as ancas como um patinho, esfregando o chão com algo que tinha um cheiro penetrante, como citronela. Seria difícil demais Rolypoly deixar aquele pedaço do piso para ser encerado um pouquinho mais tarde? Quando o nosso povo vai aprender um mínimo de etiqueta básica?

A empregada era evidentemente uma gond ou santhal de Jharkhand ou Chhattisgarh, ou talvez de uma das tribos aborígenes de Orissa. Parecia uma criança de talvez catorze ou quinze anos. De onde estava sentado, eu podia ver por dentro de sua kurta até onde um pequeno crucifixo se aninhava entre os seios pequeninos. Meu pai, que sentia uma hostilidade instintiva contra missionários cristãos e seu rebanho, a teria chamado de Aleluia. Apesar de toda sofisticação, demonstrava mais que um mero traço de impropriedade.

Entronizada em sua melancia gigantesca, radiante a olhar para mim debaixo do halo de cabelo tingido, Rolypoly fez um relato sussurrado e incoerente do que acontecera no andar de cima. "Eu acho assim que ela não é uma pessoa normal", disse, mais de uma vez. Para ser justo, ela talvez fosse coerente, e eu hostil à ideia de ficar ouvindo. Ela disse alguma coisa sobre um bebê e a polícia ("Eu fiquei pasmada quando a polícia bateu na porta") e atrair má fama para a casa e para todo o bairro. Soava tudo um pouco maldoso e exagerado. Agradeci e saí com um presente que ela enfiou em minhas mãos: um DVD do último documentário de seu marido sobre o lago Dal, na Caxemira, feito para o Departamento de Turismo.

Uma ou duas horas depois, cá estou. Tive de mandar chamar o chaveiro do mercado para fazer uma chave para mim. Em outras palavras, tive de invadir. Minha inquilina do segundo andar parecia ter ido embora. "Ido embora", a dar crédito a Rolypoly, ficava mais perto de um eufemismo. Mas "inquilina" também era um eufemismo. Não, não éramos amantes. Em nenhum momento ela me deu sequer um indício de que estaria aberta para um relacionamento desse tipo. Se tivesse, eu não sei bem dizer como teriam corrido as coisas. Porque toda a minha vida, desde que a conheci, tantos anos atrás, quando ainda estávamos na faculdade, construí a mim mesmo em torno dela. Não em torno *dela*, talvez, mas em torno da lembrança de meu amor por ela. Ela não sabe disso. Ninguém sabe, a não ser, talvez, Naga, Musa e eu, o homem que a amou.

Uso livremente a palavra *amor* só porque meu vocabulário não está à altura da tarefa de descrever a natureza exata desse labirinto, essa floresta de sentimentos que nos ligava, os três, a ela, e, por fim, uns aos outros.

A primeira vez que a vi foi há quase trinta anos, em 1984 (quem em Delhi consegue esquecer 1984?), no ensaio de uma peça de teatro da faculdade em que eu atuava, chamada *Norman, é você?*. Infelizmente, depois de ensaiar dois meses, nunca apresentamos a peça. Uma semana antes da estreia, a sra. G — Indira Gandhi — foi assassinada por seus guarda-costas siques.

Durante alguns dias depois do assassinato, bandos liderados por seus apoiadores e acólitos mataram milhares de siques em Delhi. Residências, lojas, pontos de táxi com motoristas siques, localidades inteiras onde viviam siques foram incendiadas. Plumas de fumaça negra subiram ao céu em incêndios por toda a cidade. De meu lugar à janela de um ônibus, num dia claro e bonito, vi uma multidão linchar um velho cavalheiro sique. Arrancaram seu turbante, puxaram sua barba e, ao estilo da África do Sul, puseram-lhe como colar um pneu em chamas enquanto as pessoas em torno uivavam incentivos. Corri para casa e fiquei à espera do choque pelo que tinha visto cair sobre mim. Estranhamente, não caiu nunca. O único choque que senti foi o de minha própria equanimidade. Desagradava-me a estupidez, a inutilidade daquilo tudo, mas por algum motivo eu não estava chocado. Foi como se a Aparição, de cuja presença nós na Índia estamos constante e agudamente conscientes, tivesse de repente emergido, rosnando, das profundezas e se comportado exatamente como esperávamos que se comportasse. Uma vez saciado seu apetite, voltou a seu antro subterrâneo, e a normalidade se fechou sobre ela. Assassinos enlouquecidos recolheram as garras, voltaram a suas atividades diárias — como funcionários, alfaiates, encanadores, carpinteiros, balconistas —, e a vida continuou como antes. Normalidade, em nosso lado do mundo, parece um pouco um ovo cozido; a superfície sem graça esconde no cerne uma gema de notória violência. É a nossa constante ansiedade sobre essa violência, nossa lembrança de seus passados labores e nosso horror de suas futuras manifestações, que estabelecem as regras de como pessoas tão complexas e diversas como nós continuem a coexistir — continuem a viver juntas, a tolerar umas às outras e, de quando em quando, matar umas às outras. Contanto que o centro resista, contanto que a gema não escorra, estamos bem. Em momentos de crise, ajuda muito um olhar mais amplo. Decidimos protelar por um mês a estreia da peça, na esperança de que as coisas assentassem. Mas, no começo de dezembro, a tragédia se abateu de novo, dessa vez ainda pior. Na fábrica de fertilizantes Union Carbide, em Bhopal, houve um vazamento de gás que matou milhares de pessoas. Os jornais estavam cheios de relatos de pessoas tentando fugir da nuvem venenosa que as perseguia, os olhos e pulmões em fogo. Havia algo quase bíblico na natureza e escala do horror. Revistas de notícias publicaram fotografias dos mortos, dos doentes, dos moribundos, dos mutilados e cegos permanentemente, os olhos sem vida voltados de forma lúgubre para as câmeras. Por fim, decidimos que os deuses não estavam conosco e que apresentar *Norman* seria inadequado para o momento, de forma que a coisa toda foi engavetada. Perdoe se faço esta observação um tanto prosaica — talvez minha vida seja assim, ou acabe sendo quase todo o tempo: um ensaio para uma apresentação que acaba nunca se materializando. No caso de *Norman*, porém, não precisávamos de uma apresentação final para mudar o curso de nossas vidas. Os ensaios foram mais que suficientes.

David Quartermaine, o diretor da peça, era um jovem inglês que mudara de Leeds para Delhi. Era esguio, atlético e, se me permite dizer, um homem devastadoramente bonito. O cabelo loiro até os ombros, os olhos de um azul irreal de safira, como os de Peter O'Toole. Estava chapado quase o tempo todo e era assumidamente homossexual, embora nunca conversasse sobre isso.

Uma parada de adolescentes morenos — a rotatividade era grande — passava por seus cômodos forrados de livros na Colônia Defence. Eles se esticavam na cama dele ou se acomodavam em sua cadeira de balanço folheando revistas que evidentemente não conseguiam ler (ele tinha uma clara predileção por proletários). Nunca tínhamos visto nada nem de longe parecido com aquilo. No dia em que nós nos reunimos em seu apartamento de dois cômodos para a primeira leitura da peça, a empregada silenciosa e eficiente havia eficientemente dado à luz o terceiro filho no banheiro dele. Vivíamos assombrados com David Quartermaine, com sua audaciosa sexualidade, sua coleção de livros, sua instabilidade, seus resmungos e súbitos silêncios enigmáticos, que acreditávamos ser os pré-requisitos característicos do verdadeiro artista. Alguns de nós tentaram imitar esse comportamento em nossas horas de lazer, imaginando estar nos preparando para uma vida no teatro. Meu colega de classe Naga, Nagaraj Hariharan, ficou com o papel de Norman. Eu ia fazer seu amante, Garson Hobart. (Nos primeiros ensaios nós exageramos um bocado. Acho que, à nossa maneira jovem e idiota, estávamos tentando mostrar que na verdade não éramos homossexuais.) Estávamos ambos terminando nosso mestrado em história na universidade de Delhi. Como consequência dos pais dele e dos meus serem amigos (o pai dele era das Relações Exteriores, o meu cirurgião cardíaco), Naga e eu tínhamos feito juntos a escola e agora a universidade. Como a maior parte dos filhos desse tipo, nunca fomos amigos próximos. Não desgostávamos um do outro, mas nosso relacionamento sempre fora mais para adversários.

Tilo era estudante do terceiro ano de Arquitetura e estava trabalhando no cenário e na iluminação. Ela se apresentou como Tilottama. No momento em que a vi, uma parte de mim saiu do meu corpo e se enrolou em torno dela. E continua lá.

Queria entender o que havia nela que me desarmava tão

completamente e fazia com que me comportasse como algo que não sou — solícito, um pouco esforçado demais em agradar. Ela não parecia com nenhuma das garotas pálidas e bem-arrumadas que eu conhecia na faculdade. Sua pele era o que os franceses chamariam de *café au lait* (com muito pouco *lait*), o que, para a maioria dos indianos, de imediato a desqualificava para ser considerada bonita. É difícil para mim descrever alguém que ficou gravada em mim, em minha alma, como um carimbo ou algum tipo de selo durante tantos anos. Eu a vejo como vejo um membro de mim mesmo — uma mão, ou um pé. Mas permita que eu tente, mesmo que só em pinceladas gerais. Seu rosto era pequeno, de ossos bonitos, nariz reto com narinas vibrantes, dilatadas. O cabelo comprido, farto, não era nem liso, nem ondulado, mas embaraçado, descuidado. Posso imaginar passarinhos aninhados nele. Podia muito bem servir para a parte Antes de um comercial de xampu Antes-e-Depois. Ela o usava solto numa trança nas costas e às vezes enrolado num nó descuidado na nuca do pescoço longo, preso por um lápis amarelo. Não usava maquiagem e não fazia nada para melhorar seu aspecto — nada daquelas coisas deliciosas que as garotas fazem com o cabelo, os olhos, a boca. Não era alta, mas era esguia, tinha um jeito de parar com o peso nos calcanhares e os ombros retos que era quase masculino, sem chegar a ser. Quando nos conhecemos, estava usando um pijama branco de algodão e uma camisa masculina horrenda — o horrendo um tanto deliberado —, grande demais, que parecia não pertencer a ela. (Eu estava errado: semanas depois, quando nos conhecemos melhor, ela nos contou que era dela mesma. Que tinha comprado no mercado de roupas de segunda mão da Jama Masjid por uma rupia. Naga — como era típico dele — disse a ela que sabia por fontes confiáveis que as roupas vendidas lá eram tiradas de corpos de gente morta em acidentes de trem. Ela disse que não se importava, contanto que não tivessem manchas de sangue.) A única joia que usava era um anel largo de prata, num dedo médio longo, manchado de tinta, e um anel de prata num dos dedos do pé. Fumava bidis Ganesh que guardava num maço escarlate de cigarros Dunhill. Registrava claramente a decepção na cara daqueles que tentavam filar dela o que achavam ser um cigarro de filtro importado e acabavam com um bidi que ficavam envergonhados demais para não fumar, principalmente quando ela já se oferecia para acender. Vi isso acontecer uma porção de vezes, mas a expressão dela permanecia impassível — nunca um sorriso ou a troca de um olhar divertido com um amigo, de forma que eu nunca soube se estava fazendo uma brincadeira ou se era apenas seu jeito de lidar com as coisas. A total ausência de um desejo de agradar, ou deixar o outro à vontade, podia parecer arrogância numa pessoa menos vulnerável. Nela, parecia uma espécie de despreocupada solidão. Por trás dos óculos simples, sem estilo, os olhos de gata ligeiramente amendoados tinham a reserva despreocupada de um piromaníaco. Ela dava a impressão de ter escapado da coleira de alguma forma. Como se estivesse levando a si mesma para passear enquanto nós outros éramos levados — como bichos de estimação. Como se estivesse observando com consideração, um tanto distraída, de longe, enquanto seguíamos, agradecidos a nossos donos, contentes por perpetuar nossa servidão.

Tentei saber mais a seu respeito, mas ela revelava muito pouco. Quando perguntei seu sobrenome, disse que seu nome era S. Tilottama. Perguntei o que era o S, e ela disse: "S é S". Evitava minhas perguntas indiretas sobre onde morava, o que seu pai fazia. Não falava muito hindi na época. Então adivinhei que era do sul da Índia. Seu inglês era curiosamente sem sotaque, a não ser pelo Z que às vezes ficava macio como um S, por exemplo, trocando *Sip* [bebericar] por *Zip* [sibilar]. Adivinhei que era de Kerala.

Enfim, eu estava certo. Quanto ao resto — descobri que ela não pretendia ser evasiva; de fato não tinha respostas para aquelas perguntas comuns de universitários: de onde você é? O que seu pai faz? Etc. e tal. Por fiapos de conversa esparsos, concluí que sua mãe era uma mulher solteira cujo marido a deixara, ou ela o havia deixado, ou ele tinha morrido — era tudo um pouco misterioso. Ninguém parecia capaz de *localizá-la*. Corriam boatos de que era filha adotiva. E de que não era. Depois, fiquei sabendo — por um terceiranista, um sujeito chamado Mammen P. Mammen, um fofoqueiro da cidade natal de Tilo — que ambos os boatos eram verdadeiros. A mãe era, sim, a mãe dela, mas a tinha abandonado primeiro e depois adotado. Acontecera um escândalo, um caso amoroso numa cidade pequena. O homem, que era da casta dos "intocáveis" (um "pária", Mammen P. Mammen sussurrou, como se apenas dizer aquilo em voz alta pudesse contaminá-lo), havia sido afastado da maneira como as famílias de alta casta na Índia — neste caso cristãos sírios de Kerala — tradicionalmente afastavam inconveniências desse tipo. A mãe de Tilo foi mandada para longe até a bebê nascer e ser colocada em um orfanato cristão. Poucos meses depois, ela voltou ao orfanato e adotou a própria filha. A família a deserdou. Ela continuou solteira. Para se sustentar, começou um pequeno jardim da infância que, ao longo dos anos, cresceu até ser uma bem-sucedida escola secundária. Nunca admitiu publicamente ser a mãe verdadeira, o que é compreensível. Isso foi tudo o que descobri.

Tilottama nunca ia para casa nas férias. Nunca dizia por quê. Ninguém vinha procurá-la. Ela pagava as mensalidades trabalhando em escritórios de arquitetura como desenhista depois das aulas da faculdade e em fins de semana e feriados. Não morava no alojamento — dizia que não podia pagar. Em vez disso, morava num barraco numa favela próxima que beirava os muros externos de uma velha ruína. Nenhum de nós era convidado a visitá-la.

Durante os ensaios de *Norman*, ela chamava Naga de Naga, mas eu, por alguma razão, só chamava de Garson Hobart. Então lá estávamos nós, Naga e eu, estudantes de história, cortejando uma moça que parecia não ter passado, nem família, nem comunidade, nem povo, nem mesmo um lar. Na verdade, Naga não a estava cortejando. Naquela época, ele estava mais hipnotizado por si mesmo que por qualquer outra pessoa. Reparou em Tilo e acionou seu (considerável) charme, como se aciona o farol de um carro, só porque ela não lhe dava atenção. Naga não estava acostumado com isso.

Eu nunca tive bem certeza de qual era, de verdade, a relação entre Musa — Musa Yeswi — e Tilo. Eles eram calados um com o outro quando em grupo, nunca demonstravam nada. Às vezes, pareciam mais irmãos que amantes. Eram colegas na Faculdade de Arquitetura. Ambos artistas excepcionalmente talentosos. Eu tinha visto alguns trabalhos dos dois, os retratos a carvão e creiom de Tilo, as aquarelas de Musa de ruínas das cidades velhas de Delhi, Tughlakabad, Feroz Shah Kotla e Purana Qila, e seus desenhos a lápis de cavalos — às vezes apenas partes de cavalos —, uma cabeça, um olho, uma crina em movimento, cascos a galope. Uma vez perguntei a eles sobre esses desenhos, se os fizera a partir de fotografias ou se copiara de ilustrações de livros, ou se tinha cavalos em sua casa na Caxemira. Ele disse que sonhava com eles. Achei aquilo inquietante. Não conheço muito de arte, mas, para meu olhar de leigo, aqueles desenhos, tanto os dele como os de Tilo, pareciam especiais e fantásticos. Lembro que a caligrafia dos dois era semelhante — aquela caligrafia solta e angulosa que costumavam ensinar nas escolas de arquitetura antes que tudo passasse a ser computadorizado.

Não posso dizer que conhecia Musa muito bem. Ele era um rapaz calado, com roupas conservadoras, de constituição compacta e apenas da mesma estatura que Tilo. Suas reticências talvez se devessem ao fato de não ter inglês fluente e se expressar no idioma com um sotaque nitidamente caxemíri. Tinha um jeito de estar em grupo sem chamar nenhuma atenção para si mesmo, o que era uma habilidade, porque tinha uma aparência notável, como muitos jovens da Caxemira. Embora não fosse alto, tinha os ombros largos e um vigor oculto em seu físico compacto. O cabelo preto como azeviche ele usava muito curto. Os olhos eram escuros, marrom-esverdeados. Barba raspada, a pele clara e lisa em forte contraste com a compleição de Tilo. Lembro-me claramente de duas coisas a respeito dele: um dente da frente lascado (o que fazia com que parecesse ridiculamente jovem quando ria, o que era raro) e suas mãos surpreendentes — não eram de forma alguma mãos de artista —, que eram mãos de camponês, grandes e fortes, com dedos curtos.

Havia em Musa uma suavidade, uma serenidade, de que eu gostava, embora tenham sido talvez essas mesmas qualidades que se amalgamaram mais tarde em algo terrível. Tenho certeza de que sabia o que eu sentia por Tilo, mas não dava nenhum sinal de se sentir nem ameaçado, nem triunfante. A meus olhos, isso lhe conferia uma tremenda dignidade. Na relação dele com Naga, acho que havia menos equanimidade, o que muito provavelmente se devia mais a Naga que a Musa. Naga demonstrava uma peculiar insegurança e deselegância quando estava ao lado de Musa.

O contraste entre os dois era notável. Se Musa era (ou ao menos dava a impressão de ser) sólido, confiável, uma rocha — Naga era alegre e ativo. Era impossível relaxar ao seu lado. Ele não conseguia entrar num recinto sem atrair a atenção de todos para si. Era um grande showman; ruidoso, brilhante, um tanto agressivo e absoluta e hilariantemente impiedoso com as pessoas que escolhia ridicularizar em público. Era bonito, magro, juvenil, bom jogador de críquete (*off-spinner*), com cabelo escorrido e óculos — o perfeito esportista seguro e intelectual. Porém, mais que por sua aparência, era seu apelo provocante que as meninas adoravam. Juntavam-se em torno dele entontecidas, se agarrando a cada palavra, rindo de piadas mesmo quando não eram engraçadas. Era difícil acompanhar a sua série de namoradas. Ele tinha a qualidade camaleônica dos bons atores — a habilidade de alterar a aparência física, não superficialmente, mas de forma radical, a depender de quem decidira ser naquele momento específico da vida. Quando éramos jovens, era tudo muito divertido e excitante. Todo mundo esperava para ver qual seria o próximo avatar de Naga. Mas, quando ficamos mais velhos, isso ficou um pouco vazio e cansativo.

Depois que se formaram na Faculdade de Arquitetura, Musa e Tilo aparentemente se afastaram. Ele voltou para a Caxemira. Ela conseguiu um emprego de desenhista em uma firma de arquitetura. Conforme me contou, sua maior responsabilidade no trabalho era levar a culpa pelos erros dos outros. Com seu magro salário (era paga por hora), ela melhorou de condição, deixou a favela e alugou um quarto caindo aos pedaços perto do dargah de Hazrat Nizamuddin Auliya. Eu a visitei aí algumas vezes.

Na última dessas visitas, nos sentamos ao lado do túmulo de Mirza Ghalib, numa poça de bidis e pontas de cigarro, cercados pelos espetaculares aleijados, leprosos, vagabundos e aberrações que sempre se acumulam em torno de lugares sagrados na Índia, e bebemos um chá grosso, terrível.

"É assim que tratamos a memória de nosso maior poeta", me lembro de ter dito, um tanto pretensioso — na época eu não conhecia nada da poesia de Ghalib. (Conheço agora. Tenho de conhecer. Por razões profissionais. Porque nada aquece mais o coração muçulmano subcontinental do que alguns versos bem escolhidos de poesia urdu.)

"Talvez ele fique mais feliz assim", ela disse.

Depois, caminhamos pelas alamedas ladeadas de mendigos até o dargah para a qawwali da noite de quinta-feira. Não era a melhor qawwali que eu tivesse ouvido, mas os turistas estrangeiros fechavam os olhos e balançavam o corpo em êxtase. Depois de cantarem a última canção e os músicos embalarem seus surrados instrumentos, seguimos pela rua escura que vai na direção da colônia, ao longo das margens de um escoadouro de água da chuva que tinha cheiro de esgoto, e subimos a escada íngreme e estreita até o quarto dela. Seu terraço empoeirado tinha pilhas de mobília descartada — talvez do senhorio —, a madeira alvejada pelo sol. Um gato ruivo uivava em desespero sexual pela fêmea que tinha se barricado dentro de um ninho de palha solta que se desmanchara no assento de uma cadeira quebrada. É provável que me lembre dele tão bem porque me lembrou de mim mesmo.

O cômodo era minúsculo, mais uma despensa que um quarto. Vazio, a não ser por uma cama de corda, uma *matka* de barro para água e uma caixa de papelão com roupas e alguns livros. Um aquecedor elétrico em cima de um velho para-brisa de jipe apoiado em tijolos funcionava como fogão. Um hábil desenho a creiom maior que o tamanho natural de um galo iridescente, roxo-azulado, dominava toda uma parede e nos olhava com seu severo olho amarelo. Era como se, na falta de galos de verdade, Tilo tivesse conjurado um pai de grafite para ficar de olho nela.

Fiquei aliviado de me livrar do olhar irascível do galo quando subimos para o terraço. Fumamos um pouco de haxixe, fomos picados por mosquitos e demos muita risada por absolutamente nada. Tilo, sentada de pernas cruzadas no muro do parapeito, contemplava a escuridão. Nasceu uma lua manchada, sua beleza do outro mundo em contraste com as emanações fortes, muito mundanas do bueiro aberto do outro lado da rua. De repente, uma pedra foi atirada da rua em nós, passando a um milímetro de Tilo. Ela saltou do muro, mas não pareceu muito incomodada.

"É a turma do cinema. A última sessão deve ter terminado."

Olhei para baixo. Dava para ouvir a risadinha, mas não vi ninguém nas sombras. Tenho de admitir que fiquei um pouco apreensivo. Perguntei — era um pergunta idiota — que precauções tomava para manter sua segurança. Ela respondeu que não desmentia o boato de que trabalhava para um conhecido traficante de drogas da vizinhança. Assim, disse ela, as pessoas achavam que tinha proteção.

Resolvi ousar e perguntei de Musa, onde ele estava, se os dois ainda estavam juntos, se planejavam se casar. Ela disse: "Não vou casar com ninguém". Quando perguntei por que pensava assim, ela disse que queria ter a liberdade de morrer de forma irresponsável, sem aviso e sem razão.

Em casa, nessa noite, adormeci pensando no abismo que separava minha vida da dela. Eu ainda morava na casa onde nascera. Meus pais dormiam no quarto ao lado. Eu ouvia o rumor familiar de nossa ruidosa geladeira. Todos os objetos — os tapetes, os armários, as poltronas da sala, as pinturas de Jamini Roy, as primeiras edições dos livros de Tagore em bengali assim como em inglês, a coleção de livros sobre montanhismo de meu pai (era um hobby, ele não escalava), os álbuns de fotos de família, os baús onde ficavam guardadas nossas roupas de inverno, a cama onde eu dormia desde menino — eram como sentinelas que velavam por mim havia anos. Verdade que minha vida adulta ainda estava por começar, mas os fundamentos sobre os quais seria construída pareciam tão imutáveis, tão inexpugnáveis. Tilo, por outro lado, era como um barco de papel num mar agitado. Absolutamente sozinha. Mesmo os pobres de nosso país, brutalizados como eram, tinham famílias. Como ela iria sobreviver? Quanto tempo restaria até seu barco afundar?

Quando entrei para o Departamento e parti para o treinamento, perdi contato com ela.

Só voltei a vê-la em seu casamento.

Não sei o que a reaproximou de Musa tantos anos depois, ou como ela foi parar no barco-casa com ele em Srinagar.

Diante do que eu sabia dele, jamais entendi como aquela tempestade de surda e desorientada vaidade — a noção absurda de que a Caxemira devia ter "liberdade" — o arrebatou, como arrebatara toda uma geração de rapazes caxemíris. É verdade que ele sofreu o tipo de tragédia que ninguém deveria sofrer — mas a Caxemira era uma zona de guerra na época. Posso pôr a mão no coração e jurar que, fosse qual fosse a provocação, jamais pensaria em fazer o que ele fez.

Mas ele não era eu, e eu não era ele. Ele fez o que fez. E pagou o preço. Colhemos o que plantamos.

Semanas depois da morte de Musa, Tilo se casou com Naga.

Quanto a mim, o menos notável de nós todos — eu a amava sem orgulho. E sem esperança. Sem esperança, porque sabia que mesmo que, por alguma remota possibilidade ela correspondesse meus sentimentos, meus pais, meus pais brâmanes, jamais aceitariam na família uma moça sem passado, sem casta. Se eu insistisse, significaria uma revolução do tipo que simplesmente não tinha vontade de enfrentar. Mesmo nas vidas menos movimentadas, somos convocados a escolher nossas batalhas, e essa não era a minha.

Agora, tantos anos depois, meus pais estão ambos mortos. E eu sou o que se conhece como "homem de família". Minha esposa e eu nos toleramos e adoramos nossos filhos. Chitra — Chittarupa —, minha esposa (sim, minha esposa brâmane), é do Corpo Diplomático com posto em Praga. Nossas filhas, Rabia e Ania, têm dezessete e quinze anos. Ficam com a mãe e frequentam a escola francesa. Rabia quer estudar literatura inglesa, e a jovem Ania está determinada a seguir carreira na legislação de direitos humanos. É uma escolha pouco ortodoxa, e sua determinação, sua recusa em sequer considerar outras opções, é um pouco estranha, principalmente para alguém tão jovem. De início, fiquei um pouco incomodado com isso. Me perguntei se seria a maneira dela de elaborar uma sutil versão de rebeldia adolescente contra o pai. Mas não parece de forma nenhuma ser esse o caso. Ao longo dos últimos dez anos ou quase, o campo de direitos humanos se tornou uma profissão perfeitamente respeitável e até lucrativa. Não deixei de encorajá-la. De qualquer forma, a decisão final ainda está alguns anos à frente. Vamos ver o que acontece. As duas meninas são boas alunas. Chitra e eu temos a promessa de em breve ocuparmos um posto conjunto — esperamos que seja no país em que as meninas vão para a universidade.

Nunca imaginei que fosse um dia fazer qualquer coisa que perturbasse ou prejudicasse de alguma forma a minha família. Mas, quando Tilo voltou a entrar em minha vida, esses laços legais, esses altos princípios morais atrofiaram e pareceram até mesmo um pouco absurdos. Afinal, minha ansiedade era irrelevante — ela nem parecia notar meu dilema ou desconforto.

Alugar esse apartamento para ela em um momento de necessidade, eu disse a mim mesmo, era compensar meus deslizes de um jeito discreto, reservado. Digo "deslize" porque sempre senti que falhei com ela de uma forma nebulosa, embora fundamental. Ela não parecia pensar assim de maneira alguma — porém não era mesmo esse tipo de pessoa.

Depois que ela se casou com Naga, só a vi esporadicamente. O casamento deles em Delhi permanece gravado a fogo em minha memória, e não por causa do que pode parecer a razão óbvia — coração partido ou amor frustrado. Isso, de fato, era o que menos importava. Eu estava razoavelmente feliz na época. Meu casamento tinha menos de dois anos; ainda havia algo semelhante a afeto real entre mim e minha esposa, senão amor. A tola fragilidade que marca meu relacionamento com Chitra ainda não havia se instalado.

Quando Tilo e ele se casaram, Naga já tinha feito as muitas transições do estudante irreverente e iconoclasta que era para um intelectual impossível de se empregar da esquerda radical, depois apaixonado defensor da causa palestina (seu herói na época era George Habash) e depois jornalista da grande mídia. Como tantos extremistas ruidosos, passou por todo um espectro de opiniões políticas extremas. O que permaneceu constante foi apenas o nível de decibéis. Agora Naga tem uma função — embora ele possa não pensar exatamente assim — no Departamento de Inteligência. Com uma posição importante em seu jornal, é um recurso valioso para nós.

Sua jornada pelo lado sombrio, se é assim que você chama — eu não chamo assim —, começou com os quiproquós de sempre. O negócio dele era Punjab. A insurgência tinha sido mais ou menos dominada na época. Mas Naga passava o tempo todo desencavando velhas histórias, fornecendo munição para aquelas paródias farsescas chamadas "tribunais do povo", depois

184

das quais inventaram uma coisa ainda mais farsesca de "ficha criminal popular" contra a polícia e os paramilitares. Uma administração que está em guerra contra uma implacável insurgência não pode ser conduzida com os mesmos padrões de uma que funcione em condições normais, pacíficas. Mas quem consegue explicar isso a um jornalista sectário que escrevia sua matéria com o som de aplausos a ressoar permanentemente nos ouvidos? Em uma de suas férias desse tipo de radicalismo performático, Naga foi a Goa e, de um jeito típico de Naga, se apaixonou loucamente e casou por impulso com uma jovem hippie australiana. Lindy, acho que se chamava. Um ano depois do casamento, Lindy foi presa em Goa por tráfico de heroína. Ela enfrentava a perspectiva de vários anos na prisão. Naga ficou fora de si. O pai dele era um homem influente e podia facilmente ter ajudado, mas Naga — fruto tardio na vida do pai — sempre tivera uma relação conturbada com ele e não queria que ficasse sabendo. Então me procurou, e eu mexi meus pauzinhos. O Diretor-Geral da Polícia de Punjab falou com sua contrapartida em Goa. Tiramos Lindy da prisão e as acusações foram suspensas. Assim que foi solta, Lindy pegou o primeiro avião para casa em Perth. Poucos meses depois, Naga e ela estavam formalmente divorciados. Naga continuou seu trabalho em Punjab, nem é preciso dizer, como um homem consideravelmente derrotado.

Quando precisávamos de apoio jornalístico para alguma questão pequena, um caso em que os ativistas de direitos humanos estivessem fazendo muito barulho, embora, como sempre, muitos dos fatos apresentados por eles não estivessem corretos, chamávamos Naga. Ele ajudava. E assim foi. Nasceu uma colaboração.

Aos poucos, Naga começou a gostar da vantagem que tinha sobre os colegas devido aos briefings que recebia de nós. Era uma grande ironia — um outro tipo de tráfico de drogas. Dessa vez, nós éramos os traficantes. Ele, o nosso viciado. Dentro de poucos anos passou a ser uma estrela da reportagem, um comentarista sobre segurança muito procurado no firmamento da mídia. Quando seu relacionamento com o Departamento prometia se tornar mais que uma associação temporária — um casamento, não apenas um encontro de uma noite —, achei prudente me afastar. Um colega meu, R. C. Sharma — Ram Chandra Sharma —, assumiu. R. C. e ele se deram muito bem. Tinham o mesmo senso de humor cruel e amavam rock'n'roll e blues. A única coisa que direi a favor de Naga é que nunca nem uma rupia passou por suas mãos. A esse respeito ele foi — e continua sendo — absolutamente honesto. Uma vez que sua ideia de integridade profissional exige que viva segundo seus princípios para continuar uma pessoa íntegra, ele mudou seus princípios e agora acredita em nós quase mais do que nós mesmos. Que ironia para um estudante cuja brincadeira favorita era me chamar de "Lacaio do Imperialismo" numa idade em que a maioria de nós ainda lia os quadrinhos de *Archie*.

Não tenho bem certeza de onde nem com quem Naga aprendeu a fogosa linguagem da esquerda. Talvez com um parente comunista. Fosse quem fosse, ele — ou ela — foi bom professor, e Naga manejava o que aprendera espetacularmente. Isso o levou de conquista a conquista. Uma vez fui escalado contra ele num debate escolar. Devíamos ter treze ou catorze anos. O tema era "Deus existe?". Eu tinha de falar a favor, Naga contra. Eu falei primeiro. Então Naga fez um discurso inflamado, o corpo magro de adolescente tenso como um chicote, a voz trêmula de indignação. Nossos colegas hipnotizados faziam diligentes anotações de sua ostensiva blasfêmia: "A falsidade de nossos trezentos e trinta milhões de ídolos mudos, as divindades egoístas que chamamos de Rama e Krishna não nos salvarão da fome, da doença, da pobreza. Nossa tola fé em macacos e aparições com

cabeça de elefante não vai alimentar nossas massas famintas…".
Eu não tive a menor chance. O discurso de Naga fez o meu
parecer escrito por uma tia velha e carola. Estranhamente, embora tenha uma lembrança clara e firme de minha sensação de
absoluta inadequação, não me lembro do que falei de fato.
Durante meses depois disso, eu declamava o sacrilégio de Naga
em segredo para mim mesmo no espelho: "Nossa tola fé em
macacos e aparições com cabeça de elefante não vai alimentar
nossas massas famintas…", meus perdigotos pousando em meu
próprio reflexo como chuva.

Outra performance marcante de Naga veio alguns anos
depois, numa reunião cultural anual da faculdade. Recém-che-
gado de uma viagem de verão a Bastar com dois amigos, onde
tinham acampado na floresta e atravessado aldeias povoadas por
tribos primitivas, Naga subiu ao palco, de cabelo comprido, descalço, despido, usando apenas uma tanga, com um arco e uma
aljava de flechas pendurada dos ombros. Fez uma grande
demonstração mastigando o que disse serem cupins com torrada,
arrancando expressões sufocadas de clara repulsa das moças da
plateia, a maioria das quais queria casar com ele. Depois de engo-
lir o último bocado de torrada, foi até o microfone e cantou *Sym-
pathy for the Devil*, dos Stones, vocalizando o coro de fundo,
simulando o dedilhar de uma guitarra imaginária. Era um bom
cantor, talvez excelente, até, mas achei aquilo de mau gosto e
achei que demonstrava um profundo desrespeito por nossos
povos nativos, assim como por Mick Jagger, que, àquela altura
da minha vida, eu considerava Deus. (Queria ter pensado nisso
no meu discurso pró-Deus na escola.) Assumi o encargo de dizer
isso a ele. Naga riu e garantiu que sua performance era um tributo a ambos.

Hoje, quando a maré cor de açafrão do Nacionalismo Hindu se ergue em nosso país como a suástica um dia foi brandida

em outro, a "tola fé" do discurso escolar de Naga provavelmente lhe valeria uma expulsão, senão da parte das autoridades, certamente de algum tipo de campanha dos pais. De fato, no clima atual, seria uma sorte a mera expulsão. Pessoas são linchadas por bem menos. Nem mesmo meus colegas do Departamento parecem capazes de ver a diferença entre fé religiosa e patriotismo. Parecem querer uma espécie de Paquistão hindu. A maioria é conservadora, brâmanes enrustidos que usam seus fios sagrados por baixo das roupas safári e seus rabos de cavalo sagrados por dentro dos crânios vegetarianos. Eles me toleram apenas porque eu também sou um *renascido* (na verdade, a casta a que pertenço é baidya, mas nos consideramos brâmanes). Mesmo assim, sou reservado com minhas opiniões. Naga, por outro lado, bandeou para seu novo papel através de uma suave escorregada. A velha irreverência desapareceu sem deixar vestígio. Em seu atual avatar, ele usa blazer de tweed e fuma charutos. Não encontro com ele há anos, mas o vejo fazendo o papel de perito em Segurança Nacional naqueles animados programas de televisão — ele não parece nem se dar conta de que não é muito mais que um boneco de ventríloquo vivo. Às vezes me entristece vê-lo tão domado. Naga está sempre experimentando com a barba. Às vezes, exibe um cavanhaque francês, às vezes um bigode encerado à la Dali, às vezes uma afetada barba por fazer e às vezes o rosto barbeado. Parece não eleger um estilo. Esse é o calcanhar de aquiles de sua persona cheia de opinião. É assim que ele se revela. Ou pelo menos assim penso eu.

Infelizmente, ele agora começou a exagerar, e sua intemperança está se tornando um problema. Duas vezes em dois anos, o Departamento teve de intervir (discretamente, claro) com os proprietários do jornal dele, para acertar desentendimentos com seu editor e que terminaram em impulsivas demissões. Da última vez, nós demos um golpe. Fizemos com que fosse recontratado com aumento de salário.

Como se não bastasse termos estado juntos no jardim da infância, na escola e na universidade, além de desempenhado papéis de amantes homossexuais numa peça, durante os anos em que estive designado a Srinagar, como vice-diretor do Departamento, Naga era o correspondente da Caxemira para seu jornal. Não estava vivendo na Caxemira, mas passava lá quase todo o mês. Tinha um apartamento permanente no Ahdus Hotel, onde ficavam quase todos os jornalistas. Sua relação com o Departamento já estava solidificada à época, mas não era tão evidente como agora. Para nós, era muito melhor daquele jeito. Para os leitores dele — e talvez mesmo para ele próprio —, Naga era ainda o intrépido jornalista em quem se podia confiar para expor os chamados "crimes" do Estado Indiano.

Devia ser bem depois da meia-noite quando veio o telefonema na linha privada do governador na Casa de Hóspedes da Floresta no Parque Nacional Dachigam, a cerca de vinte quilômetros de Srinagar. Eu estava lá como parte da comitiva de Sua Excelência. (Estávamos bem no meio dos Distúrbios na época. O governo civil tinha sido desfeito; era 1996, sexto ano contínuo da Norma Governamental no Estado.)

Sua Excelência, um ex-chefe do Exército Indiano, gostava de se afastar da sangria da cidade sempre que podia. Passava os fins de semana em Dachigam, passeando ao longo de um riacho murmurante de montanha com a família e os amigos, enquanto as crianças do grupo, cada uma à sombra de um segurança todo tenso e fortemente armado, eliminavam militantes imaginários (que gritavam *Allah-hu-Akbar!* ao morrer) e perseguiam marmotas de rabo comprido até suas tocas. Geralmente almoçavam em

piquenique, mas o jantar era sempre na casa de hóspedes —
arroz e curry de truta do pesqueiro próximo. Os tanques da incubadora tinham tantos peixes que dava para mergulhar a mão — se
você aguentasse a temperatura quase congelante — e pegar sua
própria truta arco-íris a se debater.

Era outono. A floresta estava linda de morrer, do jeito que
só as florestas himalaias conseguem ser. As árvores de salsaparri-
lha tinham começado a colorir. Os bosques estavam de um ouro
acobreado. Com sorte, dava para ver um urso negro, um leopardo
ou o famoso cervo de Dachigam, o hangul. (Naga costumava
chamar um dos seus famosos ex-ministro-chefe concupiscente de
"well-hung ghoul".* Era um trocadilho inteligente, tenho de
admitir, embora, claro, a maioria das pessoas não entendesse.)
Eu tinha me tornado um observador de pássaros — paixão que
ainda está em mim — e era capaz de distinguir um grifo-do-
-himalaia de um abutre-barbudo e de identificar um *Garrulax
lineatus*, o dom-fafe laranja, o pássaro canoro de Tytler do papa-
-moscas da Caxemira, que estava ameaçado à época e com certeza deve estar extinto hoje. O problema de estar em Dachigam
era que exercia o efeito de abalar a determinação da pessoa.
Sublinhava a futilidade de tudo. Fazia a pessoa sentir que a Caxemira realmente pertencia àquelas criaturas. Que nenhum de nós
que brigávamos por ela — caxemíris, indianos, paquistaneses,
chineses (eles têm uma parte dela também; Aksai Chin costumava fazer parte do velho Reino de Jammu e Caxemira); ou mesmo
os pahadis, gujjares, dogras, pashtuns, shins, ladakhis, baltis,
gilgitis, purikis, wakhis, yashkuns, tibetanos, mongóis, tártaros,
mons, khowares —, nenhum de nós, nem santo nem soldado,
tinha o direito de pleitear para nós a beleza verdadeiramente

---

* Trocadilho intraduzível: hangul/ well-hung ghoul = demônio bem-dotado,
de pau grande. (N. T.)

celestial daquele lugar. Uma vez, fui levado a dizer isso, muito casualmente, a Imran, um jovem policial caxemíri que fizera um trabalho secreto exemplar para nós. A resposta dele foi: "É um grande pensamento, sir. Eu tenho o mesmo amor pelos animais que o senhor. Até nas minhas viagens na Índia sinto exatamente a mesma coisa — que a Índia pertence não aos punjabis, biharis, guzerates, madrasis, muçulmanos, siques, hindus, cristãos, mas àquelas belas criaturas: pavões, elefantes, tigres, ursos...". Ele era educado a ponto de ser obsequioso, mas eu sabia onde queria chegar. Era incrível; não se podia — ainda não se pode — confiar nem mesmo naqueles que pensamos estar do nosso lado. Nem mesmo na maldita *polícia*.

Já tinha nevado nas montanhas altas, mas as passagens da fronteira ainda estavam transitáveis, e pequenas delegações de combatentes — ingênuos jovens caxemíris e paquistaneses, afegãos assassinos, até alguns sudaneses — que pertenciam aos trinta e poucos grupos terroristas remanescentes (dos quase cem antes existentes) ainda faziam a perigosa jornada pela Linha de Controle, morrendo às dezenas pelo caminho. Morrendo. Talvez seja uma descrição inadequada. Como era a grande frase de *Apocalypse Now*? "Exterminar sumariamente." As instruções aos nossos soldados na Linha de Controle eram semelhantes em termos gerais.

O que mais podia ser? "Chame a mãe deles?"

Os militantes que conseguiam atravessar raramente sobreviviam ao vale por mais de dois, no máximo três anos. Se não eram capturados ou mortos pelas forças de segurança, chacinavam uns aos outros. Nós os conduzimos por esse rumo, embora eles não precisassem de ajuda — ainda não precisam. Mas os Crentes vinham com suas armas, seus rosários e seu próprio Manual de Autodestruição.

191

Ontem, um amigo paquistanês me mandou o seguinte — está rodando pelos celulares, então você talvez já tenha visto:

Numa ponte, eu vi um homem que ia pular.
Eu disse: "Não faça isso!".
Ele disse: "Ninguém me ama".
Eu disse: "Deus te ama. Você acredita em Deus?".
Ele disse: "Acredito".
Eu disse: "Você é muçulmano ou não muçulmano?".
Ele disse: "Muçulmano".
Eu disse: "Xiita ou sunita?".
Ele disse: "Sunita".
Eu disse: "Eu também! Deobandi ou barelvi?".
Ele disse: "Barelvi".
Eu disse: "Eu também! Tanzihi ou tafkiri?".
Ele disse: "Tanzihi".
Eu disse: "Eu também! Tanzihi azmati ou tanzihi farhati?".
Ele disse: "Tanzihi farhati".
Eu disse: "Eu também! Tanzihi farhati jamia ul Ulum ajmer ou tanzihi farhati jamia ul nur mewat?".
Ele disse: "Tanzihi farhati jamia ul nur mewat".
Eu disse: "Morra, kafir infiel!", e o empurrei da ponte.

Felizmente alguns ainda têm senso de humor.

A idiotice inata, essa ideia de jihad, infiltrou-se do Paquistão e do Afeganistão para a Caxemira. Agora, vinte e cinco anos depois, eu acho, para nossa vantagem, que temos oito ou nove versões do "Verdadeiro" islã lutando na Caxemira. Cada uma tem seus próprios estábulos de mulás e maulanas. Alguns dos mais radicais — os que pregam contra a ideia de nacionalismo e a favor da grande Ummah Islâmica — estão na verdade na minha folha de pagamento. Um deles foi recentemente explodido por uma bicicleta-bomba na frente de sua mesquita. Não será difícil substituí-lo. A única coisa que impede a Caxemira de se autodestruir como o Paquistão e o Afeganistão é a boa e velha pequena burguesia capitalista. Apesar de toda sua religiosidade, os caxemíris são grandes empresários. E todo empresário acaba, de um jeito ou de outro, apoiando o statu quo — ou o que nós chamamos de "Processo de Paz", que por sinal é inteiramente diferente do tipo de oportunidade de negócios da paz em si.

Os homens que vieram eram jovens, no final da adolescência ou com vinte e poucos anos. Uma geração inteira praticamente cometeu suicídio. Em 96, a travessia da fronteira se reduzira a um gotejar. Mas nós não havíamos conseguido estancar totalmente o fluxo. Estávamos investigando certa informação perturbadora que tínhamos recebido a respeito de nossos soldados que, em alguns postos de segurança da fronteira, vendiam janelas de "passagem segura", durante as quais olhavam discretamente para o outro lado enquanto pastores gujjar, que conheciam aquelas montanhas como a palma da mão, guiavam os contingentes. Passagem Segura era apenas uma das coisas disponíveis no mercado. Havia também diesel, álcool, munição, granadas, rações do exército, arame farpado e madeira. Florestas inteiras estavam desaparecendo. Tinham instalado madeireiras dentro das bases do exército. Operários e carpinteiros caxemíris tinham sido convocados a trabalhar sob o olhar de capatazes. Os caminhões do comboio do exército que traziam suprimentos de Jammu para Caxemira todos os dias voltavam carregados com mobília entalhada em nogueira. Se me permite criar um ditado, se não tínhamos o exército mais bem equipado, tínhamos decerto o mais bem mobiliado. Mas quem interfere com um exército vitorioso?

As montanhas em torno de Dachigam estavam relativamente mais sossegadas. Mesmo assim, além dos destacamentos paramilitares permanentemente estacionados, cada vez que Sua Excelência ia em visita, Patrulhas de Dominação da Área seguiam um dia antes para garantir a segurança das colinas que ladeavam a estrada em que o comboio armado se deslocava, e Veículos Blindados à Prova de Minas varriam o trajeto em busca de minas terrestres. O parque ficava fechado para as pessoas locais. Para a segurança da casa de hóspedes, mais de cem guardas se postavam no teto, em torres de observação em torno da propriedade e em círculos concêntricos um quilômetro floresta adentro. Pouca gente na Índia acreditaria em tudo o que tínhamos de fazer para ir à Caxemira só para nosso chefe saborear um pouco de peixe fresco.

Fiquei acordado até tarde nessa noite, terminando meu relatório diário para o briefing matinal de Sua Excelência. O volume de meu velho gravador Sony estava baixo. Rasulan Bai estava cantando uma chaiti, "Chhaiyyan Motia Hirai Gaeli Ram". Kesar Bai era sem dúvida nossa vocalista hindustâni mais talentosa, mas Rasulan era sem dúvida a mais erótica. Tinha uma voz profunda, grave, masculina, bem diferente da voz aguda, virginal, permanentemente adolescente que veio a dominar nossa imaginação coletiva através das trilhas sonoras de Bollywood. (Meu pai, um acadêmico hindustâni de música clássica, considerava Rasulan profana. Foi sempre uma das nossas muitas diferenças não resolvidas.) Eu era capaz de imaginar o colar de pérolas da canção quebrado na urgência do ato amoroso, a voz langorosa acompanhando as contas que rolavam pelo chão do quarto. (Ah, sim, houve tempo em que uma cortesã muçulmana podia invocar com tanto fascínio assim uma divindade hindu.)

Tinha havido problemas sérios na cidade pela manhã. O governo anunciara eleições dentro de alguns meses. Seria a primeira em quase nove anos. Os militantes anunciaram um boicote. Estava bem claro então (ao contrário de agora, em que as filas das cabines de votação são insuportáveis) que as pessoas não iam sair para votar sem alguma séria persuasão de nossa parte. A imprensa "livre" lá estaria em toda a sua gloriosa idiotice, de forma que precisaríamos ser cautelosos. Nosso Ás de Espadas devia ser a Ikhwan-ul-Muslimun, a Irmandade Muçulmana, nossa força contrainsurgente, um grupo militante oportunista que se rendera em sua totalidade. Gradualmente suas fileiras se expandiram com outros indivíduos desagregados que começaram a se render ("cilindrar", como chamavam os caxemíris) aos bandos. Nós os reagrupamos e rearmamos, e os devolvemos à luta. Os ikhwanis eram homens rústicos, sobretudo estelionatários e pequenos criminosos que tinham se juntado à militância quando viram proveito em seus esforços e foram os primeiros a cilindrar quando as coisas ficaram feias. Tinham o tipo de acesso às informações locais que nós nunca poderíamos ter e, uma vez convertidos, tinham a vantagem de uma proveniência ambígua que lhes permitia conduzir operações que estavam fora do alcance de nossas forças regulares. De início, eles se mostraram uma conquista inestimável, mas foram ficando cada vez mais difíceis de controlar. O mais temido de todos, o próprio Príncipe das Trevas, era um homem conhecido localmente como Papa, que tinha sido nada mais que um vigia de fábrica. Em sua ilustre carreira como ikhwan, tinha matado legiões de pessoas. (Acho que o número agora chega a cento e três.) O terror que evocava pesou efetivamente, de início, a nosso favor, mas em 96 ele começou a exceder sua utilidade e estávamos considerando a possibilidade de por-lhe rédeas curtas. (Ele hoje está na prisão.) Em março desse ano, sem instruções nossas, Papa tinha eliminado o conhecido editor de um diário urdu — um irresponsável diário urdu, devo esclarecer. (Notícias diárias irresponsáveis, virulentamente anti-indianas, que exageravam a contagem de mortos e distorciam os fatos também tinham sua utilidade — solapavam a mídia local em geral e facilitavam para nós pichar a todos com a mesma broxa. Para falar a verdade, nós até custeamos alguns.) Em maio, ele havia fechado um cemitério da comunidade em Pulwama, dizendo que era propriedade de seus ancestrais. Então matou um muito querido professor de aldeia de fronteira e atirou seu corpo numa terra de ninguém infestada de minas terrestres improvisadas. Como não era possível chegar até o corpo, não haveria orações fúnebres, e os alunos do morto tinham de ver o cadáver de seu professor ser devorado por gaviões e abutres.

Impressionados com as realizações de Papa, outros ikhwanis começaram a seguir seu exemplo.

Naquela manhã, um grupo deles havia detido um velho casal caxemíri numa barreira de segurança no centro de Srinagar. Quando o homem se recusou a entregar a carteira, eles o sequestraram e foram embora. As pessoas se juntaram e foram atrás deles na base que os ikhwanis repartiam com a Força de Segurança da Fronteira. O velho foi jogado para fora do jipe na frente da base. Uma vez dentro, eles — como posso dizer — perderam completamente as estribeiras. Jogaram uma granada por cima do muro e depois atiraram com uma metralhadora contra a multidão. Um menino foi morto e talvez uma dúzia de pessoas feridas, metade com gravidade. Os ikhwanis então foram à delegacia de polícia, ameaçaram os policiais e impediram que registrassem o fato. À tarde, emboscaram o cortejo de enterro do menino e sumiram com o caixão. Como não havia corpo, não podia haver acusação de assassinato. Ao anoitecer, os protestos públicos ficaram violentos. Três delegacias de polícia foram incendiadas. As forças de segurança dispararam contra a multidão e mataram mais catorze pessoas. Declararam toque de recolher em todas as cidades maiores — Sopore, Baramulla e Srinagar, claro.

Quando ouvi o telefone tocar e o aide-de-camp de Sua Excelência atendeu, presumi que a confusão tinha escapado ao controle e que estavam telefonando para pedir novas ordens. Mas não era esse o caso.

A pessoa que chamou disse que estava telefonando do Centro de Interrogatório Conjunto, que funcionava no Cinema Shiraz.

Não é o que parece. Nós não tínhamos fechado um cinema em funcionamento e transformado em centro de interrogatório. O Shiraz fora fechado anos antes por uma organização chamada Tigres de Alá. Tinham mandado fechar todos os cinemas, lojas de bebidas e bares sob a justificativa de serem "não islâmicos" e "veículos de agressão cultural da Índia". O decreto foi assinado por um tal de marechal do ar Nur Khan. Os Tigres emplastraram a cidade com cartazes ameaçadores e jogaram bombas em bares. Quando o marechal do ar finalmente foi capturado, revelou-se um camponês semialfabetizado de uma remota aldeia de montanha que provavelmente nunca tinha nem visto um avião. Eu era membro menor de uma equipe de interrogadores (foi antes de meu posto em Srinagar) que o visitou na prisão, além de vários outros militantes mais velhos, na esperança de fazê-lo mudar de lado. Ele respondeu a nossas perguntas com palavras de ordem que gritava como se estivesse se dirigindo a um comício de massa: *Jis Kashmir ko khun se sincha, woh Kashmir hamara hai!* A Caxemira que regamos com nosso sangue, essa Caxemira é nossa! Ou o grito de guerra dos Tigres de Alá: *La Sharakeya wa La Garabeya, Islamia, Islamia!* — mais ou menos: Nem Leste, nem Oeste, o islã é o melhor!

O marechal do ar era um homem valente, e quase senti inveja de seu fervor sincero e simplório. Ele continuou impenitente, mesmo depois de uma temporada em Cargo. Está em liberdade agora, depois de cumprir uma longa pena. Nós ainda ficamos de olho nele e em outros do tipo. Ele parece ter evitado problemas. Ganha a vida modestamente na frente de um tribunal distrital em Srinagar. Contaram-me que não está em seu juízo perfeito, embora eu não possa confirmar isso. Cargo pode ser um lugar bem duro.

O ADC que atendeu o telefone me disse que a pessoa que chamou deu o nome de major Amrik Singh e pedira para falar comigo, não apenas pelo cargo, mas, o que não era comum, também pelo nome — Biplab Dasgupta, vice-diretor da estação India Bravo (código de rádio para o Departamento de Informações na Caxemira).

Eu conhecia o sujeito, não pessoalmente — nunca o tinha visto —, mas pela reputação. Era conhecido como Amrik Sing "Spotter" [olheiro] por sua excepcional capacidade de detectar uma cobra na relva, um militante escondido no meio de uma multidão de civis. (Por sinal, ele agora é famoso. Postumamente. Suicidou-se recentemente — matou a mulher, três filhos pequenos e meteu uma bala na própria cabeça. Não posso dizer que lamento. Mas é pena pela esposa e pelos filhos.) O major Amrik Singh era uma maçã estragada. Não, me permita colocar de outro jeito — ele era uma maçã pútrida e, na época desse telefonema à meia-noite, estava no centro de uma tempestade das mais pútridas. Dois meses depois de minha chegada a Srinagar, que foi em janeiro de 1995, Amrik Singh havia, muito provavelmente cumprindo ordens, apreendido num posto de controle um conhecido advogado e ativista de direitos civis, Jalib Qadri. Qadri era uma amolação, um homem áspero e abrasivo que não conhecia o sentido de nuance. Na noite em que foi preso, devia partir para Delhi, de onde iria para Oslo, depor em uma conferência internacional de direitos humanos. Sua prisão visava apenas a impedir que esse circo ridículo acontecesse. Amrik Singh prendeu Qadri em público, na presença da esposa do homem, mas a prisão não foi registrada formalmente, o que não era raro. Houve um protesto contra a "abdução" de Qadri, muito maior do que esperávamos, e poucos dias depois achamos prudente soltá-lo. Mas ele não pôde ser encontrado em parte alguma. Ergueu-se um grande clamor por justiça. Formamos um comitê de busca e tentamos acalmar os nervos. Poucos dias depois, o corpo de Jalib Qadri apareceu dentro de um saco, flutuando no Jhelum. Estava em péssimo estado — o crânio esmagado, os olhos arrancados etc. Mesmo para os padrões da Caxemira, aquilo era um tanto excessivo. O nível de ódio coletivo superou todas as expectativas — naturalmente —, de forma que a polícia local teve permissão para abrir um processo. Formou-se um comitê de alto nível para examinar a coisa toda. Testemunhas do sequestro, pessoas que viram Qadri sob a custódia de Amrik Singh em uma base do exército, pessoas que testemunharam a altercação entre os dois que provocara em Amrik Singh um ataque de raiva, efetivamente se apresentaram para dar testemunhos por escrito, o que era raro. Mesmo os cúmplices de Amrik Singh, quase todos ikhwanis, estavam dispostos a depor contra ele em juízo. Mas então, um a um, seus corpos começaram a aparecer. Em campos, em florestas, na beira da estrada... ele matou todos. O exército e a administração tiveram de ao menos fingir que faziam alguma coisa, embora não pudessem de fato agir contra Amrik. Ele sabia demais, e deixou claro que se fosse preso levaria consigo todas as pessoas que pudesse. Estava encurralado e era perigoso. Foi decidido que o melhor a fazer seria mandá-lo para fora do país e conseguir asilo para ele em algum lugar. O que acabou acontecendo. Mas não podia ser feito de imediato. Não enquanto ele estivesse sob a luz dos holofotes. Tinha de haver um período de esfriamento. Como primeiro passo, ele foi removido das operações de campo e passado para um posto de escritório. No CIC Shiraz, longe de confusões. Ou foi o que pensamos.

Portanto era esse o homem que estava telefonando para mim. Não posso dizer que eu quisesse conversar com ele. Uma peste como essa é melhor que fique em quarentena.

Quando atendi ao telefone, ele parecia transtornado. Falava tão depressa que levei algum tempo para me dar conta de que estava falando inglês, não punjabi. Disse que tinha capturado um Terrorista Classe A, um certo comandante Gulrez, odiado líder da Hizb-ul-Mujahidin, em uma grande operação de cerco e busca em uma casa-barco.

Isso era a Caxemira; os Separatistas se expressavam em palavras de ordem e nossos homens se expressavam em press releases; as operações de cerco e busca deles eram sempre "grandes", todo mundo que eles pegavam era sempre "temido", raramente menos que "classe A", e as capturas que faziam daqueles eram sempre "situações de guerra". Isso não era surpreendente, porque cada um desses adjetivos tinha um incentivo correspondente — uma recompensa em dinheiro, uma menção honrosa no prontuário de serviço, uma medalha por bravura, uma promoção. Então, como se pode imaginar, aquela informação não fez exatamente meu pulso disparar.

Ele disse que o terrorista tinha sido morto ao tentar escapar. Isso também não tinha grande efeito sobre mim. Acontecia várias vezes por dia num dia bom — ou num dia ruim, dependendo da perspectiva. Então por que mandar me chamar no meio da noite por algo tão rotineiro? E o que o empenho dele tinha a ver com meu departamento ou comigo?

Uma "dama" tinha sido presa junto com o comandante Gulrez, ele disse. Ela não era caxemíri.

Ora, isso era uma coisa nova. Inédita, na verdade.

A "dama" tinha sido entregue a ACP Pinky, para interrogatório. Nós todos conhecíamos a assistente de comandante Pinky Sodhi, que tinha a compleição de pêssego e a trança preta comprida enrolada debaixo do quepe. Seu irmão gêmeo, Balbir Singh Sodhi, era um oficial de polícia graduado que fora morto por militantes de Sopore em sua corrida matinal (bobagem um oficial graduado fazer isso, mesmo um que se orgulhava, ou, como ficou provado, alimentava a ilusão de ser "amado" pelo povo local). A ACP Pinky tinha recebido um emprego na RCFP — Reserva Central da Força Policial — por compaixão, como compensação à família pela morte do irmão. Ninguém nunca a vira sem farda. Apesar da beleza estonteante, era uma interrogadora brutal, que muitas vezes excedia suas ordens porque estava exorcizando demônios particulares. Ela não era da laia de Amrik Singh, mas mesmo assim — Deus ajude qualquer caxemíri que caia nas mãos dela. Quanto aos que não caíam em suas mãos — muitos estavam ocupados escrevendo poemas de amor para ela e mesmo propondo casamento. Tal era o charme fatal da ACP Pinky.

A "dama" que tinham prendido, segundo ele, se recusara a revelar seu nome. Como a "dama" capturada não era caxemíri, imaginei que a ACP Pinky iria se controlar um pouco e não se soltar totalmente com ela. Caso se soltasse, nem Damas nem Cavalheiros teriam conseguido reter informações. De qualquer forma, eu estava ficando impaciente. Ainda não conseguia entender por que aquilo tinha algo a ver comigo.

Por fim, Amrik Singh chegou ao xis da questão: durante o interrogatório, *meu* nome tinha vindo à baila. A mulher pediu que me dessem um recado. Ele disse que não entendia a mensagem, mas ela falou que eu entenderia. Pelo telefone, ele leu, ou melhor, soletrou:

G-A-R-S-O-N H-O-B-A-R-T.

A voz de Rasulan, ainda procurando suas pérolas espalhadas,

ressoou em minha cabeça: *Kahan mein dhundun re? Dhundat dhundat paura gaeli Ram...*

Garson Hobart deve ter soado como um código secreto para uma greve política, ou uma passagem de recibo por uma entrega de armas. O louco brutal do outro lado da linha esperava uma explicação de minha parte. Eu não conseguia pensar nem por onde começar.

Será que o comandante Gulrez tinha alguma coisa a ver com Musa? Ele *seria* Musa? Tentei entrar em contato com ele várias vezes depois que me mudei para Srinagar. Queria apresentar minhas condolências pelo que acontecera com sua família. Nunca consegui, coisa que naqueles dias geralmente significava apenas uma coisa. Ele estava na clandestinidade.

Com quem mais Tilo poderia estar? Teriam matado Musa na frente dela? Ah, meu Deus.

Do modo mais seco possível, disse a Amrik Singh que ligaria de volta.

Meu primeiro instinto era colocar a maior distância possível entre mim e a mulher que eu amava. Isso faz de mim um covarde? Se faz, pelo menos sou franco.

Mesmo que eu quisesse ir até ela, não seria possível. Eu estava no meio da selva no meio da noite. Sair dali implicaria sirenes, alarmes, pelo menos quatro jipes e um veículo blindado. Esse tipo de circo não ajudaria Tilo. Nem a mim. E teria comprometido a segurança de Sua Excelência de um jeito que poderia levar a consequências inimagináveis. Podia ser uma armadilha para me atrair para fora. Afinal, Musa sabia sobre Garson Hobart. Era uma ideia paranoica, mas naquela época não havia uma diferença muito clara entre cautela e paranoia.

Eu não tinha opção. Liguei para o Ahdus Hotel e mandei chamar Naga. Felizmente ele estava lá. Se ofereceu para ir ao Shiraz imediatamente. Quanto mais preocupado e solícito ele parecia, mais aflito eu ficava. Eu podia literalmente vê-lo assumir o papel que eu lhe oferecia, agarrando com as duas mãos a oportunidade de fazer o que mais gostava — ocupar o centro das atenções. Sua disposição ao mesmo tempo me tranquilizava e enfurecia.

Liguei para Amrik Singh e lhe disse para esperar um jornalista chamado Nagaraj Hariharan. Homem nosso. Falei que, se não tinham nada contra a mulher, deveriam soltá-la imediatamente e entregá-la a ele.

Poucas horas depois, Naga ligou para contar que Tilo estava no quarto vizinho ao dele no Ahdus. Sugeri que ele a pusesse no voo da manhã para Delhi.

"Ela não é um volume de carga, Das-Goose", ele disse. "Falou que vai ao funeral desse comandante Gulrez. Seja lá quem for."

Das-Goose. Ele não me chamava assim desde a faculdade. Na faculdade, em seus dias ultrarradicais, ele brincava de me chamar (por alguma razão sempre com sotaque alemão) de "Biplab Das-Goose-*da*" — sua versão de Biplab Dasgupta. O Revolucionário Irmão Ganso.

Nunca perdoei meus pais por terem me dado o nome de Biplab, em homenagem a meu avô paterno. Os tempos tinham mudado. Quando nasci, os britânicos tinham ido embora, éramos um país livre. Como podiam chamar um bebê de "Revolução"? Como uma pessoa haveria de passar a vida inteira com um nome desses? A certa altura, pensei em mudar meu nome legalmente, para algo um pouco mais pacífico, como Siddharta ou Gautam, algo assim. Desisti da ideia porque sabia que, com amigos como Naga, a história iria me perseguir e ressoar atrás de mim como uma lata amarrada ao rabo de um gato. Então ali estava eu — aqui estou eu — um Biplab, na câmara mais interna do coração secreto do establishment que se chama Governo da Índia.

"Era o Musa?", perguntei a Naga.

"Ela não diz. Mas quem mais podia ser?"

Na manhã da segunda-feira, o número de mortos tinha subido para dezenove; os catorze manifestantes mortos a tiros, o menino que os ikhwanis tinham matado, Musa, ou comandante Gulrez, ou fosse lá como ele se chamasse, e três corpos de militantes mortos num tiroteio em Ganderbal. Centenas de milhares de enlutados se reuniram para carregar nos ombros esses dezenove caixões (inclusive um vazio para o menino cujo corpo havia sido roubado) até o Cemitério dos Mártires.

Ligaram do gabinete do governador para dizer que não era aconselhável tentarmos voltar até o dia seguinte. À tarde, minha secretária telefonou:

"*Sir, sun lijiye*, por favor, escute, sir…"

Sentado na varanda da Casa de Hóspedes da Floresta de Dachigam, por cima do canto das aves e do som do críquete, ouvi a reverberação de mais de cem mil vozes erguidas em uníssono pedindo liberdade: *Azadi! Azadi! Azadi!* Sem parar sem parar sem parar. Mesmo pelo telefone, era enervante. Muito diferente de ouvir o marechal do ar gritando palavras de ordem na cela da prisão. Era como se a cidade inteira respirasse com um único par de pulmões, inchando como uma só garganta com aquele grito urgente, penetrante. Na época, eu já tinha visto o bastante de manifestações e ouvido mais que o bastante de palavras de ordem gritadas em outras partes do país. Aquilo era diferente, aquele cântico caxemíri. Era mais que uma reivindicação política. Era um brado, um hino, uma oração. A ironia era — é — que, se você coloca quatro caxemíris numa sala e pede que especifiquem o que exatamente querem dizer com *Azadi*, quais exatamente são seus contornos ideológicos e geográficos, eles provavelmente vão acabar cortando o pescoço uns dos outros. E no entanto seria um erro reduzir tal coisa a um estado de confusão. O problema deles não é confusão, não de fato. É mais parecido com uma terrível clareza que existe fora do âmbito da linguagem da geopolítica moderna. Todos os protagonistas de todos os lados do conflito, principalmente nós, exploram essa falha impiedosamente. Constituía uma guerra perfeita — uma guerra que não pode ser nunca vencida nem perdida, uma guerra sem fim.

O cântico que ouvi pelo telefone nessa manhã era paixão condensada, destilada — e era tão cego e tão inútil como a paixão sempre é. Durante aquelas ocasiões (felizmente de breve duração) em que soava como um grito pleno, tinha o poder de abalar a edificação da história e da geografia, da razão e da política. Tinha o poder de fazer até o mais endurecido de nós ponderar, mesmo que momentaneamente, que diabo estávamos fazendo na Caxemira, governando um povo que nos odiava de forma tão visceral.

Os chamados "funerais dos mártires" eram sempre uma guerra de nervos. A polícia e as forças de segurança tinham ordem de permanecer em alerta, mas longe das vistas. Não só porque nessas ocasiões os ânimos naturalmente se exaltavam e um confronto levaria de maneira inevitável a outro massacre — isso tínhamos aprendido com a amarga experiência. A ideia era que a permissão para a população externar seus sentimentos e gritar suas palavras de ordem de quando em quando impediria que essa raiva acumulasse e se transformasse em um abismo de ódio incontrolável. Até agora, neste mais de quarto de século de conflito na Caxemira, tem valido a pena. Os caxemíris enlutados choraram e gritaram suas palavras de ordem, mas no fim sempre voltaram para casa. Gradualmente, ao longo dos anos, quando se tornou um hábito, um ciclo previsível e aceitável, eles começaram a desconfiar e desrespeitar a si mesmos, a seus súbitos fervores e suas fáceis capitulações. Era um benefício não planejado que nos favorecia.

Mesmo assim, permitir que meio milhão, às vezes mesmo um milhão, de pessoas tomassem as ruas em *qualquer* situação, ainda mais durante uma insurgência, é uma aposta arriscadíssima.

Na manhã seguinte, assim que a segurança nas ruas foi restabelecida, voltamos para a cidade. Eu fui de carro direto para o Ahdus, e descobri que Tilo e Naga tinham deixado o hotel. Naga não voltou a Srinagar durante algum tempo. Disseram-me que estava de licença.

Algumas semanas depois, recebi o convite para o casamento deles. Eu fui, claro, como poderia não ir? Me sentia responsável pela palhaçada. Por ter jogado Tilo nos braços de um homem que, eu tinha certeza, não havia sido nada honesto com ela. Não acredito que ela estivesse a par do relacionamento entre seu quase marido e o Departamento de Informações. Ela devia estar pensando que ia se casar com um jornalista combativo, um marginal do establishment, promotor da justiça, que havia matado o homem que ela amava. A decepção me deixou furioso, mas é claro que eu não podia ser a pessoa a dissuadi-la dessa ideia.

* * *

A recepção foi no gramado sob o luar na grande casa branca art déco dos pais de Naga, no Enclave Diplomático. Foi uma festa pequena, requintada, muito diferente das extravagâncias exageradas que tinham se tornado tão populares naquela época. Havia flores brancas por toda parte, lírios, rosas, cortinas de jasmins em cascata, arranjados artisticamente pela mãe e pela irmã mais velha de Naga, apesar de nenhuma das duas parecer, ou sequer fingir, estar feliz. O caminho de entrada e os canteiros de flores estavam ladeados por lampiões de cerâmica. Lanternas japonesas pendiam das árvores. Luzinhas trançadas nos galhos. Garçons estilo velho mundo com librés de botões dourados, faixas vermelho-e-ouro e turbantes brancos engomados circulavam com bandejas de comida e bebida. Um bando de cachorros com pelagem de esfregão cheirando a perfume e fumaça de cigarro corria pelo meio dos convidados, como um exército de vassouras latidoras e motorizadas.

Sobre uma plataforma coberta com panos brancos, uma banda de músicos de Barmer, com dhotis e kurtas brancos e turbantes estampados e vivos, nos transportavam para o deserto do Rajastão. Músicos folclóricos muçulmanos eram uma escolha estranha para um casamento daquele tipo. Mas meu amigo Naga era eclético e os tinha descoberto numa viagem que fizera ao deserto. Eram artistas excepcionais. A música hipnótica e crua abria o céu da cidade e sacudia a poeira das estrelas. O melhor deles, Bhungar Khan, cantou sobre a chegada das monções. Com sua voz intensa, aguda, quase feminina, transformou uma canção sobre o sofrido desejo por chuva do deserto calcinado em uma canção sobre uma mulher ansiosa pela volta do amante. Minha lembrança do casamento de Tilo foi sempre imbuída dessa canção.

* * *

Fazia mais de dez anos que tinha estado com Tilo e fumado aquele baseado com ela no terraço. Ela estava mais magra do que eu lembrava. As clavículas como asas na base do pescoço. O sári esvoaçante era da cor do pôr do sol. Tinha a cabeça coberta, mas através do tecido fino dava para ver a forma regular da cabeça. Estava careca, ou quase. O cabelo, apenas uma pelugem aveludada. Minha primeira ideia foi que tinha estado doente, e se recuperava de uma quimioterapia ou alguma outra terrível afecção que causara a perda do cabelo. Mas as sobrancelhas densas, quase volumosas, e os cílios fartos desmentiam essa teoria. Ela sem dúvida não parecia doente nem mal. De rosto lavado, sem maquiagem, nem kajal, nem bindi, nem hena nas mãos e nos pés. Ela parecia uma dublê de noiva, temporariamente a postos enquanto a verdadeira se vestia. *Desolada* é a palavra que acho que usaria para descrevê-la. Dava a impressão de estar absoluta e incansavelmente sozinha, mesmo em seu próprio casamento. A despreocupação desaparecera.

Quando fui até ela, olhou diretamente para mim, mas me pareceu que uma outra pessoa estivesse olhando pelos olhos dela. Eu esperava raiva, mas o que encontrei foi vazio. Podia ser minha imaginação, mas ao sustentar meu olhar um tremor perpassou seu corpo. Pela milionésima vez notei como era linda sua boca. Fiquei paralisado com a maneira como seus lábios se moviam. Dava quase para ver o esforço que fazia para formar palavras e a voz ligada a elas:

"É só um corte de cabelo."

O corte de cabelo — raspado — devia ter sido ideia da ACP Pinky Sodhi. Terapia de uma mulher policial ao que considerava traição — ir para a cama com o inimigo, os assassinos de seu irmão. Pinky Sodhi gostava de simplificar as coisas.

208

Nunca tinha visto Naga tão desconcertado, tão ansioso. Segurou a mão de Tilo durante toda a noite. O fantasma de Musa inserido entre os dois. Dava quase para vê-lo — baixo, compacto, com aquele sorriso de dente lascado e aquele ar quieto dele. Era como se os três estivessem se casando. Provavelmente foi assim que a coisa terminou.

A mãe de Naga estava no centro de uma nata de damas elegantes cujo perfume eu sentia do outro lado do gramado. Tia Mira era de uma família real, um dos pequenos principados de Madhya Pradesh. Ficou viúva na adolescência — o marido real desenvolvera um agressivo tumor pulmonar e morrera três meses depois do casamento. Sem saber direito o que fazer com ela, os pais a mandaram para uma escola de moças na Inglaterra, onde conheceu o pai de Naga em uma festa em Londres. Não podia haver melhor posição para uma rainha sem reino do que ser esposa de um pacato funcionário das Relações Exteriores. Ela se moldara em uma anfitriã perfeita — uma moderna maharani indiana com um saboroso sotaque britânico, adquirido com uma governanta de infância e aperfeiçoado na escola para moças. Usava saris de chiffon e pérolas, a cabeça sempre coberta com seu pallu, como manda a realeza rajput. Ela estava tentando enfrentar com valentia o trauma que a chocante compleição de sua nova nora significava. Ela própria tinha a cor de alabastro. O marido, embora tâmil, era brâmane, apenas um tom mais escuro que ela. Quando passei, ouvi sua netinha, filha de sua filha, perguntar:

"Nani, ela é uma nigger?"

"Claro que não, querida, que bobagem. E, meu bem, não se usa mais palavras como *nigger*. É um nome feio. É negra que se diz."

"Negra."

"Isso."

Tia Mira, mortificada, voltou-se para as amigas com um sorriso valente e disse do novo membro da família: "Mas ela tem um pescoço bonito, não acham?". As amigas concordaram, com entusiasmo.

"Mas, Nani, ela parece uma empregada."

A menininha foi advertida e mandada a fazer qualquer coisa.

Os outros convidados, antigos colegas de faculdade de Naga — acólitos mais que amigos —, nenhum dos quais conhecera Tilo, estavam reunidos no gramado, já fofocando, bem treinados pelo característico humor cruel de Naga. Um deles fez um brinde.

"Para Garibaldi." (Era Abhishek, funcionário da companhia de seu pai, que produzia e vendia canos de esgoto.)

Eles riram alto, como homens que tentam ser rapazes.

"Tentou falar com ela? Ela não fala."

"Tentou sorrir? Ela não sorri."

"Onde ele foi encontrar essa mulher?"

Tinha tomado meu último drinque e estava indo para o portão quando o pai de Naga, o embaixador Shivashankar Hariharan, me chamou: "Baba!".

Ele pertencia a uma outra era. Pronunciava Baba como um inglês pronunciaria — barber [barbeiro]. (Seu próprio nome ele pronunciava Shiver [tremor].) Nunca perdia a oportunidade de fazer as pessoas saberem que era um homem de Balliol.

"Tio Shiva, pois não."

A aposentadoria raramente faz bem a homens poderosos. Dava para ver que ele tinha envelhecido de repente. Parecia magro e pequeno demais para o terno. Trazia um cigarro entre as dentaduras peroladas, perfeitas. Veias grossas faziam relevo na pele clara das têmporas. O pescoço era fino demais para o colarinho. Pálidos anéis de catarata sitiavam suas íris escuras. Ele apertou minha mão com mais afeto que jamais demonstrara por mim antes. Tinha a voz fina, rachada.

"Fugindo, é? Nos deixando por nossa conta nesta ocasião feliz?"

Foi a única referência que fez a respeito da mais recente peça pregada pelo filho.

"Onde está sua linda esposa? Onde é seu posto agora?"

Quando contei, o rosto dele de repente endureceu. A mudança que ocorreu nele era quase assustadora.

"Pegue essa gente pelos culhões, Barber. Corações e mentes vêm em seguida."

Era isso que a Caxemira fazia conosco.

Depois disso, saí de suas vidas. Entre essa época e agora, encontrei com ela apenas uma vez, e completamente por acaso. Eu estava com R. C. — R. C. Sharma — e outro colega. Estávamos dando um passeio nos Jardins Lodhi, discutindo alguma complicada política de gabinete. Eu a vi de longe. Estava com roupa de ginástica, correndo depressa com um cachorro ao lado. Eu não sabia dizer se era dela, ou apenas um cão de rua do Jardim Lodhi que resolvera acompanhá-la na corrida. Acho que ela nos viu também, porque reduziu a corrida a uma caminhada. Quando nos vimos frente a frente, estava banhada em suor e ainda sem fôlego. Não sei o que deu em mim. Talvez tenha ficado embaraçado de ser visto com R. C. Ou então a confusão que sempre me acometia quando estava com ela. Fosse o que fosse, me fez dizer algo bobo — algo que eu tinha dito à esposa de um colega que encontrei por acaso em algum lugar —, papo-furado de festa.

"Olá! Cadê o marido?"

Eu era capaz de me matar quando essas palavras saíram. Ela ergueu a guia que levava na mão (o cachorro era dela) e disse: "O marido? Ah, às vezes ele me deixa sair sozinha para um passeio".

Aquilo soou terrível, mas não era. Ela falou com um sorriso. O sorriso dela.

Quatro anos atrás, assim do nada, ela telefonou para perguntar se eu era o Biplab Dasgupta (existem muitos de nós, os de nome absurdo, neste mundo) que havia anunciado no jornal um apartamento de segundo andar para alugar. Respondi que era eu, sim. Ela disse que estava trabalhando como ilustradora e designer freelance, precisava de um estúdio e podia pagar o aluguel que fosse. Eu disse que ficaria mais que satisfeito. Uns dias depois, a campainha tocou e ali estava ela. Muito mais velha, claro, mas nada diferente em termos essenciais — tão peculiar como sempre. Usava um sari púrpura com blusa xadrez preto e branco, uma camisa na verdade, com colarinho e mangas compridas enroladas até o cotovelo. O cabelo estava completamente branco e cortado rente à cabeça, curto a ponto de ficar espetado. Ela parecia muito mais jovem ou muito mais velha que sua idade. Eu não sabia dizer qual das duas coisas.

Eu estava num posto interino no Ministério da Defesa nessa época e morava no andar de baixo (no que é agora a melancia). Era um sábado, Chitra e as meninas tinham saído. Estava sozinho em casa.

O instinto me disse para ser mais formal que amigável, para não relembrar o passado. Então a levei imediatamente para cima, para dar uma olhada no apartamento. Mostrei os dois cômodos — um quartinho pequeno e uma grande sala de trabalho. Era um avanço em relação à despensa dela em Nizamuddin, com toda certeza, mas não se comparava à sua casa de muitos anos no Enclave Diplomático. Ela mal olhou ao redor antes de dizer que gostaria de se mudar o mais depressa possível.

Passeou pelos cômodos vazios e sentou-se à janela do quarto, olhando a rua lá embaixo. Pareceu interessada no que viu, mas, de alguma forma, quando olhei para a mesma direção acho que não vimos as mesmas coisas.

Ela não fez nenhuma tentativa de conversa e pareceu à vontade com o silêncio. Ainda usava o mesmo anel de prata simples no dedo médio da mão direita. Percebi que estava tendo algum tipo de conversa consigo mesma. De repente, partiu para as questões práticas.

"Posso dar um cheque? Preciso fazer algum depósito?"

Eu disse que não havia pressa, que eu enviaria um contrato em poucos dias.

Ela perguntou se podia fumar. Eu disse que era evidente que sim, o espaço agora era dela e podia fazer nele o que quisesse. Ela pegou um cigarro e acendeu, protegendo a chama com as mãos como um homem.

"Desistiu dos bidis?", perguntei.

O sorriso dela iluminou o recinto.

Deixei que terminasse o cigarro, conferi as luzes, os ventiladores, as torneiras da cozinha e do banheiro. Quando ela se levantou para sair, disse, como se continuasse uma conversa em andamento: "São tantos dados, mas ninguém quer saber nada de verdade, não acha?".

Eu não fazia ideia do que ela estava falando. Então ela foi embora. Naquele momento também sua ausência preencheu o apartamento, como agora.

Ela se mudou um ou dois dias depois. Não tinha quase nenhuma mobília. Na época, não me contou que tinha deixado Naga e que pretendia não só trabalhar, mas morar no andar de cima. Ela depositava o aluguel diretamente em minha conta no primeiro dia do mês, sem falta.

Sua entrada em minha vida, sua presença no andar de cima, destravou algo dentro de mim.

Me preocupa usar o verbo no passado.

Até mesmo um olhar casual pela sala — pelas fotografias (numeradas, legendadas) pregadas nos quadros de aviso, as pequenas torres de documentos empilhados com cuidado no chão e em caixas de papelão e arquivos rotulados, os Post-it amarelos nas estantes, armários, portas — me diz que há algo pouco seguro aqui, algo que é melhor deixar intocado, para Naga talvez, ou mesmo a polícia. Mas será que consigo fazer isso? Devo, posso, consigo resistir ao convite à intimidade, a essa oportunidade de compartilhar confidências?

No lado oposto da sala, há uma longa prancha grossa de madeira sustentada por dois cavaletes de metal que serve de mesa. Tem pilhas de papel, velhas fitas de vídeo, um monte de DVDs. Presos no quadro de avisos, junto com fotografias, há anotações e esboços. Ao lado de um velho computador de mesa, uma bandeja cheia de rótulos, cartões de visitas, folhetos e papéis timbrados — provavelmente trabalho de design com que ela ganhava (*ganha*, pelo amor de Deus!) a vida —, as únicas coisas na sala que parecem tranquilizadoramente normais. Há provas do que parecem ser diversas versões de um rótulo de xampu, com vários tipos de letras:

Naturelle Ultra Doux Nourishing Conditioner
Com Óleo de Nozes e Folhas de Pêssego

Naturelle Ultra Doux combina o poder nutritivo e relaxante do óleo de nozes com o toque relaxante das folhas de pêssego num rico creme desembaraçante que se dissolve imediatamente em seus cabelos.

Resultado: fácil de pentear, seu cabelo recupera a irresistível maciez, sem ficar pesado. A nutrição profunda deixa seu cabelo perfeitamente leve e macio.

UMA EXPERIÊNCIA DEICIOSA.

"Deiciosa" com o "L" faltando em todas as versões. Imagine ela, a essa altura da vida, desenhando rótulos de xampu com erros de ortografia.

Que tal um xampu para cabelo que desaparece depressa?

Na parede, logo acima do computador, duas pequenas fotografias emolduradas. Uma é a foto de uma criança de uns quatro ou cinco anos. Está com os olhos fechados e embrulhada numa mortalha. O sangue de um ferimento na têmpora vasou para o pano branco, uma mancha em forma de rosa. Ela está deitada na neve. Duas mãos como travesseiro debaixo da cabeça a erguem ligeiramente. Na parte superior da fotografia, uma fileira de pés, calçados com todo tipo de sapatos de inverno. Me ocorre que a criança pode ser filha de Musa. Que estranha fotografia para escolher emoldurar e pôr na parede.

A outra foto é menos perturbadora. Foi tirada na varanda de uma casa-barco. Uma das menores, mais pobres. Dá para ver o lago, pontilhado com algumas shikaras ao fundo e as montanhas ao longe. É o retrato de um homem barbudo, excepcionalmente baixo, com um pheran caxemíri marrom e usado. A cabeça grande é desproporcional ao resto do corpo. Está com um punhado de florezinhas silvestres atrás de cada orelha. Está rindo, os olhos verdes brilhando e os dentes tortos. Algo vulnerável, o simples abandono de seu sorriso, faz com que pareça uma criança pequena. Aninhados em suas mãos em concha estão dois gatinhos, um com a pelagem cinza fumaça riscada de preto, o outro um arlequim com uma pequena mancha preta no olho. Ele segura os dois como se oferecesse ao fotógrafo tocá-los ou acariciá-los. Os gatinhos estão olhando pela barricada dos dedos grossos, os olhos úmidos alertas e apreensivos.

Quem pode ser ele? Não faço a menor ideia.

Pego uma gorda pasta verde da pilha de pastas sobre a mesa e abro em qualquer página. Há duas fotografias coladas numa folha de papel. Na primeira, um ciclista borrado, fora de foco, passa diante de uma porta com barras metálicas de um muro de um metro e oitenta ou dois metros, na entrada do que parece ser um banheiro público masculino. Está localizado em um bairro muito populoso, cercado por construções de tijolos de um e dois andares com balcões. Há um anúncio da "Fotocópias Roxy" pintado diretamente na parede com grandes letras verdes. A segunda fotografia foi tirada dentro do banheiro. As paredes cor-de-rosa desgastadas com manchas de musgo e umidade, atravessadas por canos enferrujados na horizontal assim como na vertical. Há uma pia branca e suja na parede e uma fileira de três privadas de chão descobertas no piso de concreto. Ao lado delas há tampas de metal com alças, como tampas de panelas enormes. Uma velha moldura de janela quebrada e uma prancha de madeira encostadas a uma parede. São as fotografias menos excepcionais que jamais vi. Quem as tirou? Por que alguém faria fotos assim? E por que alguém as guardaria com tanto cuidado?

A página seguinte explica:

A HISTÓRIA DE GHAFUR

Este lugar se chama Nawab Bazaar. Está vendo o banheiro público? Onde diz Fotocópias Roxy? Foi aí que aconteceu. Era 2004. Deve ter sido em abril. Estava frio e chovendo forte. Estávamos sentados na loja de meu amigo, Nova Eletrônica, bem ao lado da Alfaiataria Rafiq, tomando chá. Tariq e eu. Por volta de oito da noite. De repente, ouvimos o guinchar de freios. Do outro lado da rua quatro ou cinco veículos enfileirados diante do banheiro. Eram veículos da FTE. A FTE, você sabe, é Força-Tarefa Especial. Oito soldados entraram na loja e nos forçaram a atravessar a rua sob a mira de revólveres. Quando chegamos ao banheiro, mandaram que entrássemos e procurássemos. Disseram que um terrorista afegão tinha escapado e entrado no banheiro. Queriam que entrássemos e pedíssemos para ele se render. Não queríamos entrar porque achamos que o mujahid teria uma arma. Os homens da FTE encostaram revólveres em nossas cabeças. Entramos. Estava absolutamente escuro. Não dava para ver nada. Não tinha ninguém lá. Saímos e dissemos que não havia ninguém. Eles nos mandaram voltar para dentro. Nos deram uma lanterna. Nunca tínhamos visto uma lanterna tão grande. Um deles mostrou como funcionava, ligando e desligando ligando e desligando. Outro ficou olhando para nós, armando e desarmando armando e desarmando a trava de segurança de sua arma. Nos mandaram voltar para dentro do banheiro com a lanterna. Iluminamos tudo e não encontramos ninguém. Chamamos, mas ninguém respondeu. Estávamos completamente encharcados.

Os soldados da FTE tinham se posicionado no prédio ao lado. Dois deles na sacada do andar superior. Disseram que dava para ver alguém no esgoto. Como podia ser? Estava tão escuro, como alguém podia ver de tão longe? Iluminei com a lanterna a fileira de latrinas. Vi a cabeça de um homem. Eu estava com muito medo. Achei que ele estava armado e me afastei para um lado. O soldado mandou que eu pedisse para ele sair. Tariq, que estava atrás de mim, sussurrou: "Estão fazendo um filme. Faça o que eles mandam". Por "filme" ele não queria dizer "filme" mesmo. Queria dizer que estavam criando um roteiro, para inventar uma história.

Pedi ao homem dentro da latrina que saísse. Ele não respondeu. Dava para perceber que era caxemíri. Não afegão. Ele apenas olhou para mim. Não conseguia falar. Ficamos parados em torno do homem com a lanterna da FTE. Ainda estava chovendo. O cheiro da latrina era insuportável. Talvez tenha se passado uma hora e meia. Não ousávamos falar uns com os outros. Acendíamos e apagávamos a lanterna. A cabeça do homem pendeu de lado. Ele tinha morrido. Enterrado na merda.

Os homens da FTE nos deram pés de cabra e pás. Tínhamos de quebrar as beiradas de concreto em torno da latrina e puxá-lo para fora. Estávamos todos molhados, tremendo, fedendo. Quando puxamos o corpo descobrimos que as pernas dele estavam atadas e com uma pedra amarrada.

Só depois ficamos sabendo o que tinha acontecido antes no filme da FTE.

Primeiro, uns poucos vieram silenciosamente em um carro. Amarraram o homem e o enfiaram na privada. Ele tinha sido muito torturado e estava para morrer. Quando entraram, encontraram outro rapaz em uma das cabines. Eles o prenderam e o levaram embora — talvez ele tenha se recusado a fazer o que nós concordamos fazer. Depois voltaram com seus veículos e encenaram o resto do filme, no qual havia papel para nós também.

O oficial deles pediu que assinássemos um papel. Se não assinássemos eles teriam nos matado. Assinamos como testemunhas de um encontro em que a FTE localizara e matara um temido terrorista afegão encurralado num banheiro público em Nawab Bazaar. Apareceu no noticiário.

O homem que mataram era um trabalhador de Bandipora. O rapaz que prenderam porque estava mijando numa hora estranha e inconveniente havia desaparecido.

E Tariq e eu tínhamos mentiras e traição em nossa consciência. Aqueles olhos que ficaram nos olhando por uma hora e meia — eram olhos que perdoavam, que entendiam. Nós, caxemíris, não precisamos mais nos falar para nos entendermos.

Fazemos coisas terríveis uns com os outros, ferimos, traímos, matamos uns aos outros, mas nos entendemos.

*

História triste. Terrível, na verdade. Quer dizer, se for verdade. Como se pode conferir uma coisa dessas? As pessoas não são confiáveis. Estão sempre exagerando. Os caxemíris sobretudo. E começam a acreditar em seu próprio exagero como verdade divina. Não posso imaginar o que madame Tilottama está fazendo ao colecionar esse material sem sentido. Ela devia se limitar aos rótulos de xampu. De qualquer forma, não é uma rua de mão única. O outro lado também tem seu repositório de horror. Alguns daqueles militantes eram maníacos. Se for *obrigado* a escolher, prefiro a qualquer momento um fundamentalista hindu a um muçulmano. É verdade que fizemos — fazemos — algumas coisas terríveis na Caxemira, mas... Quer dizer, o que o Exército Paquistanês fez no leste do Paquistão — *aquilo* sim foi um caso claro de genocídio. Começado e acabado. Quando o Exército Indiano libertou Bangladesh, os bons e velhos caxemíris chamaram aquilo — ainda chamam — de a "*Queda* de Dhaka". Eles não são muito bons quando se trata de reconhecer a dor dos outros. Por outro lado, quem é? Os baloch, que estavam sendo fodidos no Paquistão, não se importam com os caxemíris. Os bangladeshianos que liberamos estão caçando hindus. Os bons e velhos comunistas chamam o gulag de Stálin de "uma parte necessária da revolução". Os americanos atualmente fazem sermões sobre direitos humanos para os vietnamitas. O que temos nas mãos é um problema de espécie. Nenhum de nós está isento. E tem também aquele outro negócio que ficou bem grande hoje em dia. As pessoas — comunidades, castas, raças, até países — exibem suas histórias trágicas e infortúnios como troféus, ou como capital, a ser comprado e vendido no mercado livre. Infelizmente, falando por mim, nesse aspecto não tenho capital para comerciar, sou um homem sem tragédia. Opressor de alta casta, de alta classe sob todos os aspectos.

Um viva a isso.

O que mais temos aqui?

Uma caixa de papelão, uma velha embalagem de cartuchos para impressora Hewlett-Packard aberta em cima da mesa. Fico aliviado ao ver que seu conteúdo é um pouco menos mórbido — dois álbuns de foto amarelos, um rotulado como "Fotos de lontra" e outro, "Matança de lontra". Bom. Não fazia ideia de que ela se interessava por lontras. De repente, isso a torna menos — como posso dizer — perigosa. A ideia dela andando por uma praia, ou pela margem de um rio, com o vento no cabelo… relaxada, sem defesas… olhando lontras… me deixa contente por ela. Eu adoro lontras. Acho que talvez sejam meus animais favoritos. Uma vez passei uma semana inteira observando lontras quando estávamos em férias familiares, um cruzeiro pelo Pacífico ao longo da costa ocidental do Canadá. Mesmo quando havia tempestade e o mar ficava perigosamente encrespado, lá estavam elas, aquelas pequenas filhas da mãe audaciosas, flutuando relaxadas de costas, olhando o mundo todo como se estivessem lendo o jornal da manhã.

Espio as fotos de um dos álbuns.

Nenhuma delas é foto de lontra.

Eu devia saber. Me sinto vítima de um engodo.

A que está no topo da pilha é uma foto tirada no passeio em torno do Portão Dal, em Srinagar. Um soldado sique moreno usando colete à prova de balas com um fuzil apoiado nos quadris. Um joelho para cima, um joelho para baixo, posando triunfante sobre o corpo de um rapaz. Pelo jeito do corpo caído, fica claro que o rapaz está morto. Está apoiado no queixo, que está em cima de um degrau de concreto de trinta centímetros em torno de um lago, o resto do corpo tombado num arco. As pernas abertas, um joelho dobrado em ângulo reto. Veste calça e camiseta polo bege. Levou um tiro no pescoço. Não há muito sangue. Há silhuetas de casas-barcos ao fundo. A cabeça do soldado está marcada com um círculo de caneta roxa. A julgar pela roupa do morto e pela arma do soldado, é uma foto bem antiga. Em cada uma das outras fotos menos dramáticas de grupos de soldados, tiradas em mercados, postos de fiscalização, ou numa estrada enquanto detêm veículos, um soldado está marcado com o mesmo marcador roxo. Não há nenhuma ligação evidente entre eles. Alguns têm o rosto barbeado, alguns são siques, alguns evidentemente muçulmanos. Em todas as fotos, menos numa, o cenário é a Caxemira. Nessa que não é, há um soldado de aspecto aborrecido sentado numa cadeira de plástico azul em um bunker protegido com sacos de areia no que parece ser o meio de um deserto. Está com o capacete no colo, segurando um mata-moscas alaranjado e olhando ao longe. Em seus olhos há alguma coisa, algo vazio e sem expressão, que é marcante. Sua cabeça também está circundada com um traço roxo.

Quem são esses homens?

E então, quando espalho todas na mesa, entendo — são todas do mesmo soldado. Ele parece diferente em cada fotografia, a não ser pelos olhos. É um camaleão. Talvez um dos nossos rapazes da contrainteligência. Por que tem um círculo roxo em torno da cabeça?

Na caixa há uma pasta que diz "Lontra". O primeiro documento parece o cv de alguém. O cabeçalho diz Ralph M. Bauer, ASCL, Assistente Social Clínico Licenciado, seguido de uma longa lista de qualificações educacionais. Uma palavra se ressaltou para mim. *Clovis*. O endereço de Ralph Bauer era East Bullard Avenue, Clovis, Califórnia.

Clovis foi onde Amrik Singh matou a família e se suicidou. Em sua casa, numa pequena área residencial suburbana. Amrik. E então me lembro de *Spotter. Otter*, lontra em inglês. Claro. O homem nas fotos é Amrik Singh. Nunca o encontrei cara a cara na Caxemira. Não sabia que aparência tinha quando mais jovem (era uma época pré-Google). Aquelas fotos não tinham quase nenhuma semelhança com a foto dele como um homem mais velho, atarracado, sem barba e parecendo completamente desorientado, publicada nos jornais depois do suicídio.

Eu me sinto como se minhas veias estivessem inundadas por algum produto químico, algo que não sangue. Como ela conseguira esses documentos? E por quê? *Por quê?* Que função tinham para ela? O que era aquilo afinal? Uma espécie de fantasia de vodu de vingança?

As primeiras páginas do arquivo são uma espécie de questionário — uma série daquelas perguntas tipicamente cafonas, blá-blá-blá psicológico: *Teve sonhos perturbadores sobre o evento? Tem sido incapaz de sentimentos tristes ou amorosos? Acha difícil imaginar uma vida longa e a satisfação de seus objetivos?* Esse tipo de coisa. Anexadas aos questionários, duas declarações manuscritas assinadas por Amrik Singh e sua esposa (a dela longo, a dele breve) e fotocópias de dois grossos formulários, quase inteiramente preenchidos, de pedido de asilo nos Estados Unidos, também assinados por eles.

Preciso me sentar. Preciso de um drinque. Tenho uma garrafa de Cardhu que eu não devia ter comprado no Duty Free a caminho de Cabul, e não devia ter trazido comigo. Principalmente agora que prometi a Chitra que nunca mais tocaria em bebida. Nem um gole. Nem uma gota. Principalmente agora que sei que meu trabalho está correndo perigo. Principalmente agora que sei que meu chefe me deu esta última chance de — em suas palavras banais — "tomar jeito ou tomar a estrada".

Queria gelo, mas não tem. O freezer inteiro virou um bloco de gelo e precisa descongelar. A geladeira está vazia, mas a cozinha tem pilhas de embalagens de frutas. Talvez ela estivesse — esteja — em alguma dessas dietas detox modernas em que só se come fruta. Talvez isso explique para onde tenha ido. Para algum retiro iogue, algo assim.

Claro que não.

Vou ter de tomar o Cardhu puro. Está muito frio, e esses malditos pombos realmente deviam parar de fornicar no peitoril da janela. Por que não param?

DATA: 16 DE ABRIL DE 2012

RE: LOVELIN SINGH NÉE KAUR E AMRIK SINGH

Este é um pedido de Avaliação Psicossocial de Amrik Singh e sua esposa, Lovelin Singh née Kaur, para determinar se foram vítimas de perseguição resultante de abuso, corrupção policial e extorsão sofridos na Índia, seu país natal. Teriam eles um genuíno "medo bem fundamentado" de serem torturados ou mortos por seu governo? Pedem asilo sob a alegação de que Amrik Singh será torturado ou morto se voltar à Índia. No decorrer da entrevista, apliquei um Inventário de Sintomas Traumáticos-2 (IST-2), uma *Checklist* de Estado Mental, uma Entrevista de Avaliação de Perturbações de Estresse Pós-Traumático (APEPT) e uma Escala de Trauma Davidson. Foi solicitado um histórico detalhado durante a entrevista de duas horas frente a frente, realizada com cada um deles para completar a narrativa dos eventos reais que efetivamente vivenciaram em Caxemira, Índia.

ANTECEDENTES

O sr. e sra. Amrik Singh residem em Clovis, Califórnia. Lovelin Singh née Kaur nasceu na Caxemira, Índia, em 19 de novembro de 1972. Amrik Singh nasceu em Punjab, Índia, em 19 de junho de 1964. O casal tem três filhos, o mais novo destes nascido nos Estados Unidos. O casal fugiu da Índia para o Canadá com as duas filhas mais velhas. Entraram nos Estados Unidos a pé em 1º de outubro de 2005. Foram primeiro para Blaine, Washington, mas agora vivem em Clovis, Califórnia, onde o sr. Amrik Singh trabalha como motorista de caminhão. Lovelin Kaur é do lar. Vivem em constante ansiedade pela segurança da família.

NARRATIVA DE LOVELIN:

Esta é uma narrativa baseada numa citação da entrevista de Lovelin.

Meu marido Amrik Singh era um major militar sediado em Srinagar, Caxemira. Quando ele estava no posto, não morei com ele na base, ocupei com nosso filho acomodações particulares num apartamento de segundo andar em Jawahar Nagar, Srinagar. Nessa colônia, vivem muitas famílias siques e poucas famílias muçulmanas. Em 1995, um advogado de direitos humanos chamado Jalib Qadri foi sequestrado e morto, a polícia local culpou meu marido, e sentimos que os muçulmanos o estavam incriminando. Meu ma-

224

rido não aceitava propinas e não gostava de terroristas muçulmanos. Era um homem honrado. Em suas próprias palavras: "Não vou enganar meu país e vocês não podem me subornar".

Minha amiga Manprit era jornalista em Srinagar nessa época. Ela descobriu quem estava incriminando meu marido e quem tinha matado Jalib Qadri. Ela e minha mãe foram à delegacia de polícia para revelar a informação. A polícia não deu ouvidos, porque ela era mulher e parente do acusado. E porque a polícia JC é composta principalmente por muçulmanos caxemíris. O principal investigador disse: "Se quiser posso fazer as senhoras queimarem vivas aqui dentro. Tenho esse poder".

Depois de um ano, unidades da polícia cercaram a colônia Jawahar Nagar onde eu morava com meu marido para fazer um cerco e busca. Então bateram na minha porta e entraram. Me agarraram pelo cabelo e me arrastaram do segundo andar para o térreo. Um policial pegou meu filho. Roubaram todas as minhas joias. O tempo todo me chutando e batendo e disseram: "Esta é a família de Amrik Singh, que matou o nosso líder". No quartel-general da polícia, me amarraram numa prancha de madeira, me chutaram, me deram tapas, me espancaram. Bateram na minha cabeça com uma prancha de borracha. Disseram: "Vamos fazer você virar um vegetal maluco para o resto da vida". Um homem com sapatos metálicos chutou e esmagou meu peito e estômago. Depois rolaram cilindros de madeira pelas minhas pernas. Depois prenderam coisas colantes em meu corpo e polegares e me deram repetidos choques elétricos. Queriam que eu desse um falso testemunho sobre meu marido. Me mantiveram lá por dois dias. Meu filho estava em outra sala e disseram que eu só o teria de volta se fizesse o falso testemunho. Por fim, me deixaram ir embora. Então vi o meu filho. Estávamos ambos chorando. Eu não podia ir até ele porque meus pés doíam. Um condutor de riquixá me pegou e levou para a casa de minha mãe.

Nenhum médico queria me tratar porque tinham medo de serem mortos pelos terroristas muçulmanos. Eu e meu marido éramos vigiados o tempo todo. Vivemos uma vida muito estressante. Três anos depois, deixamos a Caxemira e moramos em Jammu. Em 2003, trocamos nosso país pelo Canadá. Pedimos asilo e eles negaram. Foi cruel. Nós precisávamos de ajuda. Mostramos para eles todas as nossas provas, mesmo assim negaram. Em outubro de 2005, viemos para Seattle. Meu marido conseguiu um emprego de motorista de caminhão e em 2006 mudamos para Clovis, Califórnia. Não temos proteção. Não vamos a lugar nenhum, não temos passeios nem uma vida feliz. Se saímos não sabemos se vamos voltar vivos para casa. O tempo todo sentimos que somos observados pelos terroristas. A cada ruído eu acho que vou morrer. Fico apavorada com barulhos fortes. No ano passado, 2011, quando meu marido estava apenas disciplinando verbalmente nossos filhos, fiquei tão apavorada que pensei que tinham chegado para nos matar. Corri para o telefone, para ligar para o 911. Machuquei seriamente a cabeça, peito e pernas enquanto estava correndo. Achei que ia morrer mesmo quando ele estava apenas disciplinando verbalmente as crianças. Meu coração bate tão depressa que me sinto como uma louca. Muitas vezes reajo dramaticamente a gritos e ruídos altos. Mesmo quando meu marido estava apenas disciplinando verbalmente nossos filhos, eu chamei a polícia e não sei o que disse. Eles prenderam meu marido, depois soltaram sob fiança. Ainda estou insegura sobre o que aconteceu. Saiu no jornal a notícia de que meu marido era fulano de tal e tinha servido na Caxemira. Mostraram a foto de meu marido, de nossa casa e contaram para todo mundo que morávamos ali. A notícia apareceu na internet e na Caxemira também. Mais uma vez os terroristas muçulmanos começaram a pedir que meu marido fosse mandado de volta. Depois de alguns dias, um jornalista telefonou e nos disse que um repórter de uma revista da Índia estava nos procurando.

Mas nós sabíamos que ele não era quem dizia ser. Eu vi quando ele passou de carro na frente da nossa casa. Vi muitas vezes. Falei para meu marido que tínhamos de ir embora. Ele disse: "Não temos dinheiro para ficar mudando. Eu não quero fugir. Quero viver". O homem está sempre por perto. Outros homens também. Todos terroristas muçulmanos. Estou constantemente com medo. Mantenho as cortinas fechadas e olho por trás delas. Eles ficam parados na rua, olhando a nossa casa. Agora mantenho tudo trancado. Antes eu tinha um pequeno salão de beleza em casa, fazendo sobrancelhas e depilação com cera para senhoras. Agora sinto que não é seguro deixar estranhos entrarem em minha casa.

Dezessete anos se passaram, e os terroristas muçulmanos caxemíris ainda marcam a data da morte daquele advogado. Nos jornais e na internet, ainda culpam meu marido. Meus filhos têm medo. Sempre perguntam: "Mãe, quando vamos poder viver a vida?". Eu respondo: "Estou tentando, mas não está em minhas mãos".

*

Ela machucou as pernas, a cabeça e o peito ao correr para o telefone. É uma proeza. O que o marido fez para ela retirar a queixa, eu me pergunto? Talvez ela e os filhos estivessem vivos hoje se não tivesse feito isso. Adoro especialmente a parte em que a polícia faz uma operação de cerco e busca justamente em Jawahar Nagar e depois prende e tortura a esposa de um major do Exército em exercício. Isso é perfeito. Na Caxemira essa história seria recebida como uma comédia pastelão. O trecho sobre os "médicos apavorados" foi um bom toque também. Verossimilhança é tudo. Quanto ao seu detalhado e bem informado relato da tortura, espero que o marido tenha apenas lhe ensinado suas técnicas, mas que não tenha aplicado nela. "Ele estava apenas disciplinando verbalmente as crianças" repetido três vezes num mesmo parágrafo me parece esquisito.

O testemunho de Amrik Singh era de soldado. Breve e objetivo:

Servi no Exército Indiano como oficial comissionado. Fui destacado para várias atividades contrainsurgência e de pacificação dentro da Índia e no exterior. Em 1995, fui deslocado para a Caxemira, em insurgência desde 1990. Em 1996, um funcionário de direitos humanos, que depois vim a saber que pertencia a um grupo terrorista banido, foi sequestrado e morto. A polícia caxemíri e o Governo da Índia põem a culpa em mim. Fui feito de bode expiatório. Não tive escolha, senão fugir da Índia com a minha família. Se voltar, o Governo da Índia não vai gostar que eu enfrente nenhum tribunal onde possa contar minha versão. Eu seria torturado com espancamento, choques, afogamento, privação de comida e sono ou então morto e nunca mais visto nem sabido.

Os formulários eram preenchidos à mão. A caligrafia de Amrik Singh era clara, quase feminina, com uma assinatura clara, feminina para combinar. É impressionante olhar sua caligrafia. Parece estranhamente íntimo.

Eles sem dúvida sabiam como se virar, aqueles dois. Como o pobre ASCL Ralph Bauer podia saber que a história deles parecia tão verdadeira porque *era* verdadeira, só que com as vítimas e os perpetradores com papéis trocados? Não é de admirar que ele tenha chegado a esta hilária conclusão:

PARECER

Com base nos dados apresentados acima não há em minha mente qualquer dúvida de que a sra. Lovelin Singh e o sr. Amrik Singh sofreram ambos severo Transtorno de Estresse Pós-Traumático. Esse grau de estresse é definitivamente indicativo de indivíduos que passaram por eventos destrutivos e traumáticos como tortura, períodos indefinidos de encarceramento e separação da família. Eles têm um profundo temor de que, se voltarem à Índia, esses acontecimentos se repitam. Não há dúvida de que existem pessoas em liberdade que ainda procuram vingança e executam sua vendeta em vários blogs da internet.

Diante desses fatos, recomendo vivamente que o sr. e a sra. Amrik Singh e sua família recebam proteção e asilo aqui nos Estados Unidos da América de forma a poderem começar a viver uma vida normal na medida do possível para eles.

Então eles haviam quase conseguido, o sr. e sra. Amrik Singh. Estavam a um passo de se tornarem cidadãos legais dos Estados Unidos. E, no entanto, dois meses depois, Amrik Singh escolheu se suicidar e matar toda a família.

Que sentido fazia isso?

Podia ter sido outra coisa e não suicídio?

Quem era o jornalista que rondava o local, mencionado pela esposa em seu testemunho? E quem eram os outros?

Isso ainda importa?

Não para mim.

Não para o Governo da Índia.

Certamente não para a Polícia da Califórnia, que deve ter outras coisas para pensar.

Lamento pela esposa e pelos filhos, porém.

* * *

Por que minha inquilina madame S. Tilottama tem essa pasta?

E onde diabos está ela?

Meu telefone toca. Estranho. Ninguém tem esse número. Para o mundo todo eu estou em reabilitação. Ou em viagem de estudos, que é outra maneira de dizer a mesma coisa. Quem está me mandando mensagem? Ah. THYROCARE, seja lá o que for isso:

Prezado cliente, por favor compareça a nossas instalações. Vit-D+B12, Açúcar, Lipídeo, TFH [Teste de Função Hepática], TFR [Teste de Função Renal]. Tireoide, Ferro, HC [hemograma completo], exame de urina, por 1800 rupias.

Prezada Thyrocare. Acho que prefiro morrer.

Já bebi um quarto da garrafa. Está na hora de uma soneca vespertina proibida. Homens trabalhadores não devem cochilar. Eu não devia levar o Cardhu para o quarto. Mas preciso. Ele insiste.

Não há cama. Apenas um colchão no chão. Há livros, cadernos, dicionários, bem-arrumados em torres.

Acendo o abajur de pé. Vejo um pedaço de papel colorido preso com fita à cúpula larga do abajur. Um lembrete? Um aviso para si mesma? Diz assim:

Quanto à morte deles, preciso contar para você? Será para todo mun-

do a morte daquele que, quando soube da dele pelo júri, meramente resmungou com sotaque renano: "Já passei muito desse ponto".

Jean Genet

P.S.: Este abajur é feito com a pele de algum tipo de animal. Se olhar bem vai encontrar uns pelos crescendo nele.

Obrigada.

Estes cômodos parecem ter visto algum tipo de desvendamento. O desvendamento de qualquer ser humano é provavelmente horrível de se ver. Mas *este* ser humano? Há um traço de perigo, como um vago aroma acre de pólvora pairando no ar da cena de um crime.

Não li Genet, deveria ler? Você leu?

É bom uísque, o Cardhu. E caro pra burro. Tenho de beber com respeito. Já estou um pouco bêbado — "bêbo", como meu velho amigo Golak diria. Em Orissa eles tendem a comer letras.

*

Está muito escuro.

Sonhei com uma torre de tampas de panela empilhadas e latrinas abertas cheias de coisas estranhas — sobretudo pastas, e os desenhos de cavalos de Musa. E longos pinos de neve muito seca que parecem ossos.

Quem terminou o uísque?

Quem trouxe vodca e esse engradado de cerveja do meu carro para o apartamento?

Quem transformou o dia em noite?

Quantos dias se transformaram em quantas noites?

E quem está na porta? Ouço uma chave girando.

É ela?

* * *

Não é.

São duas pessoas, com três vozes. Estranho. Entram e acendem as luzes como se fossem donas do lugar. E agora estamos cara a cara. Um rapaz de óculos escuros e um homem mais velho. Uma mulher mais velha. Homem. Mulher-homem. Qualquer coisa. Um tipo esquisito qualquer vestido com um conjunto pathan e um anoraque plástico vagabundo. Muito alta. Com a boca vermelha e um dente branco, brilhante. Ou talvez seja só um sonho meu. Meus sentidos estranhamente estimulados e entorpecidos ao mesmo tempo. Há garrafas por todo lado, se batendo a nossos pés, rolando debaixo da mobília e para dentro de latrinas abertas.

Como não temos muito a dizer uns para os outros e não fico em pé direito — eu me sinto oscilando como um pé de milho num milharal —, volto para o quarto e me deito. O que mais posso fazer?

Eles me acompanham. Isso me parece um comportamento estranho, mesmo numa sequência de sonho, se é isso que está acontecendo aqui. A mulher-homem fala comigo numa voz que soa como duas vozes. Ela fala o mais belo urdu. Diz que seu nome é Anjum, que é amiga de Tilottama, que está morando com ela por enquanto, e que ela e seu amigo Saddam Hussain vieram porque Tilo precisa de algumas coisas do armário. Eu disse que também era amigo de Tilo e que eles fossem em frente e pegassem o que fosse preciso. O rapaz tira do bolso uma chave e abre o armário.

Uma nuvem de balões sai voando.

O rapaz pega um saco e começa a enchê-lo. Ali vão — ao menos pelo que consigo ver — um pato de borracha, uma banheira inflável de bebê, uma grande zebra de pelúcia, alguns lençóis, livros e roupas quentes. Quando terminam, eles me agradecem pela paciência. Me perguntam se quero mandar um recado para Tilo. Digo que sim.

Arranco uma página de um dos cadernos e escrevo GARSON HOBART. As letras saem muito maiores do que eu pretendia. Como uma espécie de declaração. Entrego a eles o bilhete.

E eles vão embora.

Vou até a janela para vê-los sair do prédio. Juro pelos meus filhos — eles vão embora num *cavalo*. Uma dupla de malucos com uma trouxa cheia de brinquedos trota para dentro da névoa num maldito cavalo branco.

Minha cabeça está em frangalhos. Minhas alucinações são lamentáveis. Foi tudo tão real. Sinto o cheiro até. Não consigo me lembrar quando comi pela última vez. Onde está o telefone? Que horas são? Que dia é hoje ou que noite?

Olho o quarto de volta. Os balões flutuando como uma proteção de tela. As portas do armário escancaradas. A parte interna de uma está marcada. De onde estou, parece algum tipo de tabela... um registro paterno da estatura dos filhos em crescimento — fazíamos isso com Ania e Rabia quando estavam crescendo. Qual criança ela podia estar medindo, eu me pergunto. De perto, me dou conta de que não é nada disso. Como posso ter imaginado, mesmo por um momento, que teria sido algo tão doméstico e enternecedor?

É algum tipo de dicionário, uma obra em andamento — os verbetes estão numa caligrafia desigual e em diversas cores:

ALFABETO CAXEMÍRI-INGLÊS

A: Azadi/ *army* [exército]/ *Allah* [Alá]/ *America* [Estados Unidos]/ *atack* [ataque]/ AK-47/ *ammunition* [munição]/ *ambush* [emboscada]/ Aatankwadi/ *Armed Fordes Special Powers Act* [Decreto das Forças Armadas Especiais]/ *area domination* [dominação de área]/ Al Badr/ Al Mansurian/ Al Jehad/ *Afghan* [afegão]/ Amarnath Yatra

B: BSF [FSF — Força de Segurança da Fronteira]/ *body* [corpo]/ *blast* [explosão]/ *bullet* [bala]/ *batallion* [batalhão]/ *barbed wire* [arame farpado]/ *brust (burst)* [estourado]/ *border cross* [travessia de fronteira]/ *booby trap* [armadilha]/ bunker/ byte/ *begaar* [trabalho forçado]

C: *cross-border* [cruza-fronteira]/ *crossfire* [fogo-cruzado]/ *camp* [campo]/ *civilian* [civil]/ *curfew* [toque de recolher]/ *crackdown* [sanção]/ *cordon and search* [cerco e busca]/ *checkpost* [posto de controle]/ *counter-insurgence* [contrainsurgência]/ *ceasefire* [cessar fogo]/ *couter-insurgency* [contrainteligência]/ *catch and kill* [caçar e matar]/ *custodial killing* [assassinato em custódia]/ *compensation* [compensação]/ *cylinder (surrender)* [cilindrar (render-se)]/ *concertina wire* [cerca de concertina]/ *collaborator* [colaborador]

D: *disappeared* [desaparecido]/ *Defense spokesman* [porta-voz da Defesa]/ *double-cross* [delatar]/ *double agent* [agente duplo]/ *Disturbed Areas Act* [Decreto de Áreas de Perturbação]/ *dead body* [cadáver]

E: *encounter* [encontro]/ EJK (*extrajudicial killing*) [assassinato extrajudicial]/ *Ex Gratia*/ *embedded journalists* [jornalistas infiltrados]/ *elections* [eleições]/ *enforced disappearance* [desaparecimento forçado]

F: *funerals* [funerais]/ *fidayin* [agentes suicidas]/ *foreign militant* [militante estrangeiro]/ FIR (*First Information Report*)

[Primeiro Relatório de Informação]/ *fake encounter* [falso encontro]

G: *grenade blast* [explosão de granada]/ *gunbattle* [combate armado]/ *G branch* (*general branch-BSF intelligence*) [ramo geral de inteligência da BSF]/ *graveyard* [cemitério]/ *gun culture* [cultura de armas]

H: HM (Hizb-ul-Mujahidin)/ HRV (*human rights violations*) [violações de direitos humanos]/ HRA (*human rights activist*) [ativista de direitos humanos]/ hartal/ Harkat ul Mujahidin/ *honeymoon* [lua de mel]/ *half-widows* [meias viúvas]/ *half--orphans* [meios órfãos]/ *human shields* [escudos humanos]/ *healing touch* [toque que cura]/ *hideout* [esconderijo]

I: *interrogation* [interrogatório]/ *India*/ *intelligence* [inteligência]/ *insurgent* [insurgente]/ *informer* [informante]/ *I-card* [cartão de crédito]/ ISI [Serviço de Inter-Inteligência (do Paquistão)]/ *intercepts* [interceptações]/ ikhwan/ *information warfare* [guerra de informações]/ IB [Bureau de Inteligência (da Índia)]/ *indefinite curfew* [toque de recolher]

J: *jail* [prisão]/ JKP [Jagadguru Kripalu Parishat] / JIC (*Joint Interrogation Centre*) [Centro de Interrogatório Conjunto]/ JKLF (*Jammu & Kashmir Liberation Front*) [Frente de Libertação Jammu & Caxemira], jihad/ jannat/ jahannum/ Jamiat ul Mujahidin/ Jaish-e-Mohammed

K: *kills* [assassinatos]/ Kashmir [Caxemira]/ kashmiriyat/ kalashnikov (veja também AK)/ *kilo force*/ kafir

L: Lashkar-e-Taiba/ LMG [metralhadora leve]/ *launcher* [lançador]/ *love letter* [carta de amor]/ Lahore/ *landmine* [mina terrestre]

M: mujahidin/ *military* [forças militares]/ Mintri/ *media* [mídia]/ *mines* [minas]/ MPV (*mine proof vehicle*) [veículo à prova de mina]/ *militant* (também Milton, Mike)/ *muslim mujahidin* [muçulmano mujahidin]/ *mistaken identity* [identidade errada]/ *martyrs* [mártires]/ Mukhbir [informante]/ *misfire* [morte acidental]/ Muskaan [orfanato do exército]/ massacre/ Mut/ Muj

N: NGO [ONG]/ New Dheli [Nova Delhi]/ Nizam-e-Mustapha/ *nabad* (veja também ikhwan)/ *night patrolling* [patrulha noturna]/ NTR (nada a relatar)/ *nail parade* [parada dos pregos]/ *normalcy* [normalidade]

O: *occupation* [ocupação]/ Ops [operações]/ OGW (*overground worker*) [CNC — colaborador não clandestino]/ *overground* [não clandestino]/ *official version* [versão oficial]/ *Operation Tiger* [Operação Tigre]/ *Operation Sadbhavana* [Operação Sadbhavana]

P: *Pakistan* [Paquistão]/ PSA (*Public Security Act*) [Decreto de Segurança Pública]/ POTA [prevenção de ato terrorista]/ *picked up* [pego]/ *prima facie*/ *peace* [paz]/ polícia/ Papa I, Papa II [centros de interrogatório]/ *psyops* [operações de guerra psicológica]/ *pandits*/ *press conference* [entrevista coletiva]/ *peace process* [processo de paz]/ paramilitary [forças paramilitares]/ PTSD [perturbação de estresse pós-traumático]/ paar/ *press release*

Q: *Quran* [Alcorão]/ *questioning* [interrogatório]

R: (RR) Rifles Rashtriya/ *regular army* [exército regular]/ *rape* [estupro]/ *rigging* [cordame]/ *Road Opening Patrol* [patrulha de abertura de estrada]/ RDX [explosivo]/ RAW [Destacamento de Pesquisa e Análise]/ *renegades* [renegados]/ RPG [granada de propulsão a foguete]/ *razor wire* [arame farpado]/ *referendum* [referendo]

S: *separatists* [separatistas]/ *surveillance* [vigilância]/ *spy* [espião]/ SOG [GOE — Grupo de Operações Especiais]/ STF [FTE — Força-Tarefa Especial]/ *suspect* [suspeito]/ *shahid/ shohadda* [mártires]/ *sources* [fontes]/ *security* [segurança]/ *Sadbhava* [boa-vontade]/ *surrender (aka cylinder)* [rendição (ou cilindrar)]/ SRO 43 (*Special Relief Order-*1 lakh) [Ordem de relaxamento especial — 100 000]

T: *third degree* [terceiro grau]/ *torture* [tortura]/ *terrorist* [terrorista]/ *tip-off* [delatar]/ *turism* [turismo]/ TADA (*Terrorist and Disruptive Activities Act*) [Decreto de Atividades Terroristas e Perturbações]/ *threads* [fios]/ *target* [alvo]/ *task force* [força-tarefa]

U: *unidentified gunmen* [atiradores não identificados]/ *unidentified body* [corpo não identificado]/ ultras [radicais]/ *underground* [clandestinidade]

V: *violence* [violência]/ Victor Force [força de ataque britânica]/ *Village Defence Committee* [Comitê de Defesa da Aldeia]/ *version (local/ official/ police/ army)* [versão (local/ oficial/ policial/ do exército)]/ *victory* [vitória]

W: *warnings* [alertas]/ *wireless* [sem fio]/ *waza/ wazwaan*

X: *x gratia*

Y: Yatra (Amarnath)

Z: *zulm* (opressão)/ Z *plus security* [segurança Z plus]

Musa não existe mais, então quem andou enchendo a cabeça dela com esse lixo?

Por que ela ainda está chafurdando nessa velha história?

Todo mundo seguiu em frente.

Achei que ela também.

Estou deitado na cama dela.

Minha cabeça está me matando.

E o quarto está cheio de balões.

Por que eu sempre acabo assim, orbitando em volta dela?

Abro o caderno do qual arranquei uma página. A primeira diz:

Caro doutor,
Anjos pairam sobre mim enquanto escrevo. Como posso dizer a eles que suas asas têm cheiro de piso de galinheiro?

Sinceramente, em Cabul é tão mais simples.

Então, como ela já tinha morrido quatro ou cinco vezes, o apartamento continuava disponível para um drama mais sério que sua morte.

Jean Genet

8. A locatária

A corujinha manchada da luz da rua mergulhou e balançou a cabeça com as maneiras delicadas e imaculadas de um empresário japonês. Pela janela, via com toda clareza o pequeno quarto nu e a estranha mulher nua na cama. Ela via com toda a clareza a coruja também. Algumas vezes, balançava a cabeça de volta e dizia, *mushi mushi*, que era tudo o que sabia em japonês. Mesmo dentro de casa, as paredes irradiavam um calor incessante, ameaçador. O lento ventilador de teto movimentava o ar escaldante, espalhando uma fina camada de poeira cinzenta.

O quarto mostrava sinais de celebração. Os balões amarrados à grade da janela batiam uns nos outros, errantes, amoleciam e se enrugavam com o calor. No centro, num banquinho baixo, pintado, havia um bolo com uma festiva cobertura de morango e flores e açúcar, uma vela com pavio queimado, uma caixa de fósforos e alguns palitos usados. No bolo, estava escrito *Feliz aniversário Miss Jebin*. O bolo tinha sido cortado, um pequeno pedaço comido. A cobertura derretera e escorrera para o prato de papelão da base, forrado de papel-alumínio. Formigas saíam com migalhas maiores que elas mesmas. Formigas pretas, migalhas rosadas.

A bebê, cujas cerimônias de aniversário e batismo tinham sido comemoradas simultaneamente e concluídas com sucesso, estava dormindo profundamente.

Sua sequestradora, que atendia pelo nome de S. Tilottama, estava acordada e concentrada. Ouvia o próprio cabelo crescer. Soava quase como algo a desmoronar. Uma coisa queimada desmoronando. Carvão. Torrada. Mariposas tostadas numa lâmpada. Ela se lembrava de ter lido em algum lugar que, mesmo depois da morte, o cabelo e as unhas continuavam crescendo. Como a luz das estrelas, que viaja pelo universo por muito tempo depois que as estrelas em si morreram. Como cidades. Borbulhantes, efervescentes, simulando uma ilusão de vida enquanto o planeta que saqueavam morria em torno delas.

Ela pensou na cidade à noite, nas cidades à noite. Constelações de velhas estrelas descartadas, caídas do céu, rearranjadas na Terra em padrões, caminhos e torres. Invadidas por carunchos que aprenderam a andar sobre duas patas.

Um caruncho filósofo com maneiras graves e um bigode duro estava dando aula, lendo um livro em voz alta. Carunchos admiradores se esforçavam para captar cada palavra que saía dos lábios do caruncho sábio. "Nietzsche acreditava que, se a Compaixão se tornasse o cerne da ética, a desgraça se tornaria contagiosa e a felicidade, objeto de suspeita." Os mais novos rabiscavam seus caderninhos. "Schopenhauer, por outro lado, acreditava que a Compaixão é e deve ser a virtude suprema do caruncho. Mas muito antes deles, Sócrates fez a pergunta-chave: por que temos de ser morais?".

Ele havia perdido uma perna na Quarta Guerra Mundial dos Carunchos, esse professor, e usava uma bengala. Suas outras

cinco (patas) estavam em excelente condição. Uma frase pichada
a spray no fundo da sala dizia:

Caruncho cruel sempre se dá bem.
Outras criaturas se amontoavam na classe já lotada.

Um crocodilo com uma bolsa de pele humana
Um gafanhoto com boas intenções
Um peixe em greve de fome
Uma raposa com uma bandeira
Uma larva com um manifesto
Uma salamandra neoconservadora
Um iguana ícone
Uma vaca comunista
Uma coruja com uma alternativa
Um lagarto na TV. Olá, sejam bem-vindos,
vocês estão vendo o *Lagarnoticiário das Nove.*
Neve farta na ilha das lagartas.

A bebê foi o começo de alguma coisa. Disso a sequestradora
sabia. Seus ossos haviam sussurrado isso a ela aquela noite (a *tal*
noite, a noite em questão, a noite citada acima, a noite doravan-
te mencionada como "a noite") em que agira na calçada. E seus
ossos eram nada mais que informantes confiáveis. A bebê era
Miss Jebin que voltara. Voltara, sim, não para ela (Miss Jebin
Primeira nunca foi dela), mas para o mundo. Miss Jebin Segunda, quando crescesse e fosse uma dama, ia acertar as contas e
refazer os livros. Miss Jebin ia virar a mesa.
Ainda havia esperança, para ao Mundo dos Carunchos
Cruéis.
Verdade, a Campina Feliz caíra. Mas Miss Jebin viera.

*

Naga pediu que Tilo lhe desse uma boa razão para deixá-lo. Ele não a amava? Não tinha sido dedicado? Atencioso? Generoso? Compreensivo? Por que então? Depois de todos esses anos? Ele disse que catorze anos era tempo suficiente para qualquer um superar qualquer coisa. Contanto que quisesse superar. As pessoas enfrentavam coisas muito piores. "Ah, *isso*", ela disse. "Isso eu superei faz muito tempo. Estou feliz e bem adaptada agora. Como o povo da Caxemira. Aprendi a amar meu país. Pode ser até que eu vote na próxima eleição."

Ele deixou passar. Disse que ela devia pensar em procurar um psiquiatra.

Ela ficava com um nó na garganta quando pensava. Era uma boa razão para não procurar um psiquiatra.

Naga tinha começado a usar paletós de tweed e fumar charutos. Como o pai dele. E a falar com os empregados no tom imperioso que a mãe usava. Cupins com torrada, tangas khadi e Rolling Stones eram um esquecido sonho febril de uma vida passada.

A mãe de Naga, que morava sozinha no andar térreo da grande casa (o pai, embaixador Shivashankar Hariharan, tinha morrido), o aconselhou a deixar Tilo ir embora. "Ela não vai conseguir se virar sozinha, vai implorar para voltar para você." Naga sabia que não. Tilo ia se virar. E, mesmo que não se virasse, jamais imploraria. Ele sentia que ela estava se deixando levar por uma onda que nenhum dos dois podia controlar. Ele não sabia dizer se o incessante, compulsivo e cada vez menos seguro vagar pela cidade marcara o começo de um desequilíbrio mental ou um agudo e perigoso tipo de sanidade. Ou as duas coisas eram uma só?

O único a que podia atribuir a nova inquietação dela era a

morte bizarra da mãe, o que ele achava estranho, uma vez que era um relacionamento que mal existira. Sim, Tilo tinha ficado ao lado da cama dela durante as duas últimas semanas no hospital. Mas, fora isso, tinha visto a mãe apenas umas poucas vezes durante os últimos anos.

Naga tinha razão num sentido, mas estava errado em outro. A morte da mãe (ela morrera no inverno de 2009) libertara Tilo de uma interiorização de que ninguém, inclusive ela mesma, havia se dado conta porque dava a impressão de algo completamente oposto — uma peculiar e insulada independência. Durante toda sua vida adulta, Tilo havia se definido e moldado marcando e mantendo uma distância entre ela e a mãe — sua mãe adotiva, na verdade. Quando isso não foi mais necessário, algo congelado começou a dissolver e algo desconhecido começou a tomar seu lugar.

A perseguição de Naga a Tilo não saíra como planejado. Ela devia ter sido apenas mais uma conquista fácil, mais uma mulher a sucumbir a seu irreverente brilhantismo e charme afiado e acabar com o coração partido. Mas Tilo havia se infiltrado nele e se tornado uma espécie de compulsão, quase um vício. Um vício tem sua própria mnemônica — pele, cheiro, o tamanho dos dedos do ser amado. No caso de Tilo, era o amendoado dos olhos, a forma da boca, a cicatriz quase invisível que alterava ligeiramente a simetria dos lábios e fazia com que parecesse desafiadora mesmo quando não pretendia, o modo como as narinas se dilatavam, anunciando o desprazer mesmo antes dos olhos. O jeito como ela sustentava os ombros. A maneira como sentava na privada completamente nua e fumava cigarros. Tantos anos de casamento, o fato de que ela não era mais jovem — e não fazia nada para fingir o contrário — não mudaram o que ele sentia. Porque tinha a ver com mais do que tudo isso. Era a altivez (apesar do ponto de interrogação sobre sua "linhagem", como a mãe dele não hesitara colocar). Tinha a ver com o jeito como ela vivia, no país de sua própria pele. Um país que não dava vistos e parecia não ter consulados.

Verdade que nunca tinha sido um país especialmente amigável, mesmo em seus melhores momentos. Mas suas fronteiras estavam fechadas, e o regime de isolacionismo mais ou menos completo começara apenas depois do desastre do Cinema Shiraz. Naga casou com Tilo porque nunca conseguiu de fato se aproximar dela. E, como não conseguia se aproximar dela, não podia deixar que se afastasse. (Claro que isso levanta outra questão: por que Tilo casou com Naga? Uma pessoa generosa diria que foi porque ela precisava de proteção. Uma visão menos generosa seria que ela precisava de cobertura.)

Embora a parte dele fosse apenas uma pequena parcela da história, no entender de Naga, "antes" e "depois" de Shiraz às vezes adquiria tons de a.C. e d.C.

*

Depois da ligação de Biplab Das-Goose-*da* em Dachigam à meia-noite, Naga precisou de algumas horas e vários telefonemas discretos para fazer os arranjos necessários para ir do Ahdus para o Shiraz. O toque de recolher estava em vigor. Srinagar estava sitiada. O esquema de segurança estava sendo instalado para os cortejos fúnebres das pessoas que tinham sido mortas no fim de semana, que tomaria as ruas na manhã seguinte. Havia ordens para atirar à primeira vista. Deslocar-se pela cidade à noite era quase impossível. Quando Naga conseguiu providenciar um veículo, um salvo-conduto para o toque de recolher, documentos para os postos de controle e uma permissão de entrada no Shiraz, estava quase amanhecendo.

Um ordenança estava à espera dele no saguão do cinema,

junto ao que antes tinha sido a bilheteria e era agora uma cabine de sentinela. Ele disse que o sahib major (Amrik Singh) tinha saído, mas que seu assistente o encontraria no escritório. O ordenança escoltou Naga até os fundos do prédio, uma escada de incêndio acima até um escritório escuro e improvisado, no primeiro andar. Disse para Naga se sentar, e que o "sahib" estaria ali dentro de um minuto. Quando entrou na sala, Naga não tinha como saber que a figura de pheran e balaclava sentada numa cadeira de costas para a porta era Tilo. Ele não a via fazia tempo. Quando ela se virou, o que mais o alarmou na expressão de seus olhos foi o esforço que fez para sorrir e dizer olá. Isso, para ele, foi um sinal de rompimento. Não era ela. Tilo não era uma mulher que sorria e dizia olá. Os amigos mais chegados tinham aprendido com o tempo que no caso Tilo a ausência de cumprimento era na verdade uma brusca declaração de intimidade. Graças à balaclava, o que depois passaram a chamar de "corte de cabelo" não estava imediatamente evidente. Naga concluiu que a balaclava era apenas uma reação exagerada ao frio de uma indiana do sul. (Ele tinha uma coleção de piadas sobre indianos do sul e bonés de macaco que costumava contar com sotaques e aplomb, sem medo de ofender, porque era metade sulista.) Assim que Tilo o viu, ela se pôs de pé e foi depressa para a porta.

"É você! Achei que Garson…"

"Ele me chamou. Está em Dachigam com o governador. Eu, por acaso, estava na cidade. Você está bem? E Musa…? Era…?"

Passou um braço pelos ombros dela. Ela não tremia propriamente, mas vibrava, como se houvesse um motor por baixo da pele. No canto da boca, um músculo pulsava.

"Podemos ir agora? Vamos…?"

Antes que Naga pudesse responder, Ashfaq Mir, vice-comandante do CIC Cinema Shiraz, entrou, anunciado pelo poderoso aroma de sua colônia. Naga baixou o braço do ombro de Tilo, sentindo-se culpado por algum mau comportamento imaginário. (Na Caxemira, nessa época, a diferença entre o que constituía culpa e inocência ficava no âmbito do oculto.)

Ashfaq Mir era incrivelmente baixo, incrivelmente forte de aspecto e incrivelmente branco mesmo para um caxemíri. As orelhas e narinas eram rosa concha. Ele exsudava um brilho quase metálico. Estava vestido com capricho, calça cáqui com vinco, bota marrom engraxada, fivelas brilhando, cabelo com gel e esticado para trás da testa lisa e brilhante. Podia ser um albanês, ou um jovem oficial do exército dos Bálcãs, mas, quando falava, era com os modos de um proprietário de casa-barco do velho mundo, impregnado por gerações da legendária hospitalidade caxemíri, a saudar um velho cliente.

"Bem-vindo, sir! Bem-vindo! Bem-vindo! Devo confessar que sou seu maior fã, sir! Precisamos de gente como o senhor para manter gente como eu no caminho certo!" O sorriso que se espalhou por seu rosto infantil e bem cuidado era uma bandeira. Os olhos surpresos, de um tom azul bebê, se acenderam com algo que parecia uma satisfação real. Ele apertou a mão de Naga entre as suas e balançou calorosamente por um bom tempo antes de tomar seu lugar atrás da mesa, gesticulando para Naga se sentar à sua frente. "Desculpe, estou um pouco atrasado. Passei a noite toda fora. Problemas na cidade — o senhor deve ter ouvido — protestos, incêndios, mortes, funerais… Nosso Especial de Srinagar de sempre. Acabei de chegar. Meu comandante pediu que eu viesse e entregasse a senhora pessoalmente."

Embora a chamasse de "senhora", comportava-se como se Tilo não estivesse ali. (O que permitiu a Tilo se comportar como se não estivesse ali também.) Mesmo quando se referia a ela, não a encarava. Não ficava claro se isso era um gesto de respeito, de desrespeito ou apenas tradição local.

248

Nem tudo que aconteceu naquela sala nesse dia ficou claro. O desempenho de Ashfaq Mir podia tanto ter sido cuidadosamente roteirizado, inclusive a maneira e o momento da entrada, como ser uma espécie de improvisação costumeira. A única coisa que não era ambígua era o tom subjacente de apressada e sorridente ameaça. A "senhora" seria entregue pessoalmente, mas sir e a senhora só poderiam sair quando Ashfaq Mir dissesse que podiam. Porém ele se conduziu como se fosse um humilde subordinado meramente cumprindo, da maneira mais elegante possível, uma ordem que recebera. Dava a impressão de que não fazia absolutamente a menor ideia do que acontecera, do que Tilo estava fazendo no CIC ou por que ela precisava ser "entregue".

Só de sentir o ar da sala (que tremia), ficava evidente que algo hediondo acontecera. Não era claro o que, ou quem era o pecador e quem o alvo do pecado.

Ashfaq Mir tocou uma campainha e pediu chá com biscoitos, sem perguntar aos convidados se queriam ou não. Enquanto esperavam que fosse servido, ele acompanhou o olhar de Naga a um pôster emoldurado na parede:

Temos regras próprias
Ferozes somos
Em tudo sempre letais
Domadores de ondas
Brincamos com temporais
Você adivinhou
Nós somos nada mais
Que Homens Fardados

"Nossa poesia interna…" Ashfaq Mir jogou a cabeça para trás e gargalhou.

Talvez o chá — ou o roteiro — o tornaram falante. Indiferente à inquietação (assim como à quietude) de sua plateia, ele tagarelou alegremente sobre seus dias de faculdade, sua política, seu emprego. Contou ter sido líder estudantil e, como a maioria dos jovens de sua geração, um separatista convicto. Mas, tendo sobrevivido ao derramamento de sangue do começo dos anos 1990, tendo perdido um primo e cinco amigos próximos, ouvira a voz da razão. Agora acreditava que a luta da Caxemira por Azadi tinha perdido o rumo e que nada se podia conseguir sem a "Norma da Lei". E então filiou-se à Polícia de Jammu e Caxemira e foi destacado para o GOE, Grupo de Operações Especiais. Erguendo um biscoito no ar, delicadamente entre polegar e indicador, ele recitou um poema de Habib Jalib que disse ter simplesmente *vindo* para ele — no momento mesmo em que mudara de posição:

Mohabbat goliyon se bo rahe ho
Watan ka chehra khun se dho rahe ho
Gumaan tum ko ke rasta katt raha hai
Yakin mujhko ke manzil kho rahe ho

Você semeia balas em vez de amor
Sua pátria lavada em sangue e dor
Você acha que mostra o caminho
Mas acho que você perdeu o rumo

Sem esperar uma reação, ele mudou do tom declamatório para conspiratório:

"E depois da Azadi? Alguém pensou? O que a maioria fará com a minoria? Os pandits caxemíris já foram. Só restamos nós, muçulmanos. O que vamos fazer para ensinar uns aos outros? O que os salafis vão fazer com os barelvis? O que os sunitas vão fazer com os xiitas? Eles dizem que é mais certeza irem para o jannat por matar um xiita do que por matar um hindu. Qual será o destino dos budistas ladakhianos? Hindus de Jammu? J&C não é só a Caxemira. É Jammu, Caxemira e Ladakh. Algum separatista pensou nisso? A resposta eu posso dar: é um grande 'Não'."

Naga concordava com o que Ashfaq Mir dizia e sabia o cuidado com que a semente dessa autodúvida tinha sido semeada por uma administração que cavara o seu caminho de volta ao controle a partir do limiar do caos absoluto. Ouvir Ashfaq Mir era como observar a estação mudar e a colheita amadurecer. Naga sentiu um ardor momentâneo, uma sensação de culto onisciente. Mas não queria fazer nada que pudesse prolongar a reunião. Então não disse nada. Espichou o pescoço ostensivamente para ler a lista de "Mais Procurados" — cerca de vinte e cinco nomes — escrita com pincel mágico verde no quadro branco atrás da mesa. Ao lado de mais da metade havia (morto) (morto) (morto).

"São todos paquistaneses e afegãos", disse Ashfaq Mir, sem se virar, com o olhar fixo em Naga. "A vida que resta para eles não passa de seis meses. No fim do ano, estarão todos eliminados. Mas nunca matamos rapazes caxemíris. NUNCA. Nunca, a menos que eles sejam fanáticos."

A mentira descarada ficou pairando no ar, sem resposta. Era esse o seu propósito — testar o ar.

Ashfaq Mir tomou um gole de chá, continuou a olhar para Naga com aqueles olhos surpresos, fixos. De repente — ou talvez não tão de repente — pareceu lhe ocorrer uma ideia. "Gostaria de ver um milton? Tenho um ferido aqui comigo em custódia. Um caxemíri. Mando chamar?"

Tocou a campainha outra vez. Em segundos, um homem atendeu e recebeu a "ordem", como se fosse um petisco a mais para acompanhar o chá.

Ashfaq Mir sorriu, malicioso. "Não conte para o meu chefe,

por favor, ele ia ficar bravo comigo. Não é permitido fazer esse tipo de coisa. Mas você — e a senhora — vão achar muito interessante."

Enquanto esperava o novo petisco ser servido, ele voltou a atenção para os papéis sobre a mesa, assinou o nome rapidamente em vários deles, com um ar de alegre triunfo, o raspar da caneta no papel amplificado pelo silêncio. Tilo, que estava sentada numa cadeira nos fundos da sala, se levantou e foi até a janela que dava para o sombrio estacionamento cheio de caminhões militares. Não queria fazer parte da plateia do show de Ashfaq Mir. Era um gesto instintivo de solidariedade com o prisioneiro, contra o carcereiro — apesar das razões que tinham feito do prisioneiro um prisioneiro e do carcereiro um carcereiro.

De uma pessoa que estivera tentando transformar sua presença na sala em uma ausência, a forma não presente dela agora ficou quente, emitindo um fluxo de que ambos os homens tinham plena consciência, embora de maneiras muito diferentes.

Depois de poucos minutos, um policial bruto entrou, trazendo um rapaz magro nos braços. Uma perna da calça do rapaz estava enrolada, expondo uma panturrilha fina como um palito, mas sustentada por uma tala do tornozelo ao joelho. O braço estava engessado, e o pescoço tinha um curativo. Embora o rosto estivesse tenso de dor, ele não fez nenhuma careta quando o policial o pôs no chão.

Recusar-se a demonstrar dor era um pacto que o rapaz tinha feito consigo mesmo. Era um ato desolado de desafio que havia conjurado nas garras da derrota absoluta, abjeta. E isso o tornava majestoso. Só que ninguém notava. Ele ficou muito quieto, um passarinho ferido, meio sentado, meio caído, apoiado num cotovelo, a respiração curta, o olhar voltado para dentro, a expressão revelando nada. Não demonstrou curiosidade pela sala nem pelas pessoas presentes.

E Tilo, de costas para a sala, num ato de desafio igualmente desolado, se recusou a demonstrar curiosidade por ele.

Ashfaq Mir rompeu o quadro vivo com o mesmo tom declamatório com que recitara seu poema. O que disse dessa vez era uma espécie de recitação também:

"A idade média de um milton é entre dezessete e vinte anos. Passa por lavagem cerebral, é doutrinado e recebe uma arma. Na maioria, são rapazes pobres, de baixa casta — isso mesmo, para sua informação, até mesmo nós, muçulmanos, praticamos casta alegremente. Eles não sabem o que querem. São simplesmente usados pelo Paquistão para sangrar a Índia. É o que nós chamamos de política 'fure e deixe sangrar'. O nome desse rapaz é Aijaz. Foi capturado numa operação em um pomar de maçãs perto de Pulwama. Pode falar com ele. Faça a pergunta que quiser. Ele estava com o novo tanzim que começou a operar aqui recentemente. Lashkar-e-Taiba. O comandante dele, Abu Hamza, era um paquistanês. Foi neutralizado."

O jogo ficou claro para Naga. Estavam lhe oferecendo um acordo na moeda especial da Caxemira. Uma entrevista com um militante capturado de uma organização relativamente recente e — segundo as informações disponíveis — mortalmente perigosa, em troca de uma trégua sobre os eventos da noite — por tudo o que pudesse ter acontecido com Tilo e todo o horror que ela pudesse ter testemunhado.

Ashfaq Mir foi até sua presa e falou com ele em caxemíri, num tom que se usaria com alguém com dificuldade de audição.

"*Yi chui* sahib Nagaraj Hariharan. Ele é um famoso jornalista da Índia." (A sedição era contagiosa na Caxemira — ela às vezes entrava de forma involuntária no vocabulário de um lealista também.) "Ele escreve abertamente contra nós, mas assim mesmo temos respeito e admiração por ele. Esse é o sentido da democracia. Um dia você vai entender que ela é uma bela coisa."

Ele se voltou para se dirigir a Naga, mudou para o inglês (que o rapaz entendia, mas não sabia falar). "Desde que está conosco e veio a nos conhecer bem, este rapaz viu como estava errado. Ele agora pensa em nós como sua família. Renunciou ao passado, denunciou seus colegas e os que o doutrinaram à força. Ele próprio nos pediu para ser mantido em custódia durante dois anos para estar a salvo deles. Nós demos permissão para os pais virem visitar o rapaz. Dentro de poucos dias ele vai ser transferido para a cadeia, para custódia judicial. São muitos rapazes iguais a ele que estão aqui conosco, prontos para trabalhar conosco. Você pode falar com ele — pergunte qualquer coisa. Não tem problema. Ele vai falar."

Naga não disse nada. Tilo continuava à janela. Estava fresco ali dentro, mas o ar vibrava e cheirava a diesel. Ela observou os soldados escoltarem uma moça com um bebê no colo pelo meio de um labirinto de caminhões e soldados. A moça parecia relutante. Ficava virando para trás, olhava para alguma coisa. Os soldados a depositaram do lado de fora dos altos portões metálicos do Shiraz, além de uma cerca de rolos de arame farpado que barricavam o centro de tortura da rua principal. A mulher ficou parada onde a puseram. Uma figura pequena, desesperada, cheia de medo, uma ilha de tráfego num cruzamento para lugar nenhum.

Durante um momento, o silêncio na sala ficou estranho.

"Ah, sei, entendo... você gostaria de falar com ele sozinho? Quer que eu saia. Não tem problema. Posso muito bem sair." Ashfaq Mir tocou a campainha. "Eu vou sair", informou ao intrigado ordenança que atendeu ao chamado. "Nós vamos sair. Vamos sentar na sala de fora."

Tendo ordenado a si mesmo que deixasse seu escritório, ele

saiu e fechou a porta. Tilo se voltou brevemente para vê-lo sair. Na fresta entre a parte de baixo da porta e o piso dava para ver os sapatos marrons dele, bloqueando a luz. Um segundo depois, ele voltou com um homem que carregava uma cadeira de plástico azul. Ela foi colocada na frente do rapaz no chão.

"Por favor, sente, sir. Ele vai falar. Não precisa se preocupar. Ele não vai fazer nenhum mal ao senhor. Eu vou sair agora, certo? Vocês podem conversar em particular."

Ele saiu e fechou a porta ao passar. Voltou quase imediatamente:

"Esqueci de dizer que o nome dele é Aijaz. Pergunte qualquer coisa." Ele olhou para Aijaz e seu tom de voz ficou ligeiramente peremptório. "Responda tudo que ele perguntar. Urdu não é problema. Você fala urdu."

"*Ji*, sir", o rapaz respondeu sem levantar a cabeça.

"Ele é caxemíri, eu sou caxemíri, nós somos irmãos — e olhe só para nós! Tudo bem. Vou sair."

Ashfaq Mir saiu da sala mais uma vez. E mais uma vez seus sapatos iam de um lado para outro junto à porta.

"Quer falar alguma coisa?", Naga perguntou a Aijaz, ignorando a cadeira e se agachando no chão à frente dele. "Não precisa falar. Só se quiser. Oficial ou extraoficialmente."

Aijaz sustentou o olhar de Naga por um momento. A mortificação de ser descrito como um renegado lavara toda a dor física em que ele se encontrava. Ele sabia quem era Naga. Não reconheceu seu rosto, claro, mas o nome de Naga era bem conhecido em círculos militantes como um jornalista destemido — não um parceiro de jornada, de forma nenhuma, mas alguém que podia ser útil —, um membro da "ala dos direitos humanos", como alguns militantes chamavam de brincadeira os jornalistas indianos que escreviam com imparcialidade, conscienciosos, sobre os excessos cometidos pelas forças de segurança assim como pelos militantes. (A mudança política de Naga ainda não se manifestara num padrão discernível, nem para ele mesmo.) Aijaz sabia que tinha apenas momentos para decidir o que fazer. Como um goleiro diante do pênalti, ele tinha de se comprometer de um jeito ou de outro. Era jovem — escolheu a opção mais arriscada. Começou a falar, calmo, com clareza, em urdu com sotaque caxemíri. O contraste entre sua aparência e suas palavras era quase tão chocante quanto as palavras em si.

"Eu sei quem é o senhor. Quem está na luta, quem batalha por liberdade e dignidade sabe que Nagaraj Hariharan é um jornalista honesto, direito. Se escrever sobre mim, deve escrever a verdade. Não é verdade o que ele — Ashfaq Mir — falou. Eles me torturaram, me deram choques elétricos e me fizeram assinar um papel em branco. É o que eles fazem com todo mundo aqui. Não sei o que escreveram no papel depois. Não sei o que me fizeram dizer no papel. A verdade é que eu não denunciei ninguém. A verdade é que respeito os que me treinaram na jihad mais do que respeito meus próprios pais. Eles não me forçaram a ir com eles. Fui eu que fui atrás deles."

Tilo voltou-se.

"Eu estava na Classe Doze de uma escola do governo em Tangmarg. Levou um ano inteiro para eu ser recrutado. Eles — os lashkarianos — desconfiavam muito de mim porque a minha família não tinha nenhum membro morto, nem torturado, nem desaparecido. O que eu fiz foi pela Azadi e pelo islã. Eles levaram um ano para acreditar em mim, para me investigar, para ver se eu não era um agente do exército, ou se minha família ia ficar sem arrimo quando eu virasse militante. Eles são muito cuidadosos com…"

Quatro policiais irromperam na sala com bandejas de omeletes, pães, kebabs, anéis de cebola, cenouras cortadas e mais chá. Ashfaq Mir apareceu atrás deles como um cocheiro conduzindo seus cavalos. Ele serviu pessoalmente a comida nos pratos, arrumando com cuidado as cenouras na borda externa, as cebolas no centro, como uma impenetrável formação militar. A sala ficou em silêncio. Havia apenas dois pratos. Aijaz voltou os olhos para o chão. Tilo voltou à janela. Caminhões iam e vinham. A mulher com o bebê ainda estava parada no meio da rua. O céu estava inflamado de rosa. As montanhas ao longe eram de uma beleza etérea, mas tinha sido mais um ano terrível para o turismo.

"Por favor, venham. Sirvam-se. O senhor quer kebab? Agora ou depois? Por favor, continue falando. Não tem problema. Tudo bem, estou saindo." E, pela quarta vez em dez minutos, Ashfaq Mir saiu do escritório e parou do lado de fora da porta.

Naga estava satisfeito com o que Aijaz tinha dito dele e deliciado por ter sido na frente de Tilo. Ele não conseguiu resistir a uma pequena performance.

"Você atravessou para lá? Foi treinado no Paquistão?" Naga perguntou a Aijaz assim que teve certeza de que Ashfaq Mir não estaria ouvindo.

"Não. Fui treinado aqui. Na Caxemira. A gente tem tudo aqui agora. Treinamento, armas… Compramos munição do exército. E vinte rupias por bala, novecentas por…"

"Do *exército*?"

"É. Eles não querem que a militância termine. Não querem sair da Caxemira. Estão contentes com a situação como está. Todo mundo de todos os lados está ganhando dinheiro com o corpo de caxemíris jovens. Então muitas explosões de granada e massacres são eles que fazem."

"Você é caxemíri. Por que escolheu o Lashkar em vez do hizb ou a FLJC?"

"Porque até o hizb respeita alguns líderes políticos da Caxemira. No Lashkar a gente não tem respeito por esses líderes. Eu não respeito nenhum líder. Eles enganaram e traíram a gente. Fizeram carreira política com os corpos dos caxemíris. Não têm plano. Eu me filiei ao Lashkar porque queria morrer. Eu devia estar morto. Nunca pensei que fosse ser preso vivo."

"Mas primeiro — antes de morrer — você queria matar...?"

Aijaz olhou nos olhos de Naga.

"É. Eu queria matar os assassinos do meu povo. Está errado? Pode escrever isso."

Ashfaq Mir irrompeu na sala, um amplo sorriso, mas os olhos não sorridentes passaram de pessoa em pessoa, tentando avaliar o que havia acontecido entre eles.

"Basta? Contente? Ele cooperou? Antes da publicação o senhor pode, por favor, confirmar comigo qualquer fato que ele tenha fornecido. É um terrorista, afinal de contas. Meu irmão terrorista."

E mais uma vez ele gargalhou alegremente e tocou a campainha. O policial bruto voltou, carregou Aijaz e o levou embora.

Quando o lanche foi levado embora em sua bandeja grosseira, Naga e Tilo receberam a alegre (mas não expressa em palavras) permissão para ir embora. A comida permanecera intocada nos pratos, a formação militar inviolável.

A caminho para o Ahdus, sentado no claustrofóbico banco de trás do jipe blindado, Naga segurou a mão de Tilo. Tilo segurou sua mão. Ele estava agudamente cônscio da circunstância em que aquela tentativa de troca de ternura ocorria. Podia sentir o tremor, o motor debaixo da pele dela. Mesmo assim, de todas as mulheres do mundo, a mão daquela mulher na sua o deixava indescritivelmente feliz.

O cheiro dentro do jipe era insuportável — um coquetel de metal acre, pólvora, óleo para cabelo, medo e traição. Os passageiros usuais eram informantes mascarados, conhecidos como "Gatos". Durante as operações de cerco e busca, homens adultos da vizinhança cercada eram reunidos e desfilavam diante do jipe blindado, aquele símbolo ubíquo de horror no vale da Caxemira. Das profundezas de sua jaula de metal, o Gato escondido acenava com a cabeça, ou piscava, e um homem era tirado da fila para ser torturado, "desaparecer" ou morrer. Naga sabia de tudo isso, claro, mas nada diminuía a intensidade de seu contentamento.

A cidade taciturna estava bem acordada, mas fingia dormir. Ruas vazias, mercados fechados, lojas gradeadas e casas trancadas passam pelas janelas em fenda do jipe — "janelas da morte", os nativos as chamavam, porque o que espiava por elas eram ou armas de soldados ou olhos de informantes. Bandos de cachorros de rua vagueavam como pequenos ursos, a pelagem borrada engrossando à espera do inverno que chegava. Além dos soldados tensos, de cabelos em pé em sua ronda, não havia humanos à vista. No meio da manhã, o toque de recolher seria suspenso e a segurança retirada para permitir que as pessoas retomassem sua cidade durante umas poucas horas. Saíam em bandos de suas casas, às centenas de milhares e marchavam para o cemitério, sem se dar conta de que até mesmo seu despejar de dor e fúria passara a fazer parte de um plano de manejo estratégico, militar.

Naga esperou que Tilo dissesse alguma coisa. Ela não disse. Quando tentou começar uma conversa, ela disse: "Por favor. Nós... seria... possível... a gente não falar?".

"Garson disse que eles tinham matado um homem, um tal comandante Gulrez... eles acham, ou não sei quem acha... Garson acha... ou talvez tenham dito para ele que era Musa. Era? Só isso. Me diga só isso."

Ela não disse nada de imediato. Depois voltou-se e olhou diretamente para ele. Seus olhos eram vidro quebrado.

"Era impossível dizer."

Quando cobriu o conflito de Punjab, Naga tinha visto, muitas vezes, o estado dos corpos quando saíam dos centros de interrogatório. Então tomou o que Tilo disse como confirmação de suas suspeitas. Entendeu que levaria algum tempo para Tilo superar o que tinha passado. Estava preparado para esperar. Achou que sabia o suficiente — ou pelo menos tudo o que realmente precisava saber — sobre o que acontecera. Ele perdoou a si mesmo pelo fato de que a angústia de Tilo era, para ele, uma fonte de delicioso contentamento.

A resposta de Tilo à pergunta de Naga não foi uma mentira total. Mas certamente não era a verdade. A verdade era que, dado o estado do corpo que vira, se ela não soubesse de quem era, teria sido impossível dizer. Mas ela sabia quem era. Sabia muito bem que não era Musa.

Com essa inverdade, ou meia verdade, ou um décimo de verdade (ou fosse lá qual fração de verdade fosse), as barreiras foram acionadas e as fronteiras do país sem consulados se fecharam. O episódio do Shiraz foi arquivado como assunto encerrado.

Quando voltaram a Delhi, uma vez que Tilo não tinha condições de ficar sozinha no que Naga chamava de sua "despensa" na basti de Nizamuddin, ele a convidou para ficar um pouco em seu pequeno apartamento na cobertura da casa de seus pais. Quando enfim viu seu "corte de cabelo", disse que realmente combinava com ela e quem o fizera devia ser cabeleireiro. Isso a fez sorrir.

Poucas semanas depois, perguntou se queria casar com ele. Ela o deixou feliz ao dizer que sim. Pouco tempo depois, para total desespero dos pais dele, a cerimônia foi, como dizem, solenizada. Casaram-se no dia de Natal de 1996.

Se o que Tilo precisava era de cobertura, nada poderia ser melhor do que tornar-se nora do embaixador Shivashankar Hariharan com endereço no Enclave Diplomático.

Ela levou essa vida durante catorze anos, até que, de repente, não conseguia mais. Havia uma porção de explicações do motivo, mas a principal de todas era exaustão. Ela se cansou de viver uma vida que não era realmente sua, num endereço em que não deveria estar. Ironicamente, quando o afastamento começou, ela gostou mais de Naga do que jamais havia gostado. Era dela mesma que estava exausta. Perdera a habilidade de manter discretos seus mundos discretos — uma habilidade que muitos consideram a pedra fundamental da sanidade. O tráfego dentro de sua cabeça parecia ter parado de acreditar nos semáforos. O resultado era um barulho incessante, algumas colisões e por fim a pane total.

Rememorando agora, Naga se dava conta de que durante anos tinha vivido o horror subconsciente de que Tilo estava apenas passando por sua vida, como um camelo que atravessa o deserto. Que ela com certeza ia deixá-lo um dia.

Mesmo assim, quando de fato aconteceu, levou um tempo para ele acreditar.

Seu velho amigo R.C., que sempre afirmara que trabalhar no Departamento de Informações e ler transcrições de interrogatórios dava a um homem uma compreensão incomparável da natureza humana, mais profunda que a de qualquer pregador, poeta ou psiquiatra pudesse sequer sonhar atingir um dia, o levou pela mão.

"Ela precisa, lamento dizer, de duas boas bofetadas. Essa sua atitude moderna nem sempre funciona. No fim das contas nós somos todos animais. Precisamos que mostrem nosso ele u gê a erre. Um pouco de clareza pode ajudar muito todas as partes envolvidas. Você vai estar fazendo um grande favor, pelo qual ela, um dia, vai agradecer. Acredite, eu falo por experiência própria." R.C. muitas vezes baixava a voz no meio da frase e soletrava palavras ao léu, como se enganasse um imaginário espião que não soubesse soletrar. Ele sempre se referia às pessoas como "partes". "No fim das contas" era sua plataforma de lançamento favorita para todos os conselhos e insights, da mesma forma que quando queria diminuir alguém sempre começava dizendo "com o devido respeito".

R.C. censurava Naga por permitir que Tilo se recusasse a ter filhos. Filhos, dizia, a teriam vinculado ao casamento como nenhuma outra coisa seria capaz. Ele era um homem pequeno, suave, efeminado, com bigode grisalho. Tinha uma esposa pequena e suave e uma filha adolescente pequena e suave que estudava biologia molecular. Pareciam uma família modelo de brinquedos pequenos e suaves. Então, partindo dele, esse conselho masculino assombrou até Naga, que o conhecia havia anos. Naga se pôs a pensar na natureza e frequência das bofetadas que mantinham a sra. R.C. em seu lugar. Na aparência, ela parecia plácida e perfeitamente satisfeita com seu destino — a casa cheia de lembranças, sua coleção de joias um tanto de mau gosto e caros xales de caxemira. Ele não conseguia imaginar que fosse de fato um vulcão de fúrias ocultas que precisasse ser disciplinado a bofetadas de quando em quando.

R.C., que adorava blues, tocou para Naga uma canção. "No Good Man", de Billie Holiday.

I'm the one who gets
The run-around,
I oughta hate him
And yet
I love him so
For I require
Love that's made of fire

Sou sempre eu
que levo o fora
devia ter ódio dele
mas
amo totalmente
porque eu preciso
de amor ardente

R.C. ouvia "devia ter ódio dele" como "as porradas todas".*
"As mulheres", ele disse. "*Todas* as mulheres. Sem exceção.
Entende?"

Para Naga, Tilo sempre lembrara Billie Holiday. Não tanto
a mulher, mas sua voz. Se fosse possível um ser humano evocar
uma voz, um som, para Naga Tilo evocava a voz de Billie Holiday — tinha aquela mesma qualidade maleável, comovente, de
uma imprevisibilidade fodida. R.C. não fazia ideia do que ele
havia desencadeado ao usar Billie Holiday para ilustrar o que
queria dizer.
Certa manhã, Naga, que, apesar de seus outros defeitos, fisi-

---

* "*I oughta hate him*" tem quase o mesmo som de "*All the hitting*". (N. T.)

263

camente era o mais gentil dos homens, bateu na esposa. Sem muita convicção, os dois perceberam. Mas bateu nela. Depois a abraçou e chorou. "Não vá. Por favor, não vá embora."

Nesse dia, Tilo ficou no portão e viu quando ele se afastou no carro do trabalho, levado pelo motorista do trabalho. Não podia ver que ele chorou no banco de trás até lá. Naga não era homem de chorar. (Quando ele apareceu como convidado num debate no horário nobre da televisão sobre segurança nacional nessa mesma noite, não mostrou nenhum sinal de aflição pessoal. Foi firme nas respostas e deu conta rapidamente da mulher de Direitos Humanos que disse que a Nova Índia estava deslizando para o fascismo. A resposta lacônica de Naga despertou o riso na plateia do estúdio, cuidadosamente escolhida entre estudantes e jovens profissionais muito bem vestidos. Outro convidado, um geriátrico general reformado do exército, todo bigode e medalhas, que era carregado regularmente para estúdios de TV para instilar veneno e burrice em todas as discussões sobre segurança nacional, deu risada e aplaudiu.)

Tilo pegou um ônibus até a divisa da cidade. Caminhou ao longo de quilômetros de lixo urbano, um campo vivo de sacos plásticos compactados, com um exército de crianças esfarrapadas catando. O céu era um escuro redemoinho de corvos e gaviões disputando os restos com as crianças, porcos e um bando de cachorros. Ao longe, caminhões de lixo seguiam devagar montanha de lixo acima. Escarpas semiderrubadas de refugos revelavam a profundidade do que estava acumulado ali.

Ela pegou outro ônibus para a margem do rio. Parou numa ponte e viu um homem remar uma balsa circular feita de garrafas velhas de água mineral e latões de gasolina pelo rio espesso, lento, imundo. Búfalos mergulhavam serenamente na água negra. Na calçadas, vendedores ofereciam luxuriantes melões e brilhantes pepinos verdes cultivados em puros efluentes industriais.

Ela passou uma hora em um terceiro ônibus e desceu no zoológico. Durante longo tempo ficou olhando o pequeno gibão de Bornéu em seu vasto e vazio recinto, uma mancha peluda abraçando uma alta árvore como se sua vida dependesse daquilo. O chão embaixo da árvore estava imundo com coisas que os visitantes atiravam para chamar sua atenção. Havia uma lixeira de cimento em forma de gibão diante da jaula do gibão e uma lixeira em forma de hipopótamo na frente da área do hipopótamo. A boca do hipopótamo de cimento estava aberta e entupida de lixo. O hipopótamo real chafurdava num tanque espumoso, a barriga grande, inchada, da cor de um pneu molhado, os olhos miúdos dentro das pálpebras rosadas, estufadas, vigilantes acima da água. Em torno dele flutuavam garrafas de plástico e maços de cigarro vazios. Um homem se curvou para a filhinha vestida com uma roupa colorida, os olhos besuntados de kohl. Ele apontou o hipopótamo e disse: "Crocodilo". "Crocodilo", a menina repetiu, acrescentando seu jeito gracioso à palavra. Um bando de homens barulhentos jogava lâminas de barbear por cima dos muros do espaço do hipopótamo e pelas margens do tanque. Quando acabaram as lâminas, pediram a Tilo que tirasse uma foto. Um deles, com anéis em todos os dedos e fios vermelhos desbotados nos pulsos, compôs a fotografia para ela, entregou-lhe o celular e correu de volta para o grupo. Passou o braço pelos ombros dos companheiros e fez o sinal de vitória. Quando Tilo devolveu o celular, ela o cumprimentou pela coragem necessária para alimentar um hipopótamo enclausurado com lâminas de barbear. Ele levou um tempo para entender o insulto. Quando entendeu, eles a seguiram pelo zoológico com aquele malicioso cântico de Delhi "Oye! Hapshie madam!" Ei! Negra madame! Eles a provocaram não porque a cor de sua pele fosse rara na Índia, mas porque viram em seu porte e comportamento uma "hapshie" — palavra hindi para abissínia —, alguém que tinha

265

subido acima de sua classe. Uma "hapshie" que claramente não era nem criada, nem trabalhadora.

Havia uma píton indiana das rochas em cada recinto da casa de serpentes. Fraude de serpentes. Havia vacas no espaço de cervos sambar. Fraude de cervos. E havia três operárias de construção carregando sacos de cimento no espaço do tigre siberiano. Fraude de tigre siberiano. A maior parte das aves do aviário eram as que se podem ver em qualquer árvore. Fraude de aves. Na jaula da cacatua de peito amarelo um dos jovens se infiltrou ao lado de Tilo e cantou para a cacatua, encaixando sua letra numa canção popular de Bollywood:

Duniya *khatam ho jayegi*
Chudai khatam nahi hogi

O mundo vai acabar
Mas a sacanagem nunca

A intenção era duplamente insultuosa, porque Tilo tinha pelo menos o dobro da idade dele.

Na frente do espaço dos pelicanos rosados, ela recebeu uma mensagem de texto no celular:

Residências orgânicas em NH24 Ghaziabad
1 BSC 15L*
2 BSC 18L*
3 BSC 31L*
Reservas a partir de Rs 35 000
Para Desconto ligue 91-103-957-9-8

O velho e empoeirado jaguar da Nicarágua estava com o queixo apoiado no beiral empoeirado de sua jaula. Ficava assim, supremamente indiferente, durante horas. Talvez anos. Tilo sentia-se como ele. Empoeirada, velha e supremamente indiferente.

Talvez ela *fosse* ele.

*

Quando se mudou, não levou muita coisa. De início, não ficou claro para Naga, e nem para ela também, que tinha se mudado. Ela falou que tinha alugado um escritório, mas não disse onde. (Garson Hobart também não disse a ele.) Durante alguns meses, ela ia e voltava. Com o tempo, ia mais que voltava e então, gradualmente, parou de voltar para casa.

Naga começou a vida de homem recém-descasado mergulhando no trabalho e numa sequência de casos tristes. Estar na televisão com a frequência com que estava fazia dele o que jornais e revistas chamavam de "celebridade", coisa que as pessoas consideravam uma profissão em si. Em restaurantes e aeroportos, era muitas vezes abordado por estranhos pedindo um autógrafo. Muitos nem tinham certeza de quem ele era, ou do que fazia exatamente, ou de onde o conheciam. Naga estava aborrecido demais até para se dar ao trabalho de negar. Ao contrário de quase todos os homens de sua idade, ainda era magro, com fartos cabelos. Considerado "bem-sucedido", podia escolher uma gama de mulheres, algumas solteiras e bem mais jovens que ele, algumas de sua idade ou mais velhas, casadas e querendo variar, ou divorciadas à procura de uma segunda chance. A primeira candidata dentre elas era uma viúva esguia e estilosa de seus trinta e tantos anos, com a pele branca como leite e cabelo brilhante — realeza menor de algum principado —, em quem a mãe de Naga via a si mesma mais jovem e cobiçava mais que o filho. Ela convidou a dama e Príncipe Charles, seu chihuahua, para ficar com o andar de baixo, como hóspedes da casa, de onde podiam planejar em conjunto a conquista do cume.

Com poucos meses de relacionamento, a princesa começou a chamar Naga de "jaan" — amado. Ensinou os criados da casa a chamá-la de Bai Sa, na tradição da realeza rajput. Preparava para Naga pratos com receitas secretas de família da cozinha real de sua família. Encomendou cortinas novas, almofadas bordadas e lindos tapetes dhurrie para o chão. Levou um toque doce, ensolarado e feminino ao distintamente negligenciado apartamento. Suas atenções eram um bálsamo para o orgulho ferido de Naga. Embora não correspondesse aos sentimentos dela com a mesma intensidade com que lhe eram oferecidos, ele os aceitava com cansada elegância. Tinha quase esquecido como era ser considerado parte de um casal. Apesar de seu preconceito geral contra cachorros pequenos, acabou loucamente afeiçoado a Príncipe Charles. Levava-o regularmente ao parque do bairro, onde lhe atirava um minúsculo Frisbee, do tamanho de um pires, que havia garimpado e comprado na internet. Príncipe Charles pegava o Frisbee-pires, saltando de volta até Naga sobre plantas que eram quase da sua altura. A princesa foi anfitriã de alguns jantares dados por Naga. R.C. ficou fascinado com ela e insistiu com Naga que não devia perder tempo e se casar enquanto a princesa ainda estava em idade de ter filhos.

Naga, ainda perturbado e ainda vulnerável por causa do conselho desastroso de R.C., perguntou se a princesa gostaria de se mudar, para uma tentativa de convivência. Ela estendeu a mão e carinhosamente ajeitou as sobrancelhas desarrumadas dele, apertando os pelos num vinco entre indicador e polegar. Disse que nada a deixaria mais feliz, mas que antes de se mudar gostaria de se livrar do chi de Tilo, que ainda pairava pela casa. Com

268

permissão de Naga, torrou a seco pimentas vermelhas inteiras e levou a tigela de cobre fumegante de cômodo em cômodo, tossindo delicadamente, a desviar a cabeça brilhante da fumaça acre com os olhos fechados. Quando as pimentas pararam de fumegar, ela fez uma oração e enterrou-as no jardim junto com a tigela. Depois, amarrou um fio vermelho em torno do pulso de Naga e acendeu caros incensos perfumados, um em cada cômodo, e deixou que queimassem até apagar. Comprou uma dúzia de grandes caixas de papelão para Naga embalar as coisas de Tilo e levar para o porão. Foi quando estava limpando o armário de Tilo (que tinha tão desavergonhadamente o cheiro dela) que Naga encontrou o grosso prontuário médico da mãe de Tilo do Hospital Lakeview, em Cochin.

Durante todos os anos em que ele e Tilo estiveram casados, Naga nunca encontrou a mãe de Tilo. Ela nunca falava da mãe. Ele sabia o básico, claro. Seu nome era Maryam Ipe. Pertencia a uma antiga e aristocrática família cristã síria que enfrentara maus momentos. Duas gerações da família — o pai e o irmão dela — tinham se formado em Oxford, e ela própria fora educada em uma escola de convento em Utacamund, uma estação montanhosa nas Nilgiris, e depois numa faculdade cristã de Madras, mas depois a doença do pai a forçou a voltar para a cidade natal em Kerala. Naga sabia que ela havia sido professora de inglês em uma escola local antes de abrir seu próprio estabelecimento de ensino, que veio a se tornar uma escola secundária extremamente bem-sucedida, famosa por seus métodos de ensino inovadores — a escola que Tilo frequentara antes de ir para a faculdade em Delhi. Ele tinha lido vários artigos de jornal sobre a mãe de Tilo, nos quais Tilo nunca era mencionada por nome, mas sempre identificada como a filha adotiva que morava em

Delhi. R. C. (cujo trabalho era saber tudo sobre todos e todos saberem que ele sabia tudo sobre todos) um dia fizera uma pasta de recortes para ele, dizendo: "Sua sogra adotiva é uma mulher bacana, *yaar*". Os artigos cobriam um período de vários anos — alguns eram sobre a escola dela, seus métodos de ensino e belas instalações, alguns sobre as campanhas sociais e ambientais que ela chefiava ou sobre os prêmios que ganhara. Contavam a história de uma mulher que superara grande adversidade no começo da vida para se tornar o que era — um ícone feminista que nunca se mudara para a cidade grande, mas escolhera em vez disso tomar o caminho mais difícil e continuar vivendo e travando suas batalhas na conservadora cidadezinha a que pertencia. Os artigos descreviam como ela havia enfrentado cabalas de homens violentos, como acabara conquistando o respeito e a admiração daqueles que a atormentaram e como havia inspirado toda uma geração de moças a perseguir seus sonhos e desejos.

Era evidente para todos que conheciam Tilo que ela não era filha adotiva daquela mulher nas fotos dos artigos. Embora a compleição delas fosse dramaticamente diferente, os traços eram marcadamente semelhantes.

Pelo pouco que sabia, Naga sentiu que havia uma parte substancial do que ficara faltando nas matérias de jornal — uma espécie de loucura épica de Macondo, matéria de literatura, não de jornalismo. Embora nunca tivesse dito isso, ele achava que a postura de Tilo com relação à mãe era punitiva e pouco razoável. Em sua opinião, mesmo que fosse verdade que Tilo era a filha biológica que ela não podia admitir publicamente, era igualmente verdade que uma jovem que pertencia a uma comunidade tradicional ter escolhido uma vida de independência, escolhido evitar o casamento a fim de assumir uma filha nascida fora dos laços do matrimônio — mesmo que isso significasse uma máscara de benevolência e mascarar-se como mãe adotiva — era um ato de imensa coragem e amor.

Naga notou que, em todos os artigos de jornal, os parágrafos referentes a Tilo eram forjados da mesma forma: "A irmã Escolástica me chamou e disse que uma mulher cule tinha deixado um bebê recém-nascido numa cesta na entrada do orfanato de Monte Carmelo. Perguntou se eu queria ficar com ela. Minha família foi mortalmente contra, mas eu achei que se adotasse a menina podia dar a ela uma nova vida. Ela era uma bebê negra como azeviche, como um pedaço de carvão. Era tão pequena que quase cabia na palma da minha mão, então dei a ela o nome de Tilottama, que quer dizer 'semente de sésamo' em sânscrito".

Por mais doloroso que fosse para Tilo, Naga achava que ela devia ser capaz de ver o ponto de vista da mãe — era necessário para ela se distanciar de sua filha mesmo que apenas para poder reclamá-la para si, possuí-la e amá-la.

Segundo Naga, o crédito pela individualidade de Tilo, sua estranheza e originalidade — independentemente da escola a que se pertencesse, natureza e nutrição — eram herança direta de sua mãe. Mas nada que ele dissesse, direta ou indiretamente, levou a uma reaproximação.

Então Naga ficou intrigado quando, tendo se mantido distante da mãe por tantos anos, Tilo concordou tão prontamente em ir para Cochin e cuidar dela no hospital. Ele imaginou (muito embora não conseguisse se lembrar de Tilo ter manifestado nenhuma curiosidade sobre o assunto) que pudesse ser na esperança de conseguir alguma informação, uma revelação à beira do leito, talvez, sobre si mesma e quem era seu pai. Ele estava certo. Mas resultou ser um pouco tarde demais para esse tipo de coisa.

*

Quando Tilo chegou a Cochin, a deterioração dos pulmões de sua mãe tinham levado a uma elevação do dióxido de carbono na corrente sanguínea, que por sua vez levou a uma inflamação no cérebro, que a deixou seriamente desorientada. Some-se a isso que a medicação e a estada prolongada na UTI levaram a uma forma de psicose que os médicos disseram afetar especialmente pessoas poderosas e voluntariosas que de repente se viam desamparadas e à mercê daqueles que um dia trataram como subordinados. Além do pessoal do hospital, sua raiva e perplexidade se dirigia aos velhos e fiéis criados e professores de sua escola, que se alternavam no plantão do hospital. Eles vagavam pelo corredor do hospital e tinham permissão para visitar sua amada Ammachi na UTI durante alguns minutos a cada duas horas.

No dia em que Tilo chegou, o rosto da mãe se iluminou.

"Estou com coceira o tempo inteiro", ela disse à guisa de saudação. "Ele diz que é bom se coçar, mas eu não aguentei, então tomei o remédio para coceira. Como vai você?"

Ela estendeu os braços roxos escuros, um deles atado ao soro, para mostrar a Tilo o que tinha acontecido com sua pele por ter sido furada e cutucada com agulhas na incessante busca dos médicos por veias ainda abertas. A maior parte de suas veias havia entrado em colapso e formado uma rede de roxo mais escuro por baixo da pele já roxa.

"Então, ele rasga a manga, mostra as cicatrizes e diz: 'Estas feridas ganhei no dia de são Crispim'. Lembra? Eu te ensinei."

"Lembro."

"Como é o verso seguinte?"

"'Velhos esquecem. Tudo porém será esquecido. Ele porém se lembrará com detalhes seus feitos desse dia.'"

Tilo tinha esquecido que lembrava. Shakespeare voltou para ela não como uma proeza da memória, mas como música, como uma velha canção relembrada. Ela ficou chocada com o estado da mãe, mas os médicos estavam satisfeitos e disseram que o fato de a mãe a ter reconhecido era uma melhora notável. Nesse dia, mudaram-na para um quarto particular com uma janela que dava para a lagoa de água salgada e coqueiros que se curvavam sobre ela e as monções que sopravam.

A melhora não durou. Nos dias seguintes, a velha perdeu e recobrou a lucidez, e nem sempre reconhecia Tilo. Cada dia era um novo capítulo imprevisível no desenrolar de sua doença. Ela desenvolveu novas manias e preocupações irracionais. Os funcionários do hospital, médicos, enfermeiras e até atendentes eram gentis e pareciam não levar a sério nada do que ela dizia. Também a chamavam de Ammachi, davam-lhe banho de esponja, trocavam suas fraldas e penteavam seu cabelo sem nenhum sinal de aborrecimento ou rancor. Na verdade, quanto mais agitação ela criava, mais eles pareciam gostar dela.

Poucos dias depois da chegada de Tilo, a mãe desenvolveu uma estranha fixação. Ela se transformou em uma espécie de inquisidora de casta. Começou a insistir em saber a casta, subcasta e sub-subcasta de todo mundo que cuidava dela. Não bastava dizerem que eram "cristãos sírios" — ela precisava saber se eram marthoma, yacoba, Igreja do Sul da Índia ou C'Naah. Se eram hindus, não bastava dizerem ezhava, ela precisava saber se eram thiyas ou chekavars. Se diziam "castas reconhecidas", ela precisava saber se eram parayas, pulayas, paravans, ulladans. Eram originários da casta dos apanhadores de cocos? Ou seus ancestrais eram designados portadores de corpo, limpadores de merda, lavadeiras, caçadores de ratos? Ela insistia em especificidades e só quando contavam é que permitia que cuidassem dela. Se eram cristãos sírios, então qual o nome de família? Qual sobrinho era casado com qual sobrinha da cunhada? Qual avô tinha se casado com qual filha da irmã do bisavô?

"DPOC", as enfermeiras sorridentes diziam para Tilo quando

viam a expressão de seu rosto. "Não se preocupe. Acontece sempre assim." Ela erguia os olhos. Doença Pulmonar Obstrutiva Crônica. As enfermeiras contavam a Tilo que era uma doença que podia fazer inofensivas vovós se comportarem como donas de bordel ou fazer bispos falarem palavrões como bêbados. Era melhor não levar nada para o lado pessoal. Elas eram fabulosas, aquelas enfermeiras, precisas e profissionais. Cada uma delas esperando um emprego que a levasse para um país do Golfo, para a Inglaterra, para os Estados Unidos, onde se juntariam àquela comunidade de elite das enfermeiras malayali. Enquanto isso, adejavam em torno dos pacientes do Hospital Lakeview como borboletas curativas. Ficaram amigas de Tilo, trocaram números de telefone e endereços de e-mail. Durante anos depois, ela continuava a receber delas saudações de Natal por WhatsApp e piadas de enfermeiras malayali.

Com a intensificação da doença, a velha ficou inquieta e quase impossível de controlar. O sono a abandonou, e ela ficava acordada, noite após noite, as pupilas dilatadas, os olhos aterrorizados, falando continuamente consigo mesma e com qualquer um que escutasse. Era como se achasse que podia enganar a morte ficando em vigília constante. Então falava sem parar, às vezes beligerante, às vezes agradável e divertida. Cantava trechos de velhas canções, hinos, canções de Natal, canções de corridas de barco de Onam. Recitava Shakespeare com seu inglês impecável de escola de convento. Quando ficava aborrecida, insultava todo mundo à sua volta com um dialeto pesado de vagabundas malayalam que ninguém conseguia entender como (ou onde) no mundo uma mulher da classe e criação dela podia ter aprendido. Com o passar dos dias, foi ficando mais e mais agressiva. Seu apetite aumentou dramaticamente, e ela engolia ovos quentes e torta de abacaxi com a urgência de um prisioneiro em liberdade condicional. Desenvolveu reservas de força física que não eram nada menos que sobre-humanas para uma mulher de sua idade. Lutava com enfermeiras e médicos, arrancava equipos e seringas das veias. Não podia ser sedada porque os sedativos impediam a função pulmonar. Por fim, foi transferida de volta para a UTI.

Isso a deixou furiosa e a lançou mais fundo na psicose. Seus olhos se tornaram astutos e predadores, e ela conspirava constantemente uma escapada. Oferecia propinas a enfermeiras e atendentes. Prometeu a um jovem médico que passaria sua escola e todas as instalações para o nome dele se a ajudasse a sair. Duas vezes chegou até o corredor com a camisola do hospital. Depois desse episódio, duas enfermeiras tinham de ficar em vigília constante, e de vez em quando até segurá-la na cama. Quando havia exaurido todo mundo à sua volta, os médicos do hospital disseram que não tinham como fornecer cuidados de enfermagem vinte e quatro horas e que ela precisava ser fisicamente contida, amarrada à cama. Pediram a Tilo, a pessoa da família, que assinasse formulários de permissão. Tilo pediu uma última chance para acalmar sua mãe. Os médicos concordaram, embora um tanto relutantes.

Da última vez que telefonou do hospital para Naga, Tilo contou que tinham lhe dado permissão especial para ficar ao lado da mãe na UTI porque finalmente encontrara um jeito de mantê-la calma. Ele achou ter identificado um laivo de riso e mesmo afetação em sua voz. Ela disse que encontrara uma solução simples e prática. Sentava numa cadeira ao lado da cama com um caderno e sua mãe ditava infindáveis anotações. Às vezes, eram cartas: *Prezado responsável, vírgula, outra linha... chegou a meu conhecimento que... pôs uma vírgula depois de Prezado responsável?* A maior parte era puro desvario. De alguma forma, a ideia de ditar coisas, Tilo falou, parecia fazer sua mãe sentir que ainda era capaz de capitanear o navio, ainda estava encarregada de alguma coisa, e isso a acalmava consideravelmente.

Naga não fazia ideia do que Tilo estava dizendo e falou que ela própria parecia delirar. Ela riu e disse que ele entenderia se visse as anotações. Ele lembrava ter se questionado, na época, que tipo de pessoa era aquela que se dava melhor com a mãe quando estava alucinando no leito de morte de uma UTI enquanto ela, a filha, encarnava uma estenógrafa.

No fim, porém, as coisas não acabaram bem no Hospital Lakeview. Tilo voltou depois do funeral da mãe, magra e menos comunicativa que nunca. A descrição do momento da morte da mãe foi breve e quase clínica. Semanas depois de voltar a Delhi, ela começou suas inquietas caminhadas.

Naga nunca viu de fato as anotações.

*

Nessa manhã, ao folhear distraidamente o prontuário médico do armário de Tilo, encontrou algumas. Estavam na caligrafia de Tilo, em páginas pautadas arrancadas de um caderno, dobradas e enfiadas entre contas do hospital, prescrições de remédios, tabelas de saturação de oxigênio e resultados de exames de sangue. Ao ler as notas, Naga se deu conta de como conhecia pouco a mulher com quem se casara. E como sempre conheceria pouco:

7/9/2009

Cuidar dos vasos de plantas que podem cair.

E aquela dobra — o amassado no cobertor — acho que eu posso passar por cima de todos.

O que isso diz a seu respeito Madame Embaixadora Mestra Construtora Moça de Paraya?

Aquelas pessoas de azul, elas lidam com a merda. São suas parentes?

Pelo que sei Paulose não se dá com as orquídeas, está matando todas. Pode ser um problema paraya.

Peça para Biju ou Reju assumir.

Ouviu os cachorros à noite? Eles vêm para pegar as pernas das pessoas com diabetes que cortam e jogam fora. Eu escuto quando eles uivam e saem correndo com braços e pernas das pessoas. Ninguém fala para eles não fazerem isso.

São seus cachorros? São meninos ou meninas? Parecem tão bonzinhos.

Você me consegue jujuba de boa qualidade?

O pessoal azul tem de parar de ficar perto da gente.

Nós temos de tomar muito cuidado, você e eu. Você sabe disso, não sabe?

Examinaram minhas lágrimas e está tudo bem em termos de água e sal. Estou com os olhos secos e tenho de ficar banhando os olhos e comendo sardinha para formar lágrimas. Sardinha tem muita lágrima.

Essa moça de xadrez vai fazer coisas incríveis com a loteria.

Vamos.

Peça para Reju trazer o carro. Eu não posso. Não quero.

Olá! Que bom te ver! Esta é minha neta. Ela é incontrolável. Por favor, mande limpar isto aqui.

Assim que Reju chegar, vamos pegar o carro e dar uma volta. Leve o penico. Deixe a merda.

Você agora vem aqui. Cochicha comigo. Eu estou com um problema. Você também está com problema?

A gente senta no penico e manda ver.

Eu vou querer um Johnnie Walker. Ele está ali em cima de nós?

Vou levar só dois lençóis. Mas o que nossas pernas vão fazer?

Vai ter um cavalo?

Começou uma grande guerra entre mim e as borboletas.

Você poderia sair o mais breve possível com Princey, Nicey e amigos? Pegue o vaso de latão, o violino e as costuras. Deixe a merda e os óculos escuros e esqueça as cadeiras quebradas, elas estão sempre por aí, indo e vindo.

Ela vai ajudar você com a sua merda, essa moça de xadrez. O pai dela vai chegar logo para levar o lixo. Não quero que ele veja você. Acho que nós devemos sumir daqui.

Quando olha atrás daquela cortina, você sente que tem uma porção de gente? Eu sinto que tem. Definitivamente, tem um cheiro. Um cheiro de multidão. Um pouco podre, como o mar.

Acho que você devia deixar seus poemas e todos os seus planos com Alicekutty. Ela é hedionda de feia. Gostaria de uma foto dela para dar risada. Eu sou muito maldosa.

O bispo vai querer me ver no caixão. É um alívio porque é para o meu funeral. Nunca pensei que chegaria lá. Está chovendo, tem sol, está escuro é dia é noite? Alguém pode me dizer por favor?

Agora vá.

E leve esses cavalos para fora.

Acho que é maldade pegar essa moça e esvaziar tudo dela.

Levante!!!

Eu vou sair. Você faça o que quiser. Vai levar uma tremenda surra.

Uma vergonha muito grande você ficar por aí dizendo que é Tilottama Ipe quando não é. Eu não vou te contar nada sobre mim nem sobre você.

Eu só vou ficar aqui e dizer: "faça isto, faça aquilo". E você vai obedecer sim. Sem salário para você a partir de amanhã. Anotou isso? Vou multar você todas as vezes.

Vá e diga para todo mundo que "Esta é minha mãe, a sra. Maryam Ipe, e ela tem cento e cinquenta anos".

Você tem remédio para todos os cavalos?

Já notou que as pessoas parecem cavalos quando bocejam?

Cuide ferozmente dos seus dentes e não deixe ninguém arrancar nenhum.

Às vezes, eles oferecem um desconto e isso é uma idiotice.

Confira tudo e vamos embora.

E tem a Hannah. Devo dinheiro para ela e tenho de pular por cima de todas as crianças com cateteres.

É tanto cateter e todo mundo ficou muito contente porque a sra. Ipe estava recebendo suas cebolas. Mas ela tem sido tão boa, essa menina. Eu não tirei meu cateter. Ela tirou. Ela é uma boa paraya. Você esqueceu como faz.

Alguém apareceu e depois alguém e alguém.

A surpresa de tudo isso é que VOCÊ está dando suas ordens para todo mundo. Mas eu espero que as pessoas obedeçam a mim.

Mas EU estou no comando. É muito difícil deixar o comando, como você sem dúvida vai descobrir. Annamma é a criatura mais calada da nossa comunidade.

Quem é a Annamma que faz Sherlock Holmes e Sherlock Holmes? Ela faz os dois com elegância. Era minha professora principal e morreu tão lindamente. Ela foi para casa e me trouxe uma tosse.

Olá, doutor, esta é minha filha que estudou em casa. Ela é bem ruim. Foi péssima hoje na corrida. Mas eu também fui muito mal. Demos um chute em todo mundo.

Passei a minha vida fazendo coisas ridículas. Fiz um bebê. Ela.

280

E aquele menino de roupa suja e cateter sujo e eu ficamos horas sentados no rio sujo.

Sinto que estou cercada de eunucos. Estou?

Música... qual o problema com a música? Simplesmente não consigo mais lembrar.

Escute isso... é oxigênio. Borbulhando sua morte. Eu estou ficando sem oxigênio. Mas não me importa se estou ficando com ou sem.

Quero dormir. Adoraria morrer. Embrulhe meus pés com água morna.

Gostaria de dormir. Não estou pedindo licença.

É assim hpsf hpsf hpsf... CUK! CUK! CUK!

Esse é o meu motor.

Quando você morre pode pendurar numa nuvem e a gente tem todas as suas informações. Depois te mandam embora.

CADÊ MEU DINHEIRO?

O equipo arterial é o parafuso de Jesus Cristo. Não machuca.

Eu sou apenas um pequeno manequim.

Gosto da minha bunda. Não sei por que o dr. Verghese quer cortar fora.

As flores congeladas nunca desaparecem. Ficam em algum lugar para sempre. Acho que nós precisamos conversar sobre vasos.

Você ouviu o som da flor branca?

O que Naga encontrou era só uma amostra. As notas compiladas, se não tivessem sido jogadas fora com o lixo hospitalar, formariam diversos volumes.

*

Uma manhã, depois de uma semana de estenografia constante, Tilo, cansada, estava de pé ao lado da mãe na UTI, os médicos em suas rondas, as enfermeiras e atendentes ocupadas, a ala sendo limpa. Maryam Ipe estava em um dia especialmente ruim. O rosto afogueado, os olhos com um brilho febril. Tinha erguido a camisola do hospital e expunha a fralda, as pernas retas, rígidas e separadas. Quando gritava, sua voz era grave como a de um homem.

"Fale para as parayas que está na hora de limpar minha merda!"

O sangue de Tilo deixou a estrada e correu por loucas trilhas de floresta. Sem avisar, a cadeira em que se apoiava levantou-se sozinha e se despedaçou. O som da madeira lascando ecoou por toda a ala. Agulhas voaram de veias. Frascos de remédio tremeram nas bandejas. Corações fracos dispararam. Tilo viu o som atravessar o corpo de sua mãe, dos pés para cima, como uma mortalha sendo puxada sobre um cadáver.

Ela não fazia ideia de quanto tempo continuou parada ali ou quem a levou à sala do dr. Verghese.

O dr. Jacob Verghese, chefe do Departamento de Cuidados Críticos, tinha, até quatro anos antes, sido médico do Exército dos Estados Unidos. Foi o segundo em comando na sua unidade de cuidados críticos na guerra do Kuwait e voltara a Kerala quando terminou sua missão. Mesmo tendo vivido a maior parte da vida no exterior, sua fala não tinha nem mesmo um vestígio de sotaque americano, o que era notável, porque em Kerala as pessoas brincavam que bastava solicitar um visto para os Estados Unidos para começar a falar com sotaque americano. Nada no dr. Verghese sugeria que fosse qualquer outra coisa senão um cristão sírio absolutamente típico que vivera em Kerala toda a vida. Ele sorriu para Tilo gentilmente e ofereceu café. Era da mesma cidade de Maryam Ipe e provavelmente conhecia muito bem todos os velhos rumores e fofocas. Estavam consertando o ar-condicionado de sua sala, e o barulho que faziam removia a estranheza do recinto. Tilo observou o mecânico cuidadosamente, como se sua vida dependesse daquilo. Homens e mulheres de batas e calças verdes, usando máscaras cirúrgicas, flutuavam silenciosamente no corredor usando sapatilhas de sala de operações. Alguns tinham sangue nas luvas cirúrgicas. O dr. Verghese olhou para Tilo por cima dos óculos de leitura, estudou-a como se estivesse tentando fazer um diagnóstico. Talvez estivesse. Depois de um momento, estendeu o braço e pegou a mão dela entre as suas. Ele não podia saber que estava tentando consolar um edifício que fora atingido por um raio. Não restava muita coisa a confortar. Depois que tomou seu café e ela deixou o seu intocado, o médico sugeriu que voltassem à UTI e que ela se desculpasse com a mãe.

"Sua mãe é uma mulher notável. Você precisa entender que não é ela quem diz aquelas palavras feias."

"Ah. Então quem é?"

"Alguma outra coisa. A doença. O sangue. O sofrimento. Nosso condicionamento, nossos preconceitos, nossa história..."

"Então a quem eu vou pedir desculpas? Ao preconceito? Ou à história?"

Mas ela já estava indo atrás dele pelo corredor, de volta à UTI.

283

Quando chegaram, sua mãe tinha entrado em coma. Estava além do ouvir, além da história, além do preconceito, além das desculpas. Tilo se enrolou na cama e encostou o rosto nos pés da mãe até ficarem frios. A cadeira quebrada vigiava as duas como um anjo melancólico. Tilo se perguntou como sua mãe sabia o que a cadeira ia fazer. Como poderia?

Esqueça as cadeiras quebradas, elas estão sempre por aí.

Maryam Ipe morreu na manhã seguinte, bem cedo.

A igreja Cristã Síria não podia perdoar suas transgressões e se recusou terminantemente a enterrá-la. Então o funeral, assistido sobretudo por professores e alguns pais de alunos, ocorreu no crematório do governo. Tilo levou as cinzas da mãe de volta para Delhi. Disse a Naga que precisava pensar cuidadosamente no que fazer com elas. Não disse muito mais. Ele só se lembra que o pote contendo as cinzas ficou na mesa de trabalho dela por muito tempo. Depois, Naga notou que tinha desaparecido. Não sabia bem se Tilo encontrara um local apropriado para mergulhar as cinzas (ou espalhar, ou enterrar), ou se simplesmente levara o pote com ela para sua nova casa.

*

A Princesa foi até Naga, sentado no chão, olhando um gordo prontuário médico. Ficou parada atrás dele e leu as anotações por cima de seus ombros.

"'O equipo arterial é o parafuso de Jesus Cristo'... 'Você ouviu o som da flor branca?' O que é essa porcaria que está lendo, jaan? Desde quando as flores começaram a ter som?"

Naga continuou sentado e não disse nada durante um longo tempo. Parecia imerso em pensamentos. Depois se levantou e segurou entre as mãos o lindo rosto dela.

"Desculpe..."

"Por quê, jaan?"

"Não vai dar certo..."

"O quê?"

"Nós."

"Mas ela foi embora! Deixou você!"

"Foi. Foi, sim... Mas ela vai voltar. Tem de voltar. Vai, sim."

A Princesa olhou para Naga com pena e seguiu em frente. Logo estava casada com o editor-chefe de um canal de notícias da televisão. Formavam um casal bonito, feliz, e tiveram muitos filhos saudáveis e felizes.

*

As acomodações que Tilo alugou ficavam no segundo andar de uma casa geminada que dava para uma escola primária do governo cheia de crianças relativamente pobres e uma árvore de nim cheia de periquitos razoavelmente ricos. Toda manhã, na hora da fila, as crianças gritavam inteiro o "Hum Hongey Kaamyaab" — a versão hindi de "We Shall Overcome". Ela cantava com eles. Nos fins de semana e feriados, sentia falta das crianças e da fila de entrada, então cantava a canção para si mesma exatamente às sete da manhã. Nos dias em que não cantava, sentia que a manhã era apenas o dia anterior estendido, que um novo dia não tinha amanhecido. Quase todas as manhãs, qualquer pessoa que encostasse o ouvido em sua porta ia ouvi-la cantando.

Ninguém encostava o ouvido em sua porta.

A cerimônia de nascimento e batismo de Miss Jebin marcou o quarto ano e a última noite de Tilo no apartamento do segundo andar. Ela se perguntou o que devia fazer com o resto do bolo de aniversário. Talvez as formigas convidassem suas parentes da vizinhança para participar da festa ou acabassem com ele ou removessem até a última migalha para armazenar.

O calor se ergueu e passeou pela sala. O tráfego grunhia à distância. Cidade trovejante.

Nada de chuva.

A corujinha manchada voou para balançar a cabeça e praticar boas maneiras com alguma outra mulher em alguma outra janela.

Quando notou que a coruja tinha ido embora, Tilo ficou indizivelmente triste. Ela sabia que logo iria embora também e talvez nunca mais a visse. A coruja era *alguém*. Ela não sabia direito quem. Musa talvez. Era sempre assim com Musa. Cada vez que ele ia embora, depois de suas breves e misteriosas visitas, com seus disfarces peculiares, parecendo o sr. Ninguém do Distrito Lugar Nenhum, ela sabia que talvez nunca mais o veria. Geralmente era ele que desaparecia e ela que esperava. Agora, era a vez dela de desaparecer. Não tinha meios de comunicar a ele onde estava. Ele não usava celular, e as únicas chamadas que fazia eram pelo telefone fixo, que agora não seriam mais atendidas. Ela foi tomada pelo desejo de comunicar a natureza incerta da despedida deles à corujinha malhada nessa noite. Rabiscou uma frase num papel e pregou na janela, virada para fora, para a coruja ler:

Quem pode dizer a partir da palavra adeus que tipo de separação nos aguarda?

Voltou a seu colchão, contente consigo mesma e com a clareza emprestada de sua comunicação. Mas então, quase imediatamente, ficou com vergonha. Osip Mandelstam tinha coisas mais importantes na cabeça quando escreveu essa frase. Ele estava lidando com o gulag de Stálin. Não estava conversando com corujas. Pegou de volta o papel e voltou para a cama.

286

A poucos quilômetros de onde ela estava deitada, acordada, três homens haviam sido esmagados por um caminhão que saíra da estrada na noite anterior. Talvez o motorista tivesse dormido. Na TV, disseram que naquele verão os sem-teto passaram a dormir na beira das estradas de tráfego pesado. Tinham descoberto que a fumaça dos escapamentos dos caminhões e ônibus a diesel que passavam era um eficiente repelente de mosquitos e os protegia da epidemia de dengue que já matara centenas de pessoas na cidade.

Ela imaginou os homens: imigrantes novos na cidade, pedreiros instalados em seus pontos pré-reservados, pré-pagos, cujo aluguel era calculado calibrando a densidade ideal de fumaça de escapamento dividida pela densidade aceitável de mosquitos. Álgebra perfeita; difícil de encontrar em livros didáticos.

Os homens estavam cansados de seu dia de trabalho na construção, os cílios e pulmões pálidos de pó de pedra, cortando pedra e assentando pisos em shopping centers de muitos andares e propriedades residenciais que brotavam em torno da cidade como uma floresta de rápido crescimento. Eles estendiam suas *gamchhas* macias, desfiadas em cima da grama estreita nos barrancos inclinados pontilhados de merda de cachorro e esculturas de aço inoxidável — arte pública — patrocinada pelo Grupo Pamnani, que estava promovendo artistas modernos que usavam aço inoxidável como veículo, na esperança de que esses artistas modernos promovessem a indústria do aço. As esculturas pareciam cachos de espermatozoides, ou talvez pretendessem ser balões. Não ficava claro. De qualquer forma, pareciam alegres. Os homens acendiam um último bidi. Anéis de fumaça giravam na noite. As luzes de néon da rua deixavam a grama azul metálico e os homens cinzentos. Havia brincadeiras e alguns risos, porque dois deles conseguiam soprar anéis de fumaça e o terceiro não. Ele era ruim com as coisas, sempre o último a aprender.

O sono vinha depressa, rápido e fácil, como o dinheiro para os milionários.

Se não tivessem morrido de caminhão, teriam morrido de:

(a) dengue
(b) calor
(c) fumaça de bidi
ou
(d) pó de pedra

Ou talvez não. Talvez pudessem ter chegado a ser:

(a) milionários
(b) supermodelos
ou
(c) chefes de escritório

Importava alguma coisa eles terem sido esmagados na grama em que dormiam? A quem importava? Aqueles a quem importava importavam?

Caro doutor,
fomos esmagados. Tem cura?
Atenciosamente,
Biru, Jairam, Ram Kishore

Tilo sorriu e fechou os olhos.

Descuidados filhos da puta. Quem mandou ficar na trajetória do caminhão?

Ela se perguntou como des-saber certas coisas, certas coisas específicas que sabia, mas não queria. Como des-saber, por exemplo, que quando as pessoas morrem de pó de pedra seus pulmões se recusam a ser cremados. Mesmo depois que o resto do corpo se transformou em cinzas, as duas placas de pedras em forma de pulmões continuam inteiras, sem queimar. Seu amigo, o dr. Azad Bhartiya, que morava na calçada no Jantar Mantar, contara a respeito de seu irmão mais velho, Jiten Y. Kumar, que trabalhava numa pedreira de granito e morrera aos trinta e cinco anos. Ele descreveu como tiveram de quebrar os pulmões do irmão com um pé de cabra na pira funerária, para libertar sua alma. Ele o fez, dissera, mesmo sendo um comunista que não acreditava em almas.

Fez para agradar a mãe.

Disse que os pulmões do irmão rebrilhavam, porque estavam pontilhados com sílica.

Caro doutor,
Nada, não. Só queria dizer um oi. Na verdade — tem uma coisa.
Imagine ter de quebrar os pulmões de seu irmão para agradar sua mãe. O senhor acharia que isso é uma atividade humana normal?

Ela se perguntou que aspecto teria uma alma não libertada, uma alma moldada em pedra numa pira funerária. Parecida com uma estrela-do-mar talvez. Ou uma centopeia. Ou uma mariposa malhada com um corpo vivo e asas de pedra — pobre mariposa —, traída, presa pelas coisas mesmas que deveriam ajudá-la a voar.

Miss Jebin Segunda mexeu-se no sono.

Concentre-se, a Sequestradora disse a si mesma ao acariciar a testa da bebê, úmida de suor. *Senão as coisas podem escapar completamente ao controle.* Ela não fazia ideia de por que ela, dentre todo mundo, que nunca quisera filhos, tinha pegado a criança e saído correndo. Mas agora estava feito. Sua parte na história estava escrita. Mas não por ela. Então por quem? Alguém.

Caro doutor,
Se quiser, pode mudar cada milímetro de mim. Eu sou apenas uma história.

Miss Jebin era uma criança de boa índole e parecia gostar da sopa sem sal e dos legumes amassados que Tilo preparava para ela. Para uma mulher que tinha pouquíssima experiência com crianças, Tilo demonstrava surpreendente facilidade com ela, confiante na maneira de cuidar dela. Nas poucas ocasiões em que Miss Jebin chorava, ela conseguia consolá-la num instante. Tilo descobriu que a melhor coisa (excetuando-se a comida) era deitar a bebê no chão com a cria de cinco cachorrinhos cor de aço que a Camarada Laali, uma vira-latas ruiva, tinha dado à luz no batente de sua porta cinco semanas antes. Ambas as partes (os filhotinhos e Miss Jebin) pareciam ter muito a dizer uns para os outros. As duas mães eram muito amigas. Então as reuniões eram sempre um sucesso. Quando todo mundo estava cansado, Tilo devolvia os filhotes para seu saco de estopa no batente e dava uma tigelinha de leite com pão para a Camarada Laali.

Mais cedo naquele dia, Tilo acabara de acender a vela do bolo e estava valsando pela sala com a recém-batizada Miss Jebin cantarolando "Parabéns a você" quando Ankita, a vizinha de baixo, telefonou. Disse que um policial tinha aparecido de manhã, perguntando por ela (Tilo) e se ela (Ankita) sabia alguma coisa de um bebê novo no prédio. Ele estava com pressa e deixou com ela um jornal em que a polícia havia publicado uma notificação de rotina. Ankita mandou o jornal para cima por sua pequena escrava-criança, Adivasi. Dizia assim:

COMUNICAÇÃO DE SEQUESTRO
Nova Delhi 110 001

Fica o público em geral avisado por meio desta que um bebê desconhecido, paternidade DESCONHECIDA, residência DESCONHE-CIDA, sem roupas, foi abandonado em Jantar Mantar, Nova Delhi. Depois que a polícia foi informada, mas antes que chegasse a força ao local, o dito bebê foi sequestrado por pessoa ou pessoas desconhecida(s). Primeiro Relato de Informação registrado nas Seções 361, 362, 365, 366A, seções 367 & 369. Para toda e qualquer informação, favor entrar em contato com o oficial de plantão, Delegacia de Polícia da rua Parliament, Nova Delhi. Abaixo, a descrição do bebê:
Nome: DESCONHECIDO, nome do pai: DESCONHECIDO, endereço: DESCONHECIDO, idade: DESCONHECIDA, roupas: DESPIDO.

Ankita parecia superior e reprovadora ao telefone. Mas essa era sempre a sua maneira com Tilo. Ela tendia a assumir aquele ar complacente e triunfante de uma mulher com marido falando a uma mulher sem marido. Não tinha nada a ver com a bebê. Ela não sabia sobre Miss Jebin. (Felizmente, Garson Hobart tinha cuidado para que a construção da casa fosse sólida e as paredes à prova de som.) Ninguém na vizinhança sabia. Tilo não a tirara de casa. Ela própria não tinha saído muito, a não ser para ocasionais visitas essenciais ao mercado, quando a bebê estava dormindo. Os comerciantes devem ter se perguntado sobre a compra nada característica de comida para bebê. Mas Tilo não achou que a polícia fosse levar tão longe a investigação.

Quando leu a notificação policial no jornal, Tilo não a levou a sério. Parecia uma exigência rotineira, burocrática, cumprida por formalidade. Uma segunda leitura, porém, a fez concluir que podia significar problemas sérios. Para ter tempo de pensar, copiou a notícia cuidadosamente em um caderno, palavra por palavra, com caligrafia antiquada, e desenhou com uma margem decorativa de trepadeiras e frutas, como se fosse os Dez Mandamentos. Não conseguia imaginar como a polícia a localizara e viera bater à sua porta. Sabia que precisava de um plano. Mas não tinha. Então chamou a única pessoa no mundo que considerava que iria entender o problema e lhe dar um conselho sábio.

Eram amigos havia mais de quatro anos, ela e o dr. Azad Bhartiya. Conheceram-se quando os dois estavam esperando suas sandálias ser consertadas por um sapateiro de rua em Connaught Place, famoso por sua habilidade e pequenez. Nas mãos dele, cada sapato ou chinelo que estava consertando parecia pertencer a um gigante. Enquanto esperavam com um pé calçado, um pé descalço, o dr. Bhartiya surpreendeu Tilo perguntando a ela (em inglês) se tinha um cigarro. Ela o surpreendeu também respondendo (em hindi) que não tinha cigarros, mas que podia lhe oferecer um bidi. O pequeno sapateiro lhes fez uma longa palestra sobre as consequências de fumar. Contou que seu pai, um fumante compulsivo, morrera de câncer. Desenhou com o dedo na terra o contorno do tumor de pulmão do pai. "Era deste tamanho." O dr. Bhartiya garantiu a ele que só fumava quando estava esperando seu sapato ser consertado. A conversa mudou para política. O sapateiro amaldiçoou o clima atual, xingou os deuses de todas as crenças e religiões e encerrou sua diatribe curvando-se e beijando sua forma de ferro. Disse que era o único Deus em que acreditava. Quando as solas estavam consertadas, o sapateiro e seus clientes eram amigos. O dr. Barthiya convidou seus dois novos amigos a visitar sua morada na calçada do Jantar Mantar. Tilo foi. Daí em diante, não havia como voltar atrás.

Ela o visitava duas vezes por semana, ou mais, geralmente chegava à noitinha e ia embora ao amanhecer. De vez em quando, levava para ele um comprimido de vermífugo que, por alguma razão, achava essencial para o bem-estar de qualquer pessoa e achava ético consumir mesmo numa greve de fome. Ela o considerava um homem do mundo, entre as pessoas mais sábias e sadias que conhecia. Com o tempo, passou a ser a tradutora/ transcritora, além de impressora/ editora de seu informativo de uma página: *Minhas Notícias & Posições*, que ele revisava e atualizava todos os meses. Chegavam a vender oito ou nove exemplares de cada edição. Em termos gerais, era uma vibrante parceria editorial — politicamente afiada, descomprometida e totalmente no vermelho.

Os parceiros de mídia não se encontravam havia mais de oito dias — desde a chegada de Miss Jebin Segunda. Quando Tilo chamou o dr. Bhartiya para contar da notificação policial, ele baixou a voz a um sussurro. Disse que deviam falar o mínimo possível pelo celular, porque estavam sob constante vigilância das Agências Internacionais. Mas depois desse momento de cautela inicial, conversou abertamente. Contou que a polícia o espancara e confiscara todos os seus papéis. Disse que era muito provável que tivessem encontrado a pista neles (porque havia o nome e endereço da editora no pé da página do panfleto). Era isso ou a assinatura dela no gesso de seu braço, que eles tinham fotografado à força de vários ângulos. "Ninguém mais assinou com tinta verde e pôs o endereço", ele disse. "Então você deve ser a primeira pessoa da lista. Deve ser uma checagem de rotina." Mesmo assim, ele sugeriu que ela e Miss Jebin se transferissem imediatamente, ao menos por algum tempo, para um lugar chamado Hospedaria e Serviço Funerário Jannat, na cidade velha. A pessoa a contatar lá, ele disse, era Saddam Hussain, ou a própria dona, dra. Anjum, que, disse o dr. Bhartiya, era uma pessoa extremamente bondosa que tinha encontrado com ele diversas vezes depois do incidente (da *citada* noite), para perguntar da bebê. Devido ao honorífico que ele atribuíra arbi-

293

trariamente a si mesmo (embora seu ph.D. estive ainda "pendente"), o dr. Bhartiya sempre chamava as pessoas de quem gostava de "doutor", por nenhuma razão especial além de ter por elas afeto e respeito.

Tilo reconheceu o nome da hospedaria, assim como o nome de Saddam Hussain, pelo cartão de visitas deixado em sua caixa de correio (na *citada* noite) pelo homem montado no cavalo branco que a seguira até sua casa desde o Jantar Mantar. Quando ela telefonou, Saddam disse que o dr. Bhartiya entrara em contato e que ele (Saddam) estava esperando seu telefonema. Disse que era da mesma opinião do dr. Bhartiya e que voltaria a ligar para ela com um plano de ação. Aconselhou que ela em hipótese alguma saísse da casa com a bebê até receber notícias suas. A polícia não podia entrar na casa sem um mandado de busca, ele disse, mas, se estivessem vigiando o local, como podiam estar, e a pegassem com a bebê na rua, podiam fazer o que quisessem. Tilo ficou mais tranquila com o tom de sua voz, e a maneira amigável e eficiente com que falava ao telefone. E Saddam, por seu lado, ficou tranquilo com a dela.

Ele telefonou poucas horas depois, para contar que tinham tomado as providências. Ele iria buscá-la em casa ao amanhecer, talvez entre quatro e cinco da manhã, antes que fechassem a "Entrada de Caminhões" da área. Se a casa estivesse *mesmo* sendo vigiada, seria fácil perceber a essa hora, quando as ruas estavam vazias. Ele iria com um amigo que dirigia uma caminhonete para a Corporação Municipal de Nova Delhi. Tinham de pegar a carcaça de uma vaca que tinha morrido — explodida — por comer sacos plásticos demais no lixão principal de Hauz Khas. O endereço dela não exigiria um desvio muito grande. Era um plano à prova de idiotas, ele disse: "Nenhum policial para um caminhão de lixo da CMND", disse, rindo. "Se ficar com a janela aberta, vai sentir nosso cheiro antes de avistar a gente."

* * *

Então, mais uma vez, ela ia se mudar.

Tilo examinou seu lar como um ladrão, imaginando o que levar. Qual devia ser o critério? As coisas de que ia precisar? Ou as coisas que não deveriam ficar por ali? Ou ambas as coisas? Ou nenhuma? Ocorreu-lhe vagamente que, se a polícia entrasse à força, o sequestro poderia acabar sendo o menor de seus crimes.

A mais incriminadora de todas as coisas no apartamento era a pilha de vistosas embalagens de frutas entregues em sua porta, uma de cada vez, ao longo de alguns dias, por um vendedor de frutas caxemíri. Continham o que Musa chamou de suas "recuperações" da inundação que afogara Srinagar um ano antes.

Quando o Jhelum subiu e transbordou das margens, a cidade desapareceu. Colônias habitacionais inteiras ficaram debaixo da água. Bases do exército, centros de tortura, hospitais, tribunais, delegacias — tudo inundado. Casas-barcos flutuavam por cima do que antes eram mercados. Milhares de pessoas se aglomeravam precariamente em telhados muito inclinados e em abrigos improvisados em terreno mais alto, esperando um resgate que nunca aconteceu. Uma cidade afogada era um espetáculo. Uma guerra civil afogada era um fenômeno. O exército realizou resgates de helicóptero incríveis para as equipes de televisão. Ao vivo, em boletins vinte e quatro horas, os novos âncoras se maravilhavam com o quanto os valentes soldados indianos estavam fazendo pelos ingratos e mal-humorados caxemíris, que não mereciam de fato ser resgatados. Quando a enchente recuou, deixou para trás uma cidade inabitável, engastada na lama. Lojas cheias de lama, casas cheias de lama, bancos cheios de lama, geladeiras, armários, estantes cheios de lama. E um povo ingrato e mal-humorado que tinha sobrevivido sem ser resgatado.

Durante as semanas de enchente, Tilo não teve notícias de

Musa. Nem sabia se ele estava na Caxemira ou não. Não sabia se ele tinha sobrevivido ou morrido afogado, seu corpo lançado a alguma costa distante. Nessas noites, enquanto esperava notícias dele, passou a dormir com doses pesadas de soníferos, mas durante o dia, enquanto estava bem acordada, sonhava com a enchente. Com chuva e correnteza, densa de rolos de arame farpado mascarado de mato. Os peixes eram metralhadoras com barbatanas e canos que deslizavam em correntes ligeiras como rabos de sereias, de forma que não dava para saber para quem realmente estavam apontando, e quem iria morrer quando disparassem. Soldados e militantes se engalfinhavam debaixo d'água, em câmera lenta, como nos velhos filmes de James Bond, a respiração borbulhante na água enlameada, como reluzentes balas de prata. Panelas de pressão (desprovidas de suas válvulas), aquecedores a gás, sofás, estantes, mesas e utensílios de cozinha giravam na água, dando a sensação de uma estrada movimentada e sem lei. Gado, cachorros, iaques e galinhas nadavam em círculos. Depoimentos, transcrições de interrogatórios e press releases do exército se dobravam na forma de barcos de papel e remavam para segurança. Políticos e âncoras de TV, tanto homens como mulheres, tanto do Vale como do continente passavam, empinados, em trajes de banho com lantejoulas, como coristas vestidos de cavalos-marinhos, executando um lindo balé aquático, mergulhando, voltando à tona, girando, os pés em ponta, felizes na água cheia de detritos, com grandes sorrisos, os dentes brilhando como arame farpado ao sol. Um político particularmente, cujas posições não eram diferentes daquelas dos Schutzstaffel da Alemanha Nazista, dava cambalhotas na água, parecendo triunfante, vestindo um dhoti branco engomado que dava a impressão de ser à prova d'água.

Esse pesadelo diurno voltava, dia após dia, cada vez com novos detalhes.

Passou-se um mês antes de Musa finalmente telefonar. Tilo ficou furiosa com ele por parecer tão alegre. Ele disse que não havia nenhuma casa segura em Srinagar em que pudesse guardar suas "recuperações" da enchente e perguntou se podia deixá-las com ela em seu apartamento até a cidade voltar ao normal.

Podia, sim. Claro que podia.

Eram de excelente qualidade as maçãs da Caxemira entregues em caixas de papelão feitas por encomenda, vermelhas, menos vermelhas, verdes e quase pretas — Deliciosas, Douradas Deliciosas, Ambri, Kaala Mastana —, todas embaladas individualmente em papel retalhado. Cada caixa tinha um cartão de visitas de Musa — um pequeno esboço da cabeça de um cavalo — enfiado num canto. E cada caixa tinha um fundo falso. E cada fundo falso continha suas "recuperações".

Tilo abriu de novo as caixas para lembrar do que havia nelas e resolver o que fazer com aquilo — levar ou deixar? Musa tinha a única outra chave do apartamento. Garson Hobart estava seguramente destacado para o Afeganistão. De qualquer forma, ele não tinha a chave. Então deixar aquilo onde estava não era um grande risco. A menos que, a menos que, a menos que... houvesse uma vaga chance de invasão da polícia.

As "recuperações" eram poucas, e era evidente que tinham sido despachadas às pressas. Quando chegaram, algumas tinham uma crosta de lama — grossa, escura, limo de rio. Algumas, em bom estado, tinham obviamente escapado da água da enchente. Havia um álbum de fotografias de família manchadas pela água, arruinadas, a maior parte quase irreconhecível, da filha de Musa, Miss Jebin Primeira, e da mãe dela, Arifa. Havia uma pilha de passaportes dentro de um plástico Ziplock — sete no total, dois indianos e cinco de outras nacionalidades: Iyad Kharif (Musa, o pombo libanês), Hadi Hassan Mohseni (Musa, o guia iraniano sábio), Faris Ali Halabi (Musa, o cavaleiro sírio), Mohammed

Nabil al-Salem (Musa, o nobre qatariano), Ahmed Yasir al-Qassimi (Musa, o homem rico de Bahrain). Musa bem barbeado, Musa com barba grisalha, Musa de cabelo comprido e sem barba, Musa com cabelo curtinho e barba aparada. Tilo reconheceu o primeiro nome, Iyad Kharif, como um que Musa sempre adorara, e que fizera os dois darem risada durante os tempos de faculdade, porque queria dizer "o pombo que nasceu no outono". Tilo tinha uma variação do tema para pessoas com quem estava aborrecida — Gandu Kharif. O cuzão que nasceu no outono. (Ela havia sido excepcionalmente boca-suja quando moça e, ao começar a aprender hindi, tinha grande prazer em usar imprecações recém-aprendidas como alicerce para a construção de um vocabulário funcional.)

Em outro pacote plástico havia cartões de crédito com crostas de lama e nomes que combinavam com os passaportes, cartões de embarque e algumas passagens de avião — relíquias dos dias em que existia passagem de avião. Havia velhos catálogos de telefone, com nomes, endereços e números sobrepostos. Nas costas de um deles, na diagonal, Musa rabiscara um fragmento de canção:

Do escuro à luz, da luz à escuridão
três carros brancos, três negros virão,
o que nos separa é a nossa união,
foi-se nosso irmão, nosso coração.

Por quem ele lamentava? Ela não sabia. Por toda uma geração, talvez.

Havia uma carta escrita pela metade, num envelope-carta azul do continente. Não estava endereçada a ninguém. Talvez ele estivesse escrevendo para si mesmo... ou para ela, porque começava com um poema urdu que ele tentara traduzir, algo que sempre fazia para ela:

Duniya ki mehfilon se ukta hun ya Rab
Kya lutf ka, jab dil hi bujh gaya ho
Shorish se bhagta hoon, dil dhundta hai mera
Aisa sukut jis pe taqrir bhi fida ho

Estou cansado das reuniões mundanas, ó Senhor,
que prazer há nelas, quando a luz de meu coração se foi?
Do clamor das multidões eu fujo, meu coração busca
O tipo de silêncio que atordoaria a fala em si.

Abaixo, ele escreveu:

Eu não sei quando parar, ou como continuar. Eu paro quando não devia. Continuo quando deveria parar. Há cansaço. Mas há também desafio. Juntos eles me definem hoje em dia. Juntos roubam meu sono e juntos restauram minha alma. Há muitos problemas sem solução à vista. Amigos se tornam inimigos. Se não expressos, silentes, reticentes. Mas ainda estou para ver um inimigo se tornar amigo. Parece não haver esperança. Mas fingir esperança é a única elegância que temos...

Ela não sabia de que amigos ele falava.

Sabia que não era nada menos que um milagre Musa ainda estar vivo. Nos dezoito anos que haviam se passado desde 1996, ele tinha vivido uma vida em que cada noite era potencialmente a noite das longas facas. "Como podem me matar de novo?", ele dizia ao sentir preocupação da parte de Tilo. "Você já esteve no meu funeral. Já pôs flores no meu túmulo. O que mais eles podem fazer comigo? Sou uma sombra ao meio-dia. Eu não existo." Mas da última vez que o encontrou ele dissera algo, casualmente, brincando, mas com o coração partido nos olhos. Fez gelar o sangue dela.

"Hoje em dia, na Caxemira, você pode ser morto por sobreviver."

Na guerra, Musa disse a Tilo, os inimigos não conseguem aquebrantar seu espírito, só os amigos conseguem.

Em outra caixa, havia uma faca de caça e nove celulares — um número excessivo para um homem que não usava celulares —, os antigos do tamanho de tijolos pequenos, uns Nokia minúsculos, um smartphone Samsung e dois iPhones. Quando foram enviados, cobertos de lama, pareciam barras de chocolate fossilizado. Agora, sem a lama, pareciam apenas velhos e inúteis. Havia uma pilha de recortes de jornal duros, amarelados, o primeiro dos quais continha uma declaração feita pelo então ministro-chefe da Caxemira. Alguém havia sublinhado o texto:

> Não podemos simplesmente ir escavando todos os cemitérios. Precisamos ao menos de indicações básicas dos parentes de Desaparecidos, se não informações bem específicas. Onde haveria maior possibilidade do parente desaparecido ter sido enterrado.

Uma terceira caixa continha um revólver, umas balas soltas, um frasco de comprimidos (ela não sabia comprimidos de *quê*, mas estava em posição de adivinhar — algo começado com C) e um caderno que parecia não ter sofrido as depredações da enchente. Tilo reconheceu o caderno e a letra como dela, mas leu o conteúdo com curiosidade, como se tivesse sido escrito por outra pessoa. Naqueles dias, sua cabeça parecia uma "recuperação" — empanada em lama. Não era só sua cabeça, ela própria, *inteira*, se sentia como uma recuperação — um acúmulo de recuperações enlameadas, juntadas ao acaso.

Muito antes de se tornar estenógrafa para sua mãe e para o dr. Azad Bhartiya, Tilo tinha sido uma estranha estenógrafa de meio período em uma ocupação militar de período integral. Depois do episódio do Shiraz, quando voltou a Delhi e se casou com Naga, ela viajava de volta à Caxemira obsessivamente, mês após mês, ano após ano, como estivesse procurando algo que tivesse deixado para trás. Ela e Musa quase nunca se encontravam nessas viagens (quando se encontravam, era principalmente em Delhi). Mas, enquanto ela estava na Caxemira, de seu esconderijo ele a mantinha sob vigilância. Ela sabia que as almas amigas que apareciam como que do nada, para ficar em torno dela, viajar com ela, convidar para suas casas, eram gente de Musa. Eles a recebiam bem e contavam coisas que dificilmente contariam a si mesmos, só porque amavam Musa — ou pelo menos o conceito que faziam dele, o homem que sabiam ser uma sombra entre sombras. Musa não sabia o que estava buscando, nem ela. No entanto, ela gastava nessas viagens todo o dinheiro que ganhava com seus desenhos e encomendas tipográficas. Às vezes, tirava uma ou outra foto. Escrevia coisas estranhas. Colecionava retalhos de histórias e inexplicáveis suvenires que pareciam não ter nenhum propósito. Parecia não haver padrão nem tema que a interessasse. Ela não tinha nenhuma tarefa definida, nenhum projeto. Não estava escrevendo para algum jornal ou revista, não estava escrevendo um livro, nem fazendo um filme. Não prestava atenção nas coisas que a maioria das pessoas considerava importantes. Ao longo dos anos, seu arquivo particular, fragmentado, ficou peculiarmente perigoso. Era um arquivo de recuperações, não de uma enchente, mas de um outro tipo de desgraça. Instintivamente, ela o mantinha escondido de Naga e o organizava de acordo com alguma complicada lógica própria que intuía, mas não entendia. Nada daquilo levava a nada no que era real e verdadeiro no mundo real. Mas não importava.

A verdade é que ela viajava de volta à Caxemira para aplacar seu coração perturbado e expiar um crime que não tinha cometido. E para colocar flores novas no túmulo do comandante Gulrez. O caderno que Musa enviara junto com suas "recuperações" era dela. Tilo devia tê-lo deixado para trás em uma de suas viagens. As primeiras páginas estavam cobertas com sua escrita, o resto estava em branco. Ela sorriu quando viu a página de abertura:

O Livro de Seleções de Gramática e
Compreensão do Inglês para Crianças Muito Novas
de
S. *Tilottama*

Ela pegou um cinzeiro, acomodou-se de pernas cruzadas no chão e fumou um cigarro atrás do outro até o fim do texto. Continha histórias, recortes de jornal e algumas páginas de diário:

O VELHO & SEU FILHO

Quando Manzur Ahmed Ganai se tornou militante, soldados foram até sua casa e pegaram seu pai, o belo e sempre garboso Aziz Ganai. Ele foi mantido no Centro de Interrogatório Kaderpora. Manzur Ahmed Ganai atuou como militante durante um ano e meio. Seu pai ficou preso durante um ano e meio.

No dia em que Manzur Ahmed Ganai foi morto, soldados sorridentes abriram a porta da cela de seu pai. "*Jenaab*, queria *Azadi*? *Mubarak ho aapko*. Parabéns! Hoje o seu desejo se realizou."

As pessoas da aldeia choraram mais pela trêmula ruína humana que veio correndo pelo pomar, em farrapos, com olhos ensandecidos e barba e cabelo que não eram cortados havia um ano e meio, do que choraram pelo rapaz assassinado.

A trêmula ruína humana chegou bem a tempo de erguer a mortalha e dar um beijo no rosto do filho antes que o cremassem.

P 1: Por que os aldeões choraram mais pela ruína humana?
P 2: Por que a ruína humana tremia?

NOTÍCIAS

Serviço Diretor de Notícias da Caxemira
Dezenas de Cabeças de Gado Atravessam a Linha de Controle (LoC) em Rajuri
Pelo menos 33 cabeças de gado, inclusive 29 búfalos, atravessaram para o lado do Paquistão no setor Nowshera do distrito de Rajuri em Jammu e Caxemira.

Segundo o SDNC, o gado atravessou no LoC do subsetor de Kalsian. "O gado que pertence a Ram Sarup, Ashok Kumar, Charan Das, Ved Prakash e outros estava pastando perto do LoC quando atravessaram para o outro lado", moradores locais disseram ao SDNC.

Marque a opção:
P 1: Por que o gado atravessou o LoC?
(a) para treinar
(b) para se infiltrar nas operações
(c) nenhuma das anteriores.

O ASSASSINATO PERFEITO (a história de J)

Isto aconteceu alguns anos atrás, antes de eu me demitir do posto. Talvez em 2000 ou 2001. Eu era na época VSP, vice-superintendente de polícia, locado em Matan.

303

Uma noite, por volta das 23h30, recebemos um chamado de uma aldeia vizinha. Quem ligou foi um aldeão, mas não quis revelar seu nome. Disse que tinha havido um assassinato. Então nós fomos. Eu, junto com meu chefe, o SP. Era janeiro. Muito frio. Neve por toda parte.

Chegamos à aldeia. As pessoas estavam dentro de suas casas. As portas trancadas. Luzes apagadas. Tinha parado de nevar. A noite estava clara. Lua cheia. O luar se refletia na neve. Dava para ver tudo muito claramente.

Vimos o corpo de uma pessoa, um homem grande e forte. Estava caído na neve. Tinha sido morto fazia pouco. O sangue tinha se derramado na neve. Ainda estava quente. Tinha derretido a neve. A neve ainda fumegava. Caído ali, parecia que ele estava cozinhando...

Dava para perceber que, depois de cortarem sua garganta, ele tinha se arrastado uns trinta metros para bater na porta de uma casa. Mas por medo ninguém abriu a porta, então ele sangrou até morrer. Como eu disse, era um homem grande e forte, então havia muito sangue. Ele estava com roupa pathan — salwar kamiz — com colete à prova de balas camuflado e um cinto de munições cheio de balas. Caído a seu lado um AK-47. Não havia dúvida de que era um militante — mas quem o tinha matado? Se tivesse sido o exército, com certeza teriam removido o corpo e assumido a morte imediatamente. Se tivesse sido um grupo militante rival, teriam levado a arma. Aquilo era um grande quebra-cabeça para nós.

Nós reunimos os aldeões e os interrogamos. Ninguém admitiu ter visto nem ouvido nem saber de nada. Levamos o corpo conosco para a delegacia de Matan. Lá o meu SP chamou o oficial-comandante da base de Rashtriya Rifle (RR) — a base do exército —, ali perto, para perguntar se sabiam de alguma coisa. Nada.

Não foi difícil identificar o corpo. Era um comandante militante de muito tempo, bem conhecido. Fazia parte do Hizb. Hizb-ul-Mujahidin. Mas ninguém assumiu a Morte. Enfim o OC do exército e meu SP resolveram assumir. Anunciaram que ele tinha sido morto num encontro depois de uma operação de Cerco e Busca conduzida em conjunto pela RR e PJC (Polícia de Jammu e Caxemira).

A notícia apareceu na mídia nacional da seguinte maneira: *Numa feroz batalha armada que durou várias horas, um temido militante foi morto em uma operação conjunta da Rashtriya Rifles e da Polícia de Jammu e Caxemira liderada pelo major XX e o superintendente de polícia YY.*

Ambos, a RR e a PJC, foram citadas, e repartimos a recompensa em dinheiro. Entregamos o corpo do militante para a família e fizemos investigações discretas para saber se faziam alguma ideia de quem o tinha matado. Não houve progresso.

Sete dias depois, em outra aldeia, outro militante hizb foi decapitado. Era o segundo em comando do primeiro homem que encontramos morto. O hizb assumiu a morte. À boca pequena, eles espalharam que o homem tinha sido morto por ter assassinado seu comandante e roubado dois milhões e quinhentas mil rupias em dinheiro que estavam destinadas à distribuição entre o grupo de treinamento.

A história apareceu na mídia nacional da seguinte maneira: *Civil Inocente Cruelmente Decapitado por Militantes*

P 1: Quem é o herói dessa história?

O INFORMANTE — I

Na área notificada de Tral. Um aldeia chamada Nav Dal. É 1993. A aldeia está fervilhando de militantes. É uma aldeia "liberada". O exército está acampado nos arredores, mas os soldados não ousam entrar na aldeia. É um impasse total. Nenhum aldeão se aproxima do acampamento do exército. Não há contato de nenhuma espécie entre soldados e aldeões.

No entanto, o oficial comandante do campo sabe todos os movimentos que os militantes fazem. Quais aldeões apoiam o Movimento, quais não, quem dá comida e alojamento voluntariamente, quem não.

Durante dias é montada uma vigilância cerrada. Nem uma única pessoa vai ao campo. Nem um único soldado entra na aldeia. E, no entanto, a informação chega ao exército.

Por fim, os militantes notam um touro negro e brilhante da aldeia que visita o campo regularmente. Interceptam o touro. Amarrado a seus chifres, junto com um sortimento de talismãs *taviz* (para impedir doença, mau olhado, impotência), há pequenas notas com informações.

No dia seguinte, os militantes amarram uma BFC, uma bomba de fabricação caseira, nos chifres do touro. A detonam quando ele chega ao campo. Ninguém morre. O touro fica seriamente ferido. O açougueiro da aldeia se oferece para fazer "halal" para que os aldeões possam ao menos aproveitar a carne.

Os militantes baixam uma fatwa. É um Touro Informante. Ninguém tem permissão para comer a carne.

Amém.

P 1: Quem é o herói da história?

O INFORMANTE — II

Ele gostava de entregar as pessoas, porque isso o desumanizava. Me desumanizar é minha tendência mais fundamental.

Jean Genet

Ainda não estou curada da felicidade.

Anna Akhmatova

P1: Quem é o herói da história?

306

O VIRGEM

O planejado ataque fidayin ao campo do exército foi abortado no último minuto por nada menos que os próprios suicidas. Eles tomaram a decisão porque Abid Ahmed, cognominado Abid Suzuki, motorista do Suzuki Maruti em que estavam, dirigia muito mal. O carrinho virava de repente para a esquerda, depois de repente para a direita, como se estivesse desviando de alguma coisa. Mas a estrada estava vazia e não havia nada do que desviar. Quando os companheiros de Abid Suzuki (nenhum dos quais sabia dirigir) perguntaram qual o problema, ele disse que eram as húris que tinham vindo para levar todos para o céu. Elas estavam nuas e dançando em cima do capô, a distraí-lo.

Não havia como ter certeza de que as húris nuas fossem virgens ou não.

Mas Abid Suzuki era, com certeza.

P 1: Por que Abid Suzuki estava dirigindo mal?
P 2: Como se determina a virgindade de um homem?

O VALENTE

Mehmud era alfaiate em Budgam. Seu maior desejo era ser fotografado posando com armas. Por fim, um amigo de escola que tinha se filiado a um grupo militante o levou ao esconderijo dele e realizou o seu sonho. Mehmud voltou para Srinagar com os negativos e levou para o Estúdio Fotográfico Taj para revelar e copiar. Conseguiu um desconto de 25 paisa em cada cópia. Quando foi buscar suas fotos, a Força de Segurança da Fronteira fez um cordão em torno do Estúdio Fotográfico Taj e o pegou em flagrante com as cópias. Ele foi levado a uma base e torturado durante vários dias. Não forneceu nenhuma informação. Foi condenado a dez anos de prisão.

O comandante militante que possibilitou a sessão de fotos foi preso poucos meses depois. Dois AK-47 e várias cargas de munição foram confiscados com ele. Foi solto dois meses depois.

P 1: Valeu a pena?

O CARREIRISTA

O rapaz sempre quis ser alguma coisa na vida. Convidou quatro militantes para jantar e pôs comprimidos para dormir na comida deles. Assim que eles dormiram, ele chamou o exército. Mataram os militantes e queimaram a casa. O exército prometeu para o rapaz dois canais de terra e cento e cinquenta mil rupias. Deram só cinquenta mil e o acomodaram em um lugar próximo à base do exército. Disseram que se quisesse um trabalho permanente com eles em vez de ser apenas um trabalhador diarista ele tinha de entregar dois militantes estrangeiros. O rapaz conseguiu para eles um paquistanês "vivo", mas estava enfrentando problemas para encontrar outro. "Infelizmente hoje em dia os negócios andam mal", ele disse ao investigador. "As coisas estão de um jeito que não dá mais para matar alguém e fingir que é um militante estrangeiro. Então meu trabalho não pode ser permanente."

Perguntei a ele para quem votaria se houvesse um referendo, Índia ou Paquistão?

"Paquistão, claro."

"Por quê?"

"Porque é o nosso mulk (país). Mas os militantes paquistaneses não podem ajudar a gente assim. Se eu matá-los e conseguir um bom emprego, é bom pra mim."

Ele disse ao investigador que, quando a Caxemira passasse a ser parte do Paquistão, ele (o investigador) não sobreviveria. Mas ele (o rapaz) sim. Só que isso, ele disse, era só uma teoria. Porque ele logo seria morto.

P 1: Quem o rapaz achava que ia matá-lo?

(a) o exército

(b) os militantes

(c) os paquistaneses

(d) os donos da casa que foi queimada

O GANHADOR DO PRÊMIO NOBEL

Manohar Mattu era um pandit caxemíri que permaneceu no Vale mesmo depois que todos os outros hindus foram embora. Ele estava secretamente cansado e profundamente magoado com as alfinetadas de seus amigos muçulmanos, que diziam que todos os hindus da Caxemira eram na verdade, de uma forma ou de outra, agentes das Forças Indianas de Ocupação. Manohar tinha participado de todos os protestos anti-Índia e gritara *Azadi!* mais alto que qualquer um. Mas nada parecia ajudar. A certa altura, ele chegou a pensar em pegar em armas e se juntar ao hizb, mas acabou decidindo que não. Um dia, um velho amigo de escola, Aziz Mohammed, oficial da inteligência, o visitou em casa para contar que estava preocupado com ele. Disse que tinha visto a folha corrida dele (de Mattu). Sugeriam que ele fosse posto sob vigilância porque apresentava "tendências antinacionais".

Quando soube disso, Mattu abriu uma sorriso e sentiu o peito se encher de orgulho.

"Você me deu o prêmio Nobel!", disse ao amigo.

Levou Aziz Mohammed até o Café Arábica e comprou para ele 500 rupias de café e doces.

Um ano depois, ele (Mattu) foi morto por um atirador desconhecido por ser um kafir.

P 1: Por que Mattu foi morto?
(a) porque era hindu
(b) porque queria Azadi
(c) porque ganhou o prêmio Nobel
(d) nenhuma das anteriores
(e) todas as anteriores

P 2: Quem poderia ser o atirador desconhecido?
(a) um militante islâmico que achava que todo kafir tinha de ser morto
(b) um agente da Ocupação que queria que as pessoas pensassem que os militantes islâmicos achavam que todo kafir tinha de ser morto
(c) nenhuma das anteriores
(d) alguém que queria que todo mundo enlouquecesse tentando entender

KHADIJA DIZ...

Na Caxemira quando acordamos e dizemos *"Good Morning"* [bom dia] o que queremos dizer de verdade é *"Good mourning"* [bom luto].

OS TEMPOS ESTÃO MUDANDO

A begum Dil Afroze era uma conhecida oportunista que acreditava, quase literalmente, em mudar com os tempos. Quando o Movimento parecia estar subindo e subindo, ela acertava a hora de seu relógio de pulso para meia hora adiante segundo o Horário

Padrão Paquistanês. Quando a Ocupação retomou o controle, ela acertou o relógio pelo Horário Padrão Indiano. No Vale, um ditado dizia: "o relógio da begum Dil Afroze não é um relógio de verdade, é um jornal".

P 1: Qual a moral dessa história?

PRIMEIRO DE ABRIL DE 2008: Na verdade é a noite do Dia da Mentira. Durante toda a noite as notícias chegam esporadicamente, passando de celular para celular: "*Encontro*" *numa aldeia em Bandipora*. A FSF e a FTE dizem ter recebido informações específicas de que havia militantes — o chefe de operações de Lashkar-e--Taiba e alguns outros — numa casa da aldeia de Chitti Bandi. Houve uma ação. O encontro durou a noite inteira. Depois da meia-noite, o exército anunciou que a operação tinha sido bem--sucedida. Disseram que dois militantes tinham sido mortos. Mas a polícia disse que não havia corpos.

Fui com P até Bandipora. Partimos ao amanhecer.

De Srinagar a Bandipora a estrada serpenteia por campos de mostarda. O lago Wular está vítreo, inescrutável. Barcos esguios deslizam por ele como modelos de moda. P me diz que recentemente, como parte da "Operação Boa-Vontade", o exército levou vinte e uma crianças para um piquenique num barco da Marinha. O barco afundou. Todas as vinte e uma crianças morreram afogadas. Quando os pais das crianças afogadas protestaram, atiraram neles. Os que tiveram mais sorte morreram.

Bandipora está "liberada", dizem. Como Sopore esteve um dia. Como Shopian ainda está. Bandipora fica encostada às montanhas altas. Quando chegamos, descobrimos que a ação não tinha terminado.

Os aldeões disseram que tinha começado às três e meia da tarde do dia anterior. As pessoas eram tiradas à força de suas casas, sob mira de armas. Tiveram de deixar as casas abertas, o chá quente sem tomar, livros abertos, lição de casa incompleta, comida no fogo, cebolas fritando, os tomates cortados esperando para ser acrescentados.

Havia mais de mil soldados, disseram os aldeões. Alguns falaram em quatro mil. À noite, o terror fica ampliado, as folhas das árvores de chinar podem ter parecido soldados. Quando a ação terminou e rompeu a aurora, não eram só os tiros ocasionais que dilaceravam as pessoas, mas também os sons mais brandos, de seus armários sendo abertos, seu dinheiro e suas joias sendo roubados, seus teares sendo quebrados. O gado assado vivo em seus currais.

Uma grande casa, que pertencia ao irmão de um poeta, tinha sido posta abaixo. Era um monte de entulho. Nenhum corpo foi encontrado. Os militantes tinham escapado. Ou talvez nunca tivessem estado lá.

Mas por que o exército ainda estava lá? Soldados com metralhadoras, escavadeiras e lançadores de morteiros controlavam a multidão.

Mais notícias:

Dois rapazes foram presos num posto de gasolina próximo.

A multidão fica tensa.

O exército já anunciou que mataram dois militantes aqui em Chitti Bandi. Então agora tem de mostrar os corpos. As pessoas sabem como funciona a vida real. Às vezes o roteiro é escrito antes.

"Se os corpos desses rapazes queimaram há pouco, nós não vamos aceitar a história do exército."

Vai Índia! Vai Embora!

As pessoas enxergaram um soldado na mesquita da aldeia, olhando para elas de cima. Não tinha tirado as botas no lugar sagrado. Brota um uivo. Lentamente o cano da arma se ergue e mira. O ar encolhe e enrijece.

Soa um tiro da ex-casa do irmão do poeta. É um anúncio. O

exército vai se retirar. A rua de aldeia não é larga o bastante para nós e eles, então para abrir espaço temos de grudar nas paredes das casas. Os soldados passam. Vaias os perseguem como vento uivando na rua da aldeia. Dá para sentir a raiva e a vergonha dos soldados. Dá para sentir como estão indefesos também. Aquilo podia mudar em um segundo.

Tudo o que eles têm de fazer é virar e atirar.

Tudo o que as pessoas têm de fazer é deitar e morrer.

Quando o último soldado foi embora, as pessoas escalam o entulho da casa queimada. As placas metálicas que eram o telhado ainda fumegando. Um baú queimado aberto, as chamas ainda pulando de dentro dele. O que havia ali que queima tão lindamente?

No monte fumarento de entulho, as pessoas param e cantam:

Hum Kya Chahtey?

Azadi!

E eles chamam o Lashkar:

Aiwa Aiwa!

Lashkar-e-Taiba!

Chegam mais notícias.

Mudasser Nazir foi pego pela FTE.

O pai dele chega. A respiração curta. O rosto cinza. Uma folha de outono na primavera.

Levaram seu filho para a base.

"Ele não é militante. Foi ferido num protesto ano passado."

"Estão dizendo que, se quiser seu filho de volta, então nos mande a sua filha. Disseram que ela é uma CNC — colaboradora não clandestina. Que ajuda um homem da hizb a transportar as coisas deles."

Talvez sim, talvez não. De qualquer jeito, ela já foi.

* * *

Eu vou ajudar um homem da hizb a transportar as coisas dele.

E depois ele vai me matar por eu ser eu.

Mulher ruim, sem cobertura.

Indiana.

Indiana?

Seja lá o que for.

E assim vai.

NADA

Eu gostaria de escrever uma daquelas histórias sofisticadas em que mesmo quando não acontece nada tem um monte de coisa para escrever. Não dá para fazer isso na Caxemira. Não é sofisticado, o que acontece aqui. Tem sangue demais para boa literatura.

P 1: Por que não é sofisticado?

P 2: Qual é a quantidade de sangue aceitável para boa literatura?

*

O último elemento do caderno é uma press release do exército, colada em uma das páginas:

DEPARTAMENTO DE INFORMAÇÃO À IMPRENSA (SETOR DE DEFESA)

DEPARTAMENTO DE RELAÇÕES EXTERIORES DO GOVERNO DA ÍNDIA

MINISTÉRIO DA DEFESA, SRINAGAR

GAROTAS DE BANDIPORA PARTIRAM PARA EXCURSÃO

Bandipora, 27 de setembro. Hoje foi um dia importante na vida de 17 moças das aldeias Erin e Dardpora do distrito de Bandipora, quando a brandeia de partida de sua SADHBHAVANA, excursão de 13 dias por Agra, Delhi e Chamdigarh foi dada pela sra. Sonya Puri e pelo brigadeiro Anil Puri, comandante, Brigada de Montanha 81 no campo Fishery da aldeia Erin. Essas moças, acompanhadas por duas mulheres mais velhas e dois panches da área ao lado de oficiais da Rashtriya Rifles 14, visitarão locais de interesse histórico e educacional em Agra, Delhi e Chandigarh. Terão o privilégio de interagir com o governador de Punjab e seu cerimonial.

O brig. Anil Puri, comandante da Brigada de Montanha 81, ao se dirigir às participantes, disse que devem aproveitar ao máximo a excelente oportunidade que lhes foi oferecida. Ele também pediu que elas observem atentamente o progresso de outros estados e que se considerem embaixadoras da paz. Também presentes na ocasião para uma calorosa despedida estavam o coronel Vinod Singh Negi, oficial comandante da Rashtriya Rifles 14, sarpanches eleitos de duas aldeias e pais de todas as participantes ao lado de um grupo de povo local.

O *Livro de Seleções de Gramática e Compreensão do Inglês para Crianças Muito Novas* durou dois bidis e quatro cigarros. Ajustando o ritmo de ler/ fumar, ambos variáveis.

· Tilo riu para si mesma, lembrando de uma outra excursão da Boa-Vontade, como aquela descrita no press release, que o exército muito gentilmente organizara para rapazes de Muskaan, o orfanato do exército de Srinagar. Musa tinha mandado uma mensagem pedindo que ela o encontrasse no Forte Vermelho. Devia ter acontecido uns dez anos antes. Ela ainda vivia com Naga na época.

Naquela ocasião, Musa, em sua maior audácia, era uma das escoltas civis do grupo. Estavam passando por Delhi a caminho

315

de Agra para ver o Taj Mahal. Enquanto estavam em Delhi, os órfãos foram levados a ver o Qutb Minar, o Forte Vermelho, o Portão da Índia, Rashtrapati Bhavan, o Parlamento, a Casa Birla (onde deram o tiro em Gandhi), Tin Murti (onde Nehru tinha morado) e o número 1 da rua Safdarjung (onde Indira Gandhi foi fuzilada por seus guarda-costas siques). Musa estava irreconhecível. Chamava-se Zahur Ahmed, sorria mais do que o necessário e tinha desenvolvido um ar submisso, ligeiramente bobo, obsequioso.

Ele e Tilo se encontraram como estranhos que se sentam lado a lado por acaso, num banco no escuro no show de Luz e Som do Forte Vermelho. A maior parte do resto da plateia era de turistas estrangeiros. "Esta aqui é ação colaborativa entre nós e as Forças de Segurança", Musa sussurrou para ela. "Às vezes, nesse tipo de colaboração, os parceiros não sabem que são parceiros. O exército acha que está ensinando as crianças a amar sua Pátria. E nós achamos que estamos ensinando a conhecer o Inimigo, para que, quando chegar o momento da geração deles lutar, eles não acabarem agindo como Hassan Lone."

Um dos órfãos, um menino minúsculo com orelhas enormes, subiu no colo de Musa, deu-lhe mil beijos, depois ficou sentado muito quieto, olhando Tilo a uma distância de menos de dez centímetros, com olhos intensos, sem expressão. Musa foi brusco com ele, indiferente. Mas Tilo viu os músculos de seu rosto se contraírem e, por um momento, seus olhos brilharam. Tilo deixou passar o momento.

"Quem é Hassan Lone?"

"É meu vizinho. Grande cara. Um irmão."

"Irmão" era o maior elogio para Musa.

"Ele queria se filiar à militância, mas na primeira viagem à Índia, a Bombaim, viu as multidões na estação VT e desistiu. Quando voltou, ele disse 'Irmãos, já viram quantos eles são? A gente não tem a menor chance! Eu me rendo'. Ele desistiu *mesmo*! Tem uma espécie de pequena tecelagem agora.*"*

Musa, com um grande sorriso no escuro, deu ao menino em seu colo um beijo estalado no alto da cabeça em memória de seu amigo Hassan Lone. O menininho ficou olhando diretamente para a frente, brilhando como uma lâmpada.

Na trilha sonora, o ano era 1739. O imperador Mohammed Shah Rangila ocupava o Trono do Pavão em Delhi havia quase trinta anos. Era um imperador interessante. Assistia a luta de elefantes vestindo roupa de mulher e chinelos cheios de joias. Sob seu patrocínio, nasceu uma nova escola de pintura em miniatura, com temas de sexo e paisagens bucólicas. Mas nem tudo era sexo e deboche. Grandes bailarinas de kathak e qawwals se apresentavam em sua corte. O místico acadêmico Shah Waliullah traduziu o Alcorão para o persa. Khwaja Mir Dard e Mir Taqi Mir recitavam seus versos na casa de chá do Chandni Chowk:

Le saans bhi ahista ki nazuk hai bahut kaam
Afaq ki is kargah-e-shishagari ka

Respire devagar aqui, pois as coisas são todas frágeis, delicadas,
Aqui, nesta oficina do mundo, onde coisas de vidro são fabricadas.

Mas então, o som de cascos de cavalos. O menininho ergueu-se no colo de Musa e olhou em torno para ver de onde vinha o ruído. Era a cavalaria de Nadir Shah galopando da Pérsia para Delhi, pilhando cidades que ficavam em sua rota. O imperador no Trono do Pavão ficou imperturbável. Poesia, música e literatura, ele acreditava, não deviam ser interrompidas com a banalidade da guerra. As luzes no Diwan-e-Khas mudaram de cor. Roxo, rosa, verde. Na trilha sonora, risos de mulheres na zenana. Guizos nos tornozelos das dançarinas. O riso inconfundível, profundo, coquete, de um eunuco da corte.

Depois da apresentação, órfãos e escoltas passaram a noite em um dormitório no Nehru Yuva Kendra, no Enclave Diplomático. Por acaso, ficava perto da casa de Tilo (e Naga), na mesma rua.

Quando Tilo voltou para casa, Naga estava dormindo com a televisão ligada. Ela desligou e deitou ao lado dele. Nessa noite, sonhou com uma estrada de deserto cheia de curvas que não tinha por que ter curvas. Ela e Musa caminhavam por lá. Havia ônibus estacionados de um lado e contêineres do outro — cada um com uma porta de entrada e uma cortina de gaze esfarrapada. Havia prostitutas em algumas portas e soldados em outras. Altos soldados somalis. Pessoas gravemente feridas levadas para fora e pessoas acorrentadas para dentro. Musa parou para falar com um homem de branco. Ele parecia um velho amigo. Musa o acompanhou para dentro de um contêiner enquanto Tilo esperava do lado de fora. Como ele não saía, ela entrou para procurá-lo. A luz da sala era vermelha. Um homem e uma mulher estavam fazendo sexo numa cama num canto do contêiner. Havia uma grande penteadeira com um espelho. Musa não estava na sala, mas sua imagem estava refletida no espelho. Ele estava pendurado do teto pelos braços, girando e girando. Havia muito pó de talco na sala, inclusive nas axilas de Musa.

Tilo acordou se perguntando como tinha ido parar num barco. Procurou por Naga um longo tempo e foi brevemente tomada por algo que sentiu como amor. Ela não entendeu e não fez nada a respeito.

*

Ela calculou que devia fazer trinta anos que todos eles — Naga, Garson Hobart, Musa e ela — tinham se conhecido no palco de *Norman, é você?*. E ainda continuavam a circular uns em torno dos outros dessas maneiras peculiares.

A última caixa não era de frutas e não era uma "recuperação" da enchente. Era um caixa pequena de cartuchos de impressora Hewlett-Packard, que continha os documentos de Amrik Singh que Musa deixara com ela ao voltar de uma de suas viagens aos Estados Unidos. Ela a abriu para conferir se sua memória não a enganava. Enganara. Havia um álbum de velhas fotografias, uma pasta de recortes de jornal sobre o suicídio de Amrik Singh. Uma das notícias tinha uma fotografia da casa dos Singh em Clovis, com carros de polícia estacionados na porta e policiais circulando dentro da área interditada, que marcavam com fita amarela, como se vê em seriados de televisão e filmes de crime. Havia a inserção de uma foto de Xerxes, um robô com câmera que a polícia da Califórnia mandara para dentro da casa antes de entrar, para se certificar de que não havia ninguém esperando para emboscá-los. Além dos recortes de jornal, havia uma pasta com cópias dos requerimentos de Singh e de sua esposa pedindo asilo nos Estados Unidos. Musa havia feito a ela um longo e cômico relato de como conseguira a pasta. Ele e um advogado que defendera centenas de casos de asilo na Costa Oeste — amigo de um "irmão" — visitaram o assistente social de Clovis que estava conduzindo o caso de Amrik Singh. Musa disse que o assistente social era um homem maravilhoso, velho e doente, mas dedicado ao trabalho. Tinha tendências socialistas e estava furioso com a política de imigração do governo. Seu pequeno escritório era forrado de pastas — registros legais das centenas de pessoas que ele ajudara a conseguir asilo nos Estados Unidos, a maioria siques que tinham fugido da Índia depois de 1984. Ele conhecia as histórias de atrocidades policiais em Punjab, a invasão do exército ao Templo Dourado e o massacre dos siques em 1984 depois do assassinato de Indira Gandhi. Vivia numa bolha de tempo e não estava familiarizado com questões atuais. Então havia fundido Punjab e Caxemira e via o sr. e sra. Amrik Singh sob esse prisma — como mais uma família sique perseguida. Ele se inclinara sobre a mesa e sussurrara que acreditava que a tragédia ocorrera porque nem Amrik Singh nem sua esposa admitiram o estupro que a sra. Amrik Singh devia ter sofrido quando sob custódia da polícia. Ele tentara convencê-la de que mencionar isso teria aumentado muito suas chances de conseguir asilo. Mas ela se recusara a admitir o fato e ficara agitada quando ele fez a sugestão de que não era vergonha nenhuma falar disso.

"Eles eram simplesmente boa gente, esses dois, tudo o que precisavam era de algum aconselhamento, eles e os pequenos", disse, entregando cópias dos documentos deles para Musa. "Algum aconselhamento e alguns bons amigos. Bastava uma pequena ajuda e eles ainda estariam vivos. Mas é demais esperar isso deste grande país, não é mesmo?"

No fundo da caixa de cartuchos havia uma gorda pasta legal antiquada que Tilo não se lembrava de ter visto antes. Era um conjunto de páginas soltas, não encadernadas, talvez cinquenta ou sessenta, empilhadas num pedaço de papelão e amarradas com tiras vermelhas e barbante branco. Depoimentos de testemunhas do caso Jalib Qadri, de quase vinte anos antes:

Memorando da Declaração de Ghulam Nabi Rasul, fᵒ de Mushtaq Nabi Rasul, res. em Barbarshah. Ocupação: Funcionário no Departamento de Turismo, idade 37 anos, gravada sob seção 161/ CrPC [Código de Procedimento Criminal]

A testemunha declara o seguinte:
Sou residente de Barbarshah, em Srinagar. Em 08/03/1995 vi um

contingente militar posicionado em Parraypora. Estavam revistando veículos lá. Um caminhão do exército e um veículo blindado também estavam estacionados lá. Um oficial do exército sique, alto, cercado por muitos militares uniformizados, conduzia a busca. Um táxi particular também estava estacionado lá. No táxi, havia alguns civis embrulhados num cobertor vermelho. Em razão do medo, permaneci a certa distância da cena. Então vi um carro Maruti branco chegando. Jalib Qadri dirigindo e sua esposa no banco de passageiros. Ao ver Jalib Qadri, o oficial do exército alto deteve o veículo e o mandou sair. Ele foi empurrado para o veículo blindado e todos os veículos inclusive o táxi particular foram embora em comboio pelo Desvio.

Memorando da Declaração de Rehmat Bajad, fº de Adbul Kalam Bajad, res. em Kursu Rajbagh, Srinagar. Ocupação — Departamento de Agricultura. Idade 32 anos. Declaração gravada s/s 161/ CrPC

A testemunha declara o seguinte:
Sou residente de Kursu Rajbagh e trabalho no Departamento de Agricultura como assistente de campo. Hoje, 27/03/1995, estava em minha casa quando ouvi barulho vindo do lado de fora. Saí e encontrei pessoas reunidas em torno de um cadáver que estava enfiado dentro de um saco de lona. O corpo tinha sido recolhido do Canal de Enchente Jhelum por um rapaz local. O rapaz removeu o corpo do saco de lona. Constatei que se tratava do corpo de Jalib Qadri. Reconheci porque ele morava no meu bairro fazia doze anos. Depois da inspeção, identifiquei a seguinte indumentária:

1. Suéter de lã de cor cáqui
2. Camisa branca

3. Calça cinza
4. Camiseta branca

Além disso, não tinha os dois olhos. A testa estava manchada de sangue. O corpo estava encolhido e em decomposição. A polícia veio, levou em custódia e preparou o memorando de custódia que assinei.

Memorando de uma declaração de Maruf Ahmed Dar, fº de Abdul Ahad Dar, Kursu Rajbagh, Srinagar. Idade 40 anos, Ocupação — Empresário. Declaração gravada sob seção 161/CrPC

A testemunha declara o seguinte:
Sou residente de Kursu Rajbagh e faço negócios. Em 27/03/1995 ouvi um barulho vindo da margem do Canal de Enchente Jhelum. Fui ao local e constatei que o corpo de Jalib Qadri estava caído na margem enfiado em um saco de lona. Pude identificar o morto porque ele residia em meu bairro pelo período de doze anos e nós fazíamos orações na mesma mesquita local. No corpo do falecido via-se a seguinte indumentária:

1. Suéter de lã de cor cáqui
2. Camisa branca
3. Calça cinza
4. Camiseta branca

Além disso não tinha os dois olhos. A testa estava manchada de sangue. O corpo estava encolhido e em decomposição. A polícia veio, levou em custódia e preparou o memorando de custódia que assinei.

Memorando de uma declaração de Mohammed Shafiq Bhat, fº de Abdul Aziz Bhat, res. em Ganderbal. Idade 30 anos. Ocupação — Pedreiro. Declaração gravada sob seção 161/CrPC

A testemunha declara o seguinte:
Venho de Ganderbal. Sou pedreiro por profissão e atualmente trabalho na casa de Mohammed Ayub Dar em Kursu Rajbagh. Hoje, 27/03/1995, por volta das 6h30 da manhã fui ao Canal de Enchente Jhelum para lavar o rosto. Vi um corpo dentro de um saco de lona boiando no rio. Por fora dava para ver uma perna e um braço. Em razão do medo não contei isso a ninguém. Mais tarde, fui para a casa de Mohammed Shabir War fazer meu trabalho de pedreiro. Vi o mesmo corpo dentro do saco de lona que tinha sido recolhido por moradores locais do Canal de Enchente Jhelum. O corpo estava em decomposição e encharcado. A indumentária do corpo era a seguinte:

1. Suéter de lã de cor cáqui
2. Camisa branca
3. Calça cinza
4. Camiseta branca

Além disso não tinha os dois olhos. A testa estava manchada de sangue. O corpo estava encolhido e em decomposição. A polícia veio, levou em custódia e preparou o memorando de custódia que assinei.

Memorando de Declaração do irmão do falecido, Parvaiz Ahmed Qadri, fº de Altaf Qadri, res. em Awantipora. Idade 35 anos. Ocupação: Funcionário da Academia de Artes, Cultura e Línguas. Declaração sob seção 161 CrPC

A testemunha declara o seguinte:
Sou residente de Awantipora e irmão do falecido Jalib Qadri. Hoje, depois da identificação e da autópsia, removi o corpo de meu irmão Jalib Qadri da polícia. A polícia arquivou separadamente um memorando de ferimentos e um recibo pelo corpo. O conteúdo dos memorandos foi lido e considerei correto.

Memorando de Declaração de Mushtaq Ahmed Khan, cognominado Usman, cognominado Bhaitoth, res. em Cidade da Jammu. Idade 30 anos. Declaração gravada em 12/06/95 sob seção 164/CrPC

A testemunha declara o seguinte:
Senhor, sou padeiro. Tinha padaria em Rawalpora e costumava fornecer pão à guarnição do exército de 1990-91. Então a situação na Caxemira deteriorou e os militantes me ameaçaram por fornecer pão à guarnição do exército. Como esse era o único meio de vida, o meu negócio, fechei a padaria e fui para minha aldeia natal de Latu Dara. Estava lá fazia três meses quando militares começaram a vitimizar minha esposa. Não só isso, eles sequestraram à força minha irmã de 15 anos e a forçaram a casar com um dos companheiros deles. Por essa razão, deixei a minha aldeia natal e voltei para Srinagar, onde fiquei em uma casa alugada em Magarmal Bagh. Depois de algum tempo, militantes da Frente de Libertação Jammu Caxemira (FLJC) chegaram lá e me forçaram a me juntar a eles. Mais tarde, durante nossos conflitos mútuos entre diferentes facções militantes, os militantes da agremiação de Al-Umar me pegaram e fiquei associado a eles por dois anos. Então as forças de segurança começaram a me perturbar e pegaram meus filhos. Diante disso me rendi à IB Índia Bravo e entreguei meu fuzil AK-47 para eles. Fui mantido preso durante 8 meses em Baramulla e depois solto, mas obrigado a me apre-

sentar para a IB a cada quinze dias. Fiz isso durante três meses, mas depois fugi por conta do medo de que se alguém tivesse me visto com a IB podia ser fatal para minha vida. Em Srinagar, uma pessoa, de nome Ahmed Ali Bhat, o Cobra, me encontrou e me apresentou para o VSP [vice-superintendente de polícia] da delegacia de Kothi Bagh, que me pegou e mandou trabalhar com o Grupo de Operações Especiais GOE na base de Rawalpora. Cobra e Parwaz Bhat eram ikhwanis e trabalhavam na base ao lado do major Amrik Singh. Eles provocaram o major Amrik Singh contra mim e disseram que eu conhecia todos os militantes e podia ajudar na prisão deles. Um dia, o major Amrik Singh me levou com ele com o propósito de atacar o esconderijo dos militantes em Wazir Bagh, onde dois militantes foram capturados e soltos depois do pagamento de 40000 rupias. Trabalhei com o major Amrik Singh durante muitos meses e fui testemunha quando ele eliminou as seguintes pessoas:

1. Ghulam Rasul Wani
2. Basit Ahmed Khanday, que trabalhava no Hotel Century
3. Abdul Hafiz Pir
4. Ishfaq Waza
5. Um alfaiate sique, cujo nome era Kuldip Singh

Todos eles foram dados por desaparecidos desde então.

Mais tarde, em uma ocasião em março de 1995, o major Amrik Singh e seu amigo Salim Gojri que era, como eu, um militante rendido e visitante frequente da base, pegou uma pessoa com casaco, camisa branca e gravata e calça cinza. Naquela época, Sukhan Singh, Balbir Singh e o Doutor também estavam lá. O homem de calça e casaco era uma pessoa muito culta. Ele discutiu com eles na base dizendo "Por que vocês me prenderam e me trouxeram aqui?" Diante disso, o major Amrik Singh ficou furioso, bateu nele sem pena e levou para outra sala. Depois de confinar o homem, ele voltou e disse: "Sabem que aquela pessoa é o famoso advogado Jalib Qadri? Mandamos que fosse preso porque qualquer um que fale mal do exército e ajude os militantes não será poupado seja qual for sua posição". Nessa noite, eu ouvi gritos e gemidos vindos da sala onde Jalib Qadri estava confinado. Depois ouvi sons de tiros nessa sala. Mais tarde, observei um saco de lona sendo carregado num veículo.

Poucos dias depois, quando o corpo de Jalib Qadri foi recolhido e a notícia a respeito publicada nos jornais, o major Amrik Singh me disse, lamentando, que tinha errado e que não devia ter matado Jalib Qadri, mas que não tinha podido fazer nada a respeito porque os outros oficiais confiaram esse trabalho a ele e Salim Gojri. Quando ele me contou isso senti que minha vida estava ameaçada.

Então Salim Gojri e os parceiros dele, Mohammed Ramzan, que era imigrante ilegal de Bangladesh, Munir Nasser Hajam e Mohammed Akbar Laway, pararam de ir à base. O major Amrik Singh me mandou junto com Sukhan Singh e Balbir Singh em veículos para encontrar Salim Gojri e trazer para a base. Nós encontramos Salim Gojri sentado numa loja em Budgam e perguntamos por que ele não aparecia na base fazia uma semana. Ele disse que estava ocupado com as raides e que iria no dia seguinte. No dia seguinte, ele veio com três parceiros. Vieram num táxi Ambassador. As armas deles ficaram retidas no portão. O major Amrik Singh disse para eles que era por causa de uma iminente visita do oc à base. Depois disso, o major Amrik Singh, Salim Gojri e seus parceiros sentaram em cadeiras na base e começaram a beber. Depois de duas horas, o major Amrik Singh levou Salim Gojri e seus paceiros para a sala de jantar. Eu estava na varanda. Sukhan Singh, Balbir Singh, um major Ashok e o Doutor amarraram Salim Gojri e os parceiros com cordas e fecharam a porta. No dia seguinte, os corpos deles foram encontrados num campo em Pampore junto com o corpo do motorista do táxi Mumtaz Afzal Malik. Depois, eu me mudei com minha esposa e filhos para a casa de meu amigo que estava residindo no Desvio. Aí, eu escapei para Jammu. Não sei de mais nada.

*

Tilo pôs as pastas e o álbum de fotos de volta na caixa de papelão e deixou em cima da mesa. Eram documentos legais e não continham nada incriminador.

Ela embalou as "recuperações" de Musa — a arma, os diários, os papéis, cartas, cartões de embarque, catálogos de telefone e passaportes — em embalagens plásticas para alimentos e empilhou tudo no freezer. Dentro de uma das embalagens, pôs o cartão de visitas de Saddam Hussain, para que Musa soubesse aonde ir. A geladeira dela era velha — do tipo que ficava cheia de gelo se não fosse descongelada regularmente. Ela sabia que, se baixasse a temperatura antes de ir embora, as provas incriminadoras se transformariam num bloco de gelo. Sua ideia era que as Recuperações, que sobreviveram a enchentes devastadoras, certamente tinham poderes especiais. Haveriam de sobreviver a uma mini-nevasca também.

Ela fez uma mala pequena. Roupas, livros, coisas de bebê, computador, escova de dentes. O pote com as cinzas da mãe.

Ela ficou deitada na cama, completamente vestida e pronta para sair.

Eram três da manhã.

Nenhum sinal (nem cheiro) de Saddam Hussain.

Ler os documentos da Lontra foi um erro. Grave. Ela sentia que estava trancada em um barril de piche, com ele e todas as pessoas que tinha matado. Sentia o cheiro dele. E viu os olhos fritos e sem expressão dele sentado à sua frente no barco, encarando-a fixamente. Podia sentir a mão dele em sua cabeça.

A cama em que estava deitada não era de fato uma cama, mas um colchão no chão de cimento vermelho. Formigas corriam ao redor com migalhas de bolo. O calor se infiltrava no colchão e o lençol parecia mais áspero na pele. Uma lagartixa bebê passeou incerta pelo piso. Parou centímetros adiante, ergueu a cabeça grande e olhou para ela com os olhos brilhantes, grandes demais. Ela olhou de volta.

"Se esconda!", ela sussurrou. "Os vegetarianos estão chegando."

Ofereceu a ela uma mosca morta da pilha de moscas mortas que tinha recolhido em uma folha de papel em branco. Pôs a carcaça da mosca entre ela e a lagartixa. De início, a lagartixa a ignorou, depois a comeu num bote, enquanto ela olhava para o outro lado.

Eu devia ser, ela pensou, *era uma tratadora de lagartixas.*

A dura luz de néon mascarada de luar entrava pela janela. Poucas semanas antes, caminhando por um íngreme viaduto superiluminado, ela ouvira uma conversa entre dois homens de bicicleta: "Is sheher mein ab raat ka sahaara bhi nahin milta". Nesta cidade, a gente perdeu até o abrigo para a noite.

Ela ficou muito quieta, como um corpo num necrotério.

O cabelo dela estava crescendo.

As unhas dos pés também.

O cabelo da cabeça estava todo branco.

O triângulo de pelos entre as pernas preto de azeviche.

O que isso queria dizer?

Ela era velha ou ainda jovem?

Estava morta ou ainda viva?

E então, mesmo sem virar a cabeça, sabia que eles tinham

chegado. Os touros. Cabeças maciças com chifres perfeitos e silhuetas em forma de foices contra a luz. Dois. Da cor da noite. Da cor roubada do que costumava ser a noite. Cachos ásperos cravados nas testas úmidas como lenços de cabeça cor de damasco. Os focinhos úmidos, aveludados brilhavam, e eles projetavam os lábios purpúreos. Não faziam nenhum som. Nunca a feriram, só olharam. Os brancos dos olhos ao olharem em torno da sala como luas crescentes. Não pareciam curiosos ou especialmente sérios. Eram como médicos olhando um paciente, tentando concordar sobre um diagnóstico.

Outra vez você esqueceu de trazer o estetoscópio?

O tempo tem uma qualidade diferente na presença deles. Ela não era capaz de dizer durante quanto tempo a observaram. Ela não olhava para eles. Sabia que tinham ido embora só quando a luz que eles bloqueavam voltou a iluminar a sala.

Quando tinha certeza de que tinham ido embora, ela foi até a janela e os viu afundar até o nível da rua e se afastar. Trapaceiros urbanos. Dois matadores. Um deles ergueu uma perna como um cachorro e mijou na janela de um carro. Um cachorro muito alto. Ela acendeu a luz e procurou a palavra *insouciant*. O dicionário dizia: *Alegremente despreocupado ou indiferente com alguma coisa*. Ela conservava dicionários perto da cama, empilhados numa torre.

Pegou uma folha de papel de uma resma e um lápis da caneca de café de lápis azuis apontados, e começou a escrever:

Caro doutor,
Sou testemunha de um curioso fenômeno científico. Dois touros vivem na alameda de serviço do meu apartamento. Durante o dia, eles parecem bem normais, mas à noite ficam grandes — acho que a palavra poderia ser elevados — e olham

para mim através da minha janela do segundo andar. Quando urinam, erguem a perna como cachorros. Noite passada (por volta das 8 horas), quando eu estava voltando do mercado, um deles grunhiu para mim. Tenho certeza disso. Minha pergunta é: existe alguma possibilidade de eles serem touros geneticamente modificados, com genes de crescimento de cão ou de crescimento de lobo implantados que podem ter escapado de um laboratório? Se sim, são touros ou cachorros? Ou lobos? Nunca ouvi falar de nenhum experimento desse tipo feito com gado, o senhor já? Tenho a informação de genes humanos usados em trutas que as deixam gigantescas. As pessoas que criam essas trutas gigantes dizem que fazem isso para alimentar pessoas de países pobres. Minha pergunta é: quem vai alimentar a truta gigante? O crescimento humano também foi usado em porcos. Vi o resultado desse experimento. É um mutante vesgo tão pesado que não consegue se levantar, nem sustentar o próprio peso. Precisa ser erguido numa prancha. É bem desagradável.

Hoje em dia, não se tem bem certeza se um touro é um cachorro ou uma espiga de milho é de fato um pernil de porco ou um filé. Mas talvez esse seja o caminho da modernidade genuína. Por que, afinal de contas, um copo não poderia ser um ouriço, uma cerca viva um manual de etiqueta, e assim por diante?

Cordialmente,
Tilottama

P.S. Descobri que cientistas que trabalham na indústria de aves estão tentando extirpar o instinto materno de galinhas a fim de mitigar ou remover inteiramente seu desejo de chocar. O objetivo deles parece ser impedir as galinhas de perderem tempo com coisas desnecessárias, alimentando assim a eficiên-

cia na produção de ovos. Mesmo que eu seja em princípio completamente contra a eficiência, me pergunto se realizar esse tipo de intervenção (quero dizer a extirpação do instinto materno) na Maeja — as Mães dos Desaparecidos da Caxemira — não ajudaria. Neste momento, elas são unidades ineficientes, improdutivas, vivendo numa dieta obrigatória de esperança desesperada, cultivando seus vasos em jardins de cozinha, se perguntado o que plantar e o que cozinhar, no caso de seus filhos voltarem. Tenho certeza de que o senhor concorda que este é um mau modelo de negócios. O senhor poderia propor um melhor? Uma fórmula viável e realista (embora eu seja contra o realismo também) para chegar a um eficiente Quantum de Esperança? As três variáveis no caso delas é Morte, Desaparecimento e Amor Familiar. Todas as outras formas de amor, supondo que elas de fato existem, não se qualificam e deviam ser desconsideradas. Excluindo, claro, o Amor a Deus (de que nem é preciso falar).

P.P.S. Estou me mudando. Não sei para onde vou. Isso me enche de esperança.

Quando acabou a carta, ela a dobrou cuidadosamente e guardou na bolsa. Cortou o bolo, embalou-o numa caixa de arquivo e colocou na geladeira. Desamarrou os balões um a um e trancou-os no armário. Ligou a televisão sem volume. Um homem estava vendendo suas sobrancelhas. Tinha recusado a oferta inicial de quinhentos dólares. Enfim, por mil e quatrocentos dólares ele permitiu que fossem raspadas com um barbeador elétrico. Tinha um sorriso engraçado, encabulado. Parecia o Hortelino Troca-Letras dos desenhos do *Pernalonga*.

Pré-amanhecer.

Ainda nada de Saddam Hussain.

A sequestradora olhou pela janela um pouco impaciente.

Uma mensagem de texto no celular:

Vamos nos reunir no Dia Internacional de Ioga para a prática de ioga à beira da piscina iluminada por velas e meditação com o Guru Hanumant Bhardwaj.

Ela digitou uma resposta:

Por favor, não vamos não.

Bem ao lado do portão da escola, no qual havia uma enfermeira pintada dando uma vacina contra a pólio a um bebê pintado, um círculo de mulheres sonolentas, trabalhadoras migrantes da obra de uma estrada próxima, estava agachado em torno de um menino minúsculo agachado como uma vírgula na beira de uma latrina aberta. As mulheres, apoiadas em suas pás e picaretas, esperavam sua estrela atuar. A vírgula tinha os olhos fixos em uma das mulheres. Sua mãe. O espírito o movia. Ele fez uma poça. Uma folha amarela. A mãe deixou a picareta e lavou o traseiro dele com a água barrenta de uma garrafa velha de água mineral Bisleri. Com a água que sobrou, ela lavou suas mãos e lavou a folha amarela da latrina. Nada da cidade pertencia às mulheres. Nem um pedacinho de terra, nem um barraco numa favela, nem uma folha de zinco sobre suas cabeças. Nem mesmo o sistema de esgoto. Mas agora tinham feito um depósito direto, não ortodoxo, uma entrega expressa no sistema. Talvez marcasse o começo de um apoio na cidade. A mãe da vírgula o recolheu nos braços, apoiou a picareta no ombro e o pequeno contingente partiu.

A rua ficou vazia.

E então, como se estivesse esperando as mulheres saírem para fazer sua entrada, Saddam Hussain apareceu. Na seguinte ordem:

Som

Visão

Cheiro (fedor)

O caminhão municipal amarelo virou na pequena entrada de serviço e parou algumas casas adiante. Saddam Hussain desceu do banco de passageiros (com a mesma desenvoltura com que geralmente descia de seu cavalo), o olhar já vigilante à janela do segundo andar do prédio de Tilo. Ela pôs a cabeça para fora e fez sinal de que o portão estava aberto e ele devia subir.

Ela o encontrou na porta com a mala feita, o bebê e uma caixa cheia de bolo de morango. A Camarada Laali saudou Saddam na entrada como se reencontrasse um amante perdido. Mantinha a cabeça firme, abanando o resto do corpo de um lado para outro, as orelhas abaixadas, os olhos semicerrados e coquetes.

"É sua?" Saddam perguntou a Tilo depois de se apresentarem. "A gente pode levar, tem muito espaço onde a gente está indo."

"Ela está com filhotes."

"*Arre*, qual é o problema...?

Delicadamente ele empurrou os filhotes de cima do saco onde estavam deitados, abriu o saco e jogou-os dentro — um bando de berinjelas guinchando e se contorcendo. Tilo trancou a porta e a pequena procissão seguiu escada abaixo até a rua.

Saddam com a mala cheia e um saco cheio de filhotes.

Tilo com a bebê e uma caixa de arquivo.

E a Camarada Laali acompanhando seu novo amor com desavergonhada devoção.

A cabine do motorista era tão grande como um pequeno quarto de hotel. Niraj Kumar, o motorista, e Saddam Hussain eram velhos amigos. Saddam (mestre da prevenção e atenção a detalhes) colocou o caixote de frutas perto da porta do caminhão. Um degrau improvisado. A Camarada Laali saltou para dentro, seguida por Tilo e Miss Jebin Segunda. Sentaram-se no fundo, num catre de couro artificial vermelho em que motoristas de caminhão dormiam durante as viagens prolongadas quando estavam cansados e o assistente assumia a direção. (Caminhões de lixo municipais nunca faziam viagens prolongadas, mas tinham os catres mesmo assim.) Saddam sentou na frente, no banco do passageiro. Colocou o saco de filhotes entre os pés, abriu a boca do saco para ventilar, pôs os óculos escuros, bateu duas vezes na porta de passageiro, como um cobrador de ônibus, e partiram.

O caminhão amarelo abriu uma trilha pela cidade, deixando em seu rastro o fedor de vaca explodida. Dessa vez, ao contrário da última viagem que Saddam tinha feito com carga semelhante, ele estava em um caminhão municipal na capital do país. Faltava ainda um ano para Gujarat ka Lalla assumir o trono, os periquitos de açafrão ainda estavam marcando o tempo, à espera nas coxias. Então, provisoriamente, era seguro.

O caminhão passou metralhando por uma fileira de mecânicas de automóvel, os homens e cachorros cobertos de graxa, ainda dormindo do lado de fora.

Passaram por um mercado, por um gurdwara sique, por outro mercado. Passaram por um hospital com pacientes e suas famílias acampados na rua em frente. Passaram pelas multidões que se acotovelavam nas farmácias vinte e quatro horas. Por um viaduto, as luzes da rua ainda acesas.

Passaram pelo Jardim da Cidade, com luxuriantes rotatórias ajardinadas.

Na continuação, os jardins desapareceram, as ruas ficaram esburacadas e irregulares, as calçadas tomadas por corpos adormecidos. Cachorros, carneiros, vacas, humanos. Ciclorriquixás enfileirados uns atrás dos outros como vértebras do esqueleto de uma serpente.

O caminhão desfilava seu fedor por baixo de arcos de pedra caindo aos pedaços e diante da muralha do Forte Vermelho. Contornou a cidade velha e chegou à Hospedaria e Serviços Funerários Jannat.

Anjum estava esperando por eles — um sorriso de êxtase brilhando entre as lápides.

Estava esplendidamente vestida, com as lantejoulas e cetins de seus dias de glória. Com maquiagem e batom, tinha pintado o cabelo, preso numa grossa, longa e negra trança com uma fita vermelha entrelaçada. Ela envolveu Tilo e Miss Jebin num abraço de urso, beijando ambas diversas vezes.

Tinha organizado uma festa de Boas-Vindas. A Hospedaria Jannat estava decorada com flâmulas e balões.

Os convidados, todos esplendidamente vestidos, eram: Zainab, agora uma gordinha de dezoito anos que estudava desenho de moda numa politécnica local, Saida (soberbamente vestida com um sari, além de ser a Ustad da Khwabgah, chefiava uma ONG que trabalhava pelos direitos transgêneros), Nimmo Gorakhpuri (que tinha vindo de carro de Mewat com três quilos de carneiro fresco para a festa), Ishrat-a-Bela (que prolongara sua visita), Roshan Lal (que continuava cara de pau), o imame Ziauddin (que fez cócegas com a barba em Miss Jebin, depois a abençoou e fez uma oração). Ustad Hamid tocou o harmônico e deu as boas-vindas a ela com a raga Tilak Kamod:

Ae ri sakhi mora piya ghar aaye
Bagh laga iss aangan ko

Ó companheiros, meu amor voltou para casa
Este pátio nu floriu como um jardim

Saddam e Anjum mostraram a Tilo o quarto que tinham arrumado para ela no térreo. Ela ia ocupá-lo com a Camarada Laali e família, Miss Jebin e o túmulo de Ahlam Baji. Payal, a égua, ficava amarrada do lado de fora da janela. O quarto tinha festões de bandeirolas e balões. Sem saber que tipo de decoração fazer para uma mulher, uma mulher de verdade, do Duniya — e não apenas do Duniya, mas do Duniya do Sul de Delhi —, optaram por um tipo de cenário de salão de cabeleireiro: uma penteadeira de um mercado de móveis de segunda mão com um grande espelho. Um carrinho de metal com uma variedade de diversas cores de esmaltes de unha e batom Lakmé, um pente, uma escova de cabelo, bobs, um secador de cabelo e um frasco de xampu. Nimmo Gorakhpuri trouxera de sua casa em Mewat a coleção de revistas de moda de toda a vida e as arrumara em altas pilhas numa grande mesa de centro. Junto à cama, havia um berço de bebê com um grande urso de pelúcia encostado ao travesseiro. (A controvertida questão de onde Miss Jebin Segunda iria dormir e quem ela chamaria de Mamãe — não "Mamãe *badi*" ou "Mamãe *chhoti*", mas Mamãe — seria levantada mais tarde. E facilmente resolvida porque Tilo acedeu aos pedidos de Anjum de bom grado.) Anjum apresentou Tilo a Ahlam Baji como se Ahlam Baji ainda estivesse viva. Relatou suas conquistas e realizações, listou os nomes de alguns luminares da cidade murada Shahjahanabad que ela ajudara a trazer ao mundo — Akbar Mian, o padeiro, que fazia o melhor *shirmal* da cidade murada, Jabbar Bhai, o alfaiate, Sabiha Alvi, cuja filha tinha fundado o Empório de Saris Benarasi na sala do primeiro andar da casa deles. Anjum falava como se fosse um mundo com o qual Tilo estava familiarizada, um mundo com que todo mundo devia

336

estar familiarizado; na verdade, o único mundo com que *valia a pena* estar familiarizado.

Pela primeira vez na vida, Tilo sentiu que seu corpo tinha espaço suficiente para acomodar todos os seus órgãos.

O primeiro hotel que aparecera na pequena cidade em que tinha crescido se chamava Hotel Anjali. Os tapumes de rua que anunciavam essa excitante novidade diziam *Come to Anjali for the Rest of Your Life.** O jogo de palavras não era intencional, mas quando criança ela sempre imaginara o Hotel Anjali cheio dos cadáveres de seus hóspedes desavisados, assassinados durante o sono e que lá permaneceriam pelo resto de suas vidas (mortes). No caso da Hospedaria Jannat, Tilo sentia que a frase do anúncio seria não apenas adequada, mas reconfortante. O instinto lhe dizia que talvez tivesse finalmente encontrado um lar para o Resto [Descanso] de Sua Vida.

O dia apenas raiara quando a festa começou. Anjum fizera compras o dia inteiro (carne, brinquedos, mobília) e cozinhara a noite inteira.

O menu era:

Korma de carneiro

Biryani de carneiro

Rogan josh à Caxemira

Fígado frito

Kebab shami

Pão nan

Tanduri roti

Pão shirmal

Arroz-doce phirni

Melancia com sal negro

---

* O jogo de palavras intraduzível permite dupla leitura: "O resto (*rest*) de sua vida" ou "O descanso (*rest*) de sua vida". (N. T.)

Os viciados e sem-teto da periferia do cemitério se reuniram para participar da festa e da alegria. Payal devorou uma substanciosa porção de phirni. O dr. Azad Bhartiya chegou um pouco tarde, mas recebeu grande aplauso e afeto por ter coordenado a escapada e a recepção. Sua greve de fome indefinida entrara no décimo primeiro ano, terceiro mês e vigésimo quinto dia. Ele não ia comer, mas aceitou um comprimido de vermífugo e um copo d'água.

Alguns kebabs e um pouco de biryani foram reservados para os funcionários municipais, que sem dúvida apareceriam mais tarde.

"Esses caras são como nós, hijras", Anjum disse e riu, afetuosa. "De algum jeito eles farejam uma festa e chegam para cobrar a parte deles."

Biru e a Camarada Laali se banquetearam com os ossos e sobras. Como medida de abundante precaução, Zainab abduziu os filhotes para um lugar inacessível a Biru e passou horas se deliciando com eles, flertando descaradamente com Saddam Hussain.

Miss Jebin Segunda passou de braço em braço, aninhada, beijada e superalimentada. Dessa forma embarcou em sua nova vida num lugar semelhante, mas ao mesmo tempo diferente, de onde, dezoito anos antes, sua jovem antecessora Miss Jebin Primeira terminara a sua.

Num cemitério.

Outro cemitério, um pouco mais para o norte.

E eles não acreditavam em mim precisamente porque sabiam que o que eu dizia era verdade.

James Baldwin

9. A morte prematura de Miss Jebin Primeira

Desde que tinha idade suficiente para insistir, ela insistia em ser chamada de Miss Jebin. Era o único nome pelo qual atendia. Todo mundo a chamava assim, os pais, os avós, os vizinhos também. Era uma devota precoce do fetiche de "Miss" que tomara conta do Vale da Caxemira nos primeiros anos da insurreição. De repente, mocinhas modernas, principalmente nas cidades, insistiam em ser tratadas por "Miss". Miss Momin, Miss Ghazala, Miss Farhana. Era apenas um dos muitos fetiches da época. Naqueles anos marcados com sangue, por razões que ninguém entendia completamente, as pessoas se tornavam o que só pode ser descrito como propensas ao fetiche. Além do fetiche de "Miss", havia um fetiche de enfermeira, um fetiche de TF (Treinador Físico) e um fetiche por patins. Então, além dos postos de controle, bunkers, armas, granadas, minas terrestres, veículos blindados Casspir, arame farpado em rolo, soldados, insurgentes, contrainsurgentes, espiões, detetives especiais, agentes duplos, agentes triplos e malas de dinheiro das Agências de ambos os lados da fronteira, o Vale foi também inundado por enfermeiras, TFS e patins. E, claro, por Misses.

Entre elas, Miss Jebin, que não viveu o suficiente para se tornar uma enfermeira, nem uma patinadora.

No Mazar-e-Shohadda, o Cemitério dos Mártires, onde ela foi enterrada pela primeira vez, um arco de ferro fundido sobre o portão principal dizia (em duas línguas): *Demos Nossos Hojes pelos Seus Amanhãs*. Está corroído agora, a tinta verde desbotada, a caligrafia delicada pintalgada por buraquinhos de luz. Mesmo assim, lá está, depois de todos esses anos, silhuetado como uma faixa de renda rígida contra o céu de safira e as montanhas serrilhadas com picos nevados.

Ainda está lá.

Miss Jebin não era membro do Comitê que decidiu o que devia ser escrito no arco. Mas não estava em posição de discordar da decisão. Miss Jebin não tinha somado muitos Hojes para trocar por Amanhãs, mas a álgebra da justiça infinita nunca foi tão bruta quanto em seu caso. Dessa forma, sem ter sido consultada sobre o assunto, ela se tornou uma das mártires mais jovens do Movimento. Foi enterrada ao lado da mãe, begum Arifa Yeswi. Mãe e filha mortas pela mesma bala. Ela entrou na cabeça de Miss Jebin pela têmpora esquerda e foi pousar no coração de sua mãe. Na última fotografia dela, o ferimento parecia uma alegre rosa arranjada logo acima da orelha esquerda. Umas pétalas haviam caído em seu *kaffan*, a mortalha branca com que foi envolta antes de ser posta a repousar.

Miss Jebin e sua mãe foram enterradas junto com outras quinze pessoas, elevando o número de seu massacre para dezessete.

Na época de seu funeral, o Mazar-e-Shohadda ainda era bastante novo, mas já estava ficando lotado. No entanto, o Comitê Intizamiya, o comitê organizador, estava alerta desde o comecinho da insurreição e fizera uma ideia realista do que estava por vir. Elaborou o projeto do cemitério cuidadosamente, fazendo uso ordenado, eficiente, do espaço disponível. Todo mundo entendia como era importante enterrar os corpos dos mártires em solo coletivo e não deixá-los espalhados (aos milhares), como comida para aves, pelas montanhas ou nas florestas em torno das bases do exército e dos centros de tortura que tinham proliferado pelo Vale. Quando a luta começou e a Ocupação apertou, para as pessoas comuns a consolidação de sua morte se tornou, em si mesma, um ato de desafio.

O primeiro a ser posto a descansar no cemitério foi um *gumnaam shahid*, um mártir anônimo, cujo caixão foi levado à meia-noite. Foi enterrado no cemitério que ainda não era cemitério com ritos e honras completos diante de um solene grupo de enlutados. Na manhã seguinte, enquanto acendiam velas e espalhavam pétalas de rosas frescas sobre o túmulo fresco, e frescas preces eram feitas na presença de milhares de pessoas que se reuniram depois do chamado à oração pós-sexta-feira nas mesquitas, o Comitê começou sua ação de cercar um grande pedaço de terra do tamanho de um pequeno campo. Poucos dias depois, o arco estava erguido: Mazar-e-Shohadda.

Corria o boato de que o mártir não identificado sepultado aquela noite — o corpo fundador — não era um cadáver, na verdade, mas um saco de pano grosso vazio. Anos depois, o (pretenso) cabeça desse (pretenso) plano foi questionado por um jovem *sang-baaz*, atirador de pedra, membro de uma nova geração de combatentes pela liberdade, que tinha ouvido essa história e ficou perturbado: "Mas *jenaab, jenaab*, isso não quer dizer que nosso Movimento, nosso *tehrik*, está baseado numa mentira?". A resposta do (pretenso) cabeça, grisalho, foi: "Esse é o problema com vocês, jovens, não fazem a menor ideia de como se luta uma guerra".

Muitos diziam, claro, que o boato do saco de mártir era apenas mais um daqueles infindáveis rumores gerados e disseminados pela Ala de Boatos de Badami Bagh, QG Militar, Srinagar; apenas mais um ato das forças de ocupação para minar o *tehrik* e manter as pessoas desestabilizadas, desconfiadas e assoladas por dúvidas.

Corria o boato de que realmente existia uma Ala de Boatos com um oficial com patente de major encarregado. Havia o boato de que um temido batalhão de Nagaland (eles próprios sujeitados a outra invasão no leste), legendários comedores de porcos e cachorros, de vez em quando curtiam um lanche de carne humana também, principalmente a de "velhos", diziam os bem informados. Havia um boato de que qualquer um que conseguisse entregar (para alguém, endereço desconhecido) uma coruja saudável que pesasse três ou mais quilos (as corujas da região pesavam apenas metade disso, mesmo as gordas) ganharia um prêmio de um milhão de rupias. As pessoas passaram a caçar com armadilhas gaviões, falcões, corujas pequenas e aves de rapina de todo tipo, alimentando-os com ratos, arroz e passas, injetando-lhes esteroides e pesando-os de hora em hora, mesmo não tendo bem certeza de a quem entregar as aves. Os cínicos diziam que era o exército de novo, sempre procurando jeitos de manter ocupadas e longe de problemas as pessoas ingênuas. Havia boatos e contraboatos. Havia boatos que podiam ser verdade e verdades que podiam ser boatos. Por exemplo, era realmente verdade que durante muitos anos a Célula de Direitos Humanos do exército era liderada por um tenente-coronel Stálin — um companheiro amigo de Kerala, filho de um velho comunista. (O boato era que a ideia dele era fundar uma *muskaan* — que quer dizer "sorrir" em urdu —, uma cadeia de centros militares de "Boa-Vontade" para a reabilitação de viúvas, meias viúvas, órfãos e meios órfãos. Pessoas enfurecidas, que acusavam o exército de criar o contingente de órfãos e viúvas, queimava regularmente os orfanatos e centros de costura dos "Boa-Vontade". Eles eram sempre reconstruídos, maiores, melhores, mais luxuosos, mais amigáveis.)

Na questão do Cemitério dos Mártires, porém, a questão de o primeiro túmulo conter um saco ou um corpo acabou não sendo de nenhuma consequência. A verdade substantiva era que um cemitério relativamente novo estava ficando cheio, com corpos reais, a uma velocidade alarmante.

O martírio se espalhou pelo Vale da Caxemira a partir da Linha de Controle, através de passagens das montanhas iluminadas pelo luar e guarnecidas por soldados. Noite após noite o martírio trilhava caminhos estreitos e pedregosos, enrolados como linha em torno dos blocos azuis de gelo, atravessando glaciares e altos campos de neve até a cintura. Passara marchando por rapazes jovens mortos a tiros em quedas de neve, os corpos arranjados em lamentáveis tableaux congelados sob o olhar impiedoso da lua pálida no céu frio da noite e estrelas tão baixas que dava a sensação que se podia tocá-las.

Quando chegou ao Vale, o martírio ficou rente ao solo e se espalhou pelos bosques de nogueiras, campos de açafrão, pomares de maçãs, amêndoas e cerejas como uma névoa rastejante. Sussurrava palavras de guerra no ouvido de médicos e engenheiros, estudantes e trabalhadores, alfaiates e carpinteiros, tecelões e fazendeiros, pastores, cozinheiros e bardos. Eles ouviam cuidadosamente e então deixavam seus livros e implementos, suas agulhas, seus cinzéis, esteios, arados, cutelos e suas fantasias cintilantes de palhaços. Paravam os teares onde tinham tecido os mais belos tapetes e os xales mais finos, mais macios que o mundo jamais vira e corriam dedos crispados, em dúvida, sobre os canos lisos dos Kalashnikov que os estrangeiros que os visitavam permitiam que tocassem. Acompanhavam os novos flautistas de Hamelin por campos e clareiras onde estavam instalando campos de treinamento. Só depois de receberem suas próprias armas, depois de crisparem os dedos em torno do gatilho e o sentirem ceder, mesmo que ligeiramente, depois de terem pesado os contras e decidido que era uma opção viável, só então se permitiam que corresse por seu corpo a raiva e a vergonha da submissão que tinham suportado por décadas, por séculos, e transformasse em fumaça o sangue de suas veias.

A névoa continuou redemoinhando, num impulso de recrutamento indiscriminado. Sussurrou em ouvidos de agentes de mercado negro, fanáticos, assassinos e manipuladores. Eles também ouviam atentamente antes de reconfigurar seus planos. Eles passavam seus dedos ladinos pelas saliências de metal frio de sua cota de granadas, tão generosamente distribuídas, como peças de pernil de carneiro especial em Eid. Eles enxertavam a língua de Deus e Liberdade, Alá e Azadi em seus assassinatos e novas fraudes. Passavam a mão em dinheiro, propriedades e mulheres.

Claro que mulheres.

Mulheres, claro.

A insurreição começou dessa forma. Morte por toda parte. Morte era tudo. Carreira. Desejo. Poesia. Amor. A juventude em si. Morrer se tornou um outro jeito de viver. Cemitérios brotaram em parques e prados, ao lado de riachos e rios, em campos e clareiras de florestas. Cresciam lápides do chão como dentes em crianças novas. Cada aldeia, cada localidade, tinha seu próprio cemitério. As que não ficavam ansiosas por serem vistas como colaboradoras. Nas áreas remotas de fronteira, perto da Linha de Controle, a velocidade e regularidade com que os corpos apareciam, e as condições de alguns deles, não eram coisa fácil de lidar. Alguns eram entregues em sacos, alguns em pequenas sacolas de polietileno, apenas pedaços de carne, um pouco de cabelo e dentes. Pregadas neles, anotações dos intendentes da morte diziam: *1 kg, 2,7 kg, 500 g.* (Sim, mais uma dessas verdades que na realidade deviam ser apenas boatos.)

Turistas iam embora voando. Jornalistas chegavam voando. Casais em lua de mel iam embora voando. Soldados chegavam voando. Mulheres se reuniam em volta de delegacias de polícia e bases do exército erguendo uma floresta de fotografias tamanho passaporte amassadas, manipuladas, úmidas de lágrimas: *Por favor, sir, viu o meu filho em algum lugar? Viu meu marido? Será que meu irmão por acaso passou por suas mãos?* E os sir enchiam o peito, mexiam nos bigodes, brincavam com suas medalhas e apertavam os olhos para avaliar as maeje, para ver o desespero de qual valeria a pena transformar em corrosiva esperança (*Vou ver o que posso fazer*) e quanto essa esperança valeria para quem. (*Uma taxa? Uma festa? Uma foda? Um caminhão de nozes?*)

As prisões ficaram cheias, os empregos evaporaram. Guias, cambistas, donos de pôneis (e seus pôneis), mensageiros, garçons, recepcionistas, puxadores de tobogã, vendedores de bugigangas e barqueiros do lago ficaram mais pobres e mais famintos.

Só para os coveiros não havia descanso. Era só trabalhotrabalhotrabalho. Sem hora extra nem turno noturno.

No Mazar-e-Shohadda, Miss Jebin e sua mãe foram enterradas lado a lado. No túmulo de sua esposa, Musa Yeswi mandou escrever:

ARIFA YESWI

12 de setembro de 1968 — 22 de dezembro de 1995

Esposa de Musa Yeswi

E abaixo disso:

Ab wahan khaak udhaati hai khizaaan
Phul ho phul jahaan thay pehle

Agora a brisa de outono sopra pó
Onde ontem havia flores, flores só

Ao lado, a lápide de Miss Jebin dizia:

MISS JEBIN
2 de janeiro de 1992 — 22 de dezembro de 1995
Amada filha de Arifa e Musa Yeswi

E bem embaixo, em letras muito pequenas, Musa pediu ao entalhador de lápides que escrevesse o que muitos poderiam considerar inadequado para o epitáfio de uma mártir. Posicionou as palavras onde sabia que no inverno ficariam mais ou menos escondidas debaixo da neve e durante o resto do ano o mato alto e os narcisos selvagens iriam escondê-las. Mais ou menos. Isto foi o que ele escreveu:

Akh dalila wann
Yeth manz ne kahn balai aasi
Noa aes sa kunni junglas manz roazaan

É o que Miss Jebin dizia a ele à noite, deitada a seu lado no tapete, as costas apoiadas na almofada de veludo gasto (lavado, cerzido, lavado de novo), usando seu próprio pheran (lavado, cerzido, lavado de novo), minúscula como uma capinha de bule de chá (azul-celeste com paisleys rosa salmão bordados em torno do pescoço e das mangas) e imitando precisamente a postura do pai deitado — a perna esquerda dobrada, o tornozelo direito no joelho esquerdo, o punho muito pequeno no punho grande dele. *Akh dalila wann.* Me conte uma história. E então ela começava a história ela mesma, gritando na noite sombria do toque de recolher, seu rouco deleite dançando para fora das janelas e despertando os vizinhos. *Yeth manz ne kahn balai aasi! Noa aes sa kunni junglas manz roazaan!* Não havia uma bruxa, e ela *não* morava na floresta. Me conte uma história e dá pra cortar essa besteira de bruxa e floresta? Pode me contar uma história *de verdade?*

Soldados frios de um clima quente patrulhando uma estrada gelada que circunda o bairro erguem as orelhas e abaixam os pinos de segurança de suas armas. *Quem vem lá? Que barulho é esse? Pare senão eu atiro!* Eles vinham de longe e não sabiam as palavras em caxemíri para *Pare* nem *Atiro* nem *Quem.* Tinham armas, então não precisavam saber.

O mais novo deles, S. Murugesan, mal chegado à idade adulta, nunca sentira tanto frio, nunca tinha visto neve e ainda estava encantado com as formas que seu hálito formava ao condensar no ar gelado. "Olhe!", disse na primeira noite de patrulha, dois dedos nos lábios, tragando um cigarro imaginário, exalando uma pluma de fumaça azulada. "Cigarro grátis!" O sorriso branco no rosto escuro flutuou na noite e desapareceu, esvaziado pelo entediado desdém dos companheiros. "Vá em frente, Rajini-kant", eles disseram, "fume o maço inteiro. Cigarro não é nada gostoso quando eles estouram sua cabeça."

Eles.

Eles acabaram por pegar o rapaz. O jipe blindado em que ele estava explodiu na estrada logo adiante de Kupwara. Ele e dois outros soldados sangraram até a morte na beira da estrada.

Seu corpo foi enviado num caixão para a família em sua aldeia no distrito de Thanjavur, em Tamil Nadu, junto com um

DVD do documentário *Saga da coragem inaudita*, dirigido pelo major Raju e produzido pelo Ministério da Defesa. S. Murugesan não aparecia no filme, mas sua família achou que sim porque nunca o assistiu. Não tinham um aparelho de DVD.

Em sua aldeia, os vanniyar (que não eram "intocáveis") não permitiram que o corpo de Murugesan (que era) fosse conduzido diante de suas casas até o crematório. Então o cortejo funerário fez uma rota que contornava a aldeia até um crematório separado para intocáveis, bem próximo do depósito de lixo da aldeia.

Uma das coisas de que S. Murugesan tinha gostado ao estar na Caxemira era que os caxemíris de pele clara muitas vezes provocavam os soldados indianos caçoando de sua pele escura e chamando-os de "chamar nasl" (casta chamar). Ele se divertia com a raiva que isso despertava entre seus colegas soldados, que se consideravam de alta casta e não achavam errado chamar a *ele* de chamar, que era como os indianos do norte normalmente chamavam os dalits, independentemente de a qual das muitas castas de intocáveis pertencessem. A Caxemira era um dos poucos lugares do mundo em que o povo de pele clara tinha sido colonizado por um povo de pele escura. Essa inversão imbuía os horrendos insultos de uma espécie de correção.

Para celebrar a valentia de S. Murugesan, o exército contribuiu para a confecção de uma estátua de cimento de Sepoy S. Murugesan, com sua farda de soldado, o fuzil ao ombro, na entrada da aldeia. De vez em quando sua jovem viúva a apontava para o bebê deles, que tinha seis meses quando o pai morreu. "Appa", ela dizia, acenando para a estátua. E o bebê sorria, imitando precisamente o gesto da mãe, uma dobra de gordura de bebê vincando o pulso como uma pulseira. "Appappappappappappappa", dizia, sorrindo.

Nem todo mundo na aldeia ficou feliz com a ideia de ter a estátua de um homem intocável na entrada. Sobretudo um intocável com uma arma. Achavam que passaria a imagem errada, daria ideias ao povo. Três semanas depois de erigida a estátua, o fuzil desapareceu do ombro. A família de Sepoy S. Murugesan tentou registrar queixa, mas a polícia recusou, dizendo que a arma devia ter caído ou simplesmente desintegrado devido ao uso de cimento de má qualidade — prática bastante comum — e que não era culpa de ninguém. Um mês depois cortaram as mãos da estátua. Mais uma vez a polícia se recusou a registrar queixa, embora dessa vez com um riso maldoso e sem sequer ter o trabalho de inventar uma desculpa. Duas semanas depois da amputação das mãos, a estátua de Sepoy S. Murugesan foi decapitada. Houve alguns dias de tensão. As pessoas de aldeias vizinhas que pertenciam à mesma casta de S. Murugesan organizaram um protesto. Começaram a fazer uma greve de fome na base da estátua. Um tribunal legal disse que ia constituir um comitê legal para examinar o assunto. Nesse meio-tempo, ordenaram um statu quo. A greve de fome foi descontinuada. O comitê legal nunca constituído.

Em alguns países, os soldados morrem duas vezes.

A estátua sem cabeça permaneceu na entrada da aldeia. Embora não apresentasse mais nenhuma semelhança com o homem que devia celebrar, veio a constituir um emblema mais verdadeiro da época do que de outra forma seria.

A filhinha de S. Murugesan continuava a acenar para ele.

"Appappappappa…"

Com a continuação da guerra no Vale da Caxemira, os cemitérios passaram a ser tão comuns como os estacionamentos de muitos andares que brotavam nas cidades florescentes das planícies. Quando ficavam sem espaço, alguns túmulos passavam a ter dois andares, como os ônibus de Srinagar que costumavam levar turistas entre o Lal Chowk e o Boulevard.

Felizmente, o túmulo de Miss Jebin não sofreu esse destino. Anos depois, quando o governo declarou que a insurreição tinha sido contida (embora meio milhão de soldados permanecesse só para garantir), depois que os grandes grupos militantes se voltaram (ou foram levados a se voltar) uns contra os outros, depois que peregrinos, turistas, casais em lua de mel do continente começaram a voltar ao Vale para brincar na neve (para serem levados até o alto e deslizarem pelas íngremes encostas nevadas — gritando — em trenós conduzidos por antigos militantes), depois que espiões e informantes tinham (em função da organização e de abundante cautela) sido assassinados por seus orientadores, depois que renegados foram absorvidos aos milhares para funções como diaristas em ONGs que trabalhavam no Setor de Paz, depois que empresários locais que fizeram fortunas fornecendo carvão e madeira de nogueira ao exército começaram a investir seu dinheiro no setor crescente de Hospitalidade (também conhecido como permitir às pessoas "Participação no Processo de Paz"), depois que grandes gerentes de banco tinham se apropriado do dinheiro não resgatado que permanecia nas contas de militantes mortos, depois que os centros de tortura foram transformados em elegantes residências para políticos, depois que os cemitérios de mártires ficaram um pouco em ruínas e o número de mártires foi reduzido a um mínimo (enquanto o número de suicídios crescia dramaticamente), depois que foram realizadas eleições e declarada a democracia, depois que o Jhelum transbordou e baixou, depois que a insurreição se ergueu de novo e foi de novo esmagada e se ergueu de novo e foi de novo esmagada e se ergueu de novo e foi de novo esmagada — mesmo depois de tudo isso, o túmulo de Miss Jebin continuava tendo um andar só.

Ela havia tirado a sorte grande. Tinha um túmulo bonito com flores silvestres nascendo em torno e sua mãe ali perto.

O massacre dela foi o segundo na cidade em dois meses.

Dos dezessete que morreram nesse dia, sete eram transeuntes como Miss Jebin e sua mãe (no caso delas, não passantes, mas sentadas). Estavam observando da sacada, Miss Jebin com uma ligeira febre, sentada no colo da mãe, enquanto milhares de manifestantes conduziam o corpo de Usman Abdullah, um conhecido professor universitário, pelas ruas da cidade. Ele tinha sido morto pelo que as autoridades denominavam um "ANI" — um atirador não identificado —, ainda que a identidade dele fosse um segredo aberto. Embora Usman Abdullah fosse um ideólogo importante na luta por Azadi, tinha sido ameaçado diversas vezes pela facção linha-dura de militantes que estava emergindo e retornara da Linha de Controle, equipada com novas armas e ideias novas e rígidas das quais ele havia discordado publicamente. O assassinato de Usman Abdullah foi uma declaração de que o sincretismo da Caxemira que ele representava não seria tolerado. Não haveria mais a convivência afável do velho mundo. Não haveria mais a veneração de santos domésticos e videntes em santuários locais, declararam os novos militantes, não mais confusão mental. Não haveria mais santos performáticos e sacerdotes locais. Havia apenas Alá, o Deus único. Havia o Alcorão. Havia o profeta Maomé (A Paz Esteja com Ele). Havia uma única maneira de orar, uma única interpretação da lei divina e uma única definição de Azadi — que era a seguinte:

Azadi ka matlab kya?
la ilaha illallah

O que significa a liberdade?
Não existe outro Deus além de Alá

Isso não deveria ser debatido. No futuro, todas as desavenças seriam resolvidas à bala. Xiita não era muçulmano. Todas as mulheres tinham de aprender a se vestir direito.

Mulheres, claro.

Claro, mulheres.

Parte disso deixou as pessoas comuns incomodadas. Elas adoravam seus santuários — Hazratbal particularmente, que abrigava a relíquia sagrada, *Moi-e-Muqaddas*, um cabelo do profeta Maomé. Centenas de milhares de pessoas choraram nas ruas quando o cabelo desapareceu, no inverno de 1963. Centenas de milhares se rejubilaram quando reapareceu um mês depois (e foi declarado autêntico pelas autoridades competentes). Mas, quando os Estritos voltaram de suas viagens, declararam que adorar santos locais e o cabelo entronizado era heresia.

A Linha Estrita mergulhou o Vale num dilema. As pessoas sabiam que a liberdade que desejavam não viria sem uma guerra e sabiam que os Estritos eram de longe os melhores guerreiros. Tinham o melhor treinamento, as melhores armas, como se por regra divina, as calças mais curtas e as barbas mais longas. Tinham mais bênçãos e mais dinheiro que o outro lado da Linha de Controle. Sua férrea fé inquebrantável os disciplinava, os simplificava e os equipava para assumir a força do segundo maior exército do mundo. Os militantes que se chamavam "seculares" eram menos estritos, mais tranquilos. Mais estilosos, mais soltos. Escreviam poesia, flertavam com as enfermeiras e patinadoras, e patrulhavam as ruas com os fuzis pendurados descuidadamente nos ombros. Mas não pareciam ter o que era preciso para vencer uma guerra.

As pessoas adoravam os Menos Estritos, mas temiam e respeitavam os Estritos. No atrito que ocorreu entre os dois, centenas perderam a vida. Por fim, os Menos Estritos declararam um cessar fogo, saíram da clandestinidade e prometeram continuar sua luta como gandhianos. Os Estritos continuaram a lutar e ao longo dos anos foram caçados homem a homem. Para cada um que era morto, outro tomava seu lugar.

Poucos meses depois do assassinato de Usman Abdullah, seu assassino (o bem conhecido ANI) foi capturado e morto pelo exército. Seu corpo foi entregue à família, esburacado de balas e queimaduras de cigarro. O Comitê dos Cemitérios, depois de discutir longamente o assunto, decidiu que ele também era um mártir e merecia ser enterrado no Cemitério dos Mártires. Eles o enterraram no lado oposto do cemitério, esperando talvez que manter Usman Abdullah e seu assassino o mais separados possível iria impedir que brigassem no além.

Com a continuação da guerra, no Vale a linha branda gradualmente endureceu, e a linha-dura ficou ainda mais dura. Cada linha gerava mais linhas e sub-linhas. Os Estritos geraram os Mais Estritos. As pessoas comuns conseguiam, muito milagrosamente, tolerar todos, suportar todos, subverter todos e continuar com seus velhos costumes supostamente confusos. O domínio do *Moi-e-Muqaddas* continuava intocado. E, mesmo quando eles escorregaram para as rápidas correntezas dos Estritos, um número ainda maior de pessoas continuou a frequentar os santuários para chorar e desabafar seus corações partidos.

Da segurança de sua sacada, Miss Jebin e sua mãe assistiam ao cortejo fúnebre que se aproximava. Assim como as outras mulheres e crianças que lotavam as sacadas de madeira das outras casas ao longo de toda a rua, Miss Jebin e Arifa também tinham preparado uma tigela de pétalas de rosa para jogar sobre o corpo de Usman Abdullah quando passasse abaixo delas. Miss Jebin estava agasalhada contra o frio com duas malhas e luvas de lã. Usava na cabeça um pequeno hijab branco feito de lã. Milhares de pessoas entoavam *Azadi! Azadi!* se afunilando na alameda estreita. Miss Jebin e sua mãe cantavam também. Embora Miss Jebin, sempre moleca, às vezes gritasse *Mataji!* (mãe) em vez de *Azadi!* — porque as duas palavras tinham o mesmo som e porque ela sabia que quando falasse aquilo sua mãe ia olhar para ela, sorrir e lhe dar um beijo.

O cortejo tinha de passar por um grande bunker do 26º Batalhão da Força de Segurança da Fronteira, que estava posicionado a menos de trinta metros de onde Arifa e Miss Jebin estavam sentadas. Os focinhos das metralhadoras se projetavam através da malha de metal da janela de uma cabine empoeirada feita de placas metálicas e pranchas de madeira. O bunker estava barricado com sacos de areia e rolos de arame farpado. Garrafas vazias de Old Monk e Rum Triplo X, dados aos soldados, pendiam em pares do arame farpado, batendo umas contra as outras como sinos — um sistema de alarme primitivo, mas eficiente. Qualquer movimento com o arame as fazia soar. Garrafas de bebida a serviço da Nação. Elas vinham com a vantagem extra de ser um duro insulto aos muçulmanos devotos. Os soldados do bunker alimentavam os cachorros que a população local desprezava (como bons devotos muçulmanos), de forma que os bichos formavam mais um anel de segurança. Estavam sentados em torno, olhando os procedimentos, alertas, mas não alarmados. Com a aproximação do cortejo, os homens enjaulados lá dentro se fundiram com as sombras, suor frio escorrendo pelas costas debaixo das fardas de inverno e dos coletes à prova de balas.

De repente, uma explosão. Não muito forte, mas forte o bastante e próxima o bastante para gerar pânico. Os soldados saíram do bunker, assumiram posição e dispararam as metralhadoras leves diretamente sobre a multidão desarmada que se espremia na rua estreita. Atiraram para matar. Mesmo depois que as pessoas se voltaram para fugir, as balas as perseguiam, alojando-se em costas, cabeças e pernas que recuavam. Alguns soldados assustados voltaram as armas para os que observavam tudo de janelas e sacadas e esvaziaram seus pentes em pessoas e peitoris, paredes e vidraças. Em Miss Jebin e sua mãe, Arifa.

O caixão de Usman Abdullah e os portadores do caixão foram atingidos. O caixão quebrou, abriu e seu corpo morto outra vez caiu na rua, estranhamente dobrado, uma mortalha branca como neve, duplamente morto entre mortos e feridos.

Alguns caxemíris morrem duas vezes também.

O tiroteio só parou quando a rua estava vazia e quando tudo o que restava eram corpos de mortos e feridos. E sapatos. Milhares de sapatos.

E o lema ensurdecedor que não havia ninguém para entoar:

Jir Kashmir ko khun se sincha! Woh Kashmir hamara hai!

A Caxemira que regamos com nosso sangue! Essa Caxemira é nossa!

O protocolo pós-massacre foi rápido e eficiente — aperfeiçoado pela prática. Em uma hora os corpos tinham sido removidos para o necrotério da Sala de Controle da Polícia, e os feridos, para o hospital. Lavaram a rua com mangueiras, o sangue mandado para os ralos abertos. As lojas reabriram. Foi declarada a normalidade. (A normalidade era sempre uma declaração.)

Mais tarde, ficou determinado que a explosão tinha sido provocada por um carro que passou em cima de uma caixa de papelão de suco de manga Fruti na outra rua. De quem era a culpa? Quem tinha deixado a embalagem de Fruti de manga (*Puro e refrescante*) no meio da rua? A Índia ou a Caxemira? Ou o Paquistão? Quem tinha passado em cima dela? Foi instaurado um processo para inquirir sobre as causas do massacre. Os fatos nunca foram estabelecidos. Ninguém foi incriminado. Isso era a Caxemira. Era culpa da Caxemira. A vida continuou. A morte continuou. A guerra continuou.

*

Todos os que viram Musa Yeswi enterrar a mulher e a filha notaram como ele estava quieto naquele dia. Não demonstrou nenhuma dor. Parecia ensimesmado e distraído, como se não estivesse realmente ali. Isso pode ter sido o que acabou levando à sua prisão. Ou pode ter sido o bater de seu coração. Talvez estivesse acelerado demais ou lento demais para um civil inocente. Em notórios postos de fiscalização, os soldados às vezes encostavam o ouvido no peito de rapazes para ouvir seus corações. Correm boatos de que alguns soldados usavam estetoscópios. "O coração deste aqui está batendo por Liberdade", ele diria, e isso seria razão suficiente para o corpo que abrigava o coração acelerado demais ou lento demais fazer uma viagem a Cargo, ou a Papa Dois, ou ao Cinema Shiraz — os centros de interrogatório mais temidos do Vale.

Musa não foi preso no posto de fiscalização. Foi preso em sua casa depois do funeral. A excessiva quietude no funeral da esposa e da filha não podia passar despercebida naqueles dias.

De início, claro, todo mundo ficou quieto, com medo. O cortejo funerário serpenteou em mortal silêncio pelas ruas paradas, cheias de lama de neve, da pequena cidade. O único som era o slap-slap-slap de milhares de sapatos sem meia na rua prata-molhada que levava ao Mazar-e-Shohadda. Rapazes carregavam dezessete caixões nos ombros. Dezessete mais um, isto é, o reassassinado Usman Abdullah, que evidentemente não podia entrar na contagem duas vezes. Então, dezessete mais um caixões de lata passaram pelas ruas, piscando para o sol de inverno. Para alguém que olhasse a cidade de cima do círculo de altas montanhas que a cercavam, o cortejo teria parecido uma fileira de formigas marrons carregando dezessete mais um cristais de açúcar até o formigueiro para alimentar sua rainha. Talvez para um estudante de história e conflitos humanos, em termos relativos, seja isso que o pequeno cortejo realmente significava: uma fila de formigas carregando algumas migalhas caídas da mesa alta. No que diz respeito a guerras, essa era uma pequena. Ninguém prestou muita atenção. Então ela continuou e continuou. Então ela se dobrou e desdobrou ao longo de décadas, recolhendo pessoas em seu abraço perturbador. Suas crueldades se tornaram tão naturais quanto a mudança das estações, cada uma vinha com sua própria gama única de aromas e flores, seu próprio ciclo de perda e renovação, dilaceração e normalidade, levantes e eleições.

De todos os cristais de açúcar levados pelas formigas naquela manhã de inverno, o menor cristal, claro, tinha o nome de Miss Jebin.

As formigas, que estavam nervosas demais para se juntar ao cortejo, paravam ao longo das ruas, sobre as calçadas de neve marrom escorregadia, os braços cruzados dentro do calor de seus pherans, deixando as mangas vazias a bater no vento. Pessoas sem braços no cerne de uma insurreição armada.* Os que estavam

---

* Há aqui mais um jogo de palavras intraduzível com os dois sentidos da palavra *arm* em inglês: *armless people* pode significar tanto "pessoas sem braços" como "pessoas desarmadas". (N. T.)

amedrontados demais para se aventurar assistiam de suas janelas e sacadas (embora estivessem agudamente conscientes dos perigos disso também). Cada um sabia que estava na mira das armas dos soldados que assumiram posição pela cidade — em telhados, pontes, barcos, mesquitas, caixas d'água. Tinham ocupado hotéis, escolas, lojas e mesmo algumas residências.

Estava fria aquela manhã; pela primeira vez em anos o lago havia congelado, e a previsão falava de mais neve. As árvores erguiam para o céu seus galhos nus, manchados, como pessoas de luto imobilizadas em atitudes de dor.

No cemitério, dezessete mais um túmulos tinham sido preparados. Corretos, recentes, profundos. A terra de cada cova amontoada ao lado, uma escura pirâmide cor de chocolate. Um grupo avançado tinha trazido as macas metálicas ensanguentadas em que os corpos haviam sido devolvidos às famílias depois da autópsia. Foram erguidas e arranjadas em torno dos troncos das árvores, como pétalas metálicas ensanguentadas de alguma gigantesca flor de montanha que se alimentasse de carne.

Quando o cortejo virou para dentro do portão do cemitério, um bando de jornalistas, agitados como corredores em seu bloco de partida, irrompeu e avançou depressa. Os caixões foram postos no chão, abertos e dispostos numa fila sobre a terra gelada. A multidão abriu espaço para a imprensa, respeitosamente. Todos sabiam que sem os jornalistas e fotógrafos o massacre seria apagado e os mortos morreriam de verdade. Então os corpos foram oferecidos a eles, com esperança e raiva. Um banquete de morte. Parentes enlutados que tinham recuado foram solicitados a entrar no enquadramento. Sua tristeza tinha de ser registrada. Em anos vindouros, quando a guerra se tornasse um modo de vida, haveria livros, filmes, exposições de fotos organizadas em torno do tema da dor e da perda da Caxemira.

Musa não estaria em nenhuma dessas fotos.

Nessa ocasião, Miss Jebin era, de longe, a maior atração. As câmeras fecharam em cima dela, chiando e estalando como um urso preocupado. Daquela colheita de fotografias, uma emergiu como um clássico local. Durante anos foi reproduzida em jornais e revistas e nas capas de reportagens sobre direitos humanos que ninguém lia, com legendas como *Sangue na neve*, *Vale de lágrimas* e *Essa tristeza nunca terá fim?*

No continente, por razões óbvias, a fotografia de Miss Jebin era menos popular. No supermercado da tristeza, o Rapaz Bhopaliano vítima do vazamento de gás da Union Carbide continuava bem à frente dela. Vários fotógrafos importantes reclamaram os direitos daquela famosa fotografia do rapaz morto e enterrado até o pescoço em uma cova de entulho, os olhos opacos, fixos, cegos pelo gás venenoso. Aqueles olhos contavam a história do que havia acontecido naquela noite terrível como nada mais conseguiria. Eles olhavam das páginas de revistas de papel brilhante de todo o mundo. No fim, não importava nada, claro. A história brilhou, depois se apagou. A batalha pelos direitos autorais da fotografia continuou durante anos, quase tão feroz como a batalha por indenização das milhares de vítimas devastadas pelo vazamento de gás.

O urso preocupado dispersou, revelando Miss Jebin intacta, intocada, profundamente adormecida. Sua rosa de verão ainda no lugar.

Enquanto os corpos baixavam aos túmulos, a multidão começou sua oração.

Rabbish rahli sadri; Wa yassir li amri
Wahul uqdata mi lisani; Yafqahu qawli

Meu Senhor! Alivia minha mente. E facilita minha tarefa para mim

E solta o nó de minha língua. Para que entendam o que digo.

As crianças menores, à altura do quadril de um adulto, num setor separado, segregado para mulheres, sufocadas pela lã da roupa da mãe, sem poder ver muito, mal conseguindo respirar, conduzem suas transações no nível do quadril: *Eu te dou seis cartuchos de bala se você me der sua granada que falhou.*

A voz solitária de uma mulher sobe ao céu, misteriosa e aguda, a dor crua cravada nela como um espeto.

Ro rahi hai yeh zamin! Ro raha hai asmaan...

Outra se juntou a ela, e depois outra.

Esta terra, ela chora! O céu também...

As aves pararam de piar por um momento e ouviram, olhos de contas, a canção humana. Cachorros de rua passaram pelos postos de controle sem serem controlados, os corações batendo firmes. Gaviões e grifos circulavam nas correntes termais, planando preguiçosos para um lado e outro da Linha de Controle, só para provocar o grupinho de humanos reunidos abaixo.

Quando o céu se encheu de lamentos, algo se acendeu. Jovens começaram a saltar no ar, como chamas que se erguem de brasas dormidas. Mais e mais alto saltavam, como se o chão sob seus pés fosse uma mola, um trampolim. Usavam a angústia como armadura, a raiva cruzada no corpo como cintos de munição. Naquele momento, talvez por estarem assim armados, ou talvez por terem decidido abraçar uma vida de morte, ou porque sabiam que já estavam mortos, tornaram-se invencíveis.

Os soldados que cercavam o Mazar-e-Shohadda tinham ordens claras de não atirar, por nada neste mundo. Seus informantes (irmãos, primos, pais, tios, sobrinhos), que se misturavam à multidão e gritavam palavras de ordem tão apaixonadas como todos (e até eram sinceros nisso), tinham ordens claras de apresentar fotografias e se possível vídeos de cada rapaz que, levado por uma onda de fúria, tinha saltado no ar e se transformado em chama.

Logo cada um deles ouviria baterem na porta, ou eram levados para um canto do posto de controle.

Você é fulano de tal? Filho de beltrano de tal? Empregado de sicrano de tal?

Muitas vezes a ameaça não ia além disso — apenas esse inquérito brando, superficial. Na Caxemira, jogar os dados biográficos em cima de um homem às vezes bastava para mudar o rumo de sua vida.

E às vezes não.

Vieram procurar Musa na hora de visita de sempre — quatro da manhã. Ele estava acordado, sentado à mesa, escrevendo uma carta. Sua mãe na sala ao lado. Ele podia ouvir o choro dela e os murmúrios de consolação das irmãs e parentes. O adorado hipopótamo verde de pelúcia (com o recheio vazando) de Miss Jebin — com o sorriso em forma de V e um coração rosa aplicado — estava no lugar de sempre, encostado a uma almofada, esperando sua mãezinha e a história da hora de dormir, como sempre. (*Akh dalila wann...*) Musa ouviu o veículo chegando. Da janela do primeiro andar, viu quando entrou na alameda e

363

parou diante da casa. Não sentiu nada, nem raiva, nem trepidação, ao ver os soldados descerem do jipe blindado. Seu pai, Showkat Yeswi (Godzilla para Musa e seus amigos), estava acordado também, sentado de pernas cruzadas no tapete da sala da frente. Era um empreiteiro que trabalhava muito próximo dos Serviços de Engenharia Militares, fornecendo material de construção e fazendo projetos completos para eles. Tinha mandado o filho a Delhi estudar arquitetura na esperança de que pudesse ajudá-lo a expandir seus negócios. Mas, quando começou o *tehrik*, em 1990, e Godzilla continuou a trabalhar com o exército, Musa passou a evitá-lo totalmente. Dilacerado entre o dever filial e a culpa de fruir o que considerava ser espólios de colaboração, Musa achava cada vez mais difícil viver sob o mesmo teto que seu pai.

Showkat Yeswi parecia estar à espera dos soldados. Ele não pareceu alarmado. "Amrik Singh chamou. Ele quer falar com o senhor. Não é nada, não se preocupe. Antes do dia nascer o senhor está solto."

Musa não respondeu. Nem olhou na direção de Godzilla, seu desprazer aparente na maneira dos ombros e nas costas eretas. Saiu pela porta da frente escoltado por dois homens armados de cada lado e entrou no veículo. Não foi algemado, nem puseram um saco em sua cabeça. O jipe deslizou pelas ruas lustrosas, congeladas. Começou a nevar de novo.

O Cinema Shiraz era o ponto central de um enclave de casernas e acomodações de oficiais, isolado pelas elaboradas barricadas da paranoia — dois círculos concêntricos de arame farpado ensanduichando um fosso raso de areia, com um quarto círculo, mais interno, que era um muro alto encimado por cacos de vidro. Os portões de ferro corrugado tinham torres de observação de ambos os lados, tripuladas por soldados com metralhadoras. O jipe levando Musa passou depressa pelos postos de controle. Claramente era esperado. Foi direto pelo conjunto até a entrada principal.

O saguão do cinema estava bem iluminado. Um mosaico de pequenos espelhos, que fazia rebrilhar o forro falso de gesso canelado, era como o glacê de um gigantesco bolo de casamento invertido, disperso e ampliado pela luz dos lustres baratos e vistosos. O carpete vermelho estava surrado, gasto, o piso de cimento aparecendo em retalhos. O ar viciado, reciclado, tinha cheiro de armas, de diesel, de roupas velhas. O que tinha sido antes o balcão de doces do cinema agora funcionava como mesa de recepção e registro para torturadores e torturados. Continuava anunciando coisas que não tinham mais em estoque — Chocolate Passas & Nozes Cadbury e diversos sabores de sorvete Kwality, Choco Bar, Barra de Laranja, Barra de Manga. Ainda na parede, cartazes desbotados de filmes antigos (*Chandni, Maine Pyar Kiya, Parinda* e *O leão do deserto*) — de uma época anterior à proibição dos filmes e do fechamento do cinema pelos Tigres de Alá —, alguns deles com marcas de cusparadas de sumo de bétel. Fileiras de rapazes, amarrados e algemados, agachados no chão como galinhas, alguns tão duramente espancados que pendiam para a frente, quase mortos, ainda acocorados, os pulsos presos aos tornozelos. Soldados circulavam, levando prisioneiros, trazendo outros para interrogatório. Os sons tênues que vinham das grandiosas portas de madeira que levavam à plateia podiam ser a trilha sonora abafada de um filme violento. Cangurus de cimento com sorrisos inexpressivos e bolsas ventrais que eram latas de lixo com as palavras *Me Use* supervisionavam o salão canguru.

Musa e sua escolta não foram detidos para as formalidades de recepção e registro. Acompanhados pelos olhares dos homens acorrentados e espancados, eles passaram altivamente para a grandiosa escada em curva que levava ao balcão — a Ala da Rainha —, e mais adiante por uma escada mais estreita até a cabine de projeção, que tinha sido ampliada em escritório. Musa tinha certeza de que até mesmo essa encenação teatral era deliberada, nada inocente.

Para saudar Musa, o major Amrik Singh estava parado atrás de uma mesa coberta com a sua idiossincrática coleção de pesos de papel exóticos — conchas manchadas e espinhosas, figurinhas de metal, veleiros e bailarinas aprisionados em globos de vidro. Era um homem moreno, excepcionalmente alto — um metro e oitenta e cinco no mínimo — de seus trinta e poucos anos. O avatar que escolhera para essa noite era sique. A pele acima da linha da barba tinha poros dilatados, como a superfície de um suflê. O turbante verde-escuro, apertado sobre as orelhas e a testa, repuxava os cantos dos olhos e sobrancelhas, dando-lhe um ar sonolento. Os que o conheciam mesmo casualmente sabiam que se deixar levar por esse ar sonolento era um perigoso equívoco no caso desse homem. Ele contornou a mesa e cumprimentou Musa solicitamente, com interesse e afeto. Pediu que os soldados que trouxeram Musa saíssem.

"*As salaam aleikum huzur*... Por favor, sente-se. O que vai querer? Chá? Ou café?"

Seu tom ficava entre uma pergunta e uma ordem.

"Nada. *Shukriya*."

Musa sentou. Amrik Singh pegou o receptor de seu intercomunicador e pediu chá com "biscoitos de oficial". Seu tamanho e volume faziam a mesa parecer pequena e fora de proporção.

Não era a primeira vez que se encontravam. Musa tinha visto Amrik Singh várias vezes antes, incrivelmente em sua própria casa (de Musa), quando Amrik Singh visitava Godzilla, a quem decidira brindar com o dom de sua amizade — uma oferta que Godzilla não tinha plena liberdade de recusar. Depois das primeiras visitas de Amrik Singh, Musa tomou consciência de uma drástica mudança na atmosfera da casa. Ela ficou mais quieta. As amargas discussões políticas entre ele e o pai desapareceram. Mas Musa sentia que os olhos repentinamente desconfiados de Godzilla estavam constantemente pousados nele, como se tentassem avaliar, desvendar, sondar o filho. Uma tarde, ao descer de seu quarto, Musa escorregou na escada, endireitou o corpo no meio do deslize e caiu em pé. Godzilla, que estava observando a cena, abordou Musa. Não ergueu a voz, mas estava furioso, e Musa viu uma veia pulsando em sua têmpora.

"Onde aprendeu a cair desse jeito? Quem te ensinou a cair desse jeito?"

Ele examinou o filho com os instintos bem afiados de um pai caxemíri preocupado. Procurou por coisas fora do comum — um calo no dedo do gatilho, pele dura, córnea nos joelhos e cotovelos ou algum outro sinal de "treinamento" que pudesse ter recebido em bases militares. Não encontrou nada. Resolveu confrontar Musa com a perturbadora informação que Amrik Singh tinha lhe dado — sobre caixas de "metal" transportadas pelos pomares da família em Ganderbal. Sobre as viagens de Musa às montanhas, sobre as reuniões com certos "amigos".

"O que você tem a dizer sobre tudo isso?"

"Pergunte para seu amigo, o sahib Major. Ele vai dizer que inteligência não acionável é pior que lixo", Musa disse.

"*Tse chhui marnui assi sarnei ti marnavakh*", Godzilla disse.

Você vai morrer e levar a gente junto.

Na vez seguinte em que Amrik Singh apareceu, Godzilla insistiu para que Musa estivesse presente. Na ocasião, sentaram-se no chão com as pernas cruzadas, em torno de um *dastarkhan* florido de plástico enquanto a mãe de Musa servia o chá. (Musa tinha pedido a Asifa que de jeito nenhum ela e Miss Jebin descessem até o visitante ir embora.) Amrik Singh exsudava simpatia e camaradagem. Fez questão de mostrar que se sentia em casa, estendendo-se nas almofadas. Contou umas piadas siques sujas e idiotas sobre Santa Singh e Banta Singh, rindo delas mais alto que todos. E então, sob o pretexto de que não estava conseguindo comer tanto quanto gostaria, desafivelou o cinto com o revólver ainda no coldre. Se o gesto tinha a intenção de demonstrar que confiava em seus anfitriões e se sentia à vontade com eles, teve o efeito contrário. O assassino de Jalib Qadri ainda não existia, mas todo mundo sabia da sequência de outros assassinatos e sequestros. O revólver ali ficou, ameaçador, entre pratos de bolos e petiscos e uma garrafa térmica de *nun chai* salgado. Quando Amrik Singh finalmente se levantou para ir embora, arrotando sua satisfação, esqueceu a arma, ou pareceu ter esquecido. Godzilla a pegou e entregou para ele.

Amrik Singh olhou diretamente para Musa e riu enquanto a afivelava de volta.

"Foi bom seu pai lembrar. Imagine se encontrassem durante um cerco e busca. Desculpe, mas aí nem Deus ia poder te ajudar. Imagine."

Todo mundo riu obedientemente. Musa viu que não havia riso nos olhos de Amrik Singh. Eles pareciam absorver a luz, mas não refleti-la. Eram discos opacos, sem fundo, sem nenhum indício de brilho, de faísca.

Esses mesmos olhos opacos agora olhavam para Musa do lado oposto de uma mesa cheia de pesos de papel na sala de projeção do Shiraz. Era uma visão extraordinária — Amrik Singh sentado a uma mesa. Estava claro que ele não tinha a menor ideia do que fazer com aquilo, além de usá-la como apoio para lembranças. Estava colocada de tal forma que bastava ele se inclinar para trás na cadeira e espiar pelos buracos retangulares da parede — antes portais de visão do projecionista, agora buracos de espia — para vigiar o que estivesse acontecendo no salão principal. As células de interrogatório saíam dali, através das portas sobre as quais luzes vermelhas de néon diziam (e às vezes de verdade): *SAÍDA*. A tela ainda tinha a antiquada cortina de veludo vermelho com franjas — do tipo que costumava subir antigamente com música de flauta: *Popcorn* ou *O passo do elefantinho*. Os assentos mais baratos da plateia tinham sido removidos e empilhados num canto, para abrir espaço para uma quadra coberta de badminton onde soldados estressados podiam descarregar suas tensões. Mesmo àquela hora, dava para ouvir na sala de Amrik Singh o tênue *thwack thwack* de uma peteca batendo na raquete.

"Trouxe você aqui para apresentar minhas desculpas e mais profundas condolências pessoais pelo que aconteceu."

A corrosão na Caxemira era tão profunda que Amrik Singh genuinamente não se dava conta da ironia de pegar um homem cuja esposa e filha tinham sido mortas para trazê-lo à força, sob escolta armada, para um centro de interrogatório às quatro da manhã, apenas a fim de apresentar sua comiseração.

Musa sabia que Amrik Singh era um camaleão e que debaixo de seu turbante era um "mona" — não tinha o cabelo comprido de um sique. Musa já o tinha visto se vangloriar com Godzilla sobre uma operação de contrainsurgência em que se fizera passar por um hindu, por um sique ou por um paquistanês falante de punjabi, dependendo do que a operação exigia. Ele riu ao descrever como, a fim de identificar e despachar "simpatizantes", ele e seus homens vestiam salwar kamiz — "ternos khan" — e batiam nas portas das aldeias altas horas da noite, fingindo ser militantes do Paquistão pedindo abrigo. Se eram recebidos, no dia seguinte os aldeões eram presos como CNCs (colaboradores não clandestinos).

369

"Como um aldeão desarmado pode recusar um grupo de homens com armas que bate à porta da casa dele no meio da noite? Sejam eles militantes ou militares?", Musa não conseguiu deixar de perguntar.

"Ah, a gente tem jeito de avaliar o entusiasmo da recepção", Amrik Singh dissera. "Temos os nossos termômetros."

Talvez. Mas não têm nenhum entendimento de como é profunda a dissimulação caxemíri, Musa pensou, mas não disse. Não fazem ideia de como gente como nós, que sobreviveu a uma história e a uma geografia como a nossa, aprendeu a conduzir nosso orgulho subjacente. Dissimulação é a única arma que temos. Vocês não sabem como é radiante o nosso sorriso quando estamos com o coração partido. Como podemos ficar ferozes com aqueles que amamos enquanto abraçamos delicadamente os que desprezamos. Vocês não fazem ideia do entusiasmo com que podemos recebê-los quando todos nós na verdade queremos que vão embora. Seu termômetro é completamente inútil aqui.

Esse era um jeito de olhar as coisas. Por outro lado, talvez Musa é que tivesse sido, em algum momento, o ingênuo. Porque Amrik Singh certamente tinha perfeita noção da antiutopia que estava em ação ali — na qual o populacho não tinha fronteiras, nem lealdades, nem limites para a profundidade a que podia cair. Quanto à psique caxemíri, se existia de fato tal coisa, Amrik Singh não estava procurando nem compreensão nem insight a respeito. Para ele, era um jogo, uma caça, na qual os recursos de sua presa se opunham aos dele. Ele via a si mesmo mais como esportista que como soldado. O que explicava sua alma solar. O major Amrik Singh era um jogador, um oficial audacioso, um interrogador mortal e um assassino alegre, de sangue frio. Gostava muito de seu trabalho e estava constantemente à procura de meios de torná-lo mais divertido. Estava em contato com certos militantes que de vez em quando sintonizavam em sua frequência de rádio, ou ele sintonizava a deles, e se provocavam como meninos de escola. "*Arre yaar*, o que sou eu senão um humilde agente de viagens?", ele dizia. "Para vocês, jihadis, a Caxemira é um ponto de parada, não é? Seu destino real é *jannat*, onde as suas húris estão esperando vocês. Só estou aqui para facilitar sua jornada." Ele se referia a si mesmo como *Expresso Jannat*. E, se estava falando inglês (o que em geral significava que estava bêbado), traduzia para *Paradise Express*.

Uma de suas frases legendárias era: *Dekho mian, mein Bharat Sarkar ka lund hun, aur mera kaam hai chodna.*

Olhe, irmão, eu sou o cacete do governador da Índia e minha função é foder as pessoas.

Em sua incansável busca de divertimento, era conhecido por ter libertado um militante que localizara e capturara com grande dificuldade, só porque queria reviver a excitação de prendê-lo de novo. Foi de acordo com esse espírito, com a perversa rubrica de sua caçada pessoal, que ele convocara Musa ao Shiraz para se desculpar com ele. Ao longo dos últimos meses, Amrik Singh havia, corretamente talvez, identificado Musa como um antagonista potencialmente à sua altura, alguém que era seu polo oposto e no entanto tinha a coragem e a inteligência de elevar o nível e talvez mudar a natureza da caçada até um ponto em que seria difícil dizer quem era o caçador e quem era a caça. Por essa razão, Amrik Singh ficou extremamente perturbado quando soube da morte da esposa e da filha de Musa. Ele queria que Musa soubesse que não tivera nada a ver com isso. Que era totalmente inesperado e, no que lhe dizia respeito, um golpe baixo, nunca parte de seu plano. Para a caçada poder continuar, ele precisava esclarecer essa questão.

Caçar não era a única paixão de Amrik Singh. Ele tinha gostos dispendiosos e um estilo de vida que não conseguia sustentar com seu salário. Então, explorava outras vias de potencial

371

empreendedor que o fato de estar do lado vitorioso de uma ocupação militar lhe oferecia. Além de sua atividade de sequestro e extorsão, mantinha (em nome de sua mulher) uma serraria nas montanhas e uma loja de móveis no Vale. Ele era tão impetuosamente generoso como violento e distribuía presentes extravagantes, como mesas de centro entalhadas e cadeiras de madeira de nogueira para pessoa de quem gostava ou precisava. (Ele forçara Godzilla a aceitar duas mesas de cabeceira.) A esposa de Amrik Singh, Lovelin Kaur, era a quarta de cinco irmãs — Tavlin, Harprit, Gurprit, Lovelin e Dimple —, famosas por sua beleza, e dois irmãos mais novos. Pertenciam a uma pequena comunidade sique que se instalara no Vale séculos atrás. O pai delas era um pequeno fazendeiro com pouca ou nenhuma condição de alimentar a família numerosa. Diziam que a família era tão pobre que, quando uma das meninas tropeçou a caminho da escola e derrubou a marmita que continha seu almoço, as irmãs famintas comeram tudo direto da calçada. Quando as meninas cresceram, todo tipo de homem começou a circular em torno delas como zangões, com todo tipo de propostas, nenhuma delas de casamento. Então os pais ficaram mais que satisfeitos quando conseguiram entregar uma das filhas (sem nenhum dote) para um sique do continente — um oficial do exército, nada mais nada menos. Depois de se casar, Lovelin não foi morar nas acomodações de oficiais de Amrik Singh nas várias bases a que ele foi destacado em Srinagar e arredores. Porque, diziam (boatos), no trabalho ele tinha outra mulher, outra "esposa", uma colega da Reserva Central, uma tal ACP Pinky, que geralmente se associava a ele em operações de campo, assim como em sessões de interrogatório nas bases. Nos fins de semana, quando Amrik Singh visitava a esposa e os filhos no apartamento de primeiro andar em Jawahar Nagar, o pequeno enclave sique de Srinagar, os vizinhos sussurravam sobre violência doméstica e gritos de socorro abafados. Ninguém ousava interferir.

Embora Amrik Singh caçasse e eliminasse militantes impiedosamente, ele efetivamente os via — pelo menos os melhores deles — com uma espécie de relutante admiração. Era sabido que tinha prestado respeito nos túmulos de alguns, inclusive alguns que ele próprio tinha matado. (Um deles recebeu até uma salva de tiros extraoficial.) As pessoas que ele não apenas desrespeitava, mas realmente desprezava eram os ativistas de direitos humanos — sobretudo advogados, jornalistas e editores de jornais. Para ele, eram vermes que estragavam e distorciam as regras de envolvimento do grande jogo com suas queixas e lamúrias constantes. Sempre que Amrik Singh tinha permissão de pegar um deles e "neutralizar" (essas "permissões" nunca vinham na forma de ordens para matar, mas geralmente como uma ausência de ordens para *não* matar), ele nunca demonstrava menos que entusiasmo na consecução de seus deveres. O caso de Jalib Qadri era diferente. Sua ordem tinha sido de apenas intimidar e deter o homem. As coisas deram errado. Jalib Qadri cometeu o erro de não ter medo. De retrucar. Amrik Singh lamentava ter perdido o controle e lamentava ainda mais que tivesse precisado eliminar seu amigo e colega de viagem, o ikhwani Salim Gojri, como consequência disso. Tinham vivido juntos bons momentos e muitas grandes escapadas, ele e Salim Gojri. Ele sabia que, se a situação fosse inversa, Salim sem dúvida teria feito a mesma coisa. E ele, Amrik Singh, com certeza teria entendido. Ou pelo menos era o que dizia a si mesmo. De todas as coisas que fizera, matar Salim Gojri era a única que o obrigara a uma hesitação. Salim Gojri era a única pessoa no mundo, o que incluía sua esposa Lovelin, por quem Amrik Singh sentia algo que parecia vagamente com amor. Em reconhecimento, quando chegou o momento, ele mesmo puxou o gatilho para seu amigo.

Mas não era de ficar lamentando, e superou as coisas depressa. Sentado à sua mesa diante de Musa, o major era o mesmo de sempre, arrogante e seguro de si. Tinham-no tirado do campo e lhe dado um trabalho de escritório, sim, mas as coisas ainda não tinham começado a se desenrolar para ele. Ele ainda fazia viagens ao campo ocasionalmente, em especial para operações nas quais estava familiarizado com o histórico de um militante ou CNC. Tinha quase certeza de que contivera o estrago e estava tranquilo.

O chá com "biscoitos de oficial" chegou. Musa ouviu o tênue retinir das xícaras na bandeja de metal antes que o portador dos biscoitos aparecesse atrás dele. Musa e o portador se reconheceram imediatamente, mas suas expressões continuaram impassíveis, impenetráveis. Amrik Singh observava os dois com atenção. A sala ficou sem ar. Impossível respirar. Era preciso simular.

Junaid Ahmed Shah era um comandante de área do Hizb-ul-Mujahidin capturado poucos meses antes quando cometeu o erro dos mais comuns, porém fatal, de visitar a esposa e o filho bebê em sua casa em Sopore à meia-noite, encontrando soldados à sua espera. Ele era um homem alto, ágil, bem conhecido, muito amado por sua bela aparência e por seus reais, além de apócrifos, atos de bravura. Ele um dia tivera cabelo comprido até os ombros e uma espessa barba negra. Agora tinha o rosto liso, o cabelo cortado curto, ao estilo do exército indiano. Os olhos baços, encovados, olhavam do fundo de órbitas profundas e acinzentadas. Vestia calça de moletom usada que terminava no meio das canelas, meias de lã, tênis de lona do exército e uma jaqueta de garçom escarlate com botões dourados, roída por traças e era pequena demais para ele, o que lhe dava um aspecto cômico. O tremor das mãos fazia a louça dançar na bandeja.

"Certo, se manda. O que está fazendo aqui ainda?", Amrik Singh disse a Junaid.

"Ji Jenaab! Jai Hind!"

Sim, senhor! Vitória à Índia!

Junaid bateu continência e saiu da sala. Amrik Singh voltou-se para Musa, a própria imagem da comiseração.

"O que aconteceu com você é uma coisa que não devia acontecer com nenhum ser humano. Você deve estar em choque. Olhe, pegue um biscoito. Faz bem para a saúde. Meio a meio. Cinquenta por cento açúcar, cinquenta por cento sal."

Musa não respondeu.

Amrik Singh terminou seu chá. Musa deixou o dele intocado.

"Você tem diploma de engenharia, não tem?"

"Não. Arquitetura."

"Quero te ajudar. O exército está procurando engenheiros, sabe. Tem muito trabalho. Muito bem pago. Cercas de fronteira, construção de orfanatos, estão planejando alguns centros de recreação, quadras esportivas para os jovens, até este lugar precisa de uma reforma… Posso conseguir bons contratos para você. Nós te devemos ao menos isso."

Sem erguer os olhos, Musa experimentou o espinho de uma concha com a ponta do dedo indicador.

"Eu estou preso ou tenho permissão para sair?"

Como não estava olhando, não viu a película translúcida de raiva que baixou sobre os olhos de Amrik Singh, tão silenciosa e rapidamente como um gato saltando de um muro baixo.

"Pode ir."

Amrik Singh continuou sentado enquanto Musa se levantava e saía da sala. Tocou uma campainha e mandou o homem que atendeu escoltar Musa.

No andar de baixo, no saguão do cinema, uma pausa na tortura. Estavam servindo chá aos soldados, usando grandes chaleiras ferventes. Havia samosas frias em baldes de ferro, duas para cada um. Musa atravessou o saguão, dessa vez fixando o olhar em um dos rapazes amarrados, espancados, sangrando, que ele conhecia bem. Sabia que a mãe do rapaz tinha ido de base em base, de delegacia em delegacia, procurando desesperadamente pelo filho. Isso podia durar uma vida inteira. *Ao menos esta noite rendeu algum fruto tenebroso*, Musa pensou.

Estava quase saindo pela porta quando Amrik Singh apareceu no alto da escada, rindo, exsudando bonomia, uma pessoa inteiramente diferente daquela que Musa deixara na sala de projeção. Sua voz ecoou no saguão.

"*Arre huzur! Ek chiz main bilkul bhul gaya tha!*"

Esqueci completamente de uma coisa!

Todo mundo — torturados e torturadores — se virou para olhar. Consciente de que tinha a atenção da plateia, Amrik Singh trotou atleticamente escada abaixo, como um alegre anfitrião se despedindo de um hóspede de cuja visita gostara muito. Abraçou Musa afetuosamente e pôs na mão dele um pacote que carregava.

"Isto é para o seu pai. Diga que encomendei especialmente para ele."

Era uma garrafa de uísque Red Stag.

O saguão ficou silencioso. Todo mundo, a plateia assim como os protagonistas da peça que estava se desenrolando, entendeu o roteiro. Se Musa recusasse o presente, seria uma declaração de guerra pública contra Amrik Singh — o que equivaleria a estar morto. Se aceitasse, Amrik Singh teria terceirizado a sentença de morte para os militantes. Porque sabia que a notícia ia vazar e que cada grupo militante, por mais que discordasse entre si, concordaria que a morte era a punição para colaboradores e amigos da Ocupação. E beber uísque — mesmo no caso de não colaboradores — era uma atividade declaradamente não islâmica.

Musa foi até o balcão do bar e deixou a garrafa de uísque.

"Meu pai não bebe."

"*Arre*, não tem por que esconder. Não é vergonha nenhuma. Claro que seu pai bebe! Você sabe muito bem. Comprei essa garrafa especialmente para ele. Não tem importância, eu levo pessoalmente."

Amrik Singh, ainda sorrindo, ordenou que seus homens acompanhassem Musa para que chegasse em casa em segurança. Ele ficou contente com o rumo das coisas.

O dia estava nascendo. Um ligeiro tom rosado num céu cinza pombo. Musa foi a pé para casa pelas ruas mortas. O jipe o seguia a distância segura, o motorista informando pelo walkie-talkie posto de controle após posto de controle que era para deixar Musa passar.

Ele entrou em casa com neve nos ombros. O frio da manhã não era nada comparado ao frio que estava crescendo dentro dele. Quando viram seu rosto, seus pais e irmãs entenderam que era melhor não chegar perto dele nem perguntar o que tinha acontecido. Ele foi diretamente para sua mesa e retomou a carta que estava escrevendo antes que os soldados viessem buscá-lo. Escrevia em urdu. Escrevia depressa, como se fosse sua última tarefa, como se estivesse correndo contra o frio e precisasse terminar antes que o calor abandonasse seu corpo, talvez para sempre.

Era uma carta para Miss Jebin.

Babajaana
Acha que vou sentir sua falta? Está errada. Nunca vou sentir sua falta porque você vai estar sempre comigo.

Você queria que eu contasse histórias de verdade, mas eu não sei mais o que é verdade. O que antes era verdade agora parece uma história de fadas boba — do tipo que contava para você, do tipo que você não tolerava. O que eu sei com certeza é o seguinte: na nossa Caxemira os mortos vão viver para sempre; e os vivos são só gente morta, fingindo.

Na semana que vem, nós íamos tentar fazer sua carteira de identidade. Como você sabe, *jaana*, nossa carteira de identidade é mais importante que nós mesmos agora. Essa carteira é a coisa mais valiosa que alguém pode ter. É mais valiosa que o tapete mais bonito, que o xale mais macio e quente, que o maior jardim, que todas as cerejas e todas as nozes de todos os pomares do nosso Vale. Você pode imaginar uma coisa dessas? O número da minha carteira de identidade é M 108672J. Você me disse que era um número de sorte porque tinha um M de Miss e um J de Jebin. Se for, vai me levar para você e sua Ammijaan bem depressa. Então se prepare para fazer sua lição de casa no céu. Que sentido teria para você se eu dissesse que havia cem mil pessoas no seu funeral? Você, que só conseguia contar até cinquenta e nove? Contar, eu disse? Queria dizer gritar — você conseguia gritar até cinquenta e nove. Eu espero que, esteja onde estiver, você não esteja gritando. Precisa aprender a falar de mansinho, como uma dama, pelo menos às vezes. Como eu posso explicar cem mil para você? Um número tão grande. Vamos tentar pensar nas estações? Na primavera, pense em quantas folhas tem nas árvores e quantas pedrinhas dá para ver nos riachos quando o gelo derrete. Pense em quantas papoulas vermelhas florescem no campo. Isso vai te dar uma vaga ideia do que quer dizer cem mil na primavera. No outono, são todas as folhas de chinar que estalavam debaixo dos seus pés no campus da universidade no dia que levei você passear (e você estava brava com o gato que não confiava em você e recusava o pedaço de pão que dava para ele. Nós estamos todos ficando um pouco como esse gato, *jaana*. Não podemos confiar em ninguém. O pão que oferecem para nós é perigoso porque transforma a gente em escravos e criados servis. Você provavelmente ia ficar brava com todos nós). Então. Estávamos falando de um número. Cem mil. No inverno, podemos pensar nos flocos de neve que caem do céu. Lembra que a gente contava? Que você tentava pegar os flocos? Esse tanto de gente é cem mil. No seu funeral, a multidão cobriu o chão como neve. Consegue perceber isso agora? Bom. E isso só as pessoas. Não vou falar do bicho-preguiça que desceu da montanha, do cervo hanglu que espiou da floresta, do leopardo--das-neves que deixou pegadas na neve e dos gaviões que giravam no céu, supervisionando tudo. No todo, era um espetáculo e tanto. Você teria ficado muito contente, você adora multidões, eu sei. Você seria sempre uma moça da cidade. Isso estava claro desde o começo. Agora é sua vez. Me conte como...

No meio da frase, ele perdeu a corrida contra o frio. Parou de escrever, dobrou a carta e pôs no bolso. Nunca a terminou, mas levava sempre com ele.

Ele sabia que não tinha muito tempo. Teria de prever cada movimento novo de Amrik Singh, e depressa. A vida que conhecera um dia tinha terminado. Ele sabia que a Caxemira o engolira, e agora era parte das entranhas do lugar.

Passou o dia acertando tudo o que podia — pagou contas de cigarros que tinha acumulado, destruiu papéis, pegou as poucas coisas de que gostava ou precisava. Na manhã seguinte, quando a família Yeswi acordou para seu luto, Musa tinha ido embora. Deixou um recado para uma de suas irmãs, sobre o rapaz espancado que tinha visto no Shiraz, com o nome e endereço da mãe dele.

Assim começou sua vida clandestina. Uma vida que durou precisamente nove meses — como uma gravidez. Só que, de certo modo, pelo menos, sua consequência foi o contrário de uma gravidez. Terminou numa espécie de morte, em vez de uma espécie de vida.

Durante seus dias de fugitivo, Musa mudava de lugar para lugar, nunca o mesmo em noites consecutivas. Havia sempre gente em torno dele — em esconderijos na floresta, em casas elegantes de empresários, em lojas, em masmorras, em depósitos —, sempre o *tehrik* era recebido com amor e solidariedade. Ele aprendeu tudo sobre armas, onde comprá-las, como transportá-las, onde escondê-las, como usá-las. Desenvolveu calos de verdade nos lugares em que seu pai imaginava calos fantasmas — nos joelhos e cotovelos, no dedo do gatilho. Portava uma arma, mas nunca a usava. Com seus companheiros de jornada, que eram todos muito mais jovens que ele, compartilhava o amor que compartilham os homens de sangue quente que dariam alegremente suas vidas um pelo outro. Suas vidas eram curtas. Muitos deles foram mortos, presos ou torturados até enlouquecerem. Outros tomavam seus lugares. Musa sobreviveu a expurgo após expurgo. Seus elos com a antiga vida foram gradual (e deliberadamente) apagados. Ninguém sabia quem ele era de verdade. Ninguém perguntava. Sua família não sabia. Ele não pertencia a nenhuma organização específica. No coração de uma guerra imunda, contra uma bestialidade que é difícil de imaginar, fez o que pôde para convencer seus camaradas a se apegar a uma aparência de humanidade, a não se transformarem na própria coisa que abominavam e combatiam. Nem sempre conseguia. Tampouco sempre fracassava. Refinou a arte de se fundir com o ambiente, de desaparecer numa multidão, de murmurar e dissimular, de enterrar segredos que conhecia tão profundamente que esquecia que sabia. Aprendeu a arte do tédio, de suportá-lo assim como promovê-lo. Ele raramente falava. À noite, fartos do regime de silêncio, seus órgãos murmuravam uns com os outros na língua dos grilos da noite. Seu baço contactava os rins. O pâncreas sussurrava pelo vazio silencioso dos pulmões:

Olá
Está me ouvindo?
Ainda está aí?

Ele se tornou mais frio e calado. O prêmio por sua cabeça subia rapidamente — de 100 mil rupias para 300 mil. Quando tinham se passado nove meses de sua partida, Tilo foi à Caxemira.

*

Tilo estava onde passava a maior parte das noites, numa barraca de chá em uma das alamedas estreitas em torno do dargah de Hazrat Nizamuddin Auliya, voltando do trabalho para casa, quando um rapaz se aproximou dela, confirmou se seu nome era S. Tilottama e lhe entregou um bilhete. Dizia: *Ghat Número 33, CB Shahin, Lago Dal. Por favor venha, dia 20.* Não havia assinatura, apenas um pequeno desenho de uma cabeça de cavalo num canto. Quando ela ergueu os olhos, o mensageiro tinha desaparecido.

Ela tirou duas semanas de licença do trabalho numa firma de arquitetura em Nehru Place, pegou um trem para Jammu e um ônibus de manhã cedinho para Srinagar. Musa e ela não estavam em contato fazia algum tempo. Ela foi porque entre eles era assim.

Ela nunca tinha ido à Caxemira.

Era fim de tarde quando o ônibus emergiu de um longo

túnel que atravessava as montanhas, a única ligação entre a Índia e a Caxemira.

O outono no Vale era uma estação de nada modesta abundância. O sol brilhava baixo na névoa lilás de crócus açafrão floridos. Pomares pesados de frutas, árvores de chinar de um alaranjado vivo como chamas. Os colegas passageiros de Tilo, a maioria caxemíris, conseguia desagregar a brisa e discernir não só o aroma da maçã do da pera e do arrozal maduro que entrava pelas janelas do ônibus, mas também *de quem* eram as maçãs, *de quem* eram as peras e *de quem* era o arrozal por onde passavam. Havia um outro cheiro que conheciam bem. O cheiro de medo. Ele amargava o ar e transformava os corpos em pedra.

Quando o ônibus barulhento e sacolejante, com seus passageiros imóveis e silenciosos, penetrou mais fundo no Vale, a tensão ficou mais tangível. A cada cinquenta metros, de cada lado da estrada, havia um soldado fortemente armado, alerta e perigosamente tenso. Havia soldados nos campos, no fundo dos pomares, em pontes e galerias de água, em lojas e supermercados, em telhados, um dando cobertura ao outro, numa rede que se estendia até o alto das montanhas. Em cada parte do legendário Vale da Caxemira, qualquer coisa que as pessoas fizessem — andar, rezar, tomar banho, contar piadas, quebrar nozes, fazer amor ou tomar um ônibus para casa — estava na mira do fuzil de um soldado. E, como estavam na mira do fuzil de um soldado, qualquer coisa que fizessem — andar, rezar, tomar banho, contar piadas, quebrar nozes, fazer amor ou tomar um ônibus para casa — fazia delas um alvo legítimo.

Em todos os postos de controle, a estrada estava bloqueada com barreiras horizontais equipadas com espetos de ferro capazes de rasgar pneus. Em cada posto de controle, os ônibus tinham de parar, todos os passageiros precisavam desembarcar e se alinhar com suas malas para ser revistados. Soldados remexiam a bagagem no teto do ônibus. Os passageiros mantinham os olhos baixos. No sexto ou talvez sétimo posto de controle, um jipe blindado com fendas na lataria em vez de janelas estava parado ao lado da estrada. Depois de conferenciar com uma pessoa escondida dentro do jipe, um jovem oficial reluzente e pomposo puxou três rapazes da fila de passageiros: *Você, você e você.* Foram empurrados para um caminhão do exército. Sem resistência. Os passageiros continuaram de olhos baixos.

Quando o ônibus chegou a Srinagar, a luz estava morrendo.

Naquela época, a pequena cidade de Srinagar morria com a luz. As lojas fechavam, as ruas ficavam vazias.

No ponto de ônibus, um homem se aproximou de Tilo e perguntou seu nome. Daí em diante, ela foi passada de mão em mão. Um autorriquixá a levou do ponto de ônibus para o Boulevard. Ela atravessou o lago numa shikara na qual não havia a opção de sentar, apenas se reclinar. Então ela se reclinou sobre as almofadas floridas, coloridas, em lua de mel sem marido. Era para compensar isso, ela pensou, que eram em forma de coração as pontas dos remos que o barqueiro mergulhava nas algas. O lago estava mortalmente quieto. O som ritmado dos remos na água podia ser o pulsar do coração inquieto do Vale.

Plef

Plef

Plef

As casas-barcos ancoradas lado a lado, bem próximas umas das outras, na margem oposta — CB *Shahin*, CB *Jannat*, CB *Rainha Vitória*, CB *Derbyshire*, CB *Paisagem Nevada*, CB *Brisa do Deserto*, CB *Zam-Zam*, CB *Gulshan*, CB *Nova Gulshan*, CB *Gulshan Palace*, CB *Mandalay*, CB *Clifton*, CB *Nova Clifton* — todas escuras e vazias.

383

CB, o barqueiro explicou para Tilo quando ela perguntou, queria dizer Casa-Barco.

A CB *Shahin* era a menor e mais pobre de todas. Quando a shikara se aproximou, um homenzinho, perdido dentro de seu pheran marrom que chegava quase aos tornozelos, saiu para saudar Tilo. Mais tarde, ela ficou sabendo que o nome dele era Gulrez. Ele a saudou como se a conhecesse bem, como se ela tivesse morado ali toda sua vida e acabado de voltar das compras no mercado. A cabeça grande dele e o pescoço estranhamente fino repousavam em ombros largos e fortes. Ao ser conduzida por uma pequena sala de jantar, por um estreito corredor atapetado até o quarto, Tilo ouviu gatinhos miando. Ele virou a cabeça e deu um sorriso cintilante por cima do ombro, como um pai orgulhoso, os olhos esmeralda de mago brilhando.

O quarto abarrotado era apenas ligeiramente maior que a cama de casal coberta com uma colcha bordada. Na mesa de cabeceira, havia uma bandeja de plástico florida com uma jarra d'água em forma de sino de metal filigranado, dois copos coloridos e um pequeno tocador de CDs. O tapete surrado no piso tinha padrões, as portas do armário eram rusticamente entalhadas, o teto de madeira em colmeia, o cesto de papel com um intrincado padrão de papel machê. Tilo procurou um espaço que não fosse estampado, bordado, entalhado ou filigranado para repousar o olhar. Como não encontrou, uma onda de ansiedade a invadiu. Abriu as janelas de madeira, mas deu diretamente com as janelas de madeira fechadas da casa vizinha, a poucos metros. Pôs a mala no chão e foi para a varanda, acendeu um cigarro e viu a superfície vítrea do lago ficar prateada quando as primeiras estrelas apareceram no céu. A neve nas montanhas brilharam um tempo, como fosforescências, mesmo depois que escureceu.

Ela esperou no barco durante todo o dia seguinte, observan-

384

do Gulrez espanar a mobília sem poeira e conversar com berinjelas roxas e *haakh* de grandes folhas em sua horta na margem, logo atrás do barco. Depois de retirar o almoço simples, ele mostrou a coleção de coisas que mantinha em uma grande sacola amarela de loja duty-free de aeroporto que tinha escrito *Veja! Compre! Voe!*. Ele as colocou em cima da mesa uma a uma. Era a sua versão de um Livro de Visitantes: um frasco vazio de loção pós-barba Polo, uma porção de velhos cartões de embarque, um binóculo pequeno, uns óculos escuros que tinham perdido uma das lentes, um surradíssimo guia Lonely Planet, uma bolsa de toalete da Qantas, uma lanterna pequena, um frasco de repelente de mosquitos herbal, um frasco de bronzeador, uma cartela de alumínio de comprimidos contra diarreia com a data vencida e uma calcinha azul de mulher da Marks & Spencer enfiada dentro de uma velha lata de cigarros. Ele riu e fez um olhar malicioso ao enrolar a calcinha num charuto macio que guardou de volta na lata. Tilo procurou em sua bolsa e acrescentou à coleção uma pequena borracha em forma de morango e uma embalagem que contivera minas de lapiseira. Gulrez desenroscou a tampinha da embalagem e tornou a fechar, animado. Depois de pensar um pouco, pôs a borracha no saco plástico e guardou no bolso a embalagem. Saiu da sala e voltou com uma fotografia de si mesmo, em tamanho postal, segurando na palma das mãos os gatinhos que o último visitante havia lhe dado. Ele a deu para Tilo formalmente, segurando com ambas as mãos, como se fosse um certificado de mérito que estivesse lhe entregando. Tilo aceitou com uma reverência. O intercâmbio estava completo. De uma conversa em que o hindi hesitante dela encontrava o urdu entrecortado dele, Tilo concluiu que o "Muzz-kak" a que Gulrez ficava se referindo era Musa. Ele mostrou um recorte de jornal em urdu que publicara fotos de todos os que tinham sido mortos no mesmo dia que Miss Jebin e sua mãe. Beijou o recorte várias vezes, apontando a menininha e a mulher. Pouco a pouco, Tilo foi compondo um arremedo de narrativa: a mulher era a esposa de Musa, e a criança, sua filha. As fotos eram tão mal impressas que era impossível discernir seus traços ou dizer que aparência tinham. Para se certificar de que Tilo entendia o que queria dizer, Gulrez pousou a cabeça num travesseiro que fez com as mãos, fechou os olhos como uma criança e apontou o céu.

Elas foram para o céu.

Tilo não sabia que Musa era casado.

Ele não tinha lhe contado.

Deveria ter contado?

Por que deveria?

E por que ela se importaria?

Ela é que tinha se afastado dele.

Mas ela se importou.

Não porque ele tivesse casado, mas porque não lhe contara.

Durante o resto do dia, um versinho *nonsense* em malayalam ficou rodando em sua cabeça. Tinha sido o hino das monções de um exército de crianças pequenas de calcinha — Tilo entre elas — que pisavam poças de lama e escorregavam os barrancos verdes de trepadeiras da margem do rio debaixo da chuva torrencial, cantando aos berros.

Dum! Dum! Pattalam
Saarinde vitil kalyanam
Aana pindam choru
Atta varthadu upperi
Kozhi thitam chamandi

Bang! Bang! A banda do exército a tocar
Na casa do dono da terra alguém vai casar

Arroz com esterco de elefante!
Centopeia frita bem crocante!
Merda de galinha aromatizante!

Ela não conseguia entender. Podia haver reação mais inadequada ao que acabara de saber? Não se lembrava desses versinhos desde os cinco anos de idade. Por que agora?

Talvez estivesse chovendo dentro de sua cabeça. Talvez fosse uma estratégia de sobrevivência de uma mente que podia entrar em colapso se fosse tola a ponto de procurar sentido na trama intrincada que ligava os pesadelos de Musa aos dela.

Não havia guia de turismo à mão para lhe dizer que na Caxemira os pesadelos são promíscuos. Que eram infiéis a seus donos, que passavam sem justificativa para os sonhos dos outros, não admitiam limitações, eram os maiores artistas da emboscada. Nenhuma fortificação, nenhum prédio murado conseguia contê-los. Na Caxemira, a única coisa a fazer com pesadelos era abraçá-los como velhos amigos e lidar com eles como velhos inimigos. Ela aprenderia isso, claro. Logo.

Sentou no banco estofado e fixo na varanda de entrada da casa-barco e ficou olhando seu segundo pôr do sol. Um lúgubre peixe noturno (sem parentesco com o pesadelo) subiu do fundo do lago e engoliu o reflexo da montanha na água. Inteiro. Gulrez estava pondo a mesa para o jantar (para dois, claro que ele sabia de alguma coisa) quando Musa chegou de repente, em silêncio, entrando pelos fundos do barco.

"*Salaam.*"

"*Salaam.*"

"Você veio."

"Claro."

"Como vai? Como foi a viagem?"

"Tudo bem. E você?"

"Tudo bem."

Os versinhos na cabeça de Tilo cresceram até virarem uma sinfonia.

"Desculpe ter demorado tanto."

Ele não deu mais nenhuma explicação. Parecia um pouco magro, mas não tinha mudado muito, e no entanto estava quase irreconhecível. A barba por fazer era quase uma barba. Os olhos pareciam ter se iluminado e escurecido ao mesmo tempo, como se tivessem sido lavados e uma cor desbotara e a outra não. As íris castanho-esverdeadas circundadas por um anel preto de que Tilo não se lembrava. Ela viu que o contorno dele — a forma que ele produzia no mundo — tinha ficado indistinto, borrado, de alguma forma. Ele se fundia com o ambiente ainda mais do que antes. Não tinha relação nenhuma com o ubíquo pheran caxemíri marrom que se agitava em torno dele. Quando tirou o boné de lã, Tilo viu que seu cabelo tinha largas faixas de grisalho. Ele notou que ela notou e, consciente disso, passou os dedos pelo cabelo. Dedos fortes, de quem montava a cavalo, com um calo no dedo do gatilho. Ele tinha a mesma idade dela. Trinta e um.

O silêncio entre eles inchou e murchou como as dobras de um acordeão tocando uma melodia que só os dois ouviam. Ele sabia que ela sabia que ele sabia que ela sabia. Entre eles, era assim.

Gulrez trouxe a bandeja de chá. Com ele também não houve uma grande troca de saudações, embora ficasse claro que havia uma familiaridade, até amor. Musa o chamava de Gul-kak e às vezes de "Mut", e tinha lhe trazido gotas para o ouvido. As gotas para o ouvido quebraram o gelo como só gotas para o ouvido conseguem.

"Ele tem uma infecção no ouvido e está com medo. Apavorado", Musa explicou.

"Está com dor? Parecia ótimo o dia inteiro."

"Não com a dor, não tem dor. Medo de ser morto. Ele diz que não ouve direito e que pode não escutar quando nos postos de controle disserem 'Pare!'. Às vezes, eles primeiro deixam você passar, depois chamam. Então, se você não escuta…"

Sentindo a tensão (e a afeição) no recinto, Gulrez, alerta para o fato de que tinha de desempenhar um papel para aliviá-la, ajoelhou-se no chão dramaticamente e pousou o rosto no colo de Musa com uma grande orelha de couve-flor virada para cima para receber as gotas. Depois de curar as duas couve-flores e fechá-las com pedaços de algodão, Musa lhe entregou o frasco.

"Guarde com cuidado. Quando eu não estiver aqui, peça para ela", ele disse, "é minha amiga."

Gulrez, por mais que cobiçasse o frasquinho com o bico plástico, por mais que sentisse que o lugar certo para aquilo seria seu Livro de Visitantes *Veja! Compre! Voe!*, entregou-o a Tilo e sorriu para ela. Durante um momento, tornaram-se uma família constituída espontaneamente. Urso pai, ursa mãe, urso filho.

O urso filho estava exultante. Para o jantar apresentou cinco pratos de carne: *gushtaba, rista, martzwangan korma, kebab shami, yakhni* de galinha.

"Tanta comida…", Tilo comentou.

"Vaca, carneiro, galinha, cordeiro… só escravos comem isso", Musa disse, servindo-se de uma montanha, de forma nada polida. "Nossos estômagos são cemitérios."

Tilo não podia acreditar que o urso filho tinha preparado aquele banquete sozinho.

"Ele estava falando com as berinjelas e brincando com os gatinhos o dia inteiro. Não vi ele cozinhar nada."

"Ele deve ter preparado antes de você chegar. É um ótimo

cozinheiro. O pai dele era profissional, um *waza*, da aldeia de Godzilla."

"Por que ele está aqui sozinho?"

"Ele não está sozinho. Há olhos, ouvidos e corações a toda volta dele. Mas ele não pode morar na aldeia... é muito perigoso para ele. Gul-kak é o que chamam de mut — vive num mundo próprio, com suas próprias regras. Um pouco como você, de certa forma." Musa olhou para Tilo bem sério, sem sorrir.

"Você quer dizer um bobo, o bobo da aldeia?" Tilo o encarou de volta, sem sorrir também.

"Quero dizer uma pessoa especial. Uma pessoa abençoada."

"Abençoada por quem? Que jeito mais tortuoso e fodido de abençoar alguém."

"Abençoado com uma bela alma. Aqui nós reverenciamos nosso *maet*."

Fazia algum tempo que Musa não ouvia um palavrão lacônico dessa natureza, principalmente vindo de uma mulher. Ele pousou leve, como um grilo, em seu coração apertado e despertou a lembrança de por que, como e quanto ele tinha amado Tilo. Tentou devolver aquela lembrança para o setor trancado do arquivo de onde saíra.

"Nós quase perdemos o Gul dois anos atrás. Houve uma operação de cerco e busca na aldeia dele. Mandaram os homens saírem e formarem uma fila no campo. Gul saiu correndo para cumprimentar os soldados, acreditando que eram o exército do Paquistão que tinha vindo liberar todo mundo. Estava cantando, gritando *Jivey! Jivey! Pakistan!* Queria beijar as mãos deles. Levou um tiro na coxa, bateram nele com a coronha do fuzil e o deixaram sangrando na neve. Depois desse incidente, ele ficou histérico e tentava fugir toda vez que via um soldado, o que, claro, é a coisa mais perigosa que se pode fazer. Então, eu trouxe Gul para morar em Srinagar com a gente. Mas agora, como não tem praticamente ninguém na nossa casa — eu não moro mais lá —, ele não quis ficar também. Consegui este emprego para ele. Este barco é de um amigo, ele está seguro aqui, não precisa sair. Só tem de cozinhar para as poucas visitas que vêm, quase nenhuma. Despacham as provisões para ele. O único perigo é que o barco é tão velho que pode afundar."

"Sério mesmo?"

Musa sorriu.

"Não. É bem seguro."

A casa sem "quase ninguém" tomou seu lugar à mesa, um terceiro convidado, com o apetite voraz de um escravo.

"Mataram quase todos os maet da Caxemira. Foram os primeiros a ser mortos, porque não sabem obedecer. Talvez para isso a gente precise deles. Para nos ensinar a ser livres."

"Ou a ser mortos?"

"Aqui é a mesma coisa. Só os mortos são livres."

Musa olhou a mão de Tilo pousada na mesa. Conhecia-a melhor que a sua própria. Ela ainda usava o anel de prata que ele tinha lhe dado, anos antes, quando ele era outra pessoa. Ainda havia tinta no dedo médio dela.

Gulrez, muito consciente de que falavam dele, pairava em torno da mesa, enchendo os copos e pratos, com um gatinho choramingando em cada bolso do pheran. Durante uma pausa na conversa, apresentou os gatinhos como Agha e Khanum. O cinzento rajado era Agha. A arlequim preta e branca era Khanum.

"E o Sultão?" Musa perguntou com um sorriso. "Como está ele?"

Imediatamente o rosto de Gulrez se turvou. Sua resposta foi uma longa profanação em uma mistura de caxemíri e urdu. Tilo só entendeu a última frase. *Arre us bewakuf ko agar yahan mintri ke saath rehna nahi aata tha, to phir woh saala is* duniya *mein aaya hi kyon tha?*

Se aquele tonto não sabia viver aqui com os militares, por que teve de vir para este mundo, para começo de conversa?

Sem dúvida era algo que Gulrez devia ter ouvido um pai ou vizinho preocupado dizer a seu respeito, que ele memorizara para usar como reclamação sobre Sultão, quem quer que fosse.

Musa gargalhou alto, agarrou Gulrez e beijou sua cabeça. Gul sorriu. Um diabrete feliz.

"Quem é Sultão?" Tilo perguntou a Musa.

"Eu conto depois."

Depois do jantar, foram fumar na varanda e ouvir as notícias no transístor.

Três militantes tinham sido mortos. Apesar do toque de recolher em Baramulla, houvera grandes protestos.

Era uma noite sem luar, escura como piche, a água negra como uma mancha de óleo.

Os hotéis no bulevar que contornava o lago tinham sido transformados em casernas, embrulhados em arame farpado, com barricadas de sacos de areia e tábuas. As salas de jantar eram dormitórios de soldados, as recepções, cadeias diurnas, e os quartos, centros de interrogatório. Cortinas grossas com pesados bordados de lã e tapetes requintados abafavam os gritos dos rapazes que levavam choques nos genitais e gasolina despejada no ânus.

"Sabe quem está por aqui agora?" Musa perguntou. "Garson Hobart. Tem tido contato com ele?"

"Faz alguns anos que não."

"Ele é vice-diretor de estação IB. Um posto bem importante."

"Sorte dele."

Não havia brisa. O lago estava calmo, o barco estável, o silêncio instável.

"Você amava sua mulher?"

"Amava. Queria te contar isso."

"Por quê?"

Musa terminou o cigarro e acendeu outro.

"Não sei. Alguma coisa a ver com honra. Sua, minha e dela."

"Por que não me contou antes então?

"Não sei."

"Foi um casamento arranjado?"

"Não."

Sentado ao lado de Tilo, respirando junto dela, ele se sentia como uma casa vazia cujas janelas e portas trancadas estavam se abrindo um pouco, para arejar os fantasmas trancados lá dentro. Quando falou de novo na noite, se dirigiu às montanhas, agora completamente invisíveis, a não ser pelas luzes cintilantes das bases do exército espalhadas pela cordilheira, como a magra decoração de algum horrendo festival.

"A gente se conheceu do jeito mais horrível... horrível, mas bonito... só podia acontecer aqui. Foi na primavera de 91, nosso ano de caos. Nós — todo mundo, menos Godzilla, acho — achávamos que a Azadi estava logo ali, a um passo de distância. Havia batalhas armadas diárias, explosões, encontros, assassinatos. Militantes andavam abertamente nas ruas, exibindo as armas..."

Musa se calou, incomodado com o som da própria voz. Não estava acostumado a se ouvir. Tilo não fez nada para ajudar. Uma parte dela se afastava da história que Musa começara a contar e estava grata pelo desvio para generalidades.

"Bom. Naquele ano — o ano em que conheci minha mulher —, eu tinha acabado de arrumar um emprego. Devia ser uma coisa importante, mas não era, porque naquela época tudo tinha fechado. Nada funcionava… nem tribunais, nem faculdades, nem escolas… houve um colapso total da vida normal… como posso contar como foi… uma loucura… era uma bagunça… houve saques, sequestros, assassinatos… fraude em massa nos exames escolares. Essa foi a coisa mais engraçada. De repente, no meio da guerra, todo mundo queria estar matriculado porque isso ajudava a conseguir empréstimos baratos do governo… eu conheço uma família em que três gerações, avô, pai e filhos, todos fizeram exames finais da escola juntos. Imagine só. Lavradores, operários, vendedores de frutas, todos nas Classes Dois e Três, mal alfabetizados, prestaram exame, copiaram do manual e passaram com louvor. Tinham copiado até aquela frase Por Favor, Vide Verso do fim da página — com o dedo apontando —, lembra? Ficava na parte de baixo dos nossos livros de escola? Até hoje, quando se quer ofender alguém que está fazendo burrada, nós dizemos: 'você é das turmas *namtuk*'?"

Tilo entendeu que ele estava se dispersando de propósito, circulando em torno de uma história que era tão difícil — ainda mais difícil — para ele contar do que para ela ouvir.

"Você é da turma de 91?" O riso macio de Musa era cheio de afeto pelas fraquezas de sua gente.

Ela sempre adorara isso nele, seu jeito de ser tão completamente ligado a um povo que amava e de quem ria, reclamava e xingava, mas de que nunca se separava. Talvez gostasse disso porque ela própria não pensava — não conseguia pensar — em ninguém como "sua gente". A não ser talvez os dois cachorros que chegavam às seis da manhã pontualmente ao parquinho diante de sua casa, onde ela os alimentava, e os vagabundos com que tomava chá na barraca perto do dargah Nizamuddin. Mas nem eles, não de verdade.

Muito tempo atrás, ela pensara em Musa como "sua gente". Durante algum tempo, tiveram um país estranho juntos, uma república-ilha separada do resto do mundo. Mas, desde o dia em que resolveram seguir seus caminhos, ela não tinha "gente".

"A gente lutava e morria aos milhares pela Azadi, e ao mesmo tempo estávamos tentando conseguir empréstimos baratos do governo que combatia. Éramos o vale dos idiotas e esquizofrênicos, e lutávamos pela liberdade de sermos idiotas e…"

Musa parou no meio a risada, entortou a cabeça. Um barco de patrulha passou matraqueando a alguma distância, os soldados varrendo a superfície da água com fachos de luz de lanternas poderosas. Assim que passaram, ele se levantou. "Vamos entrar, babajaana. Está esfriando".

Saiu tão naturalmente, o velho termo carinhoso. *Babajaana*. Meu amor. Ela notou. Ele não. Não estava frio. Mesmo assim, entraram.

Gulrez estava dormindo no tapete de sala de jantar. Agha e Khanum completamente acordados, brincando como se o corpo dele fosse um parque de diversões construído inteiramente para seu prazer. Agha se escondia na curva do joelho, Khanum fingia uma emboscada da altura estratégica do quadril.

Musa parou na porta do quarto entalhado, bordado, estampado, filigranado e perguntou: "Posso entrar?", e isso a magoou.

"Escravos não precisam ser necessariamente idiotas, precisam?" Ela sentou na beira da cama e deitou para trás, as palmas debaixo da cabeça, os pés ainda no chão. Musa sentou ao lado dela e pôs as mãos na sua barriga. A tensão deslizou para fora do quarto como um estranho indesejado. Estava escuro, a não ser pela luz do corredor.

"Posso tocar uma música caxemíri para você?"

"Não, obrigada, cara. Não sou nacionalista caxemíri."

"Logo vai ser. Dentro de três ou quatro dias."

"Como assim?"

"Vai ser, porque eu sei. Quando vir o que vir e ouvir o que ouvir, não vai ter escolha. Porque você é você."

"Vai ter uma convocação? Vou ganhar um diploma?"

"Vai. E vai passar com louvor. Eu te conheço."

"Você não me conhece de verdade. Sou patriota. Fico arrepiada quando vejo a bandeira nacional. Fico tão emocionada que não consigo pensar direito. Adoro bandeiras e soldados e toda aquela história de marchar. Como é a música?"

"Você vai gostar. Eu trouxe durante o toque de recolher para você. Foi composta para nós, para você e eu. Por um sujeito chamado Las Kone, da minha aldeia. Você vai adorar."

"Tenho certeza que não."

"Vai. Dá uma chance."

Musa tirou um CD do bolso do pheran e pôs no tocador. Segundos depois do acorde inicial de guitarra, os olhos de Tilo se abriram num estalo.

Fique um pouco mais, até amanhecer,
minha dama viajante.
Sei que sou só uma parada em seu caminho,
sei que não sou seu amante.

"Leonard Cohen."

"É. Nem ele sabe que na verdade é um caxemíri. E que seu nome verdadeiro é Las Kone…"

Eu vivi com uma filha da neve
quando era um soldado,
e por ela lutava com todos
mesmo que à noite ficasse gelado.

396

Ela usava o cabelo igual ao seu
menos quando estava dormindo e então
trançava o cabelo num tear
de fumaça, ouro e respiração.

Por que está tão quieta agora
aí na porta parada?
Você veio por esse caminho
há muito tempo escolheu sua jornada. *

"Como ele sabia?"
"Las Kone sabe tudo."
"Ela usava o cabelo como o meu?"
"Ela era uma pessoa civilizada, babajaana. Não uma *mut*".
Tilo beijou Musa e enquanto o abraçava, sem soltá-lo, disse:
"Saia de perto de mim, seu montanhês imundo."
"Mulher de rio lavada."
"Quanto tempo faz que você não toma banho?"
"Nove meses."
"Não, sério."
"Uma semana talvez? Não sei."
"Filho da puta imundo."

O banho de Musa durou um tempo incrivelmente longo.
Ela o ouvia cantarolando junto com Las Kone. Ele saiu nu, com

---

* "Winter Lady", de Leonard Kohen: *"Trav'ling lady, stay awhile/ until the night
is over/ I'm just a station on your way/ I know I'm not your lover// Well I lived with
a child of snow/ when I was a soldier/ and I fought every man for her/ until the
nights grew colder// She used to wear her hair like you/ except when she was
sleeping/ and then she'd weave it on a loom/ of smoke and gold and breathing//
And why are you so quiet now/ standing there in the doorway?/ You chose your
journey long before/ you came upon this highway."* (N. T.)

uma toalha enrolada no quadril, cheirando a sabonete e xampu. Isso a fez rir.

"Está cheirando como uma rosa de verão."

"Estou me sentindo realmente culpado", Musa disse, sorrindo.

"Certo. Parece mesmo."

"Depois de semanas de generosa hospitalidade a piolhos e parasitas, deixei todos sem casa."

"Piolhos" fez com que ela o amasse um pouco mais.

Eles sempre se encaixaram como peças de um quebra-cabeça não resolvido (talvez impossível de resolver) — a fumaça dela na solidez dele, a solidão dela na aglomeração dele, a estranheza dela na franqueza dele, a despreocupação dela na contenção dele. A quietude dela na quietude dele.

E depois, claro, havia as outras partes — que não se encaixavam.

O que aconteceu essa noite na CB *Shahin* foi menos fazer amor que lamento. As feridas de ambos eram muito velhas e muito novas, diferentes demais e talvez profundas demais para cicatrizar. Mas, durante um breve momento, conseguiram associá-las como uma dívida de jogo acumulada e repartir a dor equilibradamente, sem mencionar as mágoas nem perguntar qual era qual. Durante um breve momento conseguiram repudiar o mundo em que viviam e invocar um outro, tão real quanto. Um mundo em que *maet* dava ordens e soldados precisavam de gotas para ouvido para escutá-las com clareza e obedecê-las corretamente.

Tilo sabia que havia uma arma debaixo da cama. Não fez nenhum comentário a respeito. Nem mesmo depois, quando os calos de Musa tinham sido contados. E beijados. Ela ficou deitada em cima dele, como se ele fosse um colchão, o queixo apoiado nos dedos entrelaçados, o traseiro nitidamente não caxemíri vulnerável à noite de Srinagar. De certa forma a jornada de Musa para onde se encontrava agora não a surpreendia inteiramente. Ela lembrava com clareza um dia, anos antes, em 1984 (quem pode esquecer 1984), quando os jornais noticiaram que um caxemíri chamado Maqbul Butt, preso por assassinato e traição, tinha sido enforcado na cadeia Tihar, em Delhi, seus restos mortais enterrados no pátio da prisão, por medo de que seu túmulo se transformasse em monumento, em ponto de reunião na Caxemira, onde os problemas já tinham começado a borbulhar. A notícia não interessara a nenhuma outra pessoa na faculdade deles, nem estudante, nem professor. Mas, naquela noite, Musa disse a ela, em voz baixa, direto: "Algum dia você vai entender por que, para mim, a história começou hoje". Embora ela não tivesse entendido completamente a dimensão dessas palavras na época, a intensidade com que tinham sido pronunciadas permanecera com ela.

"Como vai a Rainha Mãe em Kerala?", Musa perguntou para o ninho de pássaro que se fazia passar pelo cabelo de sua amante.

"Não sei. Não fui visitar."

"Devia."

"Eu sei."

"Ela é sua mãe. Ela é você. Você é ela."

"Isso é uma visão só da Caxemira. Na Índia é diferente."

"Sério. Sem brincadeira. Não é uma coisa boa da sua parte, babajaana. Você *deveria* ir."

"Eu sei."

Musa passou os dedos pelas cristas de músculos de ambos os lados de sua coluna. O que começou como carícia se transformou num exame físico. Durante um momento, ele se tornou um pai desconfiado. Examinou os ombros dela, os braços magros, musculosos.

"De onde veio tudo isso?"

"Da prática."

Houve um segundo de silêncio. Ela resolveu não contar para ele sobre os homens que a perseguiam, que batiam na sua porta em horas estranhas do dia e da noite, inclusive o sr. S.P.P. Rajendran, um policial aposentado que tinha um cargo administrativo na firma de arquitetura na qual trabalhava. Ele fora contratado mais por seus contatos no governo que por sua capacidade de administrador. Era abertamente licencioso com ela no escritório, fazia sugestões lascivas, com frequência deixava na mesa dela presentes que Tilo ignorava. Mas tarde da noite, encorajado pelo álcool, talvez, ele ia até Nizamuddin e batia em sua porta, gritando que o deixasse entrar. Sua audácia vinha do fato de saber que, se acontecesse alguma coisa, aos olhos do público, assim como num tribunal, a palavra dele prevaleceria sobre a dela. Ele tinha uma folha de serviço exemplar e uma medalha por bravura, e ela era uma mulher solitária pouco discreta no vestir, que fumava cigarros e não tinha nada a sugerir que viesse de uma família "decente" para se erguer em sua defesa. Tilo tinha consciência disso e tomara precauções. Se o sr. Rajendran forçasse a barra, ela era capaz de imobilizá-lo no chão antes que ele percebesse o que estava acontecendo.

Ela não contou nada disso porque parecia sórdido e trivial comparado ao que Musa tinha vivido. Ela rolou de cima dele.

"Me conte do Sultão… essa pessoa *bewakuf* que deixou Gulrez tão perturbado. Quem é?"

Musa sorriu.

"Sultão? O Sultão não era uma pessoa. E não era *bewakuf*. Era um sujeito muito esperto. Era um galo, um galo órfão que Gul criou desde pintinho. O Sultão era devotado a ele, ia atrás dele aonde fosse, tinham longas conversas que ninguém mais entendia, eles eram uma dupla… inseparável. O Sultão era famoso na região. Gente das aldeias vizinhas vinha aqui para ver o galo. Tinha uma plumagem bonita, roxa, alaranjada, vermelha, que ele desfilava por toda parte como um sultão de verdade. Eu conheci bem... todo mundo conhecia. Ele era tão... altivo, sempre agia como se você devesse alguma coisa a ele... entende? Um dia, um capitão do exército veio à aldeia com alguns soldados... Capitão Jaanbaaz, ele se chamava, não sei como era o nome verdadeiro... eles sempre adotam esses nomes de filme, esses sujeitos... não era um cerco e busca, nem nada... só vieram conversar com aldeões, ameaçar um pouco, maltratar um pouco... o de sempre. Os homens da aldeia tiveram de se reunir todos no mercado. A famosa dupla Gul-kak e Sultão também estava lá, o Sultão ouvindo atentamente como se fosse um ser humano, um ancião da aldeia. O capitão tinha um cachorro. Um grande pastor alemão, na guia. Quando terminou de fazer suas ameaças e sua palestra, soltou o cachorro e disse: 'Jimmy! Pega!' Jimmy pulou em cima do Sultão, matou, e os soldados levaram para comer no jantar. Gul-kak ficou arrasado. Chorou dias e dias, como as pessoas choram por parentes que foram mortos. Para ele, o Sultão *era* um parente... nada menos. E ficou chateado com Sultão por tê-lo abandonado, por não ter lutado, ou escapado — quase como se ele fosse um militar que devesse conhecer essas táticas. Então Gul amaldiçoava o Sultão e resmungava: 'Se você não sabia viver com os militares, por que teve de vir para este mundo?'"

"Então por que você lembrou isso a ele? Foi maldade..."

"Gul é meu irmãozinho, *yaar*. A gente usa um a roupa do outro, entrega a vida na mão do outro. Posso fazer qualquer coisa com ele."

"Não é uma atitude legal da sua parte, Musakuttan. Na Índia a gente não faz essas coisas..."

"Nós temos até o mesmo nome..."

"Como?"

"É assim que eu sou conhecido. Comandante Gulrez. Ninguém me conhece como Musa Yeswi."

"É uma puta de uma confusão do caralho."

"Shhh… na Caxemira não se usa esse linguajar."

"Na Índia, sim."

"Você precisa dormir, babajaana."

"Nós dois precisamos."

"Mas antes devemos nos vestir."

"Por quê?"

"Protocolo. Isto aqui é a Caxemira."

Depois dessa intervenção casual, o sono não era mais uma opção realista. Tilo, totalmente vestida, um pouco apreensiva sobre o que o "protocolo" implicava, mas fortalecida pelo amor e saciada pelo sexo, apoiou-se num cotovelo.

"Converse comigo…"

"E como vamos chamar o que fizemos este tempo todo?"

"Chamamos de 'pré-conversa'."

Ela roçou o rosto em sua barba por fazer e depois deitou, com a cabeça no travesseiro ao lado da de Musa.

"O que eu posso te contar?"

"Tudo. Sem omissões."

Ela acendeu dois cigarros.

"Me conte outra história… a que é horrível e bonita… a história de amor. Me conte uma história real."

Tilo não entendeu por que o que disse fez Musa abraçá-la mais forte e deixou seus olhos brilhantes com o que podiam ser lágrimas. Ela não sabia o que ele queria dizer quando murmurou *"Akh dalila wann…"*

E então, abraçado a ela como se sua vida dependesse disso,

Musa contou sobre Jebin, que insistia em ser chamada de Miss Jebin, que tinha exigências específicas de histórias para a hora de dormir e falou de suas outras molecagens. Contou sobre Arifa e como se conheceram — numa papelaria em Srinagar:

"Eu tinha tido uma grande briga com Godzie nesse dia. Por causa da minha bota nova. Eram umas botas ótimas — o Gul-kak é que usa agora. Então... Eu estava saindo para comprar papel e usando essa bota. Godzie me mandou tirar e usar sapato normal, porque rapazes usando bota boa geralmente eram presos pelos militantes — naquela época era uma prova que bastava. Eu não dei ouvidos, então ele disse: 'Faça o que quiser, mas escreva o que eu digo, essa bota via chamar problema'. Ele tinha razão... me trouxe problemas mesmo — muitos problemas, mas não do tipo que ele esperava. A papelaria onde eu ia sempre, a Papelaria JC, ficava no Lal Chowk, o centro da cidade. Eu estava lá dentro quando explodiu uma granada na rua, bem na frente. Um militante tinha jogado num soldado. Quase estourou meus tímpanos. Tremeu tudo dentro da loja, tinha vidro para todo lado, caos no mercado, todo mundo gritando. Os soldados enlouqueceram, claro. Quebraram todas as lojas, entraram e bateram em todo mundo à vista. Eu estava no chão. Eles me chutaram, me bateram com a coronha dos fuzis. Me lembro de ficar deitado lá, tentando proteger a cabeça, vendo meu sangue espalhar pelo chão. Eu estava ferido, não muito, mas estava com muito medo de me mexer. Tinha um cachorro olhando para mim. Parecia bem solidário. Quando me recuperei do choque inicial, senti um peso no pé. Lembrei das minhas botas novas e me perguntei se estavam inteiras. Assim que achei que era seguro, ergui a cabeça devagar, com o máximo cuidado, para dar uma olhada. E vi aquele rosto lindo deitado em cima delas. Era como acordar no inferno e encontrar um anjo na minha bota. Era Arifa. Ela também estava congelada, apavorada demais para se mexer. Mas estava absolutamente tranquila. Não sorria, não mexia a cabeça. Só olhou para mim e disse: '*Asal but*' — "Linda bota" —, e eu não acreditei na calma daquilo. Nada de choro, de grito, de soluços, de lágrimas — absolutamente tranquila. Nós dois rimos. Ela havia acabado de se formar em veterinária. Minha mãe ficou chocada quando eu disse que queria casar. Achava que eu nunca casaria. Tinha desistido de mim."

Tilo e Musa conseguiam ter essa estranha conversa sobre um terceiro ente querido porque eram concomitantemente namorados e ex-namorados, amantes e ex-amantes, irmãos e ex--irmãos, colegas de classe e ex-colegas de classe. Por que confiavam um no outro tão peculiarmente que sabiam, mesmo que magoados com isso, que fosse quem fosse a outra pessoa amada tinha de valer a pena ser amada. Em questões do coração, eles tinham uma verdadeira floresta de redes de segurança.

Musa mostrou para Tilo uma fotografia de Miss Jebin e Arifa que levava na carteira. Arifa com um pheran cinza pérola com bordados prata e hijab branco. Miss Jebin segurando a mão da mãe. Usava um macacão de jeans com um coração bordado no peitoral. Um hijab branco preso em torno do rosto sorridente, corado. Tilo olhou a fotografia um longo tempo antes de devolvê--la. Viu que Musa de repente pareceu abatido, esgotado. Mas se recuperou em um instante. Contou a ela como Arifa e Miss Jebin tinham morrido. Falou sobre Amrik Singh, o assassinato de Jalib Qadri e a série de assassinatos que se seguiram. Sobre seu abominável pedido de desculpas no Shiraz.

"Nunca vou tomar como coisa pessoal o que aconteceu com minha família. Mas nunca vou *deixar* de tomar como coisa pessoal. Porque isso é importante também."

Conversaram noite adentro. Horas depois, Tilo voltou à fotografia.

"Ela gostava de usar lenço na cabeça?"

"Arifa?"

"Não, sua filha."

Musa encolheu os ombros. "É o costume. Nosso costume."

"Não sabia que você era um homem tão sério. Então, se eu tivesse concordado em casar com você, ia querer que usasse lenço?"

"Não, babajaana. Se você concordasse em casar comigo, *eu* ia acabar usando um hijab e você teria rodado por aí na clandestinidade com uma arma."

Tilo riu alto.

"E quem faria parte do meu exército?"

"Não sei. Nenhum humano, com certeza."

"Um esquadrão de mariposas e uma brigada de mangustos…"

Tilo contou a Musa sobre seu trabalho tedioso e sua vida excitante no depósito perto do dargah Nizamuddin. Sobre o galo que tinha desenhado na parede — "Tão estranho. Talvez o Sultão tenha me visitado telepaticamente — é essa a palavra?" (Era a época pré-celulares, então ela não tinha uma foto para mostrar para ele.) Descreveu seu vizinho, o falso hakim-sexual com bigodes encerados e filas intermináveis de pacientes diante de sua porta, e seus amigos, os vagabundos e mendigos com quem tomava chá na rua toda manhã, os quais acreditavam, todos eles, que ela trabalhava para um traficante de drogas.

"Eu dou risada, mas não nego. Deixo essa ambiguidade no ar."

"Por que isso? É perigoso."

"Não. Ao contrário. É garantia de liberdade para mim. Eles acham que eu tenho proteção de um gângster. Ninguém mexe comigo. Vamos ler um poema antes de dormir." Era um velho costume, dos tempos de faculdade. Um deles abria um livro numa página ao acaso. O outro lia o poema. Muitas vezes, acabava tendo uma inusitada significação para eles e para o momento particular que estavam vivendo. Roleta de poesia. Ela saiu da cama e voltou com um volume fino e muito usado de Osip Mandelstam. Musa abriu o livro. Tilo leu:

Estava lavando roupa no pátio à noite,
Estrelas ásperas brilhavam no céu.
Luz de estrela, como sal num machado...
O pluviômetro até a boca e congelado.

"O que é pluviômetro? Não sei... tem de pesquisar."

Os portões estão trancados,
E a terra em toda consciência deserta.
Difícil algo mais básico e puro
Que a tela em branco da verdade.

Uma estrela se dissolve, como sal, no barril
E a água gelada fica mais negra,
A morte mais limpa, o infortúnio mais salgado,
e a terra mais verdadeira, mais horrível.

"Outro poeta caxemíri".
"Russo caxemíri!", Tilo disse. "Ele morreu num campo de prisioneiros durante o gulag de Stálin."
Ela se arrependeu de ter lido o poema.

Dormiram intermitentemente. Antes do amanhecer, ainda semiacordada, Tilo ouviu Musa no banheiro de novo, se lavando, escovando os dentes (com a escova dela, claro). Saiu com o cabelo lambido e pôs o quepe e o pheran. Ela ficou olhando enquanto ele fazia suas orações. Nunca o tinha visto fazer isso antes.

406

Ela se sentou na cama. Isso não o distraiu. Quando terminou, ele veio até ela e sentou na beira da cama.

"Te preocupa?"

"Deveria?"

"É uma grande mudança..."

"É. Não. Só me faz... pensar."

"Não dá para vencer isto só com nossos corpos. Temos de recrutar nossas almas também."

Ela acendeu mais dois cigarros.

"Sabe o que é mais difícil para nós? A coisa mais difícil de combater? A pena. É fácil sentir pena de si mesmo... acontecem coisas tão terríveis com nosso povo... em toda casa alguma coisa terrível aconteceu... mas a pena de si mesmo é tão... tão debilitante. Tão humilhante. Mais que pela Azadi, a luta agora é por dignidade. E o único jeito de mantermos a dignidade é lutar contra. Mesmo perdendo. Mesmo morrendo. Mas por isso nós, como pessoas — como pessoas comuns —, temos de virar uma força de combate... um exército. Para fazer isso, nós temos de nos simplificar, nos padronizar, nos reduzir... todo mundo tem de pensar do mesmo jeito, querer a mesma coisa... temos de nos livrar das nossas complexidades, nossas diferenças, nossos absurdos, nossas nuances... temos de ser determinados... tão monolíticos... tão estúpidos... quanto o exército que enfrentamos. Mas eles são profissionais, e nós somos apenas gente. Essa é a pior parte da Ocupação... o que ela nos obriga a fazer com nós mesmos. Essa redução, essa padronização, essa *estupidificação*... Existe essa palavra?"

"Acaba de nascer."

"Essa estupidificação... essa idiotificação... se e quando a gente conseguir isso... será a nossa salvação. Vai nos tornar impossíveis de derrotar. Primeiro vai ser nossa salvação e depois..."

depois nós vencemos... vai ser nossa nêmesis. Primeiro a Azadi. Depois a aniquilação. Esse é o padrão."

Tilo não disse nada.

"Está ouvindo?"

"Claro."

"Estou sendo profundo e você não está dizendo nada."

Ela o encarou e apertou o polegar no pequeno V invertido entre os dentes lascados dele. Ele pegou a mão dela e beijou o anel de prata.

"Fico feliz de você ainda usar isto."

"Emperrou. Não consigo tirar nem que eu queira."

Musa sorriu. Fumaram em silêncio e quando terminaram ela levou o cinzeiro até a janela, jogou os tocos de cigarro na água, onde se juntaram aos outros tocos flutuantes e olhou para o céu antes de voltar para a cama.

"Foi uma porcaria o que você acabou de fazer. Desculpe."

Musa beijou a testa dela e se pôs de pé.

"Vai embora?"

"Vou. Um barco vem me buscar. Com uma carga de espinafre, melão, cenoura e caules de lótus. Vou para Haenz... vender minha produção num mercado flutuante. Vou desbancar os concorrentes, pechinchar sem dó com as donas de casa. E no meio do caos vou embora."

"Quando vou te ver?"

"Alguém vem te buscar — uma mulher chamada Khadija. Confie nela. Vá com ela. Vocês vão viajar. Quero que você veja tudo, conheça tudo. Vai estar segura."

"Quando vou te ver?"

"Mais cedo do que você pensa. Eu vou encontrar você. Khuda Hafiz, babajaana."

E ele foi embora.

De manhã, Gulrez serviu a ela um café da manhã caxemíri. Pão roti *lavasa* duro com manteiga e mel. *Kahwa* sem açúcar, mas com lascas de amêndoa que ela teve de pescar do fundo da xícara. Agha e Khanum tinham maneiras deploráveis, subindo e descendo da mesa de jantar, batendo nos talheres, derrubando o sal. Às dez em ponto, Khadija chegou com seus dois filhos mais novos. Atravessaram o lago numa shikara e rodaram para a cidade num Maruti 800 vermelho.

Durante os dez dias seguintes, Tilo viajou pelo Vale da Caxemira, cada dia acompanhada por um grupo diferente, às vezes homens, às vezes mulheres, às vezes famílias com crianças. Era a primeira de muitas viagens que ela fez ao longo de vários anos. Viajou de ônibus, de táxi coletivo, às vezes de carro. Visitou pontos turísticos que ficaram famosos devido ao cinema hindi — Gulmarg, Sonmarg, Pahalgam e o Vale de Betaab, que na verdade ganhara esse nome por causa do filme feito lá. Os hotéis onde as estrelas do cinema costumavam ficar estavam vazios, os chalés de lua de mel (onde, brincavam seus companheiros de viagem, seus opressores tinham sido concebidos) estavam abandonados. Ela caminhou pelo campo onde, um ano antes, seis turistas, dos Estados Unidos, da Grã Bretanha, da Alemanha, da Noruega, tinham sido sequestrados por Al-Faran, uma organização militante recém-formada que poucas pessoas conheciam. Cinco dos seis foram assassinados, um escapou. O jovem norueguês, poeta e bailarino, foi decapitado, seu corpo abandonado no campo de Pahalgam. Antes de morrer, seus sequestradores o levaram de lugar a lugar, e ele deixou uma trilha de poesia em pedaços de papel que conseguia entregar secretamente às pessoas que encontrava pelo caminho.

Ela viajou ao Vale de Lolab, considerado o lugar mais bonito e perigoso de toda a Caxemira, com florestas cheias de militantes, soldados e bandidos ikhwanis. Seguiu por trilhas pouco conhecidas de floresta perto de Rafiabad, que corriam perto da Linha de Controle, ao longo das margens gramadas de regatos de montanha nos quais podia se pôr de quatro e beber água cristalina como um animal sedento, os lábios azuis de frio. Visitou aldeias circundadas de pomares e cemitérios; ficou em casas de aldeões. Musa aparecia e sumia sem aviso. Sentavam-se em torno do fogo em uma cabana de pedra vazia no alto das montanhas que era usada por pastores gujjar no verão, quando traziam seus carneiros para as planícies altas. Musa apontou uma rota que era sempre usada por militantes para cruzar a Linha de Controle:

"Berlim tinha um muro. Nós temos a cadeia de montanhas mais alta do mundo. Não vai cair, mas vai ser escalada."

Numa residência em Kupwara, Tilo conheceu a irmã mais velha de Mumtaz Afzal Malik, o jovem que por acaso estava dirigindo o táxi que levou o cúmplice de Amrik Singh Salim Gojri para a base no dia em que foram assassinados. Ela descreveu como, quando encontraram o corpo de seu irmão num campo e o trouxeram para casa, seus pulsos, cerrados no rigor mortis, estavam cheios de terra e flores amarelas de mostarda que cresciam entre os dedos.

De suas excursões pelo Vale, Tilo voltou para a CB *Shahin*, sozinha. Ela e Musa se despediram casualmente, por via das dúvidas. Tilo aprendeu depressa que, nessas questões, a casualidade e as piadas eram estritamente sérias e a seriedade era em geral comunicada como uma piada. Falavam em código mesmo quando não era preciso. Foi assim que Amrik Singh *Spotter* ganhou seu codinome: *Otter*. (Não houve uma convocação formal, mas o grau com que brincaram a respeito tinha sido conferido e aceito. Mesmo que Tilo não fosse nada mais que irreverente sobre o lema *Azadi ka matlab kya? La ilaha illallah*, ela podia agora com certeza, e corretamente, ser descrita como uma Inimiga do Estado.) No dia seguinte à sua volta, quando viu Gulrez pondo a mesa para dois, sabia que Musa viria.

Ele apareceu tarde da noite, parecendo preocupado. Disse que tinha havido problemas sérios na cidade. Eles ligaram o rádio:

Um grupo de ikhwanis tinha matado um rapaz e "desaparecido" com o corpo. Nos protestos que se seguiram, catorze pessoas foram mortas a tiros. Três militantes foram mortos num encontro. Três delegacias de polícia incendiadas. O saldo do dia foi dezoito.

Musa comeu depressa e se levantou para sair. Murmurou uma áspera despedida para Gulrez. Beijou Tilo na testa.

"Khuda Hafiz, babajaana. Boa viagem".

Ele pediu que ela ficasse dentro de casa, não saísse para se despedir dele. Ela não deu ouvidos. Foi com ele até a doca improvisada, oscilante, onde um pequeno barco de madeira a remo estava esperando. Musa subiu e deitou no fundo do barco. O barqueiro o cobriu com uma esteira de palha trançada e artisticamente arrumou cestos vazios e alguns sacos de vegetais em cima dele. Tilo ficou olhando o barco se afastar com sua amada carga. Não atravessando o lago para o bulevar, mas ao longo da interminável fileira de casas-barcos, para longe.

A ideia de Musa deitado no fundo de um barco, coberto com cestos vazios, teve algum efeito sobre ela. Seu coração parecia um seixo cinzento num regato de montanha — algo gelado correndo por cima.

Ela foi para a cama, pôs o despertador para tocar a tempo de pegar o ônibus para Jammu. Felizmente, obedeceu o protocolo da Caxemira, não intencionalmente, mas porque estava cansada demais para se despir. Podia ouvir Gul-kak se movimentando, a cantarolar.

* * *

Acordou menos de uma hora depois — não de repente, mas gradualmente, nadando através de camadas de sono —, primeiro o som e depois a ausência dele. Primeiro o zunir de motores que pareciam vir de todas as direções. Depois, quando desligados, o súbito silêncio.

Barcos a motor. Muitos.

A CB *Shahin* oscilava e sacudia. Não muito, só um pouco.

Ela já estava de pé, pronta para confusão, quando a porta de seu quarto entalhado, bordado, filigranado foi chutada e o local se encheu de soldados com armas.

O que aconteceu nas horas seguintes se deu ou depressa demais ou devagar demais. Ela não sabia dizer. A imagem era clara e o som preciso, mas um tanto distante. Os sentimentos foram deixados de lado. Ela foi amordaçada, as mãos amarradas e o quarto revistado. Eles a empurraram pelo corredor até a sala onde ela passou por Gul-kak no chão, sendo chutado e espancado por dez homens, no mínimo.

Onde ele está?

Não sei.

Quem é você?

Gulrez. Gulrez. Gulrez Abru. Gulrez Abru.

Cada vez que ele dizia a verdade, batiam mais forte.

Os gemidos dele perfuravam o corpo dela como lanças e pairavam sobre o lago. Quando os olhos dela se acostumaram com o escuro lá fora, ela viu uma flotilha de barcos cheios de soldados flutuando na água negra, o equivalente aquático a um cerco e busca. Havia dois arcos concêntricos, o mais externo era a equipe da área de dominação, o mais interno a equipe de apoio. Os soldados que compunham a equipe de apoio estavam em pé nos barcos, cutucando e atacando a água com facas amarradas na ponta de longas varas — arpões improvisados — para ter certeza de que o homem que tinham vindo procurar não tinha se safado debaixo da água. (Estavam mortificados com a recente, mas já legendária escapada de Harun Gaade — Harun, o Peixe —, que tinha sobrevivido mesmo depois de o grupo de busca achar que o tinha encurralado em seu esconderijo na margem do lago Wular. A única via de escape possível para ele tinha sido o lago em si, onde um grupo de comandos da marinha estava à espera. Mas Harun Gaade conseguiu se esconder debaixo da água numa moita de juncos, usando um tubo de bambu como snorkel. Conseguiu ficar escondido durante horas — até seus aturdidos perseguidores desistirem e irem embora.)

O barco que trouxera o grupo de assalto estava atracado, esperando seus passageiros voltarem com o troféu. O homem encarregado da operação era um sique alto com turbante verde-escuro. Tilo concluiu, acertadamente, que era Amrik Singh. Ela foi jogada no barco e forçada a sentar. Ninguém falou com ela. Ninguém das casas-barcos vizinhas saiu para ver o que estava acontecendo. Todas já tinham sido revistadas por equipes menores de soldados.

Um momento depois, trouxeram Gulrez. Não conseguia andar, então o arrastaram. Sua cabeça grande, agora coberta com um capuz, pendia para a frente. Puseram-no sentado na frente de Tilo. Tudo o que ela via dele era o capuz, o pheran, as botas. O capuz nem era um capuz. Era uma sacola que anunciava Arroz Basmati Marca Surya. Gul-kak estava quieto e parecia gravemente ferido. Não conseguia ficar sentado sozinho. Dois soldados o seguravam. Tilo esperava que tivesse perdido a consciência.

O comboio partiu na mesma direção que o barco de Musa havia tomado. Passaram pela infindável fileira de casas-barcos escuras e vazias e depois viraram à direita, para o que parecia um pântano.

Ninguém falava, e durante algum tempo houve silêncio, a não ser pelo ronco dos motores dos barcos e os miados gemidos de um gatinho que enchiam a noite e deixavam os soldados inquietos. O miado parecia viajar com eles, mas não havia sinal de um gatinho a bordo. Por fim, ela foi localizada — Khanum, a arlequim — no bolso de Gulrez. Um soldado a pegou e jogou no lago como se fosse lixo. Ela voou no ar, uivando, com as presas à mostra e as garrinha estendidas, pronta para atacar o exército indiano inteiro sozinha. Afundou sem um som. Esse foi o fim de mais um *bewakuf* que não soube como viver numa ocupação *mintri*. (O irmão dela, Agha, sobreviveu — nunca ficou determinado se como colaborador, cidadão comum ou *mujahid*.)

A lua estava alta e, através da floresta de juncos, Tilo podia discernir as silhuetas das casas-barcos, muito menores que as destinadas a turistas. Uma construção de madeira periclitante com uma oscilante prancha de madeira — um shopping center aquático que não via clientes há anos — pairava logo acima do nível da água sobre estacas apodrecidas. As lojas, uma farmácia, uma loja para senhoras A-1 e diversos "empórios" de artesanato local, estavam todas fechadas com tábuas. Havia pequenos barcos de madeira atracados nas margens do que pareciam ilhas lodosas pontilhadas por velhas casas de madeira caindo aos pedaços. O único sinal de que o sombrio silêncio que pairava sobre o pântano não era inteiramente desabitado era o rumor de rádios e ocasionais trechos de músicas que escapavam das sombras cerradas e ocultas. O barco seguia baixo na água. Aquela parte do lago era sufocada por algas de uma forma que parecia surrealista, como se estivessem abrindo caminho por um gramado escuro e líquido.

414

Restos do mercado matinal flutuante de vegetais oscilavam na superfície.

Tilo só conseguia pensar no barquinho de Musa que tomara o mesmo rumo menos de uma hora antes. O dele não tinha motor.

Por favor, Deus, seja você quem for, esteja onde estiver, atrase a gente. Dê tempo para ele escapar. *Atraseatraseatraseatraseatraseatraseatrase*

Alguém ouviu sua prece e respondeu. Era improvável que tivesse sido Deus.

Amrik Singh, que estava no mesmo barco de Tilo e Gulrez, se levantou e acenou para os barcos de escolta, indicando que deviam seguir em frente. Assim que partiram, ele orientou o piloto do barco em que estavam a virar para a esquerda por uma via aquática tão estreita que tiveram de ir mais devagar e literalmente empurrar o barco pelas algas. Depois de dez minutos de sufocação, saíram para a água aberta outra vez. Viraram para a esquerda outra vez. O piloto desligou o motor e atracaram. O que se seguiu parecia uma sequência conhecida. Ninguém parecia precisar de instruções. Gulrez foi erguido e arrastado para a terra através de um trecho de água. Um soldado ficou no barco com Tilo. Os outros, inclusive Amrik Singh, seguiram pela água até a terra. Tilo viu o contorno de uma casa grande, dilapidada. O telhado tinha afundado, e a lua brilhava através do esqueleto de vigas trançadas contra a noite — um coração luminoso dentro de costelas angulosas.

Um tiro, seguido de uma breve explosão, alarmou as aves aninhadas no chão. Durante um momento, o céu se encheu de garças, cormorões e lavandeiras, piando como se o dia tivesse nascido. Estavam apenas representando e logo assentaram. As horas estranhas e a trilha sonora incomum da Ocupação eram agora coisa rotineira para elas. Quando os soldados voltaram, não havia mais Gulrez. Mas carregavam um saco pesado e sem forma que exigia mais de um homem para levantar.

Dessa forma, o prisioneiro que deixou o barco como Gul--kak Abru voltou como os restos mortais do temido militante comandante Gulrez, cuja captura e assassinato renderia a seus assassinos trezentas mil rupias.

O saldo do dia era agora dezoito mais um.

Amrik Singh se acomodou no barco, dessa vez sentado ele próprio na frente de Tilo: "Seja você quem for, está acusada de ser cúmplice de um terrorista. Mas não vai sofrer nada se nos contar tudo." Ele falava em tom agradável, em hindi. "Sem pressa. Mas queremos todos os detalhes. Como se conheciam. Onde você foi. Quem encontrou. Tudo. Sem pressa. E é bom você saber que já sabemos esses detalhes. Não vai estar ajudando a gente. Nós vamos estar testando você."

Os mesmos olhos sem fundo, sem expressão e negros, que tinham fingido rir ao fingir esquecer o revólver na casa de Musa, agora olhavam para Tilo no pântano ao luar. Aquele olhar produzia algo no sangue dela — uma raiva surda, um impulso obstinado, suicida. Uma idiota resolução de que não ia dizer nada, acontecesse o que acontecesse.

Felizmente, o teste nunca foi feito; nunca chegou a esse ponto.

A viagem de barco durou mais vinte minutos. Um jipe blindado e um caminhão militar aberto estavam estacionados debaixo de uma árvore, esperando para conduzi-los ao Shiraz. Antes de embarcarem, Amrik Singh removeu a mordaça de Tilo, mas deixou suas mãos amarradas.

No saguão do cinema, movimentado como um terminal de ônibus, mesmo àquela hora, Tilo foi entregue à ACP Pinky, sido convocada de seu sono para lidar com aquela prisioneira fora do comum. A prisão não foi registrada. Não tinham perguntado nem o nome da prisioneira. A ACP Pinky a levou, e passaram diante do balcão da recepção onde, nove meses antes, Musa havia deixado a garrafa de uísque Red Stag de Amrik Singh, diante de anúncios de chocolate Cadbury, de sorvete Kwality e dos cartazes desbotados de *Chandni, Maine Pyar Kiya, Parinda* e *O leão do deserto*. Seguiram pela fileira da última leva de homens amarrados e espancados e de latas de lixo em forma de cangurus de cimento, entraram na plateia, atravessaram a quadra de badminton improvisada, saíram pela porta mais próxima da tela e passaram por outra que dava para o quintal. Houve mais que raros olhares divertidos e observações lascivas resmungadas quando as mulheres seguiram para o centro de interrogatório principal do Shiraz.

Era uma construção independente — uma sala retangular, comprida, sem características, cujo traço primordial era o fedor. O cheiro de urina e suor era dominado pelo odor adocicado e enjoativo de sangue velho. Embora a placa na porta dissesse *Centro de Interrogatório*, era na verdade um centro de tortura. Na Caxemira, "interrogatório" não era uma categoria real. Havia o "inquérito", que consistia de tapas e chutes, e o "interrogatório", que significava tortura.

A sala tinha apenas uma porta e nenhuma janela. A ACP Pinky foi até uma mesa num canto, tirou de uma gaveta umas folhas de papel em branco e uma caneta e as pôs com ruído sobre a mesa.

"Não vamos perder o nosso tempo. Escreva. Eu volto dentro de dez minutos."

Ela desamarrou as mãos de Tilo e saiu, fechando a porta atrás de si.

* * *

Tilo esperou o amortecimento passar e o sangue voltar a seus dedos antes de pegar a caneta. Suas três primeiras tentativas de escrever fracassaram. As mãos tremiam tanto que ela não conseguia ler a própria escrita. Fechou os olhos e lembrou das lições de respiração. Funcionou. Com letras claras, ela escreveu:

Por favor, chamem o sr. Biplab Dasgupta, vice-diretor da estação Índia Bravo
Passem a seguinte mensagem: G-A-R-S-O-N H-O-B-A-R-T

Enquanto esperava a ACP Pinky voltar, ela inspecionou a sala. À primeira vista, parecia um rudimentar barracão de ferramentas, equipado com duas bancadas de carpinteiro, martelos, chaves de fenda, alicates, cordas, coisas que pareciam pilares reduzidos de pedra ou concreto, canos, uma banheira de água imunda, latões de gasolina, funis de metal, fios elétricos, placas de extensão elétrica, rolos de fios, bastões de todos os tamanhos, duas pás, pés de cabra.

Numa prateleira, havia um frasco de pimenta chili em pó. O chão estava coberto de pontas de cigarro. Tilo havia aprendido o suficiente ao longo dos últimos dez dias para saber que aquelas coisas comuns podiam ser usadas para fins incomuns.

Sabia que os pilares eram os instrumentos da forma favorita de tortura na Caxemira. Era usados como "rolos" sobre prisioneiros amarrados, enquanto dois homens rolavam os pilares em cima deles, literalmente esmagando seus músculos. No mais das vezes, o "tratamento com rolo" resultava em falência renal aguda. A banheira era para afogamento, o alicate para extrair unhas, os fios para aplicar choques elétricos a genitais de homens, a pimenta em pó para ser aplicada em bastões que eram inseridos no ânus de prisioneiros ou misturada com água e despejada em suas gargantas. (Anos depois, outra mulher, Lovelin, esposa de Amrik Singh, demonstraria íntimo conhecimento desses métodos em seus formulários de pedido de asilo nos Estados Unidos. Esse mesmo barracão de ferramentas tinha sido o local de sua pesquisa de campo, só que ela o visitara não como vítima, mas como esposa do torturador chefe, que fazia um tour guiado pelo local de trabalho do marido.)

A ACP Pinky voltou com o major Amrik Singh. Tilo viu imediatamente, pela linguagem corporal e pela maneira íntima como se falavam, que eram mais que simples colegas. A ACP Pinky pegou a folha de papel que Tilo havia escrito e leu em voz alta, devagar e com alguma dificuldade. Claramente, ler não era o seu forte. Amrik Singh pegou o papel da mão dela. Tilo viu a expressão dele mudar.

"O que ele é seu, esse Dasgupta?"

"Um amigo."

"Um *amigo*? Com quantos homens você trepa ao mesmo tempo?" Essa foi a ACP Pinky.

Tilo não disse nada.

"Eu fiz uma pergunta. Com quantos homens você trepa ao mesmo tempo?"

O silêncio de Tilo produziu um jorro de insultos numa linha previsível (no qual Tilo reconheceu as palavras "negra", "puta" e "jihadi"), e a pergunta foi feita de novo. O silêncio mantido por Tilo não tinha nada a ver com coragem ou flexibilidade. Tinha a ver com falta de escolha. Seu sangue havia parado.

A ACP Pinky notou o sorriso no rosto de Amrik Singh — era claro que de alguma forma ele admirava o desafio que ela exibia. Ela leu muita coisa naquela expressão, e isso a lisonjeou. Amrik Singh saiu com a folha de papel. Na porta, voltou-se e disse:

"Descubra o que puder. Sem deixar marcas. Este aqui é um

alto funcionário, este do nome que ela escreveu. Deixe eu conferir. Pode ser bobagem. Mas sem marcas até então."

"Sem marcas" era um problema para a ACP. Ela não tinha experiência nesse campo porque não era uma torturadora treinada, tinha aprendido sua função na prática, no campo de batalha, e "sem marcas" não era uma cortesia oferecida a caxemíris. Ela não acreditava que as instruções de Amrik Singh tivessem algo a ver com um alto funcionário. Conhecia aquele brilho nos olhos e sabia o que o atraía nas mulheres. Ter de se controlar ofendia a sua dignidade e não ajudava em nada seu temperamento. Seus tapas e chutes (que ficavam sob a categoria de "inquérito") não arrancaram nada da prisioneira, além de um silêncio morto, sem expressão.

Amrik Singh levou mais de uma hora para localizar Biplab Dasgupta e falar com ele numa linha segura da Casa de Hóspedes de Dachigam. O fato de que era parte da comitiva de fim de semana do governador era motivo para sério alarme. Era inegável que a mulher o conhecia. E bem. O vice-diretor da Índia Bravo parecia saber exatamente o que queria dizer G-A-R-S-O-N H-O-B-A--R-T. Mas o predador em Amrik Singh farejou hesitação, desconfiança até. Ele sabia que podia ter mais problemas, grandes problemas, mas não era tarde demais para desfazer isso se soltasse a mulher incólume. Havia espaço para manobra. Ele correu de volta para o centro de interrogatório para suspender maiores danos. Chegou um pouco tarde, mas não tarde demais.

A ACP Pinky tinha encontrado um jeito raso e lugar-comum para contornar o problema. Recorreu ao castigo primordial para a Mulher Que Tem de Aprender Uma Lição. Sua vingança tinha muito pouco a ver com contraterrorismo ou com a Caxemira — a não ser talvez pelo fato de que o lugar era uma incubadora para todo tipo de loucura.

Mohammed Subhan Hajam, o barbeiro da base, estava acabando de sair quando Amrik Singh entrou correndo.

Tilo estava sentada numa cadeira de madeira com os braços amarrados. Seu cabelo comprido estava no chão, os cachos espalhados não mais dela, misturados à imundície e tocos de cigarros. Enquanto a tonsurava, Subhan Hajam conseguiu sussurrar: "Desculpe, madame, sinto muito".

Amrik Singh e ACP Pinky tiveram uma briga de amantes que quase chegou às vias de fato. Pinky ficou amuada, mas desafiante.

"Me mostre uma lei contra corte de cabelo."

Amrik Singh desamarrou Tilo e ajudou-a a se levantar. Ostensivamente limpou os cabelos dos ombros dela. Pôs uma mão imensa, protetora, sobre sua cabeça — uma bênção de carrasco. Tilo levaria anos para superar a obscenidade daquele toque. Ele mandou trazerem uma balaclava para ela cobrir a cabeça. Enquanto esperava, disse: "Sinto muito por isso. Não devia ter acontecido. Nós decidimos liberar você. O que está feito está feito. Você não fala. Eu não falo. E, se eu falar, você e seu amigo alto funcionário vão se ver num grande problema. A colaboração com terroristas não é coisa pouca".

A balaclava chegou junto com uma latinha cor-de-rosa de talco Pond's Dreamflower. Amrik Singh empoou a cabeça raspada de Tilo. A balaclava fedia mais que um peixe morto. Mas ela permitiu que ele a pusesse em sua cabeça. Saíram andando do centro de interrogatório, atravessaram o pátio e subiram uma escada de incêndio até um pequeno escritório. Estava vazio. Amrik Singh disse que era a sala do Grupo de Operações Especiais do vice-comandante da base, Ashfaq Mir. Ele estava numa operação, mas voltaria logo para entregá-la à pessoa que sir Biplab Dasgupta estava mandando.

Tilo agradeceu polidamente a oferta de chá ou mesmo água de Amrik Singh. Ele a deixou na sala, claramente satisfeito por ter encerrado esse capítulo específico. Foi a última vez que o viu, até abrir o jornal da manhã dezesseis anos mais tarde e ver a notícia de que havia se suicidado e matado a esposa e três filhos pequenos em sua casa numa pequena cidade dos Estados Unidos. Achou difícil ligar a foto do jornal daquele homem inchado, de rosto gordo, sem barba e com olhos assustados àquele que assassinara Gul-kak e depois, solícito, quase terno, empoara sua cabeça.

Ela esperou na sala vazia, olhando o quadro branco com uma lista de nomes anotados com (morto), (morto), (morto) e um pôster que dizia:

Temos regras próprias
Ferozes somos
Em tudo sempre letais
Domadores de ondas
Brincamos com temporais
Você adivinhou
Nós somos nada mais
Que Homens Fardados

Levou duas horas para Naga entrar pela porta, seguido por um alegre Ashfaq Mir e acompanhado pelo aroma de sua loção de barba. Levou mais uma hora para Ashfaq Mir completar sua demonstração histriônica com o militante lashkar ferido como um objeto de cena, para servirem os omeletes e kebabs e para a "entrega" estar completa. Durante toda a reunião e a viagem ao amanhecer até o Ahdus pelas ruas vazias enquanto Naga segurava sua mão, tudo o que ela conseguia pensar era na cabeça de Gul-kak pendendo para a frente dentro de um sacola de Arroz Basmati Marca Surya (por alguma razão as alças, principalmente as alças da sacola, pareciam tão diabolicamente desrespeitosas) e em Musa deitado no fundo do barquinho coberto com cestos vazios, sendo levado a remo para a eternidade.

Com muita consideração, Naga a colocara num quarto vizinho do dele no Ahdus. Perguntou se ela queria que ele lhe fizesse companhia ("Em base puramente secular", conforme falou). Quando ela disse que não, ele a abraçou e lhe deu dois comprimidos para dormir. ("Ou você prefere um baseado? Tenho um enrolado, pronto.") Ele chamou e pediu para trazerem dois baldes de água quente para ela. Tilo ficou tocada por esse lado atencioso e gentil da parte dele. Que nunca tinha visto antes. Ele deixou para ela uma camisa passada e uma calça para o caso de ela querer trocar de roupa. Sugeriu que pegassem o voo à tarde para Delhi. Ela disse que responderia depois. Sabia que não podia ir embora sem saber de Musa. Simplesmente não podia. E sabia que uma mensagem iria chegar. De alguma forma iria chegar. Ela deitou na cama sem conseguir fechar os olhos, quase apavorada demais para sequer piscar, por medo do que poderia aparecer diante dela. Uma parte de si mesma que ela não reconhecia queria voltar ao Shiraz e ter uma briga justa com a ACP Pinky. Era como pensar em responder uma coisa inteligente muito depois de ter passado o momento. Ela se deu conta de que isso era também uma coisa rasa e mesquinha. A ACP Pinky era apenas uma mulher violenta e infeliz. Não era Lontra, a máquina de matar. Então por que a fantasia de vingança deslocada?

Sentia falta de seu cabelo. Que nunca mais deixaria crescer. Em memória de Gul-kak.

Por volta de dez da manhã, uma batida discreta e quase inaudível na porta do quarto. Ela achou que seria Naga, mas era Khadija. As duas mal se reconheceram, mas não havia ninguém no mundo (a não ser Musa) que Tilo gostasse mais de encontrar. Khadija explicou depressa como tinha encontrado Tilo: "Nós também temos nosso pessoal". Nesse caso, o piloto de um dos barcos da equipe de cerco e busca e pessoas das casas-barcos vizinhas e ao longo de todo o caminho, que passavam informação quase em tempo real. No Cinema Shiraz, havia o barbeiro Mohammed Subhan Hajam. E, no Ahdus, havia o menino de recados.

Khadija tinha notícias. O exército anunciara a captura e execução do temido militante comandante Gulrez. Musa ainda estava em Srinagar. Ele iria ao funeral. Militantes de vários grupos compareceriam para dar uma salva de tiros para o comandante Gulrez. Era seguro para eles circularem porque haveria dezenas de milhares de pessoas nas ruas. O exército teria de recuar para evitar um massacre total. Tilo devia ir com ela para um lugar seguro em Khanqah-e-Moula, onde Musa iria encontrá-la depois do funeral. Ele disse que era importante que Khadija levasse para Tilo uma roupa limpa — uma salwar kamiz, um pheran e um hijab verde-limão. A firmeza dela arrancou Tilo do pequeno pântano de autopiedade em que se permitira afundar. A fez lembrar que estava entre as pessoas para quem a provação da noite anterior era conhecida como vida normal.

A água quente chegou. Tilo tomou banho e pôs a roupa nova. Khadija mostrou como prender o hijab em torno do rosto. Ficou com uma régia aparência, como uma rainha etíope. Ela gostou, embora preferisse ter seu próprio cabelo. Ex-cabelo. Tilo pôs um recado debaixo da porta de Naga, dizendo que voltaria à noite. As duas mulheres saíram do hotel para as ruas da cidade, que só ficavam vivas quando tinham de enterrar seus mortos.

A Cidade dos Funerais de repente estava desperta, animada, cinética. Tudo em torno era movimento. As ruas eram tributários, pequenos rios de gente, todos fluindo para o estuário — o Mazar-e-Shohadda. Pequenos contingentes, grandes contingentes, gente da cidade velha, da cidade nova, das aldeias e de outras cidades convergiam às pressas. Mesmo nas alamedas mais estreitas, grupos de mulheres, homens e mesmo as crianças menores entoavam *Azadi! Azadi!*. Ao longo do caminho, rapazes tinham instalado pontos de água e cozinhas comunitárias para alimentar aqueles que vieram de longe. Ao distribuírem água, ao encherem pratos, enquanto as pessoas comiam e bebiam, enquanto respiravam e caminhavam, a um bater de tambor que só eles ouviam, eles gritavam: *Azadi! Azadi!*.

Khadija parecia ter na cabeça um mapa detalhado das ruazinhas de sua cidade. Isso impressionou enormemente Tilo (porque ela própria não tinha essa habilidade). Tomaram uma rota longa, tortuosa. O cântico de *Azadi!* se transformou num troar reverberando como a vinda de uma tempestade. (Garson Hobart, enfiado em Dachigam com a comitiva do governador, impossibilitado de voltar para a cidade até as ruas estarem seguras, ouvia pelo telefone que sua secretária segurava, voltado para a rua.) Nove meses depois do funeral de Miss Jebin, havia outro. Dessa vez, eram dezenove caixões. Um deles vazio, do rapaz cujo corpo os ikhwanis tinham roubado. Outro com os restos mortais dilacerados de um homenzinho com olhos cor de esmeralda que estava a caminho de encontrar Sultão, seu adorado *bewakuf* no céu.

"Eu gostaria de assistir ao funeral", Tilo disse a Khadija.

"Podemos. Mas vai ser arriscado. Podemos chegar tarde. E não vamos conseguir chegar nem perto. Mulheres não podem chegar perto do túmulo. Podemos visitar depois, quando todo mundo for embora."

Mulheres não podem. Mulheres não podem. Mulheres não podem.

Seria para proteger o túmulo das mulheres ou as mulheres do túmulo?

Tilo não perguntou.

Depois de rodarem durante quarenta e cinco minutos, Khadija estacionou o carro e caminharam depressa por um labirinto de ruas estreitas e tortuosas numa parte da cidade que parecia estar interconectada de várias maneiras — pelo subsolo e acima do solo, na vertical e na diagonal, por meio de ruas, telhados e passagens secretas — como um organismo único. Um coral gigantesco, ou um formigueiro.

"Esta parte da cidade ainda é nossa", Khadija disse. "O exército não consegue entrar aqui."

Passaram por uma portinha de madeira para uma sala nua, acarpetada de verde. Um rapaz nada sorridente as cumprimentou e as fez entrar. Atravessou depressa com elas duas salas e, quando entraram numa terceira, abriu o que parecia um armário grande. Havia uma porta oculta que dava para uma escada estreita e íngreme, que levava a um porão secreto. Tilo acompanhou Khadija escada abaixo. A sala não tinha mobília, mas havia dois colchões no chão e algumas almofadas. Na parede, um calendário de dois anos antes. A mochila dela estava encostada num canto. Alguém arriscara resgatá-la da CB *Shahin*. Uma moça desceu a escada e desenrolou um *dastarkhan* rendado de plástico. Uma mulher mais velha veio em seguida com uma bandeja de chá e xícaras, um prato de torradas e um prato de bolo esponja fatiado. Ela pegou o rosto de Tilo entre as mãos e beijou sua testa. Não se falou muito, mas mãe e filha ficaram na sala.

Quando Tilo terminou o chá, Khadija deu tapinhas no colchão em que estavam sentadas.

"Durma. Ele vai levar pelo menos duas ou três horas para chegar aqui."

Tilo deitou e Khadija a cobriu com uma colcha. Ela estendeu a mão e segurou a mão de Khadija por baixo da colcha. Nos anos seguintes, se tornaram muito amigas. Os olhos de Tilo se fecharam. O murmúrio da voz das mulheres dizendo coisas que ela não entendia era como um bálsamo na carne viva.

Ainda estava dormindo quando Musa chegou. Ele se sentou de pernas cruzadas ao lado dela, olhou seu rosto adormecido por um longo tempo, desejando poder acordá-la para um outro mundo, melhor. Ele sabia que levaria muito tempo para vê-la outra vez. Acordou-a o mais delicadamente possível.

"Babajaana. Acorde".

Ela abriu os olhos e o puxou para perto de si. Durante longo tempo, não houve nada a dizer. Absolutamente nada.

"Acabei de voltar do meu próprio funeral. Dei vinte e um tiros por mim", Musa disse.

E então, numa voz que não podia subir acima de um sussurro, porque a cada vez que subia se rompia ao peso do que tentava dizer, Tilo contou o que tinha acontecido. Não esqueceu de nada. Nem uma única coisa. Nem um som. Nem uma sensação. Nem uma palavra que tinha ou não sido dita.

Musa beijou sua cabeça.

"Eles não sabem o que fizeram. Não fazem a menor ideia."

E então era hora de ele ir embora.

"Babajaana, escute bem. Quando voltar para Delhi, não deve sob hipótese alguma ficar sozinha. É muito perigoso. Fique com amigos... talvez Naga. Você vai me detestar por dizer isso — mas ou se case ou vá para a casa da sua mãe. Você precisa de cobertura. Por algum tempo, ao menos. Até a gente conseguir resolver com o Lontra. Nós vamos ganhar esta guerra e então vamos ficar juntos, você e eu. Eu vou usar um hijab — embora você fique linda nesse seu —, e você pode pegar em armas. Certo?"

"Certo."

Claro que não aconteceu assim.

Antes de ir embora, Musa deu a Tilo um envelope fechado.

"Não abra agora. Khuda Hafiz."

Passariam dois anos antes que ela o visse de novo.

O sol ainda não tinha se posto quando Khadija e Tilo foram para o Mazar-e-Shohadda. O túmulo do comandante Gulrez se destacava dos demais. Tinham erguido uma pequena moldura de bambu em cima dele. Estava decorado com fios dourados e prateados e uma bandeira verde. Um santuário provisório para um amado batalhador pela liberdade que entregara seus hojes pelos amanhãs de seu povo. Um homem com lágrimas correndo pelo rosto olhava de longe.

"Ele é um ex-militante", Khadija disse baixinho. "Esteve preso anos. Coitado, está chorando pela pessoa errada."

"Talvez não", disse Tilo. "O mundo inteiro deve chorar por Gul-kak."

Elas espalharam pétalas de rosa no túmulo de Gul-kak e acenderam uma vela. Khadija encontrou os túmulos de Arifa e de Miss Jebin Primeira e fez o mesmo. Leu para Tilo a inscrição na lápide de Miss Jebin:

MISS JEBIN

2 de janeiro de 1992— 22 de dezembro de 1995
Amada filha de Arifa e Musa Yeswi

E outra quase escondida abaixo:

Akh dalila wann
Yeth manz ne kahn balai aasi
Noa aes sa kunni junglas manz roazzan

Khadija traduziu para Tilo, mas nenhuma das duas entendeu o que queria dizer de verdade.

428

Os últimos versos do poema de Mandelstam que ela havia lido com Musa (e preferia não ter lido) flutuaram involuntariamente na cabeça de Tilo.

A morte mais limpa, o infortúnio mais salgado,
e a terra mais verdadeira, mais horrível.

Voltaram ao Ahdus. Khadija não foi embora enquanto não viu Tilo dentro de seu quarto. Quando Khadija se foi, Tilo chamou Naga para dizer que estava de volta e ia para a cama. Por alguma razão desconhecida, fez uma pequena oração (para nenhum deus conhecido) antes de abrir o envelope que Musa lhe dera.

Continha uma receita médica de gotas para ouvido e uma fotografia de Gul-kak. Ele estava com camisa cáqui, farda de combate e as *Asal but* de Musa, sorrindo para a câmera. Tinha um bonito cinto de couro de munição cruzado no peito e um coldre de revólver no quadril. Estava armado até os dentes. Em cada aro para bala havia uma pimenta verde. Aninhado no coldre de revólver um nabo branco, suculento, com folhas frescas.

No verso da foto, Musa tinha escrito: *Nosso querido comandante Gulrez*.

No meio da noite, Tilo bateu na porta de Nagda. Ele abriu e passou o braço em torno dela. Passaram a noite juntos em base puramente secular.

*

Tilo tinha sido descuidada.

Voltara do Vale da morte carregando uma pequena vida.

Estava casada havia dois meses com Naga quando descobriu que estava grávida. O casamento ainda não tinha sido o que se chama de "consumado". Então não havia na cabeça dela nenhuma dúvida quanto ao pai da criança. Pensou em levar adiante a gravidez. Por que não? Gulrez se fosse menino, Jebin se fosse menina. Não conseguia se ver como mãe, assim como não conseguia se ver como noiva — embora *tivesse* sido noiva. Tinha feito isso e sobrevivido. Por que não agora?

A decisão que acabou tomando não tinha nada a ver com seus sentimentos por Naga ou seu amor por Musa. Veio de um lugar mais primitivo. Ela se preocupou porque o pequeno humano que produzisse teria de enfrentar o mesmo oceano cheio de estranhos e perigosos peixes que ela enfrentara na relação com sua mãe. Não confiava que viesse a ser uma mãe melhor que Maryam Ipe. A clara avaliação que fazia de si mesma era que seria muito pior. Não desejava se impor a uma criança nova. E não queria infligir uma réplica de si mesma ao mundo.

Dinheiro era um problema. Tinha um pouco, mas não muito. Despedida do emprego por falta de dedicação, não tinha conseguido outro. Não queria pedir a Naga. Então foi a um hospital do governo.

A sala de espera estava cheia de mulheres perturbadas por terem sido expulsas de suas casas pelos maridos por não serem capazes de conceber. Estavam ali para fazer testes de fertilidade. Quando as mulheres descobriram que Tilo estava ali para o que chamavam de IVG — Interrupção Voluntária de Gravidez —, não conseguiram esconder sua hostilidade e repulsa. Os médicos também não aprovaram. Ela ouviu impassível os seus sermões. Quando deixou claro que não ia mudar de ideia, disseram que não podiam lhe dar anestesia geral, a menos que houvesse alguém com ela para assinar o consentimento, de preferência o pai da criança. Ela disse para realizarem a operação sem anestesia. Desmaiou de dor e acordou na ala geral. Havia uma outra pessoa com ela na cama. Uma criança com problema de rim, gritando de dor. Havia mais de um paciente em todas as camas. Havia pacientes no chão, a maioria das visitas e familiares se acotovelando em torno deles parecia tão doente quanto eles. Médicos e enfermeiras preocupados abriam passagem no caos. Era como uma ala de guerra. Só que em Delhi não havia nenhuma guerra além da guerra de sempre — a dos ricos contra os pobres.

Tilo se levantou e cambaleou para fora da ala. Se perdeu nos corredores imundos do hospital, lotados de gente doente ou morrendo. No térreo, perguntou a um homenzinho com bíceps que pareciam pertencer a outra pessoa se podia lhe mostrar a saída. A saída que ele apontou dava para os fundos do hospital. Para o necrotério e, além dele, um cemitério muçulmano em ruínas que parecia desativado.

Raposas voadoras penduradas dos galhos de velhas árvores imensas, como flácidas bandeiras negras de algum antigo protesto. Não havia ninguém em torno. Tilo sentou num túmulo quebrado, tentando se orientar.

Um homem esquelético e careca, com paletó escarlate de garçom, apareceu numa velha bicicleta. Trazia um maço pequeno de cravos-de-defunto preso no banco de trás da bicicleta. Foi até um dos túmulos com as flores e uma escova. Depois de tirar o pó, ele colocou as flores, ficou parado em silêncio um momento, depois foi embora depressa.

Tilo foi até o túmulo. Pelo que podia perceber, era o único, com a lápide escrita em inglês. Era o túmulo de Begum Renata Mumtaz Madame, a bailarina de dança do ventre romena que morrera de coração partido.

O homem era Roshan Lal em seu dia de folga no Rosebud Rest-O-Bar. Tilo viria a se encontrar com ele dezoito anos mais tarde, ao voltar para o cemitério com Miss Jebin Segunda. Claro que não o reconheceria. Nem reconheceria o cemitério, porque então não era mais um lugar decadente para os mortos esquecidos.

Assim que Roshan Lal foi embora, Tilo se deitou no túmulo de Begum Renata Mumtaz Madame. Chorou um pouco e adormeceu. Quando acordou sentia-se mais preparada para voltar para casa e enfrentar o resto de sua vida.

Isso incluía jantar no andar de baixo ao menos uma vez por semana, com o embaixador Shivashankar e sua esposa, cujas opiniões a respeito de quase tudo, inclusive a Caxemira, faziam as mãos de Tilo tremerem e os talheres baterem no prato.

A estupidificação do continente estava ganhando velocidade a um ritmo sem precedentes, e não exigiu nem uma ocupação militar.

E havia a mudança das estações. "Isso também é uma jornada", M disse, "e não conseguem tirar isso de nós".

Nadezhda Mandelstam

10. O ministério da felicidade absoluta

Nas áreas mais pobres, logo se espalhou a notícia de que uma mulher inteligente tinha se mudado para o cemitério. Pais da vizinhança se reuniram para matricular seus filhos nas aulas que Tilo dava na Hospedaria Jannat. Os alunos a chamavam de Madame Tilo e às vezes de Ustaniji (professora, em urdu). Embora sentisse falta do canto matinal das crianças da escola em frente a seu apartamento, ela não ensinou seus alunos a cantar "We Shall Overcome" em língua nenhuma, porque não tinha certeza se *overcoming* [superação] estava em algum lugar no horizonte de alguém. Mas ensinou a eles aritmética, desenho, computação gráfica (com três computadores desktop de segunda mão que comprara com as mensalidades mínimas que cobrava), um pouco de ciência básica, inglês e excentricidades. Com eles, ela aprendeu urdu e um pouco da arte da felicidade. Trabalhava várias horas por dia e, pela primeira vez na vida, dormia noites inteiras. (Miss Jebin Segunda dormia com Anjum.) A cada dia que se passava, a cabeça de Tilo se parecia menos com uma das "recuperações" de Musa. Apesar de fazer planos dia sim dia não,

não visitou o apartamento desde que se mudou. Nem mesmo depois de receber o recado que Garson Hobart mandou por Anjum e Saddam quando eles foram (por curiosidade de ver onde e como vivia a estranha mulher que tinha caído de para-quedas em suas vidas) buscar algumas de suas coisas. Ela conti-nuou a pagar o aluguel na conta dele, coisa que achava justa, até retirar suas coisas. Quando se passaram alguns meses sem notí-cias de Musa, ela deixou uma mensagem com o vendedor de frutas que lhe trouxera as "recuperações", mas mesmo assim não soube dele. E, no entanto, o fardo de perpétua apreensão que ela carregara durante anos — de subitamente receber a notícia da morte de Musa — tinha se aliviado um pouco. Não porque ela o amasse menos, mas porque os surrados anjos do cemitério que mantinham vigilância sobre seus surrados encargos mantinham abertas as portas entre mundos (ilegalmente, apenas uma fresta), de forma que as almas dos presentes e dos defuntos pudessem se misturar, como convidados em uma festa. Isso tornava a vida menos determinada e a morte menos conclusiva. De alguma forma, tudo ficou mais fácil de suportar.

Estimulado pelo sucesso e popularidade das aulas de Tilo, Ustad Hamid começou, mais uma vez, a dar aulas de música a alunos que considerava promissores. Anjum comparecia a essas aulas como se fossem um chamado à oração. Ela ainda não con-seguia cantar, mas cantarolava do jeito que fazia ao tentar incen-tivar Zainab, a Bandicota, a aprender a cantar. Com o pretexto de ajudar Anjum e Tilo a cuidar de Miss Jebin Segunda (que estava crescendo depressa, ficando malandra e absolutamente mimada), Zainab começou a passar as tardes, o começo das noi-tes e mesmo madrugadas inteiras no cemitério. A verdadeira razão — que não era segredo para ninguém — era seu arrebatado caso amoroso com Saddam Hussain. Ela terminara o curso na politécnica e se tornara uma atarracadinha modista que fazia roupas para senhoras por encomenda. Herdara todas as revistas de moda antigas de Nimmo Gorakhpuri, assim como os bobs e cosméticos que tinham sido colocados no quarto de Tilo para recebê-la quando chegou. A primeira declaração de amor não expressa de Saddam tinha sido permitir que Zainab coquetemente pintasse de escarlate suas unhas das mãos e dos pés, os dois rindo o tempo todo. Ele não tirou o esmalte até descascar sozinho.

Juntos, Zainab e Saddam tinham transformado o cemitério em um zoológico — uma Arca de Noé de animais feridos. Havia um jovem pavão que não conseguia voar, e uma pavoa, talvez mãe dele, que não o abandonava. Havia três vaquinhas que dormiam o dia inteiro. Zainab chegou um dia num autorriquixá com três gaiolas lotadas com três dúzias de periquitos australianos absurdamente tingidos com cores luminosas. Ela os trouxe num ataque de raiva com o vendedor de aves que levava as gaiolas empilhadas na parte de trás da bicicleta e vendia as aves na cidade velha. Coloridos daquele jeito, não podiam ser soltos, Saddam disse, porque atrairiam predadores em questão de segundos. Então ele construiu uma alta e arejada gaiola que ocupava a largura de dois túmulos. Os periquitos voavam dentro dela, brilhando à noite como gordos vagalumes. Uma pequena tartaruga — abandonada — que Saddam encontrara num parque, com um ramo de trevo em uma narina, agora se arrastava no terraço com uma poça de lama só sua. Payal, a égua, tinha um burrico manco por companhia. Ele foi chamado de Mahesh por alguma razão que ninguém sabia. Biru estava ficando velho, mas os filhotes dele com a Camarada Laali se multiplicavam, rolando por toda parte. Vários gatos iam e vinham. Assim como os hóspedes humanos da Hospedaria Jannat.

A horta atrás da casa de hóspedes estava indo bem também, o solo do cemitério sendo, como era, um poço de compostagem de antiga proveniência. Embora ninguém gostasse especialmente de comer vegetais (Zainab menos que todos), cultivavam berinjelas, feijões, pimentas, tomates e vários tipos de cabaças que, todas elas, apesar da fumaça e do escapamento do tráfego pesado que cercava o cemitério, atraíam diversos tipos de borboletas. Alguns viciados de corpo mais capacitado eram recrutados para ajudar na horta e com os animais. Isso parecia lhes trazer algum alívio temporário.

Anjum levantou a ideia da Hospedaria Jannat ter uma piscina. "Por que não?", ela disse. "Por que só gente rica pode ter piscina? Por que não nós?" Quando Saddam apontou que a água era um elemento-chave para piscinas e a falta dela poderia ser um problema, ela disse que gente pobre apreciaria uma piscina mesmo sem água. Ela mandou cavar uma, não muito profunda, do tamanho de um tanque de água grande e forrou-a com azulejos azuis de banheiro. E tinha razão. As pessoas gostaram. Vinham visitar e elogiavam o dia (*Insha'Allah, Insha'Allah*) em que ela estaria cheia de água azul cristalina.

Então, no cômputo geral, com uma Piscina do Povo, um Zoológico do Povo e uma Escola do Povo, as coisas estavam indo bem no velho cemitério. O mesmo, porém, não se podia dizer do Duniya.

O velho amigo de Anjum D. D. Gupta tinha voltado de Bagdá, ou o que restava dela, com histórias de horror de guerras e massacres, bombardeios e chacinas — de toda uma região que tinha sido deliberada e sistematicamente transformada num inferno na terra. Era grato por estar vivo e ter uma casa para onde voltar. Não tinha mais ânimo para derrubar paredes, nem para qualquer tipo de empreendimento de negócios, e ficou deliciado ao ver como o espectro desolado e devastado que tinha deixado para trás ao ir para o Iraque havia florescido e prosperado. Ele e Anjum passavam horas juntos, batendo papo, assistindo a velhos filmes hindi na TV e supervisionando novos planos de expansão e construção (foi ele quem supervisionou a construção da piscina). A sra. Gupta, por sua vez, também abandonara o amor mundano e passava todo seu tempo com o Senhor Krishna em seu quarto puja.

O inferno estava se aproximando no fronte doméstico também. Gujarat ka Lalla tinha vencido a eleição e era o novo primeiro-ministro. As pessoas o idolatravam, e em cidades pequenas começaram a aparecer templos em que ele era a divindade principal. Um devoto havia dado a ele um terno risca de giz com *LallaLallaLalla* tecido na trama. Ele o usava para saudar chefes de Estado visitantes. Toda semana, dirigia-se diretamente ao povo do país numa emotiva transmissão de rádio. Disseminava sua mensagem de Limpeza, Pureza e Sacrifício pela Nação, fosse com uma fábula, um conto folclórico, ou algum tipo de ato. Popularizou a prática de ioga de massa em parques comunitários. Ao menos uma vez por mês, visitava uma colônia de pobres e varria as ruas ele próprio. À medida que sua popularidade atingia picos mais elevados, ele foi se tornando paranoico e secreto. Não confiava em ninguém e não procurava conselho. Vivia sozinho, comia sozinho e nunca participava de ocasiões sociais. Para sua proteção pessoal, contratou provadores de comida e seguranças de outros países. Fazia anúncios dramáticos e tomava sozinho decisões drásticas que tinham efeitos abrangentes.

A Organização que o levara ao poder não via com bons olhos os cultos à personalidade, mas valorizava a visão da história. Continuava a apoiá-lo, mas discretamente começou a preparar um sucessor.

Os periquitos de açafrão que estavam à espera foram soltos. Baixaram sobre campi universitários e tribunais, perturbaram concertos, vandalizaram cinemas e queimaram livros. Foi formado um comitê periquito de pedagogia para formalizar o processo de transformar história em mitologia e mitologia em história. O show de Som e Luz do Forte Vermelho foi levado à oficina para revisão. Logo o domínio muçulmano de séculos seria privado de poesia, música e arquitetura e despencaria para o som de choque de espadas e gritos de guerra de gelar o sangue que durava apenas pouco mais que o riso rouco em que Ustad Kulsum Bi deposita-ra suas esperanças. O tempo restante era tomado pela história da glória hindu. Como sempre, a história seria uma revelação do futuro na mesma medida em que era um estudo do passado.

Pequenos bandos de assassinos, que se intitulavam "defensores da Fé Hindu", agiam nas aldeias, conquistando a vantagem que pudessem. Políticos aspirantes deram saltos na carreira ao filmarem a si mesmos fazendo discursos odiosos ou espancando muçulmanos e divulgando esses vídeos no YouTube. Toda peregrinação ou festival religioso hindu se transformava em uma provocadora parada de vitória. Equipes de escolta armada rodavam ao lado dos peregrinos e festeiros em caminhões e motocicletas, procurando brigas em bairros pacíficos. Em vez das bandeiras cor de açafrão, eles agora acenavam orgulhosamente a bandeira nacional — truque que tinham aprendido com o sr. Aggarwal e seu rechonchudo mascote gandhiano no Jantar Mantar.

A Vaca Sagrada tornou-se emblema nacional. O governo financiou campanhas para promover a urina de vaca (como bebida, assim como detergente). Das fortalezas de Lalla fluíam notícias de pessoas acusadas de comer carne de vaca ou matar vacas sendo açoitadas em público e muitas vezes linchadas.

Dada sua recente experiência no Iraque, a ponderada avaliação de toda essa atividade por parte do homem do mundo D. D. Gupta era que a longo prazo poderia terminar criando um mercado para explodir muros.

Nimmo Gorakhpuri apareceu num fim de semana para narrar golpe a golpe (literalmente) o relato de terceiros de como o parente do amigo de um vizinho tinha sido espancado até a morte na frente da família por um bando que o acusava de ter matado uma vaca e comido carne.

"É melhor vocês se livrarem dessas vacas que têm aqui", ela disse. "Se morrerem aqui — não se, mas *quando* morrerem —, vão dizer que vocês mataram e vai ser o fim de todos. Eles devem estar de olho nesta propriedade. É assim que eles fazem agora. Te acusam de comer carne, depois tomam sua casa, sua terra e te mandam para um campo de refugiados. A questão é toda sobre propriedades, não vacas. Vocês precisam ter muito cuidado."

"Cuidado como?", Saddam gritou. "O único jeito de ter cuidado com esses filhos da puta é parar de existir! Se quiserem te matar vão matar tenha cuidado ou não, se matou a vaca ou não, até se você olhou uma vaca ou não." Era a primeira vez que alguém o via perder a paciência. Todo mundo ficou chocado. Ninguém conhecia a história dele. Anjum não contara a ninguém. Como mantenedora de segredos, ela não ficava nada a dever à classe Olímpica.

No Dia da Independência, no que passara a ser um ritual, Saddam sentou-se ao lado de Anjum no banco de carro vermelho com seus óculos escuros. Ele mudava de canal entre o belicoso discurso de Gujarat ka Lalla no Forte Vermelho e o maciço protesto público em Gujarat. Milhares de pessoas, principalmente dalits, tinham se reunido num distrito chamado Una para protestar contra o açoitamento público de cinco dalits detidos na rua porque estavam com a carcaça de uma vaca em sua caminhonete. Não tinham matado a vaca. Tinham apenas pegado a carcaça, como o pai de Saddam fizera, durante tantos anos. Não conseguindo suportar a humilhação a que foram submetidos, os cinco homens tentaram se suicidar. Um deles conseguiu.

"Primeiro eles tentaram acabar com os muçulmanos e cristãos. Agora estão indo pra cima dos chamar", Anjum falou.

"É o contrário", Saddam disse. Ele não explicou o que queria dizer, mas parecia muito animado, enquanto uns após outros os entrevistados no protesto juravam que nunca mais carregariam carcaças de vaca para hindus de alta casta.

O que não apareceu na televisão foram as gangues de assassinos que tinham se postado nas estradas que saíam do local da reunião, esperando para pegar os manifestantes quando dispersassem.

O ritual de assistir televisão de Anjum e Saddam foi interrompido por gritos agudos de Zainab, que estava do lado de fora, pendurando roupa para secar. Saddam saiu correndo, seguido por uma Anjum mais lenta, preocupada. Levou algum tempo para acreditar que o que estavam vendo era real e não um espectro. Zainab, com os olhos voltados para o céu, estava paralisada, apavorada.

Um corvo pendia congelado no ar, uma das asas aberta como um leque. Um Cristo emplumado, pendurado torto numa cruz invisível. O céu tomado por milhares de corvos agitados, voando baixo, o crocitar perturbado abafando todos os outros ruídos da cidade. Acima deles, numa camada superior, circulavam gaviões silenciosos, talvez curiosos, mas inescrutáveis. O corvo crucificado estava absolutamente imóvel. Bem depressa uma pequena multidão se juntou para observar o acontecimento, as pessoas mortalmente assustadas, aconselhando umas às outras sobre o sentido oculto de corvos congelados, e discutindo a natureza exata dos horrores que aquele mau agouro, aquela maldição macabra, lançaria sobre eles.

O que acontecera não era um mistério. As penas da asa do corvo tinham enroscado em pleno voo na linha invisível de uma pipa que estava emaranhada nos galhos das velhas árvores banyan do cemitério. A responsável — uma pipa de papel roxa — espiava, culpada, do meio da folhagem de uma delas. A linha, de uma marca chinesa nova que tinha invadido o mercado de repente, era feita de plástico transparente bem forte, revestido de vidro moído. Os participantes da guerra de pipas do Dia da Independência a usavam para cortar o fio dos outros e derrubar suas pipas. Já havia causado alguns trágicos acidentes na cidade.

O corvo tinha se debatido no começo, mas parecia ter se dado conta de que a cada movimento a linha cortava mais fundo sua asa. Então se imobilizou, com o olho brilhante e perplexo na cabeça inclinada olhando as pessoas que se reuniam no chão. A cada momento que passava o céu ficava mais e mais tomado por corvos perturbados, histéricos.

Saddam, que tinha saído correndo depois de avaliar a situação, voltou com um longo cordão feito de vários pedaços de barbante e varal de roupa amarrados uns nos outros. Prendeu uma pedra numa ponta e, olhos apertados contra o sol através dos óculos escuros, atirou a pedra no céu, usando o instinto para calcular a trajetória da linha invisível da pipa, na esperança de passar o cordão por cima dela e puxar o corvo para baixo com o peso da pedra. Foram várias tentativas e várias trocas de pedra (tinha de ser leve o bastante para subir bem alto e pesada o bastante para passar por cima da linha e puxá-lo para baixo pela folhagem em que estava enroscado) até conseguir. Quando finalmente aconteceu, a linha da pipa caiu no chão. O corvo primeiro mergulhou junto, depois, magicamente, voou para longe. O céu ficou mais claro, o crocitar cessou.

Foi declarada a normalidade.

Para os espectadores no cemitério que eram de temperamento irracional e pouco científico (o que quer dizer todos, inclusive a Ustaniji), era claro que um apocalipse tinha sido evitado e uma bênção conquistada em seu lugar.

O Homem do Momento foi festejado, abraçado, beijado.

Não sendo alguém que deixasse passar uma oportunidade, Saddam decidiu que tinha chegado sua Hora.

Tarde da noite, foi ao quarto de Anjum. Ela estava deitada de lado, apoiada num cotovelo, olhando ternamente na direção de Miss Jebin Segunda, que dormia um sono profundo. (O estágio de histórias para dormir inadequadas ainda estava por vir.)

"Imagine que", ela disse, "se não fosse pela graça de Deus, essa criaturinha podia agora estar em algum orfanato do governo."

Saddam esperou um bem calculado momento de silêncio respeitoso e depois, formalmente, pediu a mão de Zainab em casamento. Anjum respondeu com certa amargura, sem erguer os olhos, de repente revisitada por velha dor.

"Por que pedir para mim? Peça para Saida. Que é a mãe dela."

"Eu conheço a história. Por isso estou pedindo pra você."

Anjum ficou satisfeita, mas não demonstrou. Em vez disso, olhou Saddam de alto a baixo como se fosse um estranho.

"Me dê uma boa razão para Zainab casar com um homem que está esperando para cometer um crime e ser enforcado igual ao Saddam Hussein do Iraque?"

"*Arre yaar*, isso tudo acabou. Já era. Meu povo se rebelou." Saddam pegou o celular e abriu o vídeo da execução de Saddam Hussein. "Pronto, tá vendo. Estou deletando agora, bem na sua frente. Viu, acabou. Não preciso mais disso. Tenho um novo agora. Veja."

Ao se erguer na cama, gemendo para se sentar, Anjum resmungou bem-humorada, baixinho: "*Ya Allah!* Que pecado eu cometi pra ter de aguentar esse lunático?". Ela pôs os óculos de leitura.

O novo vídeo que Saddam mostrou começava com uma

tomada de várias caminhonetes enferrujadas paradas na frente de um velho e distinto bangalô colonial — o escritório de um coletor distrital local em Gujarat. As caminhonetes tinham pilhas de velhas carcaças e esqueletos de vacas. Rapazes dalit furiosos descarregavam as carcaças e as jogavam dentro da larga varanda de colunas do bangalô. Deixaram uma macabra trilha de esqueletos de vaca no caminho de entrada, colocaram um imenso crânio com chifres em cima da mesa do escritório do coletor e enrolaram serpentinas de vértebras de vaca como capas protetoras nas costas das belas poltronas de braços.

Anjum pareceu chocada ao assistir ao vídeo, a luz da tela do celular rebatendo em seu dente branco perfeito. Claro que os homens estavam gritando, mas o volume do celular estava desligado para não acordar Miss Jebin.

"O que eles estão gritando? É em gujarati?", ela perguntou a Saddam.

"Sua Mãe! Cuidado com ela!", Saddam sussurrou.

"*Ai hai!* O que vão fazer com esses rapazes agora?"

"O que eles podem fazer, esses fodidos, coitados? Não podem limpar a própria merda. Não podem enterrar as próprias mães. Não sei o que eles vão fazer. Mas é problema deles, não nosso."

"E agora, então?", Anjum perguntou. "Você deletou o vídeo... isso quer dizer que desistiu da ideia de matar o tira filho da puta?" Ela parecia desapontada. Quase reprovadora.

"Agora eu não preciso matar o cara. Você viu o outro vídeo — minha gente se rebelou! Estão lutando! O que é um Sehrawat pra nós agora? Nada!"

"Você toma todas as grandes decisões da sua vida baseado em vídeo de celular?"

"Hoje em dia é assim, *yaar*. O mundo agora é só vídeo. Mas

veja o que eles fizeram! É verdade. Não é um filme. Não são atores. Quer ver de novo?"

"*Arre*, não é tão fácil assim, *babu*. Eles vão bater nesses meninos, vão comprar eles... é assim que fazem hoje em dia... e se eles largarem esse trabalho deles, como é que vão ganhar a vida? Vão comer o quê? *Chalo*, vamos pensar nisso depois. Você tem uma fotografia boa do seu pai? A gente pode pendurar na sala de televisão."

Anjum estava sugerindo que um retrato do pai de Saddam ficasse ao lado do retrato de Zakir Mian com sua guirlanda de passarinhos de notas lisas de dinheiro que enfeitava a sala de televisão. Era seu jeito de aceitar Saddam como genro.

Saida ficou deliciada, Zainab em êxtase. Começaram os preparativos para o casamento. Todo mundo, inclusive Madame Tilo, tirou medidas para roupas novas que Zainab ia desenhar. Um mês antes do casamento Saddam anunciou que ia levar a família para um passeio especial. Uma surpresa. O imame Ziauddin estava frágil demais para ir, e era aniversário do neto de Ustad Hamid. O dr. Azad Bhartiya disse que o destino da surpresa que Saddam escolhera ia contra seus princípios e de qualquer forma não ia comer nada. Então o grupo consistia de Anjum, Saida, Nimmo Gorakhpuri, Zainab, Tilo, Miss Jebin Segunda e o próprio Saddam. Nenhum poderia nem em seus sonhos mais loucos prever o que estava à espera deles.

Naresh Kumar, um amigo de Saddam, era um dos cinco motoristas empregados por um industrial bilionário que mantinha uma casa palaciana e uma frota de carros caros mesmo passando apenas três ou quatro dias por mês em Delhi. Naresh Ku-

446

mar chegou ao cemitério para pegar o grupo do pré-casamento com o Mercedes Benz prata com assentos de couro de seu chefe. Zainab sentou na frente, no colo de Saddam, e todo mundo se apertou atrás. Tilo nunca teria imaginado dar uma volta pelas ruas de Delhi num Mercedes. Mas aquilo, ela logo descobriu, se devia apenas à sua imaginação seriamente limitada. Os passageiros gritaram quando o carro ganhou velocidade. Saddam não contou aonde os estava levando. Quando passaram nas proximidades da cidade velha, olharam ansiosamente pelas janelas, esperando ver amigos ou conhecidos. Ao passarem por Delhi do Sul, o contraste entre os passageiros e o veículo em que estavam atraiu muitos olhares curiosos e alguns furiosos. Um pouco intimidados, levantaram os vidros das janelas. Pararam num cruzamento no fim de uma longa avenida ladeada de árvores onde um grupo de hijras vestidas nos trinques estava mendigando — teoricamente estavam mendigando, mas na verdade esmurravam as janelas dos carros exigindo dinheiro. Todos os carros que paravam no semáforo estavam com os vidros levantados. As pessoas dentro deles faziam o possível para evitar contato visual com as hijras. Quando viram o Mercedes prata, as quatro hijras correram para ele, farejando riqueza, na esperança de um estrangeiro ingênuo. Ficaram surpresas quando as janelas baixaram antes mesmo de poderem atacar e Anjum, Saida e Nimmo Gorakhpuri sorriram para elas, devolvendo a batida hijra de dedos abertos. O encontro logo se transformou numa troca de fofocas. A qual gharana as quatro pertenciam? Quem era a Ustad delas? E a Ustad da Ustad? As quatro se debruçaram nas janelas do Mercedes, os cotovelos apoiados nas beiradas, os traseiros provocadoramente salientes virados para o tráfego. Quando o semáforo mudou, os carros de trás buzinaram, impacientes. Elas reagiram com uma série de inventivas obscenidades. Saddam lhes deu cem rupias e seu cartão de visita. Convidou-as para o casamento.

"Vocês têm de ir!"

Elas sorriram, acenaram despedidas, desfilando com toda a calma pelo tráfego irritado. Quando o carro ganhou velocidade, Saida disse que, como a cirurgia de troca de sexo estava ficando mais barata, melhor e mais acessível às pessoas, as hijras logo iam desaparecer. "Ninguém mais vai precisar passar pelo que nós passamos."

"Quer dizer que Indo-Pak nunca mais?", Nimmo Gorakhpuri perguntou.

"Não era assim tão ruim", Anjum argumentou. "Acho que vai ser uma pena se a gente for extinta."

"Era *muito* ruim", Nimmo Gorakhpuri disse. "Esqueceu aquele charlatão do dr. Mukhtar? Quanto dinheiro ele tirou de você?"

O carro flutuou como uma bolha de aço por ruas largas e estreitas, lisas e esburacadas, durante mais de duas horas. Deslizaram por densas florestas de prédios de apartamentos, passaram por gigantescos parques de diversões de concreto, locais para casamento de desenho bizarro e grandes estátuas de cimento tão altas quanto arranha-céus, de Shiva com uma tanga de pele de leopardo de cimento com uma cobra de cimento em torno do pescoço e de Hanuman com pelos corporais de cimento, rabo de cimento e um trilho de metrô percorrendo seu peito. Passaram por cima de um viaduto impossível para se mijar da largura de um campo de trigo, com vinte pistas de carros zunindo por ele e torres de aço e vidro se erguendo de cada lado. Mas, quando tomaram uma saída, viram que o mundo debaixo do viaduto era completamente diferente — sem calçamento, sem pistas, sem luz, sem regras, violento e perigoso, onde ônibus, caminhões, bois, riquixás, bicicletas, carrinhos de mão e pedestres se acotovelavam pela sobrevivência. O mundo de um tipo passava por cima de um mundo de outro tipo sem se dar ao trabalho de parar e perguntar as horas.

A bolha de aço continuou flutuando, passou cidades de barracos e pântanos industriais onde o ar era uma pálida névoa lilás, por trilhos de trem amontoados de lixo e ladeados por favelas. Por fim, chegaram ao destino. O Limiar. Onde o campo tentava, depressa, sem jeito e tragicamente, se transformar em cidade.

Um shopping center.

Os passageiros do Mercedes ficaram mudos quando o carro entrou no estacionamento subterrâneo, ergueu o capô e o porta-malas para uma rápida verificação antibombas e deslizou para um porão cheio de automóveis.

Quando entraram nos corredores intensamente iluminados, Saddam e Zainab pareciam felizes e excitados, completamente à vontade no novo ambiente. Os outros, inclusive a Ustaniji, pareciam estar passando por um portal para outro cosmos. A visita começou com um empecilho — um pequeno problema na escada rolante. Anjum se recusou a subir. Precisou de uns bons quinze minutos de conversa e estímulo. Finalmente, Tilo carregou Miss Jebin Segunda e Saddam ficou ao lado de Anjum no degrau com o braço em torno de seus ombros, Zainab no degrau acima dela, olhando para ela, segurando suas duas mãos. Assim garantida, Anjum subiu agitada e rugindo *Ai Hai!* como estivesse arriscando a vida numa perigosa aventura esportiva. Enquanto passeavam assombrados, tentando diferenciar compradores de manequins nas vitrines, Nimmo Gorakhpuri foi a primeira a recobrar a compostura. Olhou com aprovação as moças de shorts e minissaias, com imensas sacolas de compras e óculos de sol presos sobre o cabelo luxuriante, seco a secador.

"Está vendo, era assim que eu queria ser quando era moça.

Eu tinha um verdadeiro sentido de moda. Mas ninguém entendeu. Eu estava muito à frente do nosso tempo."

Depois de uma hora olhando vitrines sem comprar nada, almoçaram num lugar chamado Nando's. Em princípio, grandes porções de frango frito. Zainab ficou encarregada de supervisionar Nimmo Gorakhpuri, e Saddam de cuidar de Anjum, porque nenhuma das duas tinha estado num restaurante antes. Anjum ficou olhando com franca perplexidade a família de quatro pessoas na mesa ao lado — um casal mais velho e um mais jovem. As mulheres, claramente mãe e filha, estavam ambas vestidas com blusas estampadas sem mangas e calça comprida, os rostos maquiados. O rapaz, provavelmente noivo da moça, estava com os cotovelos apoiados na mesa e olhava com frequência e admiração os próprios bíceps (imensos), que apareciam pelas mangas curtas da camiseta azul. Só o homem mais velho parecia não estar se divertindo. Ele espiava furtivamente de trás da coluna imaginária onde se escondia. A cada poucos minutos, a família interrompia toda conversa, imobilizava os sorrisos e fazia selfies — com o menu, com o garçom, com a comida e uns com os outros. Depois de cada selfie, circulavam o celular para os outros verem. Não prestavam atenção em mais ninguém no restaurante.

Anjum estava muito mais interessada neles do que na comida em seu prato, com a qual não ficou nem um pouquinho impressionada. Depois de pagar a conta, Saddam olhou em torno da mesa com um ar de cerimônia:

"Deve estar todo mundo se perguntando por que eu trouxe vocês até aqui."

"Para mostrar o Duniya para nós?", Anjum perguntou, como se fosse uma pergunta de show de perguntas e respostas da televisão.

"Não. Pra apresentar vocês pro meu pai. Foi aqui que ele morreu. Bem aqui. Onde hoje fica este edifício. Antes deste prédio subir, tinha aldeias aqui, cercadas por campos de trigo. Tinha uma delegacia... uma estrada..."

Saddam então contou a história do que tinha acontecido com seu pai. Contou de sua promessa de matar Sehrawat, o oficial da delegacia de Dulina e por que tinha desistido da ideia. Todos se revezaram passando o celular pela mesa para assistir ao vídeo das vacas sendo atiradas para dentro do bangalô do coletor distrital.

"O espírito do meu pai deve estar vagando por aqui, preso dentro deste lugar."

Todo mundo tentou imaginá-lo — um peleiro de aldeia, perdido nas luzes brilhantes, tentando encontrar a saída do shopping center.

"Isto aqui é o mazar dele", Anjum disse.

"Os hindus não são enterrados. Eles não têm mazares, Mamãe badi", Zainab disse.

Talvez seja o mazar do mundo inteiro, Tilo pensou, mas não disse. *Talvez os compradores-manequins sejam fantasmas tentando comprar o que não existe mais.*

"Não está certo", Anjum falou. "Essa história não pode ficar assim. Seu pai tinha de ter um funeral de verdade."

"Ele *teve,* sim, um funeral de verdade", Saddam falou. "Foi cremado na nossa aldeia. Eu acendi a pira funerária."

Anjum não se convenceu. Ela queria fazer mais alguma coisa pelo pai de Saddam, pôr o seu espírito em paz. Depois de muita discussão, resolveram comprar uma camisa em nome dele numa das lojas (como as pessoas compravam chadars em dargahs) e enterrá-la no velho cemitério para os filhos de Saddam e Zainab sentirem a presença do avô em torno deles quando crescessem.

"Eu sei uma reza hindu!", Zainab disse, de repente. "Quer que eu recite aqui em memória de Abbajaan?"

Todo mundo se inclinou para ouvir. E então, sentada à mesa de um restaurante fast-food, como uma missiva de amor a seu falecido e ao mesmo tempo futuro sogro, Zainab recitou o Mantra Gayatri que Anjum tinha ensinado a ela quando era pequenina (porque achou que podia ajudá-la numa situação de mobilização).

om bhur bhuvah svaha
tat savitur varenyam
bhargo devasya dhimahi
dhiyo yo nah pracodayat*

*

Na manhã do segundo funeral do pai de Saddam Hussain, Tilo pôs uma outra coisa na mesa. Literalmente. Ela havia trazido o pequeno pote que continha as cinzas de sua mãe e disse que gostaria de vê-la enterrada também no velho cemitério. Ficou decidido que naquele dia teriam um duplo funeral. Se a cremação no crematório elétrico de Cochin contava alguma coisa, seria o segundo funeral de Maryam Ipe também. Saddam Hussain cavou os túmulos. Uma estilosa camisa em xadrez de Madras foi enterrada em um. Um pote de cinzas no outro. O imame Ziauddin demonstrou certa reserva com os procedimentos pouco ortodoxos, mas acabou concordando em fazer as orações. Anjum perguntou a Tilo se ela queria fazer uma oração cristã para sua mãe. Tilo explicou que a igreja se recusara a enterrar sua mãe, de forma que nenhuma prece serviria. Parada ao lado do túmulo

---

* Oh Deus, vós que sois o doador da vida/ Que removeis toda dor e tristeza/ Provedor de felicidade/ oh Criador do Universo/ Possamos nós receber vossa suprema luz que destrói o pecado/ Possais vós guiar nosso intelecto na direção correta.

dela, uma frase que Maryam Ipe repetira mais de uma vez em sua alucinação na UTI voltou à sua memória.

Eu sinto que estou cercada de eunucos. Estou?

Na época, parecera nada mais que uma parte de seu reservatório usual de insultos da UTI. Mas agora fez Tilo estremecer. *Como ela sabia?* Assim que o pote de cinzas estava enterrado e a cova cheia de terra, Tilo fechou os olhos e recitou para si mesma a passagem de Shakespeare predileta de sua mãe. E naquele momento o mundo, um lugar já estranho, ficou ainda mais estranho:

*E o dia de Crispim Crispiniano nunca passará
do dia de hoje até o fim do mundo,
mas sejamos nós nele lembrados...
Nós poucos, nós felizes poucos, bando de irmãos,
porque quem hoje verte comigo o seu sangue
será meu irmão. Por vil que seja,
este dia abrandará sua condição;
e cavalheiros da Inglaterra ora de cama
amaldiçoados hão de se sentir por não estar aqui,
e fracos em sua virilidade quando alguém falar
que lutou conosco no dia de são Crispiniano.*

Ela nunca entendera por que sua mãe gostava tão particularmente dessa passagem masculina, combativa, guerreira. Mas gostava. Quando Tilo abriu os olhos, ficou chocada ao descobrir que estava chorando.

Zainab e Saddam se casaram um mês depois. Reuniu-se um grupo eclético de convidados — hijras de toda Delhi (inclusive as novas amigas que tinha feito no semáforo), amigos de Zainab, a maioria estudantes de design de moda, alguns alunos da Ustaniji e seus pais, a família de Zakir Mian e vários dos velhos camaradas das variadas carreiras de Saddam Hussain — varredores, funcionários mortuários, motoristas de caminhão municipal, guardas de segurança. O dr. Azad Bhartiya, D. D. Gupta e Roshan Lal estavam lá, claro. Anwar Bhai e suas mulheres vieram da rua GB, e Ishrat-a-bela — que tinha desempenhado um papel estelar no resgate de Miss Jebin Segunda — vieram de Indore. O sapateiro amigo de Tilo e do dr. Azad Bhartiya, que havia desenhado o tumor do pulmão de seu pai no pó, apareceu brevemente. O velho dr. Bhagat também veio — ainda vestido de branco, ainda usando o relógio em cima de uma munhequeira elástica no pulso. O dr. Mukhtar, o charlatão, não foi convidado. Miss Jebin Segunda estava vestida como uma pequena rainha. Com tiara, vestido de babados e sapatos que rangiam. De todos os presentes com que brindaram o jovem casal, o favorito deles foi o carneiro que Nimmo Gorakhpuri lhes deu. Ela o importara diretamente do Irã.

Ustad Hamid e seus alunos cantaram.

Todo mundo dançou.

Depois, Anjum levou Saddam e Zainab ao Hazrat Sarmad. Tilo, Saida e Miss Jebin Segunda foram também. Passaram pelos vendedores de ittars e amuletos, os guardadores dos sapatos dos peregrinos, os aleijados, os pedintes e os carneiros sendo engordados para Eid.

Sessenta anos haviam se passado desde que Jahanara Begum levara seu filho Aftab ao Hazrat Sarmad e pedira a ele que a ensinasse a amá-lo. Quinze anos haviam se passado desde que Anjum levara a Bandicota a ele para exorcizar o *sifli jaadu* dela. Passara mais de um ano desde a primeira visita de Miss Jebin Segunda.

O filho de Jahanara Begum tinha se tornado sua filha, e a Bandicota era uma noiva agora. Mas, fora isso, nada havia mudado muito. O piso era vermelho, as paredes eram vermelhas e o teto era vermelho. O sangue de Hazrat Sarmad não tinha sido lavado.

Um homem insignificante com um gorro de oração listado como o traseiro de uma abelha estendeu suas contas de oração para Sarmad, súplice. Uma mulher magra com sari estampado amarrou uma fita vermelha na grade e depois tocou a testa de seu bebê no chão. Tilo fez a mesma coisa com Miss Jebin Segunda, que considerou aquilo uma brincadeira divertida e o fez muitas vezes mais do que realmente necessário. Zainab e Saddam amarraram fitas na grade e estenderam um chadar de veludo novo debruado de dourado sobre o túmulo de Hazrat.

Anjum fez uma oração e pediu que ele abençoasse o jovem casal.

E Sarmad — Hazrat da Felicidade Absoluta, Santo dos Inconsolados e Conforto dos Indeterminados, Blasfemador entre Crentes e Crente entre Blasfemadores — abençoou.

Três semanas depois, houve um terceiro funeral no velho cemitério.

*

Certa manhã, o dr. Azad Bhartiya chegou à Hospedaria Jannat com uma carta endereçada a ele. Tinha sido entregue em mãos por uma mulher que não quis se identificar, mas disse que a carta era da floresta Bastar. Anjum não sabia o que ou onde era isso. O dr. Azad explicou brevemente sobre Bastar, sobre as tribos adivasi que viviam lá, sobre as mineradoras que queriam sua terra e sobre as guerrilhas maoístas que combatiam as forças de segurança que tentavam esvaziar o território para a mineração. A carta estava escrita em inglês, em garranchos minúsculos. Não tinha data. O dr. Azad Bhartiya disse que era da mãe verdadeira de Miss Jebin Segunda.

"Rasgue isso!", Anjum rugiu. "Ela joga fora o bebê, depois volta dizendo que é a mãe verdadeira!" Saddam impediu que ela pegasse a carta.

"Não se preocupe", o dr. Azad Bhartiya falou, "ela não vai voltar."

Era uma carta longa, escrita de ambos os lados das páginas com passagens inteiras riscadas, frases se encavalando como se o papel fosse um suprimento limitado. Entre as páginas havia algumas flores prensadas que esfarelaram quando os papéis foram dobrados no pequeno volume em que foi entregue. O dr. Azad Bhartiya leu em voz alta, traduzindo grosseiramente o melhor que podia. Sua plateia eram Anjum, Tilo e Saddam Hussain. E Miss Jebin Segunda, que fez tudo o que pôde para perturbar os procedimentos.

Prezado camarada Azad Bharathiya Garu,
Estou escrevendo isto para você porque nos três dias que passei no Jantar Mantar observei você atentamente. Se alguém sabe onde está agora a minha filha, acredito que seja você só. Sou uma mulher telugu e sinto muito não saber hindi. Meu inglês também não é bom. Perdoe por isso. Eu sou Revathy, trabalho período integral com Partido Comunista da Índia (maoísta). Quando receber esta carta eu já estarei morta.

A essa altura, Anjum, que estava inclinada para a frente ouvindo com arrebatada atenção, reclinou para trás, parecendo visivelmente aliviada. Parecia ter perdido o interesse. Mas aos poucos, enquanto o dr. Azad Bhartiya continuava a leitura, ficou atenta de novo e ouviu sem interromper.

Minha camarada Suguna sabe mandar esta carta a você quando eu não existir mais. Como sabe, nós somos gente banida, clandestina, e esta carta de mim você pode chamar de clandestina da clandestina, então vai levar mínimo de cinco ou seis semanas para chegar a você por canais seguros. Depois que deixei minha filha lá em Delhi, minha consciência vai muito mal. Não consigo dormir nem descansar. Não quero ela. Mas não quero que ela sofra também. Então no caso de você saber onde ela está, quero contar para você um pouco a franca história dela. O resto é decisão sua. O nome que eu dei para ela foi Udaya. Em telugu quer dizer aurora. Dei esse nome porque ela nasceu na floresta Dandakaranya quando o sol estava nascendo. Quando ela nasceu eu francamente senti ódio dela e pensei em matar. Senti realmente que não era minha. Realmente ela não é minha. Realmente se você ler a história dela que escrevo aqui, não sou mãe dela. Rio é mãe dela e Floresta o pai. Essa é a história de Udaya e Revathy. Eu, Revathy, sou de Godavari Leste distrito de Andhra Pradesh. Minha casta é settibalija que classifica como BC (casta desfavorecida). O nome da minha mãe é Indumati. Ela tem grau escolar SSLC.* Ela casou com meu pai quando tinha 18 anos. Pai trabalhava no exército. Mais velho que ela muitos anos. Ele viu ela quando foi em casa de férias se apaixonou porque Mãe é muito clara e bonita. Depois de noivado, mas antes de casamento Pai foi a corte marcial do exército porque fumou perto do depósito munição. Foi morar na aldeia dele que era do outro lado do rio Godavari da aldeia da minha mãe. A família dele da mesma casta, mais rica que a dela. Durante cerimônia casamento em si fizeram minha Mãe levantar do pandal e pediram mais dote. Meu avô teve de correr atrás de empréstimo. Só quando concordaram o casamento continuou.

---

* Secondary School Leaving Certificate — Certificado de Formação de Segundo Grau. (N. T.)

Logo depois de casamento Pai desenvolveu perversão e sadismo. Queria que Mãe usava vestido curto e fazia dança de salão. Ela recusou ele cortou ela com lâminas e reclamou que ela não satisfazia ele. Depois de uns meses mandou ela para casa de meu avô. Quando ela estava cinco meses grávida de mim o irmão mais novo da minha Mãe levou ela de volta para aldeia do Pai num barco. Ela estava usando um sari muito bom e joias e levou dois potes de prata de doces e vinte e cinco saris novos para a sogra dela. Pai não estava lá na casa. Os parentes não quiseram abrir a porta, saíram e chutaram os potes de doces. Mãe ficou com muita vergonha. Na volta, no meio do rio, ela tirou as joias e pulou do barco. Eu estava na barriga dela cinco meses. O barqueiro salvou ela e levou para casa. Eu nasci na casa do meu avô materno. Durante a gravidez a barriga da minha Mãe ficou imensa. Ela esperava gêmeos. Brancos que nem ela e o marido. Mas saí eu. Preta e pesada. Quando viu minha cor, a Mãe ficou inconsciente dois dias. Mas depois nunca mais largou de mim. A aldeia inteira falou. A família do Pai ficou sabendo que eu era preta. Eles tinham aquela coisa de casta e cor. Disseram que eu não era deles, que eu era menina mala ou madiga, não BC mas uma menina SC (casta reconhecida). Eu cresci na casa do meu avô. Ele trabalhava de Cuidador de Animais. Era comunista. Na casa dele o telhado era de sapé mas tinha muitos livros. Quando ele ficou velho, meu avô ficou cego também. Aí eu estava na escola e lia para ele. Lia *Illustrated Weekly*, *Competition Success Review* e *Soviet Bhumi*. Li também a história do Peixinho Preto. A gente tinha muitos livros da Editora do Povo. Meu pai vinha na casa do meu avô de noite para provocar a Mãe. Eu odiava ele. Ele andava de noite pela casa feito uma cobra. Ela ia com ele, ele torturava, cortava e mandava de volta. Chamava outra vez e ela ia outra vez. Depois de um tempo ele levou e ficou com ela de novo na aldeia dele. Outra vez ela ficou grávida. Na aldeia do meu avô as mulheres rezavam para

458

o segundo bebê ser preto também assim provava que a Mãe era esposa fiel. Sacrificaram trinta galinhas pretas no templo para isso. Graças a deus meu irmão nasceu preto também, mas aí o Pai mandou a mãe de volta e casou com outra mulher. Eu queria ser advogada para botar meu pai atrás das grades para sempre. Mas logo fiquei influenciada pelo Comunismo e pelo pensamento revolucionário. Leio literatura comunista. Meu avô me ensinou músicas revolucionárias e a gente cantava juntos. Minha mãe e avó roubavam cocos e vendiam para pagar mensalidade na minha escola. Me compravam coisinhas e me deixavam bem elegante e muitos rapazes gostavam de mim. Depois do Intermediário tentei entrar na Medicina e fui selecionada, mas não tinha dinheiro para mensalidade. Então entrei para formatura numa faculdade do governo em Warangal. Movimento lá era muito forte. Dentro da floresta, mas fora também. No primeiro ano em si, camarada Nirmalakka e camarada Laxmi me recrutaram, elas visitavam albergues de mulheres e falavam com elas sobre exploração do Inimigo de Classe e condição terrível de pobreza do nosso país. Da faculdade em si eu trabalhei meio período de correio para o Partido. Depois trabalhei na Mahila Sangham — organização de mulheres, criando consciência de classe em favelas e aldeias. Viramos um canal de comunicação do Partido em Telangana inteira. Íamos de ônibus para reuniões levando folhetos e panfletos. A gente cantava e dançava em reuniões de protesto. Eu li Marx, Lênin e Mao e fiquei convencida com o maoísmo.

Na época, situação era muito perigosa. Toda polícia, Cobras, Greyhounds, Polícia Andhra estava em toda parte. Centenas de trabalhadores do Partido mortos como se fosse nada. Máximo ódio da polícia era por mulher trabalhadora. Camarada Nirmalakka quando mataram rasgaram barriga dela tiraram tudo para fora. Camarada Laxmi eles também não só mataram, mas cortaram e arrancaram olhos. Por ela teve grande protesto. Uma outra, camarada Padmakka eles prenderam e quebraram os dois joelhos para ela nunca mais andar e bateram tanto que danificou rins, danificou fígado, danificou muito. Ela saiu da cadeia, agora trabalha em Amarula Bandhu Mithrula Sangathan. Sempre que matam gente do Partido e família é pobre não pode buscar corpo da pessoa, ela vai. De trator, Tempo, qualquer coisa e traz o corpo de volta para enterrar e tudo. Em 2008, a situação muito pior dentro da floresta. Operação Caçada Verde é anunciada por governo. Guerra contra Povo. Milhares de policiais e paramilitares dentro da floresta. Matando adivasis, queimando aldeias. Nenhum adivasi pode ficar em sua casa ou sua aldeia. Eles dormem na floresta, fora, de noite, porque de noite polícia vem, cem, duzentos, às vezes quinhentos policiais. Eles pegam tudo, queimam tudo, roubam tudo. Galinhas, carneiros, dinheiro. Querem que povo adivasi esvazie floresta para eles poderem fazer uma mineradora e siderúrgica. Milhares estão na prisão. Toda essa política você pode ler fora. Ou na nossa revista Marcha do Povo. Então vou falar só de Udaya. Na época da Caçada Verde, Partido fez chamado para recrutamento para EGLP, Exército de Guerrilha para Libertação do Povo. Na época eu e outras duas entramos na floresta Bastar para treinamento com armas. Trabalhei lá mais de seis anos. Dentro sou chamada às vezes de camarada Maase. Quer dizer, Moça Negra. Gosto desse nome. Mas temos nomes diferentes também, nomes de cada um. Apesar de eu ser EGLP, porque sou mulher formada, Partido me usa também para trabalho fora. Às vezes tenho de ir para Warangal, Bhadrachalam ou Khammam. Às vezes Narayanpur. É muito perigoso, porque agora nas aldeias e nas cidades tem muitos informantes trabalhando contra nós. Foi assim que uma vez, quando estava voltando de fora, fui capturada na aldeia Kudur. Na época, estava usando sari, pulseiras, bolsa, dois colares de pérolas. Não podia lutar. Minha prisão não divulgaram. Fui amarrada, me deram clorofórmio e levaram para algum lugar que não sei. Quando acordei estava escuro. Eu estava numa sala com duas portas e duas janelas. Era uma sala de aula. Tinha lousa mas não tinha mobília. Era uma escola do governo. Todas escolas dentro da floresta são base da polícia. Não vem professor nem aluno nenhum. Eu estava nua. Tinha seis policiais em volta de mim. Um estava cortando minha pele com uma faca. "Então você acha que é uma grande heroína?" Ele perguntou para mim. Se eu fechava os olhos, eles me batiam na cara. Dois seguravam minhas mãos e dois seguravam minhas pernas. "Nós queremos te dar um presente para o seu Partido." Eles estavam fumando e encostavam os cigarros em mim. "Vocês gritam muito! Grite agora para ver o que acontece!" Achei que iam me matar como mataram Padmakka e Laxmi, mas disseram "Não se preocupe, Negrinha, nós vamos te soltar. Você tem de ir e contar o que a gente fez com você. Você é uma grande heroína. Você leva balas, remédio para malária, comida, escova de dente para eles. Tudo isso a gente sabe. Quantas meninas inocentes você mandou para ser do Partido? Vocês estragam todo mundo. Agora você vai e casa com alguém. Sossega bem quietinha. Mas primeiro nós vamos dar um pouco de experiência de casamento." Eles continuaram me queimando e me cortando. Mas eu não gritei nada. "Por que você não grita? Seus grandes líderes vêm e salvam você. Vocês não gritam?" Então um homem abriu minha boca a força e um homem pôs o pênis na minha boca. Eu não conseguia respirar. Achei que ia morrer. Eles ficavam jogando água na minha cara. Depois me estupraram muitas vezes. Um é o pai de Udaya. Qual, como eu posso saber? Estava inconsciente. Quando acordei de novo estava sangrando por tudo. A porta estava aberta. Eles lá fora fumando. Vi o meu sari. Peguei devagar. A porta de trás estava meio aberta, lá fora era um campo de arroz. Eles me viram correndo, primeiro correram atrás de mim, eu caí, mas eles disseram: "Deixe, deixe ela ir". Essa é a experiência de muitas mulheres na floresta. Isso me deu coragem. Eu corri pelos campos. Tinha luar. Cheguei numa estrada asfaltada. Andei por ela. Tinha só sari. Nem blusa, nem anágua. Me enrolei de algum jeito. Veio um ônibus. Eu entrei. Estava descalça. Sangrando. Minha cara feito uma abóbora. A boca grande porque me morderam muitas vezes. O ônibus estava vazio. O cobrador não disse nada. Não pediu uma passagem. Sentei perto da janela e dormi por causa do clorofórmio. Em Khammam ele me acordou e disse "Aqui é o ponto final". Eu desci do ônibus. Quando vi que era Khammam fiquei contente porque conheço muito bem um dr. Gowrinath que tem uma clínica. Fui lá. Estava andando feito um bêbado. Bati na porta, a mulher dele abriu e gritou. Sentei na cama dela. Eu parecia uma louca. As queimaduras de cigarro todas bolhas, no rosto, peito, mamilos, barriga. A cama dela toda era só sangue. O dr. Gowrinath veio e me deu primeiros socorros. Eu dormindo sempre por causa do clorofórmio. Quando acordo estou só chorando. Só quero ir para os meus camaradas dentro da floresta, Renu, Damayanti, Narmada akka, irmãs. O dr. Gowrinath me segurou dez dias. Depois disso teve contato de dentro e voltei para a floresta. Andamos doze quilômetros, depois um esquadrão do EGLP veio e nós andamos mais cinco horas até um campo onde estavam os membros do Comitê do Distrito. O líder principal, camarada P.K., me perguntou o que aconteceu. Ele não existe mais agora. Também mataram num encontro. Na época, contei para eles, mas estava chorando e ele não entendeu nada. Primeiro achou que eu estava reclamando de um camarada do Partido. O camarada P.K. falou: "Não entendo essa bobagem sentimental. Nós somos soldados. Me faça um relatório sem emoções". Então contei para ele no relatório. Mas sem eu saber meus olhos estavam chorando. Mostrei meus ferimentos para inspeção de camaradas mulheres. Depois disso, levaram dois dias pensando no que fazer. Então o comitê me chamou de novo e disse para ir fora e formar um "Comitê Revathy Atyachar Vedirekh" — Comitê Contra o

Estupro de Revathy. Além isso, me deram responsabilidade por outro programa numa favela com 2 mil pessoas e só duas bombas de água. Eu tão doente e tenho de organizar manifestação do povo para mais bombas de água. Eu não podia acreditar. Mas disseram que eu tinha de fazer um esforço. Mas eu não podia sair porque não conseguia andar. Não parava de sangrar. Tinha crises. As feridas infeccionaram. Eu não podia sair. Não podia marchar com os manifestantes. De novo me deixaram numa aldeia da floresta. Depois de três meses, consegui andar. Mas aí estava grávida. Mas não liguei. Voltei para o EGLP. Mas quando o Partido ficou sabendo me mandou ir para fora de novo porque é proibido as mulheres do EGLP terem filhos. Fiquei numa aldeia da floresta até Udaya nascer. Quando vi a menina primeira vez senti muita raiva. Senti que seis policiais me cortavam e me queimavam com cigarro. Pensei matar ela. Encostei a arma na cabeça dela, mas não consegui porque era um bebê pequeno e bonito. Nessa época, tinha uma grande campanha fora da floresta contra o Combate ao Povo. Grandes grupos de Delhi organizaram um tribunal público. Pessoas adivasi que eram vítimas foram chamadas para falar em Mídia Nacional em Delhi. O Partido me disse para ir junto com elas com outros advogados locais e ativistas. Como eu tinha uma criança pequena era boa cobertura. Eu falava bem em telugu e sabia todos os fatos. Tinham um tradutor em Delhi. Depois do Tribunal fiquei com as vítimas tribais para três dias de protesto no Jantar Mantar. Vi muita gente boa lá. Mas não posso viver fora como eles.

Meu Partido é minha mãe e pai. Muitas vezes faz coisas erradas. Mata as pessoas erradas. Mulheres se filiam porque são revolucionárias mas também porque não suportam sofrimentos em casa. O Partido diz homens e mulheres são iguais, mas eles nunca entendem. Sei que camarada Stálin e presidente Mao fizeram muitas coisas boas e muitas coisas ruins também. Mas mesmo assim não posso deixar o Partido. Não posso viver fora. Vi muita gente boa no Jantar Mantar então tive a ideia de deixar Udaya lá. Não posso ser igual você e eles. Não posso fazer greve de fome e fazer exigências. Na floresta, todo dia a polícia está queimando matando estuprando gente pobre. Fora tem vocês, frente que luta e assume. Mas dentro só tem nós. Então eu voltei para Dandakaranya para viver e morrer de um tiro.

Obrigada camarada por ler isto aqui.

Saudações Vermelhas! Lal Salaam!

Revathy

*

"*Lal Salaam Aleikum*", foi a resposta instintiva e inadvertida de Anjum ao fim da carta. Poderia ser o começo de todo um movimento político, mas a intenção dela fora apenas uma "Amin" depois de ouvir um sermão comovente.

Cada um dos ouvintes identificou, à sua própria maneira, algo de si mesmo e de sua própria história, sua própria Indo-Pak, na história daquela mulher desconhecida e distante que não estava mais viva. Isso os levou a cerrar fileiras em torno de Miss Jebin Segunda como uma formação de árvores ou elefantes adultos — uma fortaleza impenetrável na qual ela, ao contrário de sua mãe biológica, poderia crescer protegida e amada.

O que veio à baila para discussão imediata no Politburo do cemitério, porém, foi se Miss Jebin Segunda deveria algum dia saber da carta ou não. Anjum, a secretária-geral, não tinha nenhuma dúvida a respeito. Com Miss Jebin Segunda em pé em seu colo e quase virando o nariz de seu rosto, Anjum disse: "Ela tem de saber da mãe, claro. Mas nunca do pai".

Ficou decidido que Revathy seria enterrada com todas as honras no cemitério. Na ausência de corpo, a carta seria enterra-

da no cemitério. (Tilo conservaria uma xerox para documentação.) Anjum queria saber quais seriam os rituais corretos para o
funeral de uma comunista. (Ela usou a expressão *Lal Salaami*.)
Quando o dr. Azad Bhartiya disse que, pelo que sabia, não havia
nenhum, ela ficou um pouco decepcionada. "Que diabo de coisa é essa então? Que tipo de gente deixa os seus mortos sem nem
uma oração?"

No dia seguinte, o dr. Azad Bhartiya conseguiu uma bandeira vermelha. A carta de Revathy foi colocada num frasco herme-
ticamente fechado e depois enrolada na bandeira. Enquanto era
enterrada, ele cantou a versão hindi da "Internacional" e fez a
Saudação Vermelha de punho fechado. Assim terminou o segundo funeral da primeira, segunda ou terceira mãe de Miss Jebin
Segunda, a depender do ponto de vista.

O Politburo decidiu que o nome completo de Miss Jebin
Segunda seria, a partir desse dia, Miss Udaya Jebin. O epitáfio na
lápide de sua mãe dizia apenas:

CAMARADA MAASE REVATHY
Amada mãe de Miss Udaya Jebin
Lal Salaam

O dr. Azad Bhartiya tentou ensinar Miss Udaya Jebin — ela
que tinha seis pais e três mães (unidos por fios de luz) — a fechar
o punho e dizer o "Lal Salaam" final para sua mãe.

"... 'al Salaam", ela murmurou.

11. O locador

Ainda estou aqui. Como você, sem dúvida, deve ter adivinhado. Nunca fui para aquele centro de reabilitação. Durou, com intervalos, quase seis meses a bebedeira que começou quando cheguei aqui. Mas estou sóbrio agora — sóbrio *por ora*, eu talvez deva dizer. Faz bem mais de um ano desde que toquei um drinque. Mas é tarde demais. Perdi meu emprego. Chitra me deixou e Rabia e Ania não falam comigo. Estranhamente, nada disso me deixou infeliz como eu imaginei que deixaria. Passei a gostar de minha solidão.

Ao longo dos últimos meses, vivi a vida de um recluso. Em vez de me embriagar de bebida, me embriaguei de leitura. Tomei a decisão de espiar cada papelzinho — cada documento, cada relato, cada carta, cada vídeo, cada Post-it amarelo e cada fotografia de cada pasta deste apartamento. Acho que posso dizer que trouxe os atributos da personalidade de um viciado para este projeto também — com isso quero dizer determinação acoplada a culpa aguda e remorso inútil. Uma vez terminada a totalidade deste arquivo estranho, tentei consertar minha lascívia pondo alguma lógica e ordem nesse caos. Por outro lado, talvez isso conte apenas como mais uma transgressão. De qualquer forma, reorganizei os papéis e fotografias, embalei-os em caixas fechadas de forma que, se e quando ela chegar, possa levá-las embora com facilidade. Baixei tudo dos quadros de aviso e tomei o cuidado para que as fotografias e Post-its estejam arquivados de um jeito que ela possa colocá-los na parede de novo do mesmo jeito sem grande dificuldade. Tudo isso para dizer que mudei para cá. Agora moro aqui, neste apartamento. Não tenho nenhum outro lugar para ir. O aluguel do apartamento de baixo constitui a melhor parte de meus rendimentos. Tilo continua a depositar o aluguel em minha conta, mas planejo devolver para ela quando a encontrar de novo, se isso ocorrer.

O resultado desta espionagem, devo admitir, é que mudei de ideia a respeito da Caxemira. Pode parecer um pouco raso e conveniente para mim dizer isso agora, eu sei — devo soar como aqueles generais do exército que fazem guerra toda a vida e de repente se tornam pacifistas piedosos e antiatômicos quando se aposentam. A única diferença entre eles e eu é que vou guardar minha opinião recém-formada para mim mesmo. Mas não é fácil. Se eu quisesse, e se pusesse minhas cartas na mesa, provavelmente poderia talvez transformá-las num bom capital. Poderia criar uma tempestade política se "fosse a público", por assim dizer, porque vejo pelo noticiário que a Caxemira, depois de alguns anos de calma ilusória, explodiu de novo.

Pelo que posso dizer, não é mais o caso de as forças de segurança atacarem o povo. Parece que é o contrário agora. As pessoas — pessoas comuns, não militantes — estão atacando os militares. Meninos na rua com pedras na mão enfrentando soldados com armas; aldeões armados com paus e pás varrendo as encostas e dominando bases do exército. Se os soldados atiram e matam alguns, os protestos simplesmente incham mais um pouco. Os paramilitares estão usando tiros de chumbinho que acaba cegando as pessoas — o que é melhor que matar, acho. Embora em termos de RP seja pior. O mundo está acostumado à imagem de corpos empilhados. Mas não à visão de centenas de pessoas vivas que ficaram cegas. Perdoe minha crueza, mas você pode imaginar o apelo visual disso. Mas tampouco parece estar funcionando. Meninos que perderam um olho voltam à rua, preparados para arriscar o outro. O que se pode fazer com uma fúria dessas?

Não tenho dúvidas de que podemos — e iremos — vencê-los mais uma vez. Mas onde isso tudo vai terminar? Guerra. Ou Guerra Nuclear. Essas parecem ser as respostas mais realistas a essa pergunta. Toda noite, quando vejo o noticiário, me assombro com a ignorância e idiotice reveladora. E pensar que minha vida toda foi parte disso. É só o que eu posso fazer para impedir a mim mesmo de escrever alguma coisa para os jornais. Não vou fazer isso, porque ficaria exposto ao ridículo — opositor consciencioso demitido, bêbado. Esse tipo de coisa.

Claro que sei de Musa agora — no sentido de que sei que ele não morreu quando pensamos que tinha morrido. Ele está por aí esses anos todos e, claro, nem é preciso dizer, a minha inquilina sabia disso o tempo todo. Só foi preciso um corte de energia prolongado para eu descobrir as coisas que ela havia escondido no freezer.

Então imagine meu prazer uma noite, quando a chave girou na minha porta, Musa entrou e ficou mais chocado ao me ver do que eu ao vê-lo. Os primeiros minutos desse encontro foram tensos. Ele fez menção de sair, mas consegui convencê-lo a ficar e ao menos tomar um café. Foi bom encontrar com ele. Éramos jovens quando nos vimos pela última vez. Rapazes, mesmo. Agora eu quase não tinha cabelo e ele estava grisalho. Quando contei que não estava mais no Departamento ele relaxou. Acabamos passando juntos essa noite e a maior parte do dia seguinte. Con-

468

versamos muito — quando me lembro desse encontro, fico um pouco irritado com a habilidade com que ele me fez falar. Era uma combinação de calada solicitude e o tipo de curiosidade que é mais lisonjeira que inquisitiva. Talvez por minha ânsia de garantir que eu não era mais o "inimigo", acabei falando mais que ele. Fiquei perplexo de saber como ele parecia conhecer intimamente o funcionamento do Departamento. Ele falou de alguns funcionários como se fossem amigos pessoais. Era quase como trocar observações com um colega. Mas era tudo tão tranquilo, quase relaxado, a maior parte do tempo apenas conversa casual que beirava a fofoca, a tal ponto que só me dei conta do que tinha acontecido depois que ele foi embora. Não falamos realmente de política. E não falamos sobre Tilo. Ele se ofereceu para cozinhar com os ingredientes que encontrasse na cozinha. Claro que eu sabia que o que ele realmente queria era dar uma olhada no meu freezer. Tudo o que havia lá agora era um quilo de boa carne de carneiro. Contei que as coisas do apartamento, inclusive os muitos passaportes e outros pertences pessoais, estavam embalados e prontos para Tilo retirar a hora que quisesse.

Circulamos em torno do assunto Caxemira, mas só em termos abstratos.

"Você pode estar certo afinal de contas", eu disse a ele, na cozinha. "Pode estar certo, mas não vai vencer nunca."

"Eu acho o contrário", ele sorriu, mexendo a panela da qual subia um maravilhoso aroma de rogan josh. "Pode ser que a gente esteja errado, mas nós já ganhamos."

Deixei por isso mesmo. Não acho que ele tivesse consciência de até que ponto o Governo da Índia iria para conservar aquele pedacinho de terra. Podia se transformar num banho de sangue que faria os anos 1990 parecerem uma peça escolar. Por outro lado, talvez eu não fizesse ideia do quanto os caxemíris estavam dispostos a ser suicidas — ou virem a ser. De um jeito ou de outro, os riscos eram maiores do que nunca. Ou talvez tivéssemos ideias diferentes do que significava "vencer".

A refeição foi deliciosa. Musa era um cozinheiro tranquilo e talentoso. Ele perguntou de Naga. "Ele não tem aparecido na televisão ultimamente. Está bem?"

Estranhamente, a única pessoa que tenho visto de tempos em tempos em minha nova vida de recluso é Naga. Ele pediu demissão do jornal e parece feliz como eu jamais o vi. Talvez, ironicamente, nós dois tenhamos nos libertado com o desaparecimento conclusivo e categórico de Tilo das nossas vidas e do mundo que conhecemos. Contei a Musa o que Naga e eu estávamos planejando — não era ainda nada mais que um plano —, começar uma espécie de canal de música do passado, no rádio ou talvez num podcast. Naga apresentaria música country, rock'n'roll, blues, jazz e eu, world music. Tenho uma coleção interessante e, acredito, excelente de música folclórica afegã, iraniana e síria. Depois que disse isso, eu me senti raso e superficial. Mas Musa pareceu genuinamente interessado e tivemos uma conversa agradável sobre música.

Na manhã seguinte, chamamos uma pequena caminhonete Tempo do mercado e dois homens carregaram nela as caixas e o resto das coisas de Tilo. Ele parecia saber onde ela estava, mas não disse, então não perguntei. Havia, porém, uma pergunta que eu precisava fazer a ele antes que fosse embora, algo que precisava saber desesperadamente antes que se passassem mais trinta anos. Iria me perturbar pelo resto da vida se não perguntasse. Não havia um jeito sutil de abordar o assunto. Não foi fácil, mas acabei me saindo com:

"Você matou Amrik Singh?"

"Não." Ele olhou para mim com seus olhos cor de chá-verde. "Não matei."

Ele não disse nada por um momento, mas por seu olhar eu

470

podia perceber que estava me avaliando, questionando se devia falar mais ou não. Contei a ele que tinha visto os formulários de pedido de asilo e os cartões de embarque de voos para os Estados Unidos com o nome de um dos passaportes falsos. Eu tinha encontrado um recibo de uma companhia de locação de automóveis de Clovis. As datas também conferiam, então eu sabia que ele tinha alguma coisa a ver com todo o episódio, mas não sabia o quê.

"Só estou curioso", eu disse. "Não importa se você matou. Ele merecia morrer."

"Eu não matei. Ele se matou. Mas nós fizemos ele se matar."

Eu não fazia ideia de que diabos queria dizer aquilo.

"Eu não fui para os Estados Unidos atrás dele. Estava lá para um trabalho, quando vi no jornal a notícia de que ele tinha sido preso por atacar a esposa. O endereço dele foi publicado. Eu estava procurando por ele fazia anos. Tinha um assunto pendente com ele. Muitos de nós tínhamos. Então fui até Clovis, fiz uma pesquisa e acabei descobrindo uma lavadora e oficina mecânica onde ele levava o caminhão. Era uma pessoa completamente diferente do assassino que eu conhecia, o assassino de Jalib Qadri e tantos outros. Não tinha a infraestrutura de impunidade dentro da qual operava na Caxemira. Ficou com medo e fraquejou. Quase senti pena dele. Garanti que não ia lhe fazer nenhum mal e que só estava lá para dizer que nós não íamos deixar ele esquecer as coisas que tinha feito."

Musa e eu estávamos conversando na rua. Eu tinha descido para me despedir dele.

"Outros caxemíris tinham lido a notícia e começaram a chegar a Clovis para ver como o Carrasco da Caxemira vivia agora... alguns eram jornalistas, outros escritores, fotógrafos, advogados... alguns só gente comum. Apareciam no local de trabalho dele, na casa dele, no supermercado, do outro lado da rua, na escola dos filhos dele. Todo dia. Ele foi obrigado a olhar para nós. Obrigado a lembrar. Deve ter ficado louco. No fim, isso levou à autodestruição. Então... respondendo a sua pergunta... não, eu não matei Amrik Singh."

O que Musa disse em seguida, parado contra o pano de fundo do portão da escola com a pintura da enfermeira ogro dando a vacina contra pólio para um bebê, foi como... uma injeção de gelo. Ainda mais porque foi dito com aquele jeito casual e cordial que ele tinha, com um sorriso amigo, quase feliz, como se estivesse apenas brincando.

"Um dia, a Caxemira vai fazer a Índia se autodestruir do mesmo jeito. Vocês poderão ter cegado todos nós, cada um de nós, com seus tiros de chumbinho. Mas vão ter os seus olhos para ver o que fizeram conosco. Vocês não estão nos destruindo. Estão nos construindo. Estão destruindo é a vocês mesmos. Khuda Hafiz, Garson bhai."

E com isso foi embora. Nunca mais o vi.

E se ele tiver razão? Já vimos grandes países desmoronarem praticamente do dia para a noite. E se nós formos os próximos? Essa ideia me enche com uma espécie de memorável tristeza.

Se esta ruazinha é um indício a se considerar, talvez o desenrolar já tenha começado. Tudo ficou quieto de repente. Toda construção parou. Os trabalhadores desapareceram. Onde estão as putas, os homossexuais e os cachorros com roupas de luxo? Sinto falta deles. Como pode tudo desaparecer tão depressa?

Não posso continuar parado aqui, como um velho idiota nostálgico.

As coisas vão melhorar. Precisam.

Ao voltar para dentro, consegui evitar a voluptuosa e volúvel locatária Ankita na escada, a caminho do meu apartamento vazio que estará para sempre assombrado pelos fantasmas das caixas de papelão que foram embora e todas as histórias que elas continham.

E pela ausência da mulher que, à minha maneira fraca e hesitante, nunca deixarei de amar.

O que será dela? Eu próprio sou um pouco como Amrik Singh — velho, inchado, apavorado e privado do que Musa chamou tão eloquentemente de "a infraestrutura da impunidade" dentro da qual funcionei toda a minha vida. E se eu me autodestruir também?

Poderia — a menos que a música me resgate.

Eu devia entrar em contato com Naga. Devia trabalhar nessa ideia do podcast.

Mas antes preciso de um drinque.

12. Ghih Kyom

Era a terceira noite de Musa na Hospedaria Jannat. Ele chegara uns dias antes como um entregador, com uma caminhonete Tempo cheia de caixas de papelão. Todo mundo ficou contente de ver a animação no rosto de Ustaniji quando pôs os olhos nele. As caixas foram empilhadas contra uma parede no quarto de Tilo, preenchendo o espaço que ela repartia com Ahlam Baji. Tilo contou a Musa tudo o que sabia de todo mundo na Hospedaria Jannat. Nessa noite, ficou deitada ao lado dele em sua cama, exibindo seu domínio de urdu. Em um de seus cadernos, tinha escrito um poema que aprendera com o dr. Azad Bhartiya:

Mar gayi bulbul qafas mein
Keh gayi sayyaad se
Apni sunehri gaand mein
*Ty thuns le fasl-e-babaar**

---

* Ela morreu em sua gaiola, a bulbul/ Estas palavras deixou para quem a prendeu:/ Por favor, pegue a colheita de primavera/ E enfie toda em seu cu dourado.

"Parece o hino do homem-bomba suicida", Musa disse.

Tilo falou sobre o dr. Azad Bhartiya e como o poema tinha sido sua resposta ao interrogatório da polícia no Jantar Mantar (na manhã depois da *dita* noite, a noite em questão, a noite acima, a noite daqui em diante mencionada como "a noite").

"Quando eu morrer", Tilo disse, rindo, "quero isso no meu epitáfio."

Ahlam Baji resmungou uns insultos e revirou-se em seu túmulo.

Musa olhou a página do caderno oposta à página em que Tilo escrevera o poema.

Dizia:

Como
   contar
      uma
história
      estilhaçada?
               Aos
               poucos
                     se tornando
todo mundo.
               Não.
               Aos poucos se tornando tudo.

Era algo para se pensar, ele pensou.

Isso o fez virar-se para seu amor de muitos anos, a mulher cuja estranheza tinha se tornado tão cara a ele, e abraçá-la com força.

Alguma coisa na casa nova de Tilo fazia Musa se lembrar da história de Mumtaz Afzal Malik, o jovem motorista de táxi que Amrik Singh tinha matado, cujo corpo fora recuperado num campo e entregue à família com terra nos punhos fechados e flores de mostarda crescendo entre os dedos. Essa história permanecera sempre com Musa — talvez por causa do jeito como esperança e dor se entrelaçam nela, tão apertadas, tão inextricáveis.

Ele ia partir para a Caxemira na manhã seguinte, para voltar a uma nova fase de uma velha guerra da qual, dessa vez, não retornaria. Ia morrer no dia que quisesse, com sua *Asal but* nos pés. Seria enterrado do jeito que queria — um homem sem rosto num túmulo sem nome. Os homens mais jovens que assumissem seu lugar seriam mais duros, mais restritos e menos tolerantes. Seria mais provável que vencessem qualquer guerra que lutassem, porque pertenciam a uma geração que não conhecera nada além da guerra.

Tilo receberia uma mensagem de Khadija — uma fotografia de um Musa jovem e sorridente e de Gul-kak. Nas costas, Khadija teria escrito *comandante Gulrez e Gulrez agora estão juntos*. Tilo lamentaria profundamente o falecimento de Musa, mas não se desmancharia em sua dor porque era capaz de escrever para ele regularmente e visitá-lo com frequência pela fresta na porta que os anjos surrados do cemitério mantinham aberta (ilegalmente) para ela.

As asas deles não cheiravam como o piso de um galinheiro.

Em sua última noite juntos, Tilo e Musa dormiram com os braços em torno um do outro, como se tivessem acabado de se encontrar.

Anjum estava inquieta nessa noite e não conseguia dormir. Perambulou pelo cemitério inspecionando sua propriedade. Parou um momento no túmulo de Bombay Silk, fez uma oração e contou a Miss Udaya Jebin, que estava montada em seu quadril, a história de como tinha visto Bombay Silk pela primeira vez quando ela estava comprando pulseiras do vendedor de pulseiras em Chitli Qabar e que a seguira pela rua até a Gali Dakotan. Ela se inclinou e pegou uma das flores de Roshan Lal do túmulo de Begum Renata Mumtaz Madame e pôs no túmulo da camarada Maase. Esse pequeno ato de redistribuição fez com que se sentisse muito melhor. Num impulso, resolveu levar Miss Udaya Jebin numa breve perambulação noturna para que ela se familiarizasse com seu ambiente e visse as luzes da cidade.

Passaram pelo necrotério, pelo estacionamento do hospital na rua principal. Não havia muito tráfego a essa hora. Mesmo assim, por segurança, elas ficaram na calçada, caminhando por entre os ciclorriquixás estacionados e sua gente adormecida. Passaram por homem magro, nu, com um ramo de arame farpado na barba. Ele ergueu a mão numa saudação e se apressou como se estivesse atrasado para o escritório. Quando Miss Udaya Jebin disse: "Mamãe, su-su!", Anjum a fez se abaixar junto a um poste de luz. Com os olhos fixos na mãe, ela fez xixi e depois ergueu o traseiro para se deslumbrar com o céu da noite, as estrelas e a cidade de mil anos refletidas na poça que tinha feito. Anjum a carregou, beijou e levou para casa.

Quando voltaram, as luzes estavam todas apagadas e todo mundo estava dormindo. Todo mundo, isto é, menos Guih Kyom, o besouro rola-bosta. Ele estava bem acordado e trabalhando, deitado de costas com as pernas no ar para salvar o mundo no caso de o céu despencar. Mas até mesmo ele sabia que as coisas iam acabar dando certo no fim. Dariam certo, porque tinham de dar.

Porque Miss Jebin, Miss Udaya Jebin, tinha vindo.

Agradecimentos

Entreteci o amor e a amizade que recebi daqueles cujos nomes menciono abaixo em um tapete no qual pensei, dormi, sonhei, fugi e voei durante os muitos anos que levei para escrever este livro. Meus agradecimentos para:

John Berger, que me ajudou a começar e me esperou terminar.

Mayank Austen Sufi e Aijaz Hussain. Eles sabem por quê. Não preciso dizer.

Parvaiz Bukhari. Idem acima.

Shohini Ghosh, maluca querida, que cortou meu barato.

Jawed Naqvi, pela música, poesia maldosa e uma casa cheia de lírios.

Ustad Hamid, que me mostrou que dá para saltar de paraquedas, mergulhar com snorkel e voar de asa delta entre duas notas de música.

Dayanita Singh, com quem uma vez fui passear e uma ideia se acendeu.

Munni e Shigori em Mina Bazaar por longas horas passadas à toa.

Os Jhinjhanvis: Sabiha e Nasir-il-Hassan, Shahina e Munir--ul-Hassan, por um lar em Shahjahnabad.

Tarun Bhartiya, Prashant Bhushan, Mohammed Junaid, Arif Ayaz Parray, Khurram Parvez, Parvez Imroze, Arjun Raina, Jitendra Yadav, Ashwin Desai, G.N. Saibaba, Rona Wilson, Nandini Oza, Shripad Dharmadhikary, Himanshu Thakker, Nikhil De, Anand Dionne Bunsa, Chittarupa Palit, Saba Naqvi e o reverendo Sunil Sardar, cujos insights estão em algum lugar nas fundações de O ministério.

Savitri e Ravikumar, por nossas viagens juntos e por tanta coisa mais.

J.J. Heck. Mas ela está aqui em algum lugar.

Rebecca John, Chander Uday Singh, Jawahar Raja, Rishabh Sancheti, Harsh Bora, sr. Deshpande e Akshaya Sudame, que me mantiveram fora da prisão. (Até agora.)

Susanna Lea e Lisette Verhagen, Embaixadoras Mundiais da Felicidade Absoluta. Heather Godwin e Philippa Sitters, que equipam como mulheres o campo de base.

David Eldridge, designer de livro extraordinário. Dois livros com vinte anos entre eles.

Iris Weinstein, por páginas perfeitas.

Sarah Coward e Arpita Basv. Editoras que não deixam passar nenhuma merda.

Pankaj Kishra, Primeira Leitora, ainda.

Robin Dresses e Simon Prosser. Editores de sonho.

Meus maravilhosos editores, Meru Gokhale (pela edição mais o conforto de comidas), Hans Jürgen Balmes, Antoine Gallimard, Luigi Brioschi, Jorge Herralde, Dorotea Bromberg e todos os que não conheci pessoalmente.

Suman Parihar, Mohammed Sumon, Krishna Bhoat e

Ashok Kumar que me mantiveram à tona quando não estava fácil.

Dr. Sushrut Jadhav, psicanalista por celular, amigo querido e melhor motorista de táxi de Londres.

Krishnan Tewari, Sharmila Mitra e Dipa Verma, por minha dose diária de suor, sanidade e risadas.

John Cusack, querido, coautor do Fleedom Charter.

Eve Ensler e Bindia Thapar. Queridas.

Minha mãe, Mary Roy, ser humano mais que único.

Meu irmão, LKC, e cunhada, Mary, que, como eu, sobreviveram.

Golak. Go. Mais velho dos amigos.

Mithva e Pia, ainda meus.

David Dowin. Agente de voo. Homem maior. Sem o qual.

Anthony Arnove, camarada, agente, editor, rocha.

Pradip Krishen, amor de muitos anos, árvore honorária.

Sanjay Kak. Covil. Desde sempre.

E

Begum Filthy Jaan e Maati K. Lal. Criaturas.

Agradecimentos especiais:

A passagem que o professor caruncho lê em voz alta para sua classe de carunchos é adaptada de *Cachorros de palha*, de John Gray.

A letra de "Do escuro à luz, da luz à escuridão" é de *Gone*, de Ionna Gika.

O poema *"Duniya ki mehfilon se ukta gaya hun ya Rab"* é de Allama Iqbal.

A parelha de versos na lápide de Arifa Yeswi é de Ahmed Faraz.

ESTA OBRA FOI COMPOSTA EM ELECTRA PELO ESTÚDIO O.L.M./ FLAVIO PERALTA
E IMPRESSA EM OFSETE PELA GEOGRÁFICA SOBRE PAPEL PÓLEN SOFT DA
SUZANO PAPEL E CELULOSE PARA A EDITORA SCHWARCZ EM JUNHO DE 2017

A marca FSC® é a garantia de que a madeira utilizada na fabricação do papel deste livro provém de florestas que foram gerenciadas de maneira ambientalmente correta, socialmente justa e economicamente viável, além de outras fontes de origem controlada.